THE BEST NEWS

NEWS

2022 工人日报十佳作品选

工人日报新闻研究所 编

2022'GONGRENRIBAO SHIJIAZUOPINXUAN

中国工人出版社

图书在版编目（CIP）数据

2022′工人日报十佳作品选 / 工人日报新闻研究所编. —
北京：中国工人出版社，2023.9
ISBN 978-7-5008-7630-4

Ⅰ. ①2… Ⅱ. ①工… Ⅲ. ①新闻－作品集－中国－当代 Ⅳ. ①I253

中国国家版本馆CIP数据核字（2023）第193464号

2022′工人日报十佳作品选

出 版 人	董 宽
责任编辑	丁洋洋
责任校对	张 彦
责任印制	栾征宇
出版发行	中国工人出版社
地 址	北京市东城区鼓楼外大街45号 邮编：100120
网 址	http://www.wp-china.com
电 话	（010）62005043（总编室） （010）62005039（印制管理中心）
发行热线	（010）82029051 62383056
经 销	各地书店
印 制	宝蕾元仁浩（天津）印刷有限公司
开 本	710 毫米 × 1000 毫米 1/16
印 张	26
字 数	400千字
版 次	2023年10月第1版 2023年10月第1次印刷
定 价	68.00 元

目录

消息十佳

通讯十佳

言论十佳

系列十佳

消息十佳

安徽新规明确对建筑工人实行柔性管理、定期健康体检

清退超龄农民工避免一刀切

工人希望在更多行业和岗位能够实行类似政策

■ 作者：陈　华　唐　姝
■ 编辑：程莉莉　甘　晢
■ 2022 年 06 月 24 日 05 版

本报合肥 6 月 23 日电（记者陈华　唐姝） 部分地区针对建筑业超龄农民工执行强制清退令，引发了社会上对这一群体何去何从的广泛关注。对此，安徽省住建厅下发通知，明确提出建筑行业清退超龄农民工要避免一刀切。今天，记者来到位于安徽省合肥市的凌大塘临工集散中心进行采访，部分农民工表示欢迎此政策的同时，希望在更多行业更多岗位能够实行类似政策。

在 6 月 16 日下发的这则要求建立长效机制切实保障建筑行业农民工工资支付工作的通知中，安徽省住建厅要求，各地要实行柔性用工管理，分岗位确定用工年龄，避免建筑行业清退超龄农民工一刀切，并对超龄工人定期进行健康检查、加强安全教育。

凌大塘临工集散中心是当地知名的农民工集散地，在等活的农民工中，五六十岁的并不少见。62 岁的合肥长丰人袁师傅告诉记者，他从不挑活，保洁、室内装修、清理建筑垃圾等各种杂活，自己都干过。雇主更愿意挑选年轻的，“像我这样的年龄有活干就不错了”。

来自阜阳农村的李师傅今年刚满 60 岁。由于身份证上登记的年龄比实际年龄大了几岁，早在两年前，他就被施工单位拒绝过。不仅如此，他在应聘保安岗位时也遇到了“卡年龄”的情况。

“他们担心年纪大容易突发疾病，但我每年都体检，身体好着哩!”李师傅觉得自己明明还能干得动，并不想那么早就回老家休息。另一方面，增加收入、为子女减轻负担也是摆在他眼前的现实压力。

超龄农民工逐步从工地退场也可能加剧建筑行业“用工难”。据安徽同济建设集团工会主席刘长丰介绍，建筑工人面临年龄断层，一方面，年轻人不愿意进入或留在建筑业；另一方面，部分工人因年龄较大无法再从事施工作业，企业正在流失大批已有劳动力。

如何避免建筑行业清退超龄农民工一刀切？刘长丰认为，应由政府牵头，针对建筑行业特点，根据工种划分用工年龄。如涉及登高作业、重体力劳动等工种，仍需要有严格的年龄界限；而对于建筑业内勤岗位、部分管理岗位等，年龄可适当放宽。

安徽昊华律师事务所律师胡敏表示，目前，江苏、浙江、广东等地允许为超龄人员单独缴纳工伤保险，建议施工单位能够单独缴纳的，应及时缴纳。工程建设项目应按照整个项目参加项目工伤险，先参保、后开工，可为项目上的所有人员提供保障。

“此外，应对超龄人员做好入职健康体检，工作中定期体检，安排他们在合适的岗位上工作，保障超龄农民工的合法权益。”胡敏说。

采编经过

报道“新规”不能止于解读

——消息《清退超龄农民工避免一刀切》采写体会

唐　姝　陈　华

本报农民工周刊关注超龄农民工路在何方的系列报道一段时间内在全社会引起广泛关注。农民工周刊编辑部与安徽记者站沟通，持续关注相关线索。

2022 年 6 月 16 日，安徽省住建厅发布新规，明确提出建筑行业清退超龄农民工要避免一刀切。虽然公布出来的相关文件对此表述只有寥寥数语，但是这毕竟是省一级住建部门针对解决超龄农民工问题提出来的一个明确的成文性规定。

在和安徽住建厅取得联系后，记者得到的反馈是，没有进一步可以提供的信息。记者猜测，这个事情可能比较敏感，相关方面也许担心进一步的详细的解读会产生不当的影响。那么，该如何把这个只是像“一点火星”一样的线索继续做深做透呢？

如果从相关管理方面得不到进一步的信息，那么能不能从“相关”方面了解到一些信息呢？很明显，“相关”方面应该理所当然地包括农民工本身、用人单位等等。

随后安徽记者站快速反应，兵分两路采访。凌大塘临工集散中心是安徽省合肥市最大的“零工市场”、农民工集散地。为了赶在农民工出工前采访到他们，记者凌晨4点赶到凌大塘临工集散中心，采访多位不同年龄段的农民工，了解他们对此政策的意见与反响，以及遇到的打工困境。

为啥一些年龄大的农民工还想继续工作？记者采访后才发现，对于不少大龄农民工来说，继续打工是不得不面临现实的生活压力，需要一份工作来维持家庭开支，以及为自己将来养老做一些储蓄。在农村微薄的养老金难以支撑生活，何况还要为儿子还房贷，帮忙养育下一代。

然而，年龄这道坎，让他们被不少行业拒绝，只能以打零工、日结工为主。在与农民工朋友一起等待找活的过程中，记者发现，每当有招工的老板开车驶来，更年轻的务工者总是被优先挑选。早上五六点是一天中招工的“黄金时间”，等到七八点，高峰期已过，一些年纪大的农民工只能再碰碰运气，兴许当天就要空手而归。

那么，超龄农民工到底能不能继续务工？该不该继续务工？如何区别对待不同岗位、不同身体条件的超龄农民工？在这方面，用工单位、法律人士应该更加清楚。

因此，另一路记者开始在这方面着手。记者采访了安徽同济建设集团相关管理人员和劳动领域的律师，从企业用工、法律制度等更多角度、维度进行素材补充，使稿子更全面、更立体。

在整个采写过程中，记者最大的感受是新闻要在泥土里，沾着泥土的采访才能接地气，冒着热气的新闻才能有温度。有现场、细节、有实事、有真话，才能做出好报道。此外，还要有新闻敏感性。一个文件，一个政策，都可能挖掘出一篇好的报道。勿以小而忽略之，所谓的“大”新闻不是想出来的，而是靠挖出来的。

安徽芜湖为打造“最干净城市”逆向思维反向推选

“干净办”邀请市民推选“最不干净”街巷

■ 作者：陈　华
■ 编辑：尹雪梅　陈俊宇
■ 2022 年 08 月 21 日 01 版

本报讯（记者陈华） 安徽省芜湖市“干净办”8 月初发布一则公告，称将会同属地政府和主管部门，结合实际最终推选出若干“最不干净”商业街、背街巷。市民在此期间可以通过若干网络平台的随手拍功能上传视频、图片、文字等信息进行网上投诉推选。

公告称，根据 12345 热线、群众举报、跟帖留言反映的问题，芜湖市“干净办”在 8 月初步拟定“最不干净商业街”“最不干净背街巷”对象，并开展常态化巡查。对列入初选对象的名单，责令管理单位限期整改，对整改后市民投诉问题仍旧较多的，将给予“最不干净”挂牌。

今年，芜湖市提出全面打造“最干净城市”三年行动，旨在利用 3 年时间，持续开展“十大洁净行动”，打造“六个最干净”，即最干净道路、最干净小区、最干净公园景区、最干净公共单位、最干净菜场、最干净公厕。

为此，芜湖市成立了由市委、市政府主要负责同志担任双组长的领导小组，并成立“干净办”。市城管局、文明办专班负责，抽调业务精、能力强、作风硬的同志作为“干净办”专职人员开展实体化运作。

5 月，芜湖市在主城区范围内开展“我爱芜湖、我要干净、我来拍照”有奖举报活动，鼓励广大市民对一切不干净、不文明行为进行举报。有效举报问题每条信息奖励 5 元，年底如果获评“热心市民”还将获得 1000 元奖励。据悉，自 5 月 21 日开展有奖举报以来，该市已处置群众有效举报 6000 余件，奖励 3.6 万余元。

除此之外，芜湖还以逆向思维反向推选开展“最不干净”系列活动。

首期，面向市民公开推选“最不干净公厕”“最不干净菜场”。该市“干净办”相关负责人称，公告发布后，“干净办”每天都会收到市民50条以上的投诉信息，多的时候一天能收到上百条。

据了解，该市“干净办”将对此次推选的“最不干净”商业街、背街巷与之前的“最不干净”公厕、菜场进行同步挂牌，并将其标牌放置到出入口醒目位置。对于获得“最不干净”牌匾的地方，“干净办”给予一定的整改期。整改结束后，“干净办”将根据意见反馈情况，会同属地政府、主管部门进行现场核查，决定是否摘牌。

芜湖市“干净办”上述负责人表示，此举旨在亮出城市“美丑”黑白榜和典型好经验，倒逼环境治理“比学赶超”。

采编经过

从常规事件中寻找反差、对比、矛盾和冲突

——《“干净办”邀请市民推选“最不干净”街巷》采写感受

陈　华

安徽省芜湖市设立“干净办”的线索，是在受邀参加一次多家媒体共同采风的活动中交到我手中的。这次采访活动是芜湖市委宣传部组织的，参加人员主要是中央驻皖媒体的记者同行。

经常参加类似活动的记者都清楚，这样的采访活动，不仅参加人员多，而且跑的“点”也非常多，一路参观，一路听各种大而化之的介绍，因此采访过程难免蜻蜓点水，浮在表面，只能留下一点感性的认识，很难有着深入细致的了解。

这种采访很难写出好的新闻作品还有一个原因是，组织者往往非常注重他们的“经验”介绍，宣传的味道很浓，而这些所谓的“经验”又与我们界定的新闻有着相当大的差距。

在翻阅当地给的一叠厚厚的材料中，当地设立“干净办”的线索一下子引起了我的兴趣。不过查阅相关资料后我发现，设立“干净办”已经是三个月之前的事，对此有的网络媒体已经报道过。从新闻的时效性角度来说，这显然已经不是一条“新闻”了。

在网络媒体非常发达的今天，传统媒体在速度方面的劣势已经几乎没有翻盘的可能。传统新闻学上，我们会讲“第二落点”“炒冷饭”之类，大致意思是传统媒体可以变速度劣势为深度优势、思想优势，或者更高层次的美学优势。这些在新闻学界，有很多人在研究，新闻业界也有很多经典的案例。

那么，传统媒体有没有这样一种可能，即在新闻的“第一热点”已经消退之后，通过持续关注某一事件的进展过程，再次找到新的“热点”并且实现“弯道超越”呢？

我觉得，这是有可能的。一个事物，其在发展过程中必然会伴随着新的形势、新的变化。本来，新形势、新变化就是新闻。如果恰巧这样的变化又能形成一定的对比、反差，或者矛盾，那就更有可能成为“高品质”的新闻。

本着这样一个思路，我开始持续关注芜湖“干净办”此后开展的各项工作。在持续的“等待”中，我终于迎来了一个“对比”性比较强烈的事件，那就是“干净办”要开展“最不干净”系列的评选。

一般意义上，大众对“干净办”的理解无非是给某个地方挂一个“最干净”“干净”之类的表扬牌，这种评选有点类似于我们在学生时代非常熟悉的宿舍卫生评选。没想到的是，芜湖市的“干净办”这次却逆向思维反向评选，把“最不干净”的地方给公布出来，而且要求限期整改，整改完成后再摘牌。

抓住这个线索，这篇报道就顺理成章了。不过这个报道仍然留有遗憾，那就是我们一直强调的追踪事件进展其实到此并没有结束，我们还可以继续做续篇。

比如，是否存在挂牌之后屡次整改也未达标的？是否存在挂牌之后遭受巨大压力而求情托关系的？

记得某一年，某地举办了一个数十万人参与的行风评议活动，后来由于只公布排名靠前、群众满意的单位，而不愿意公布排名末尾、群众不满意的单位，因此引发了一轮“不敢公布评议结果”的舆情。这条新闻，同样是记者从一次简单的活动中长期追踪挖出来的。

当下，报道某个活动开始启动、开始部署的所谓新闻数量十分多，网络媒体在这方面尤以速度快见长。经常会看到这种状况，某个活动这边还在会场上进行中，那边媒体的报道已经出来了。新闻，已经不是对新近发生的事实的报道，而是对“正在”发生的事实的报道。

高速的进行式的新闻报道确实有优势，其因速度快而总能吸引“流量”，但这样的报道一旦操作不当，不但有可能会产生新闻“烂尾工程”，严重的甚至会出现舆论反转。

一个理性的、负责任的新闻工作者，应该长期追踪某些单一事件的进展，一旦在进展中发现到反差、对比和矛盾的地方，“新闻”就来了。

少了“好人主义”“一团和气”，多了问题导向、自我批评——

内蒙古一地给干部设“站着说话不腰疼”检讨席

倒逼干部作风转变，促进营商环境持续优化

■ **作者：** 李玉波
■ **编辑：** 邓崎凡　赵剑影
■ 2022 年 08 月 04 日 01 版

本报讯（记者李玉波） 在 7 月底召开的内蒙古自治区鄂尔多斯市康巴什区委二届四十三次常委会上，哈巴格希街道、康新街道负责人在“站着说话不腰疼”检讨席上作了检讨发言。

这不是当地第一次有干部在这个检讨席上发言。此前的 7 月 13 日，鄂尔多斯市康巴什区委二届四十一次常委会上，当地文旅局、住建局两个单位负责人就登上了“站着说话不腰疼”检讨席发言。

在“站着说话不腰疼”检讨席，发言者均站立发言，直面工作中不足，深刻剖析原因，谈改进举措。现场少了“好人主义”“一团和气”，多了问题导向、自我批评，“辣味”十足。

为倒逼干部作风转变，将优化营商环境措施落实到位，康巴什区将研究优化营商环境列为区委常委会会议固定议题，设“站着说话不腰疼”检讨席。

“设‘站着说话不腰疼’检讨席，作检讨发言，目的不是为了让人难堪，而是要让大家进一步转变思想作风，全力以赴打造最优营商环境，全方位把康巴什区‘营商’‘营生’形象树立起来。”鄂尔多斯市委副书记、政法委书记、康巴什区委书记邢征说。

康巴什区下辖 4 个街道办事处、19 个社区，现有人口 15.3 万。该区一方面鼓励勇于担当、敢于作为的干部，为担当者担当，推动广大干部形成“干事创业”的良好氛围；另一方面加快建立干部全方位考核体系，完善干部保护和容错纠错工作机制，旗帜鲜明地为好干部松绑撑腰。

此前，康巴什区还依托网络智能综合服务平台，为所有干部设置了专属服务评价码，“一人一码”，并于每月初向社会公布上月各单位干部服务评价情况，将评价结果与干部提拔晋升、年度考核、激励问责相结合。

“干部们不能只是坐在会议室里讨论‘营商’和‘营生’环境，完全‘不腰疼’，反而让群众为办一件事来回跑得‘真腰疼’。”邢征说。

从去年开始，康巴什区还推行“贴心换位”活动，越来越多的领导干部主动走出大楼，奔赴一线，感受各行各业的“急难愁盼”。今年 3 月开始，康巴什区政府领导每月 15 日轮值 12345 市长热线，将“贴心换位”活动常态化开展，目前共有 5 位区领导化身接线员，为群众服务。

“这两年，区里出台了一系列促进作风转化的政策、规定，有奖有罚。这让大家从思想上和行动上都有变化，最突出的就是工作积极性和主动性增强了。”当地一位干部说，“谁都不想有一天在‘站着说话不腰疼’检讨席上发言。”

畅通技能人才成长通道 唱响工人伟大劳动光荣

代表委员呼吁建立“新八级工”制度

■ 作者：王维砚　尹雪梅
■ 编辑：赵剑影　沈　刚　陈俊宇
■ 2022年03月10日01版

本报北京3月9日电（记者王维砚　尹雪梅）“2018年拿到焊工高级技师后，成长通道就‘到头’了。”今天，1984年出生的全国人大代表、山东华源锅炉有限公司管子车间焊接工齐玉祥用自己的故事呼吁畅通技术工人成长通道。这也是许多一线代表委员的关切与呼吁，建立“新八级工”制度，让工人沿着技能阶梯“步步高升”，重塑荣光。

近年来，我国技术工人的职业发展评价一直是五级，即初级工、中级工、高级工、技师和高级技师，是大多数一线工人成长的全部阶梯。这也让不少技能人才遭遇了成长“天花板”。

今年初，人社部在新闻发布会上表示，我国正在探索建立增加学徒工、特级技师和首席技师的“新八级工”制度。

2021年，企业新型学徒制在全国推广，在初级工之前设学徒工。此后又推出特级技师试点，一些央企也开始试点评首席技师。目前，山东、福建等地已评出一批特级技师。

“以前‘八级工’的工资比厂长还要高。”全国人大代表、一汽解放大连柴油机有限公司高级技师鹿新弟回忆说。“八级工”是我国20世纪50年代~80年代执行的工资制度，按劳动复杂程度和技术熟练程度将工资分为八个等级。

“‘新八级工’给予工人明确的上升渠道，更能激发以当工人为荣、学技术为荣的价值取向。”全国政协委员、重庆顺多利机车公司质量管理部副经理钟正菊说。

让工人技能之路越走越宽，是我国技能等级制度改革的方向。受访代表委员指出，除了抬高“天花板”，还要推动薪资待遇与技能等级挂钩，让技高者多得。

2021 年开始，全国人大代表、河南能源化工集团永煤公司车集煤矿机电一队电工班长游弋所在公司，探索拓展技能人才的成长通道：纵向分 10 个等级，每个等级分 2 档~3 档，同等职级的技能、技术和管理岗的薪酬待遇持平。

全国人大代表、中国石油锦西石化分公司车工王尚典所在企业，在“五级工”之上设首席技师、企业技能专家、集团技能专家、集团技能大师。

鹿新弟代表梳理发现，“产改”启动以来，国家层面已出台了 50 多个相关制度文件。他建议，尽快从国家层面建立“新八级工”制度，完善激励措施，重塑工人荣光。

“高端制造呼唤更多高技能人才。要拥有高技能人才，首先要吸引更多人主动走上技能之路。”全国人大代表、中国航发沈阳黎明航空发动机有限责任公司操作工栗生锐建议，推动相关制度的落实落细，制定落户、住房、医疗保障、子女教育等方面政策，全面提高技能人才的待遇水平。

春节过后，从四川到贵州打工的蔡师傅遭遇烦心事

手里已有7张卡，还要再办工资卡

工人呼吁，尽快实现工资发放“一卡通用”

■ 作者：刘小燕
■ 编辑：甘　皙　程莉莉
■ 2022年03月04日05版

本报讯（记者刘小燕） 3月2日正月最后一天，30岁的蔡师傅从四川老家来到贵州贵阳修文县工地报到。报到当天，蔡师傅接到通知需要出示当地某银行的工资卡，用于发放工资。蔡师傅找遍手头已有的7张银行卡，发现都“不符合要求”，无奈只能前往指定银行，办理第8张银行卡。

近年来，蔡师傅在贵州做电工，修文、都匀、惠水等各个城市的工地都待过。他的日常工作是根据图纸埋管布线、安装设备，每月能有4900余元工资。去年一年，蔡师傅就新办了两张工资卡。

据蔡师傅介绍，以前工地发放的工资分为两部分，一部分是包工头平时给的现金或手机转账，这样并不安全，“工地人来人往，各宿舍住的人经常更换，现金发到手里，我们去洗澡都得带着”。还有一部分工资需要等年底结算后汇入工资卡，“如果未及时到账，回老家过年时还得催账”。

随着用工实名制、《保障农民工工资支付条例》等政策的推行，蔡师傅明显感受到工资发放越来越方便、稳定，“上下班刷身份证进出工地，每个月的工资按时打进工资卡”。

然而，蔡师傅又有了新苦恼。“基本上换一个工地就要换一张指定银行的工资卡，如果刚好手里有，可以直接报卡号，碰上没有的，就得再去办新卡。”他说。

这些年来，蔡师傅已经手握中国银行、贵阳银行等7张银行卡，并且都得带在身边备用。“卡太多很不方便，总担心丢了。”蔡师傅表示，这些卡一般不会注销以备新工地需要，只是每年年底回老家后会去银行，把分

散在各个卡里的钱集中在一两张常用的卡里，这样才放心。

根据2021年7月印发的《工程建设领域农民工工资专用账户管理暂行办法》第二十条规定，任何单位和个人不得强制要求农民工重新办理工资卡。开户银行不得拒绝农民工使用他行社会保障卡银行账户或他行银行卡。然而实际上，工人手握多张卡的情况并不鲜见。

“开发商为了方便开展业务，建议工人统一使用当地银行卡作为工资卡，但是工人大都来自四川、湖南等地，许多人都要重新办卡。”蔡师傅所在弱电项目的姚姓负责人说，“每到新项目开工时，需要办理新卡的工人很多，我们也希望尽可能让工人少办卡、少带卡。”

蔡师傅拿着新办好的第8张银行卡说：“期待以后只带一张卡，去哪个工地都管用。”

制造业“招不来”“留不住”年轻人引发代表委员关注——

【怎样让年轻人愿意进工厂①】 前年招了15人，如今只留下6人

作者：张　菁　陈晓燕　郝　赫
编辑：郭　强　罗　娟　徐新星　关晨迪
2022年03月07日02版

本报北京3月6日电（记者张菁　陈晓燕　郝赫）时隔一年，再次谈起技能人才培养的话题，全国人大代表、贵州航天天马机电科技有限公司材料成型部有色金属焊接班班长姜涛叹息不已：“前年公司招的15个工人走了大半，如今只有6个人坚守岗位，这样下去，技能传承非断代不可！”

高技能人才姜涛为“留不住好徒弟”而忧心，而从事制造业十几年的全国政协委员、武汉智能电梯有限公司董事长陈纯星更是着急上火：“工资开到五六千元甚至八千元，也招不来一个技工，有的厂里很难看到40岁以下的年轻人。”

全国政协十三届五次会议开幕以来，“制造业招工难、留人难”这个话题已经被好几位代表委员反复提起。

近两年，姜涛所在的企业生产任务量激增，十分缺工。企业想从职业学校、技工院校招人，没想到也遭遇“歧视”——一些跟制造业相关的工种，如车铣钳焊等专业，根本招不满学生。

“人都去哪里了呢？”去年全国两会上，全国人大代表、佛山柯维光电股份有限公司总经理助理兼环保工程师苏荣欢曾表达对“招不到人”的困惑。苏荣欢说，今年为了吸引工人返岗，佛山这个制造业大市的政府部门包火车、客车甚至飞机把工人从老家接回来，还给企业和工人发放补贴。

全国政协委员、中国石化集团茂名石油化工有限公司首席技师张恒珍对此也颇有感触。在去年全国政协组织的在江苏、重庆等地的调研中，她听到不少企业反映：从普工到高级工都存在不同程度的“招工难”。

全国政协委员、中国机械工业联合会党委书记徐念沙提供了一份机械工业近年对1318家企业的调研数据：78.22%的企业都认为“招工难”，近23%的企业新聘技能人员入职3年内流失率在30%以上。相关报告认为，随着现代产业特别是第三产业快速发展，一定程度上对机械工业“招工难”形成压力。

印证制造业缺工的数据不止于此。自2019年人力资源和社会保障部发布“最缺工”100个职业排行以来，制造业类职业占比一直居高不下。近日发布的2021年第四季度排行显示，100个“最缺工”职业中，有43个属于生产制造业。

姜涛曾经带过一个实习生。小伙子在车间里锻炼一年多，进步很大，但就在企业想跟他签订劳动合同时，他却离开了，理由是“这里的工作太累、太枯燥了”。后来，姜涛在一家酒店遇到正当酒店门童的他。年轻人的选择姜涛能理解，但他心里十分不是滋味儿。

制造业是国家经济社会发展的根基。如果年轻人都“远离”工厂，制造业靠什么发展？怎样让年轻人愿意进工厂、学技术？这几个问题引发代表委员们的关注。

不凑数，不做虚功，阜新市总大力整顿服务站点

146个户外劳动者服务站点摘牌99个

通过重新挂牌、升级改造、新建一批，现有高质量服务站点57个

作者：刘　旭
编辑：尹雪梅　于灵歌
2022年03月15日01版

本报讯（记者刘旭） 迎宾东街是辽宁省阜新市较为繁华的商业街区，快递员、送餐员相对集中。2021年，阜新市总工会在该街区建起了“骑士驿站”，根据快递员需要专门配备了电瓶车充电装置，还投资1万元购买了4辆电瓶车，免费提供给急需电瓶车的困难员工使用。

这是阜新市现有的高质量服务站点之一，并被评为省级“最美工会户外劳动者服务站点”。该市原有户外劳动者服务站点146个，去年摘牌99个，并通过重新挂牌一批、升级改造一批、新建一批，现有高质量服务站点57个。阜新市总工会如此大力度整顿户外劳动者服务站点，目的是让服务站点真正发挥作用。

2016年起，阜新市总开始建设户外劳动者服务站点，到2021年6月时站点数达146个，分布在全市五区二县，一定程度上缓解了环卫工人、出租车司机、交通警察、快递员等户外劳动者“吃饭难、喝水难、休息难、如厕难”等问题。

为进一步推动户外劳动者服务站点建设，2021年7月至8月，由阜新市总工会党组成员、副主席王进成带队，对全市户外劳动者服务站点进行拉网式调查。调查发现，部分户外劳动者服务站点存在站点选址不合理、分布不均衡、管理不完善、管理资金投入不足、领导重视不够等问题。比如，部分站点远离市区，而户外劳动者工作多集中在市区，因此这部分站点利用率不高；又比如大多与理发店、超市等个体商家共建的服务站点，由于个别经营者服务意识差，站点管理不到位，没有很好地发挥作用。

根据调查结果，阜新市总经过认真研究，决定重新挂牌一批、升级改造一批、摘牌一批、新建一批，不凑数，不做虚功，让每一个站点都能充分发挥服务户外劳动者作用。对管理不善、发挥作用不好的 99 个站点进行了摘牌处理；将服务设施完善、运转较好、管理到位的 10 家站点评为先进站点，每家站点发放奖补资金 3000 元。经过认真选址、规划，2021 年又新建了 10 家户外劳动者服务站点，现有高质量服务站点 57 个。

如今的 57 个服务站点，有牌匾、有管理制度、服务设施齐全，手机地图可查，使用率比较高，其中 5 个被辽宁省总工会评为“最美工会户外劳动者服务站点”，1 个被全国总工会评为“最美工会户外劳动者服务站点”。

台州市总推动企业建立“以技提薪”技术工人薪酬分配体系

工人靠技能可入股分红晋升职务

■ 作者：邹倜然
■ 编辑：陈晓燕　关晨迪　罗　娟　徐新星
■ 2022 年 06 月 08 日 02 版

本报讯（记者邹倜然） 日前，在浙江台州长鹰信质科技股份有限公司 2022 年股票期权激励计划中，拥有二级技师证书并取得本科文凭的公司车间主任陶伟成为 124 名被激励对象之一，预计分得价值约 30 万元的股权，收入将大幅提升。这是台州市总工会开展“以技提薪”，推动企业建立健全技术工人薪酬分配体系的缩影。

“扩大中等收入群体”“提高低收入群体收入”是浙江高质量发展建设共同富裕示范区的一项重要工作。通过让技术工人当股东、合伙人等形式来提升技术工人薪酬，成为探索“扩中”“提低”的重点。去年以来，台州市总重点实施“扩中、提低、共建、共商、共享”五大行动，健全技术工人培养、使用、评价、激励制度，推动企业建立健全技术工人薪酬分配体系。截至目前，该市 100 家试点企业摸索形成技能等级提升、技术入股分红等多种“以技提薪”模式，惠及 1.6 万名职工。

台州市总工会党组书记、常务副主席项先贵介绍，台州民营经济发达，全市各级工会围绕技术工人这一重点人群，通过构建“以技能竞赛提高收入，以素质提升创造财富”的政策体系、工作体系和评价体系，打好“扩中”组合拳。

“市总选取 100 家企业作为试点，探索技术要素参与分配的可行性，初步形成了技能等级提升、技术入股分红、技术贡献奖励、技能竞赛奖励、股权投资激励、职务岗位晋升等多种模式。”项先贵说。

石同中是尔格科技有限公司的一名电焊工。去年下半年，他通过各项评定，获得电焊工技师资格证书。同年 11 月，他参加台州市职业技能竞赛，取得焊工技能竞赛第一名的好成绩。尔格公司除给予他5000元的竞赛奖金外，还将他作为核心技术工人进行岗位提升。加上岗位技能补贴，石同中的收入增长了10%，每年能增收1万多元。

与此同时，为了充分发挥集体协商制度在共同富裕示范区建设中的基础作用，台州各级工会从职工群众最关心、最直接和最现实的利益问题出发，做好企业能级工资集体协商工作，有效保障职工工资收入。2021年，该市能级工资集体协商覆盖企业7334家，签订单建非公企业工会集体协议6350份、区域性集体协议101份、行业集体协议41份。

此外，台州工会还通过劳动和技能竞赛、导师带徒等形式提升一线职工技术水平，让“以技提薪”惠及更多职工。2021年，该市实现“名师带徒”结对812对，完成职工职业技能培训195场次；开展职工职业技能培训7.5万人次，2.2万人获得技能提升。

劳模津贴因企业破产一时没了着落，滨州市总工会积极介入

3封建议函为8位劳模“追”回荣誉津贴

■ 作者：田国垒
■ 编辑：陈晓燕　关晨迪　罗　娟　徐新星
■ 2022年03月15日02版

本报讯（记者田国垒　通讯员蔡晓林　李花英）“企业破产了，退休后的劳模领不到津贴，该怎么办？”这个问题一直困扰着山东省滨州市劳动模范姚淑芳。直到不久前，在滨州市总工会发出的3封建议函的推动下，姚淑芳等8位有着相似遭遇的劳模，收到了企业发放的共计24.6万余元荣誉津贴。

姚淑芳2015年6月从山东滨岭矿业有限公司（以下简称滨岭矿业）退休，该公司隶属于滨州市国资委。姚淑芳退休3年多后，滨岭矿业被法院裁定宣告破产。而在此之前，姚淑芳已经领不到企业发放的劳模津贴。她的同事王聿国、满建艳等几位劳模在退休后也未能按时收到企业发放的荣誉津贴。

事情的转机发生在2021年2月。得知滨岭矿业的破产程序已进入清偿阶段后，满建艳和姚淑芳先后给滨州市总工会打电话反映情况。

“劳模是全社会的宝贵财富，他们遇到困难，工会要竭尽所能提供帮助。”滨州市总工会有关负责人说。滨州市总随即与市国资委进行沟通，达成一致意见，并与滨岭矿业破产管理人取得联系，积极提供相关资料，耐心讲解政策，同时梳理了滨岭矿业的劳模基本情况和荣誉津贴未落实情况，了解企业的破产清算进度。

根据《山东省人民政府办公厅关于进一步改善劳动模范待遇的通知》，机关、企事业单位、人民团体的劳模荣誉津贴一般通过离退休前工资渠道解决并负责发放。但是，在企业已宣告破产的情况下，劳模津贴无法落实怎么办？补发的具体金额怎么确定？未来的津贴怎么办？这在滨州市并无

先例。滨州市总工会生产保护部工作人员查阅了山东省、滨州市相关法规文件后，向滨岭矿业发出3封建议函，提供劳模津贴政策依据，并提出“在过去几年中，未足额发放或未发放劳模津贴的人员，按照标准足额提取资金；对于未来津贴发放问题，应参照解决抚恤人员待遇的相关规定，按我国人均预期寿命预留资金，一次性支付劳模津贴”等合理建议。

但有两名劳模的情况比较特殊。这两名劳模在企业破产时尚未退休，与企业签订了解除劳动关系协议。滨岭矿业破产管理人提出，这两名劳模既然已经与企业解除劳动关系，相关荣誉津贴就不应在清算资金中进行支付。

此事也没有先例可循。滨州市总工会工作人员又根据相关法规文件提议：两人签订解除劳动关系协议的主要原因是企业破产，且签订协议时公司支付的一次性补偿金并不包含劳模津贴部分，劳模津贴应一并在清算资金中预留出来。

通过积极争取，今年2月，滨岭矿业8位劳模终于拿到了共计24.6万余元荣誉津贴。

外卖平台、配送站点、工资发放单位是三家不同公司，个税扣缴又涉及另外两家公司

一外卖小哥工伤维权案竟牵涉5家公司

北京、重庆两地奔波打官司，让其维权之路更加艰难

■ 作者：杨召奎
■ 编辑：程莉莉
■ 2022年03月25日06版

本报讯（记者杨召奎）“我为饿了么平台送外卖，在迪亚斯（重庆）物流有限公司（以下简称迪亚斯公司）位于北京昌平区的一外卖站点工作，但工资是太昌（重庆）餐饮管理有限公司（以下简称太昌公司）发放的，个税则是由天津一建筑公司和上海一外包公司扣缴的。”外卖小哥邵新银怎么也没想到，自己受伤后维权时，竟发现和5家公司扯上了关系。

2018年3月，太昌公司在承包迪亚斯公司的外卖配送劳务服务后，组织邵新银等人通过饿了么平台在北京昌平区回龙观的站点从事全职外卖配送工作。

2019年4月，邵新银在送餐过程中受伤，导致胫骨平台骨折、外踝骨折。在他受伤后，饿了么平台、太昌公司、迪亚斯公司都不承认与他存在劳动关系，导致他维权面临困境。

于是，邵新银开始通过法律渠道维权。在此过程中，他才知道自己和5家公司有关系，而这些复杂的关系让他的维权之路变得更加艰难。

在与北京市致诚农民工法律援助与研究中心的法律援助律师多次沟通后，邵新银决定将迪亚斯公司作为被告。

2020年8月，北京昌平区劳动人事争议仲裁委员会（以下简称昌平仲裁委）作出裁决，认定邵新银与迪亚斯公司之间存在劳动关系。

然而，迪亚斯公司不服仲裁结果，选择在公司注册地重庆提起诉讼，其起诉理由之一就是邵新银的服务报酬由太昌公司代发，其与邵新银无任

何资金往来，因此也不存在劳动关系。

原本以为维权将要成功的邵新银，不得不奔赴重庆打官司。但此后一审、二审，邵新银均败诉。

“近年来，国家高度重视新就业形态劳动者权益保障问题，陆续发布了相关政策，并明确对采取外包等其他合作用工方式，劳动者权益受到损害的，平台企业依法承担相应责任。”邵新银说，这让他看到了希望。

于是，他向昌平仲裁委提起仲裁，要求确认与太昌公司存在劳动关系，并支付一次性伤残补助金等费用，拉扎斯网络科技（上海）有限公司（以下简称拉扎斯公司，系饿了么平台运营主体）承担连带赔偿责任。

2021 年 10 月，昌平仲裁委作出裁决，认定邵新银与太昌公司存在劳动关系，但驳回其要求拉扎斯公司承担连带赔偿责任的请求。

邵新银不服，向北京市昌平区人民法院提起诉讼。他表示，5 家公司以“表面外包、实质合作用工”的方式对其进行共同管理，因此拉扎斯公司应承担连带赔偿责任。而拉扎斯公司则称，邵新银是迪亚斯公司自行招募的骑手，其不存在与太昌公司承担连带责任的基础。

3 月 24 日，记者获悉，北京市昌平区人民法院已开庭审理此案。邵新银期待“能有好的结果”。

消息十佳评点

增强“发现”的能力　淬炼“表现”的技术

——《工人日报》2022年度十佳消息品读

沈　刚

长期以来，消息以“新”“短”“快”的特点，成为媒体使用频率最高、数量最多的一种新闻体裁，也被视为记者的基本功。然而，在全媒体时代，文字消息似乎成了新闻作品中首当其冲的“易碎品”，有的从业者因此不再下力气研究如何写好消息，为了追求时效性，甚至拿来通稿改改了事。

品读《工人日报》2022年度十佳消息，我们可以发现，好消息依然具有强大的感染力与影响力。在全媒体时代打造消息精品，更需要我们持续增强“发现”的能力，持续淬炼“表现”的技术。

看得见，看得准，看得深

好消息最终比拼的，不是新闻事件的大小，而是新闻价值的大小。一篇好消息的诞生，离不开新闻工作者在常态中发现新闻的职业素养。这种“发现”，其实就是准确判断新闻事实所含新闻价值的能力。要“看得见”，善于观察、善于发现；要“看得准”，以小见大，看准新闻素材所隐藏的价值；要“看得深”，探究新闻事件的深层次因素，注重思考的深度。

《工人日报》2022年度十佳消息的一等奖作品《安徽芜湖为打造“最干净城市”逆向思维反向推选“干净办”邀请市民推选“最不干净”街巷》，便体现了记者的发现力。

安徽省芜湖市设立“干净办”的线索，本报记者是在参加行进式集体采访的过程中得到的。这种行进式集体采访，近几年已成为重大主题报道的常用形式，参加的媒体记者少则十几人、多则几十人，组织者安排的采访点也很多，且日程往往非常紧凑。记者身处其中，短时间内接收海量信息，且相当多的内容是经验介绍，想要抓住新闻干货并不容易。本报记者在材料的“海洋”中，“打捞”起了芜湖市设立“干净办”的线索，但也发现“干净办”的诞生已经是3个月之前的“旧闻”。记者没有轻易放弃，而是密切关注“干净办”的进展，进行了大量的资料储备和相关采访。随后，记者等到了“‘干净办’开展‘最不干净’系列评选”的这个“点”，一篇佳作就此诞生。在此过程中，记者在海量信息中“看见”了“干净办”的线索，看准了“干净办”的价值，并选择了一个“反差点”进行报道，突出了新闻事件的深层次意义，起到了良好的效果。

《代表委员呼吁建立“新八级工”制度》这篇出自全国两会的消息，同样展现了记者的“发现”力。全国两会是国家政治生活的大事，也是蕴藏着丰富新闻资源的“富矿”，但要把“矿”开采出来并非易事。由于受疫情的影响，前线记者采访难度大大增加，也就更加考验记者“发现”的功力。《代表委员呼吁建立“新八级工”制度》的作者，两会开始前的两个月便注意到人社部关于探索建立“新八级工”制度的线索，做了大量的资料准备以及预先采访。两会上，通过挖掘一线职工代表的故事，响亮地呼吁建立“新八级工”制度，让工人沿着技能阶梯“步步高升”重塑荣光，取得了很好的传播效果。

小切口展示大主题，小故事反映大时代

细读《工人日报》2022年度十佳消息，我们可以发现，好消息是“发现”与“表现”的融合体。发扬新闻专业主义精神，面对重大事件、重大议题善于发声，回应社会关切。在文本呈现上，以故事诠释主题，以人物演绎主题，以细节强化主题。

工匠精神，近年来一直是《工人日报》的报道重点之一。其实，从某种意义上说，新闻工作者也是工匠，也需要工匠精神。许多获奖作品，都是数易其稿、字斟句酌的结晶。全媒体时代，发稿节奏大大加快，但依然需要对稿件精雕细琢，以工匠精神深耕内容。正如《清退超龄农民工避免一刀切》的作者所说，沾着泥土的采访才能接地气，冒着热气的新闻才能

有温度。有现场、细节、有实事、有真话，才能做出好报道。

《前年招了15人，如今只留下6人》一文，从全国人大代表、贵州航天天马机电科技有限公司材料成型部有色金属焊接班班长姜涛“留不住好徒弟”的感叹起笔，聚焦“制造业招工难、留人难”的焦点话题。以朴素平实的语言，通过“前年公司招的15个工人如今只有6个人坚守岗位”“工资开到五六千元甚至八千元，也招不来一个技工”“有的厂里很难看到40岁以下的年轻人”等一个个生动的细节，提出了“人都去哪里了呢”的困惑。辅之以人力资源和社会保障部发布的“最缺工”职业排行、中国机械工业联合会对1318家企业的调研数据，在全国两会的大平台上有针对性地提出了怎样让年轻人愿意进工厂、学技术的问题。

小切口展示大主题，小故事反映大时代，小人物彰显大情怀，这是我们多年来的追求。《手里已有7张卡，还要再办工资卡》这篇报道，写的是一位普通农民工遭遇的“烦心事”。春节过后，30岁的蔡师傅从四川老家来到贵州贵阳修文县工地打工，按规定需要出示当地某银行的工资卡用于发放工资。然而，蔡师傅找遍手头已有的7张银行卡，发现都不符合要求，只能前往指定银行办理第8张银行卡。这是“小人物”遇到的“小事”，但反映的是一个普遍存在的问题，对亿万农民工都有现实意义。根据《工程建设领域农民工工资专用账户管理暂行办法》，任何单位和个人不得强制要求农民工重新办理工资卡，开户银行不得拒绝农民工使用他行社会保障卡银行账户或他行银行卡。但在实际中，很多农民工“换一个工地就要换一张指定银行的工资卡”。这样的报道，通过小人物小故事关注社会发展的前沿事物、矛盾焦点，正是新闻报道推动经济社会发展的着力点。

《一外卖小哥工伤维权案竟牵涉5家公司》则讲述了外卖小哥邵新银维权的坎坷经历。邵新银在送餐过程中受伤，导致胫骨平台骨折、外踝骨折。由于外卖平台、配送站点、工资发放单位是三家不同公司，个税扣缴又涉及另外两家公司，邵新银在北京、重庆两地奔波打官司，维权之路非常艰难。记者准确、客观、及时地报道了这一案例，并在随后的报道中持续跟进，展现了《工人日报》对新就业形态劳动者权益保障的关切。

“关注三工”与“三工关注”的持续追求

“三工”题材是我们的特点，也是我们的优势所在。在日常的采编业务中，《工人日报》的同仁始终保持对专业的追求，对特色的重视。进入2022年度《工人日报》十佳消息初评的作品中，“关注三工”与“三工关注”都有许多佳作，体现了报道题材的宽度和广度。最终获奖的两件一等奖作品中，《清退超龄农民工避免一刀切》是典型的“关注三工”，《“干净办”邀请市民推选“最不干净”街巷》则属于“三工关注”领域。

《146个户外劳动者服务站点摘牌99个》报道了辽宁省阜新市总工会整顿户外劳动者服务站点的切实举措。阜新市总调查发现，部分户外劳动者服务站点存在站点选址不合理、分布不均衡、管理不完善、管理资金投入不足、领导重视不够等问题，对管理不善、发挥作用不好的99个站点进行了摘牌处理，同时升级改造、新建一批站点，使高质量服务站点达到57个。这种不凑数、不做虚功的务实做法，值得推广借鉴。

《3封建议函为8位劳模“追”回荣誉津贴》报道的是山东省滨州市8位劳模遇到的难题——企业破产了，退休后的劳模领不到津贴，该怎么办？市总工会积极介入，查阅了山东省、滨州市相关法规文件后，发出了3封建议函，提供劳模津贴政策依据，并提出了一系列合理建议。最终，8位劳模拿到了共计24.6万余元荣誉津贴。这样的报道，直面“三工”领域的具体问题，详述解决路径，同样具有借鉴意义。

《内蒙古一地给干部设“站着说话不腰疼”检讨席》则是一篇“三工关注”的佳作。为倒逼干部转变作风，内蒙古自治区鄂尔多斯市康巴什区将研究优化营商环境列为区委常委会会议固定议题，设立了“站着说话不腰疼”检讨席。发言者在检讨席均站立发言，直面自身不足，剖析深层原因，细谈改进举措……现场少了“好人主义”“一团和气”，多了问题导向、自我批评，“辣味”十足。

不论是“关注三工”，还是“三工关注”，我们的笔下需要生动的细节、精准的数据，更需要真挚的关切、独到的思考。找到共情处、找准共鸣点，让报道有温度、贴人心，有意义，有意思。

十佳

2022′

工人日报十佳作品选

通讯十佳

福州市快递行业首次开展集体协商，末端派件费标准成争议焦点——

几角钱的“派件费差异”上了谈判桌

作者：李润钊
编辑：罗 娟 徐新星 陈晓燕 关晨迪
2022年08月15日02版

“0.65+0.9+1.15……”数字叠加200多次，构成了福建省福州市一家快递企业收派员张宏文一天的派件收入。张宏文告诉记者，他把快件从网点送到收件人手中可获得派件费，0.65元是浙江义乌来货的派件费，0.9元是广东揭阳来货的派件费，1.15元则是同城的派件费。

6月，张宏文送了9000多件快递，派件费收入共计8550元，占到工资总收入的近9成。末端派件费的区域性差异让张宏文很是不平：“同样在路上跑，送义乌来的快递派件费却要打折，这不公平。”

8月9日，在由福州市总工会与当地邮政管理、人社部门共同推动的快递行业集体协商现场，“派件费差异”话题就被搬上了协商席。职工方代表和企业方代表就行业最低工资标准、休息休假、保险保障、高温津贴等议题展开协商，末端派件费标准成为双方争议的焦点之一。

派件费有差异

福州市邮政管理局7月的一次调查显示，当地快递行业共有企业73家、分支机构249个、末端网点4676个，快递员数量达到1.9万人。而5月~6月福州市一线快递员的平均月派件数量为8603件，平均月派件费收入为7511.3元，平均单票派件费为0.87元。

“快递行业末端派件费差异每单达到0.3元~0.5元，这导致快递员的实际每单派件费收入被压缩到0.6元甚至0.3元不等。”在协商现场，职工方首席代表、福州市快递行业工会联合会主席王文彪呼吁快递企业实施统一的派件费结算。

在快递行业竞争最激烈的义乌、揭阳、泉州等快递业务“大市”，快递揽收价格承压，压力顺着海量的快件传导到远在千里之外的福州快递末端网点和一线收派员身上。

职工方代表、鹭申通快递有限公司网络专员李仁华告诉记者，同样的路程、同样的时间、同一个站点，快递员集中派送义乌商品可能会比派正常快件少赚100多元，但付出的时间成本、运输成本却并没有太大差异。

差异的背后

“义乌的商品重量小，快递员配送一筐可以装好几百件；普通快递一件可能好几十公斤，这里的派送成本本身就存在差异。”企业方代表、福州市博通快运有限公司总经理叶志艺表达了不同的观点，“货量小的小商品可以实施派送效率更高的大批量配送，按照统一标准发放派件费不经济也不公平。”

“派件费的区域差异不仅体现在不同快件来源地存在的差异上，还体现在同一网点周边不同派送区域的效率差异上。”企业方首席代表、福州快递行业协会会长吴桂辉认为，不同区域的派件收益和派件效率存在差异，而派件费是对派件收益和效率的综合体现。

在协商现场，本次集体协商的主持人、福州市邮政管理局办公室负责人陈遂益告诉记者，快递企业总部给到各个网点的派件费除了要用于支付快递员配送产生的派件费外，还要用于支付快递网点的场地费、车辆购置费、油费、折旧费、管理人员工资等，剩下才是网点的盈利。职工方提出的诉求是要针对不同“进口”区域的快件实施统一的、无差异的派件费结算，这无形中增加了企业的派件费成本。

“如何留住人”引发共鸣

“每天要处理超过200件包裹，每个月休息不到2天，每天平均工作时长超过9.5个小时，派件费连续多年下调，快递企业拿什么留住人心?”职工方代表、福州乔韵达速递有限公司工会主席蒋素华提出的问题，不仅赢得职工代表们的掌声，也说到了快递企业代表的心坎里。

福州顺丰速递有限公司副总经理温智华感叹，随着下半年快递行业旺季的到来，快递行业人员流失率高、派送人员短缺的问题愈发凸显。

“邮政管理部门已经指导行业协会进行核算，将综合各地最低工资标准、快递揽投业务量等因素生成末端派件费标准并于近期公布实施。”陈遂益说。

“我们可以向总部提出申请”“我们可以承诺给到快递员的没有差异”……企业方释出进一步推动协商的诚意。

在双方代表的一致确认下，“一线收派员工单票派件费用不得低于市快递行业协会核算标准，企业保持合理末端派件费水平，不得对寄自特定区域的快件实施非正常派件费结算”被写入双方随后签订的行业集体合同。

采编经过

将“话筒”交还给新闻现场内外的那个“他”

——通讯《几角钱的“派件费差异”上了谈判桌》采访体会

李润钊

2022 年 8 月 9 日，在由福州工会、邮政、人社多部门共同推动的快递行业集体协商现场，一份供劳资双方协商讨论的行业集体合同草案被摆上了“谈判桌”。

两列齐齐整整的协商席、一面红红火火的背景板、一群相对而坐、穿着各色服装的协商者，当诸如最低工资标准、年工资增长幅度等话题伴着麦克风传遍会场各个角落，一场“似曾相识”的工资协商就此拉开。

作为记者，我们总是希望在这些“似曾相识”的现场里，找到一些“特别”的存在。

这种“特别”或许与协商的人有关。会前，福州市邮政管理局提供的数据显示，“当地快递行业共有末端网点4676个，快递员数量达到1.9万人”。而如此庞大的就业群体，却是首次被请进工资集体协商的会场。

这种“特别”或许也与话题有关。当地工会准备的协商文本清楚地注明：“快递行业末端派件费差异每单达到0.3元~0.5元，这导致快递员的实际每单派件费收入被压缩到0.6元甚至0.3元不等。”作为对行业收益和效率的综合体现，末端派件费这一关系快递企业生存发展和一线快递员收入、劳资双方切身利益的“核心关切”首次被纳入协商的议题。

可与记者的“期待”有所不同的是，在活动现场，这场协商并不如想象中的“激烈”，过程也并不像预想中的“纠结”。这个本应引发双方“交锋”的核心议题，在你来我往、程式化的“对答”中草草“收场”。现场录音显示，针对“末端派件费”的协商过程仅有短短的7分43秒。

这种意料之外的“平静”，或许便是我们在从事工会新闻报道过程中，那些常见且意料之内的“平顺”。因为一次次正式协商前的预协商、预沟通、预调解，本应激烈的争论争执争取在“最后的现场”变得温顺柔和；因为一个个规定、既定、固定的流程，原本不确定、不肯定、不恒定的结果在“最终的会议”中变得平稳恒常。

可作为记者，我们总不愿满足于那一纸新闻通稿的官样文章，在那些看似恒定、恒常的新闻现场里，我们总是想要抽丝剥茧，找到那些略带“毛边”、不修“边幅”、不加“修饰”的存在。亦如在走出这场“似曾相识”的协商会场后，我们将采访的“话筒”又再次递向了会场内外的“当事人”和与派件费差异相关的“关联者”。我们希望透过在这场跨越新闻发生地内外的采访，去还原新闻事件背后更粗糙的肌理、更本真的博弈、更深刻的逻辑。

通过回顾协商过程中劳资双方的“交锋”过程，撷取协商代表的发言要点，我们事后走访了当地部分快递网点的一线职工。拿着计算器听他们测算派件费的“账单”，在一栏又一栏标有不同派送地标签的理货区里，记录那些出现在协商现场却因协商流程无法为自己“发声”的一线快递员讲述“但求公平”的诉求。

我们在“会场之外”再次采访了在现场参与协商的协商代表，让他们脱离既定的协商脚本和协商语境，剥离协商代表的身份，聚焦工作现状和行业本身，讲述集体合同之中被挤压的“末端派件费差异”是如何触动快递行业“保成本”的痛点。

在编辑老师们的指导和帮助下，最后刊发的稿件中，既呈现了“协商现场”集体协商这一新闻事件本身，也体现了“会场之外”行业从业人员的困顿与愿景。我们力求在场内场外相互交织的采访过程中，寻求协商背后推动劳资双方走向合作共赢的“最大公约数”。

至今，我往往还是会因那些似曾相识的新闻话题、新闻现场、新闻人物而感到困顿。可回想这段采访的经历，我又会感叹在那些看似平淡平常的新闻事件背后，又隐藏着多少的“深不可测”、多少的“旁枝末节”、多少的“点点滴滴”。

面对这些似曾相识的困顿，我想我们能做的，便是将“话筒”交还给新闻现场内外的那个“他”，尽可能诚实地写下“他们”口中那些不断推翻、不断疑问、不断重建、不断延伸的事实和因果。

有人支持，有人不解，有人转型……

多地发布建筑业清退令，超龄农民工路在何方？

相关部门表示，将及时跟进，确保超龄劳动者的合法权益得到有效维护

作者：裴龙翔
编辑：程莉莉　甘　皙
2022 年 03 月 18 日 05 版

阅读提示

超龄农民工正在逐步告别建筑工地。截至目前，全国已有多个地区发文进一步规范建筑施工企业用工年龄管理。

一些在工地干了一辈子的农民工不解："我还干得动，为什么不让我继续干下去？"一些农民工表示支持："年纪大了，反应慢了，一旦出事，对家庭就是致命打击。"面对不断落实到位的管理措施，一些仍有务工需求的超龄农民工开始走上转型之路。这也给相关管理部门带来新的课题。

3 月 17 日，上海浦西。沿着汉口路向东行，几处老建筑正在历经大规模返修，挡板将高耸的吊机和施工设备围在其中。工地外不时有头戴安全帽身穿马甲的农民工经过。《工人日报》记者调查发现，如今施工现场已经难寻 60 岁以上的农民工，甚至超过 55 岁的都极少。

59 岁的老王，告别了打工多年的建筑工地，今年跟着老乡到上海忙起了装修，在业主家里拌混凝土、砌墙、贴瓷砖，做一天泥瓦工能有 200 多元收入，让他觉得很满足。"比起在工地上风吹雨打，烈日暴晒，干装修轻松多了。"老王说，"现在工地招工严了，老乡说要带我们转型，现在看起来还不错。"

老王对工地的印象或许只能停留在过去了，超龄农民工正在逐步告别建筑工地。截至目前，全国已有多个地区发文进一步规范建筑施工企业用工

工年龄管理，上海、天津、广东深圳、江苏泰州、江西南昌、湖北荆州等地，均作出此项要求。

多地出台政策清退超龄农民工

上海建筑施工领域用工的改变起源于2019年，上海市住建委、市人社局和市总工会共同发文，明确规定禁止18周岁以下、60周岁以上男性及50周岁以上女性三类人员进入施工现场从事建筑施工作业，同时进一步规定，禁止55周岁以上男性、45周岁以上女性工人进入施工现场从事井下、高空、高温，特别繁重体力劳动或其他影响身体健康以及危险性、风险性高的特殊工作。2021年5月，上海市建设工程安全质量监督总站再次发出这一工作提示。

记者梳理发现，不仅在上海，全国多地均先后出台类似政策，对建筑施工行业超龄农民工进行用工规范。相较于上海，各地规定中对各类情况作出了更为细致的规定。

天津规定，因特殊情况确需安排或使用超龄建筑工人的，施工单位应当对超龄人员健康证明（有效期为1年）进行核验，并根据项目具体情况合理安排工作岗位。湖北黄冈则进一步将进入工地的工作人员细分为三类，在各地规定的基础上，新增了"禁止注册建造师、注册监理工程师年龄超过65周岁的进入项目现场从事施工管理"和"项目副总、技术总工等主要技术类岗位参照注册类管理人员，原则上年龄超过65周岁后不建议参与施工现场技术管理"。

文件制定后，各地均严格执行，确保合规用工。据了解，目前上海依靠两个路径对工地用工进行严控：一是实名制系统，现场所有务工人员要录入实名制系统，从入职源头杜绝违规行为；二是市区两级监督机构推进，在2021年全年的专项整治中发现了6起超龄用工情况，均实现即知即改。

安全考量成政策出台主因

农民工的各项权益牵动着全社会的心。在刚刚结束的全国两会期间，有代表提出“希望解决超龄劳动者工伤保险的问题”。

而建筑工地正是超龄农民工安全事故高发易发的区域。记者搜索发现，仅2021年6月，湖北荆州、江苏泰州都有事故发生，伤亡农民工均超过60周岁。其中泰州市住建局发布的高坠事故通报中指出，该市建筑工地发生多起高处坠落事故，两起事故亡者年龄超过60周岁。

类似的问题在上海出现得更早，2018年上海建筑业曾发生两起较大事故，分别造成6人死亡，其中有3人超过60岁。

上海市建设工程安全质量监督总站安全科科长崔勇介绍，2018年全年建筑业安全生产事故造成死亡的人员里，超过60岁的占比达到15%，而当时建筑从业工人中，超过60岁的占比仅有1%。在此背景下，考虑建筑施工高处作业多、露天作业多、手工及繁重作业多等高危特点，超龄带来的体力和意识问题都与风险要素相关，再加之施工现场居住条件差、重体力要求的高盐高油饮食等对老年人健康均十分不利，因此上海市住建委联合市人社局、市总工会在2019年研究出台了相关文件。

崔勇同时强调，部分新闻中“超龄农民工不能进入工地”的表述存在夸大，文件中明确规定，超龄员工不能从事建筑施工作业，而工地其他辅助性岗位，比如保洁、保安、仓管等是不受影响的，也希望施工方为超龄农民工提供更为周全的安排。

采访中，有农民工对相关规定表示理解，在青浦工地做“大工”的沈师傅已经58岁了，他明白政策里透露出的关心，“年纪大了，反应也慢了，一旦出事，对家庭就是致命打击。”但他也有自己的忧虑，“干了一辈子工地，做别的都不习惯了，收入肯定会受影响。”

严格执行并体现城市温情

黄浦江的南延伸段上，一幢计划修建11层的大厦已完成了地下部分的施工，加装顶板后，吊机正将预制的钢结构逐一吊装到位。负责该工程的上海建工集团于2019年出台企业内部文件，规定进场施工的一线人员年龄控制在55岁以下。据项目部党支部书记陈志俊介绍，每天入场的员工都需要在门禁处进行刷脸确认身份，并且在左手佩戴臂章，写明单位、姓名、年龄和工种等信息，确保用工规范。

如果有人想浑水摸鱼怎么办？陈志俊说，对于临时的用工需求，分包企业需要提前在微信管理群中报备，提前做好人员信息核对和安全交底之后，工人才能进入施工区域，门禁岗核对之后，还会有安全员通过制作臂章环节再次核实。

在上海的许多工地上，类似这样严加管理的措施正不断被落实到位，但超龄农民工的务工需求依旧存在，转型成为许多人主动或被动的选择。

沈师傅之前就在建筑工地务工，最近几年，和他年岁接近的老乡们结伴外出打工，越来越难找到工地上的活儿了。目前，他们正在市郊建设农民自住的小别墅，和之前登高爬低比起来，风险小了许多。还有的农民工“试水”装修、家政等新行当，渐渐适应了改变。

“许多农民工还想为家庭再出把力，这种情况我们非常理解。”上海市总工会相关负责人表示，对规定的严格执行是出于安全考虑，同时上海也在努力体现出城市温情的一面，“对于仍有工作意愿的超龄农民工，上海各方面积极协调，提供了保安、保洁和物业等相对较轻松的工作，同时将在劳动权益保障方面及时跟进，确保超龄劳动者的合法权益得到有效维护。”

该负责人特别提醒，劳动者在日常工作中要注意签订合同，保存好各类工作证明，以备日后维权所需。对于权益受到侵害的农民工，可以拨打工会维权热线，也可以通过各级工会的服务站点或微信公众号进行咨询和投诉，上海工会对劳动者实行应援尽援的维权服务。

采编经过

围绕报性定位 体现社会温度

——通讯《多地发布建筑业清退令，超龄农民工路在何方?》采写体会

裴龙翔

2022年3月18日，本报农民工周刊头条刊发了我所写的《多地发布建筑业清退令，超龄农民工路在何方?》一文。见报后话题迅速引起社会关注，当天下午冲到了微博热搜第一名，后续又有多家媒体持续跟进，农民工权益再度得到公众关注，相关问题的解决被提上议事日程。一篇关于农民工的报道能在全社会引发如此大的反响，让我在惊叹报社影响力和议程设置能力之强的同时，对同类型的报道有了更深的思考。

围绕报性定位 将长板做长

着力讲好“三工”故事一直都是报社同仁孜孜以求的目标，历经多年发展，受众从本报中既可以获取普遍性的综合性时事新闻，各类劳动权益、职场热点话题等具有一定专业度和细分内容中的信息也是本报牢牢抓住受众眼球的优势。

因此在涉及劳动者、权益等话题时，读者更期待本报为之发声，也期待获得更权威更贴近的信息。当热点内容符合大众对本报定位的预期，很容易成为舆论热点，相关的案例已有多个，反映出受众对本报的认可。

这样的经验也指导我，在未来的采访过程中，更多留意普通劳动者，将目光聚焦在困扰劳动者的问题上，通过发现和报道问题，推动情况改善。

揭示问题同时展现社会温度

文中对问题的现象进行了梳理，即多地陆续出台超龄农民工工地清退令，也对部分农民工的担心收入降低、不能适应其他工作的担忧进行了展

示，但同时通过采访对象上海安质监总站安全科科长的口，详细解释了规定背后的考量，通过对工地事故数据的分析，让大家感受到政策制定者保护超龄农民工人身安全的用心。

媒体肩负着社会与公众，特别是政府和公众之间沟通交流的责任，监督性报道并不是为了“揭丑揭短”，更大的责任在于引起关注推动解决，同时做好阐释工作进而稳定相关群体的情绪。报道中不仅将制定政策的出发点和依据进行了有理有据的说明，还采访到了相关农民工，从当事人的角度表达了对政策的理解以及担忧，做到了平衡报道。

报道中还特意提到，各方都在为超龄农民工的后续工作出实招，工会组织还提出了“应援尽援”的承诺，体现出社会正能量，注重营造良好的舆论环境。

扩大采访面 提供参考解决办法

新闻具有多个维度，不同的人对新闻可能有不同的解读，为此在采访中应尽可能多地接触各相关的部门、单位和群体，了解各方的态度和应对，尽可能为读者还原一个全方位的新闻事实。

面对超龄农民工的话题，文中既采访到了政策制定者，有政府部门，也有超龄农民工，还对执行政策的企业和工地进行了采访。企业和工地展示了如何规范执行相关规定，也从侧面佐证了政策制定者的用心，采访中特意挑选了部分正在转型的农民工，还有政府部门为其提供转型的各种措施。

全面细致的采访保证了报道的客观公正，同时也看到了各方的努力，为问题的解决提供了初步可借鉴的方法。

一些货车司机在不知情下被注册成个体工商户——

干着“老东家”的活儿，却不再是“老东家”的人？

■ 作者：卢　越
■ 编辑：甘　皙　程莉莉
■ 2022 年 12 月 02 日 05 版

阅读提示

快递公司的货车司机，在不知情的情况下被注册成个体工商户，一旦出事故由谁来担责？律师表示，快递公司这种行为是掩盖其作为用人单位的实质用工身份，以此规避责任、减轻成本。对此，律师建议，应在社保、商业保险层面探索解决之道，给劳动者更大保障。

10 月 9 日，某快递公司的货车在高速公路上起火。两名司机在下车灭火的过程中被来车撞倒，双双不幸身亡。

事故发生后，货车司机何某的家属找到快递公司，要求按照工伤赔付，却被告知何某与快递公司已不存在劳动关系，他与第三方外包公司签订的是承揽合同，司机风险自担。

12 月 1 日，何某的代理律师冯沁涓告诉《工人日报》记者，快递公司否认与何某的劳动关系，其家属还在与公司进行协商。

一场意外，让何某家属面临找不到雇主担责的困境。这样的困境，还发生在更多快递货车司机身上。

货车司机找不到雇主了

冯沁涓告诉记者，根据调取的何某社保缴纳证明资料显示，2019 年 1 月至 2021 年 5 月，由快递公司为其购买五险；自 2021 年 6 月起，公司让何某自行购买养老保险。

事故中的另一名死者罗某，是何某另行雇用的司机，也在该快递公司工作了四五年，由公司购买五险至去年断缴。

快递公司提供给冯沁涓一份今年 10 月 1 日签署的《服务承揽合同》。记者在这份合同中看到，甲方为福建厦门一家企业服务有限公司，乙方为以何某名字命名的厦门某货物道路运输服务部。据冯沁涓了解，厦门的这家企业服务有限公司为该快递公司提供业务外包服务。

该承揽合同约定，所需驾驶员的聘请、雇用及日常管理由乙方负责。乙方的人身、财产安全及相应的责任后果均由乙方自行承担。合同还特别提到，甲乙双方是平等主体间的承揽合作关系，不存在劳务、劳动关系。

所谓承揽合同，是承揽人按照定作人的要求完成工作、交付工作成果、定作人给付报酬的合同。承揽人以自己的设备、技术和劳力完成主要工作。

“这份承揽合同实际上掩盖了何某与快递公司的劳动关系。”冯沁涓说。

冯沁涓调取证据发现，何某与罗某共同为快递公司的货运司机，在工作期间，他们穿着公司的工作服，接受公司管理和调度，驾驶公司的货运汽车，使用公司提供的劳动工具。何某向公司提供劳动换取酬劳，每月工资构成为“底薪加提成”。而且，出事车辆也并非所谓的“承揽车辆”，而是快递公司调派的其他车辆，车的分配权在公司。

“这样来看，何某和罗某与快递公司符合劳动关系特征，二人之间也并不存在雇佣关系，罗某并非何某的雇员。”冯沁涓说，“两人在工作期间死亡，如被认定为劳动关系，则应获得工伤赔偿。”

怎么就成个体工商户了

记者注意到，上述《服务承揽合同》中约定，乙方同意委托及授权甲方代理乙方以其名义办理个体工商户的登记手续。

干着“老东家”的活儿，却不再是“老东家”的人，有此经历的不止何某。冯沁涓了解到，在快递运输行业，货车司机与第三方公司签订承揽协议、自己再作为雇主另雇一名货车司机的现象非常普遍。

记者在企查查平台检索发现，仅在 10 月 21 日当天通过厦门的上述外包公司注册的个体工商户就达 80 家，均显示为以个人名字命名的××货物道路运输服务部，经营范围为“总质量 4.5 吨及以下普通货运车辆道路货物运输”。

河南郑州的货车司机赵师傅也是偶然才得知，自己被注册成了个体工商户。

赵师傅 2016 年入职某快递公司，和公司签订的是一份《代驾服务协议》。他又单雇了一名司机，两人签订了由快递公司提供的名为《主副驾协议》的格式合同。车辆由公司提供，赵师傅交了 5 万元押金。

平时两名司机轮流驾驶，跑往返 2280 公里的运输线。每次公司将两人的工资统一结算给赵师傅，赵师傅再支付给所雇司机相应部分，并对其承担责任。“不出事儿还行，但就怕出事儿。”赵师傅坦言。

2020 年，赵师傅因为线路问题决定把车退回公司不干了。公司的人这才告诉他，他需要注销自己在上海的一家“个人独资公司”。

“我人在郑州，怎么在上海就有‘公司’了?”赵师傅感到不解，也不记得签过什么协议。他告诉记者，自己身边的货车司机基本上都是相同的情况。

“货车司机听从公司的安排，通过电子合同模式签署所谓的业务合作合同，很多司机不了解合同内容，也不会仔细研究。”冯沁涓说，“劳动者可能拿到手的钱差不多，但要承担所有运输责任，还要对另一个人承担雇主责任，这种合同对劳动者来说不公平。”

实质就是“去劳动关系化”

“企业这么做实质就是‘去劳动关系化’，以达到规避责任、减轻成本的目的。”北京福茂律师事务所律师时福茂指出。

时福茂表示，快递公司让劳动者注册“个体工商户”等市场主体，再与本单位或者合作单位签订承揽协议，以掩盖其作为用人单位的实质用工身份。一旦发生责任纠纷，从表面上看快递公司就能撇清关系。对货车司机而言，则无法受到劳动合同法的保护。

“如果进一步剖析，快递公司的责任是撇不清的。”北京市炜衡律师事务所合伙人姚均昌律师说，“是否认定劳动关系，关键不在于双方签订的是什么合同，而在于劳动者是否接受公司管理和约束，从属关系是否足够紧密，是否满足认定劳动关系的实质性要素。”

四川省成都市中级人民法院公布的2020年劳动争议十大典型案例中，就包括一起涉平台工商户注册确认劳动关系案。该案中，劳动者在公司引导下完成了个体工商户的注册申请，并签订了《承揽服务协议》，后来在工作中受伤引发劳动争议。法院审理认为，劳动者一直在涉案公司从事公司安排的货物装卸工作，认定双方存在事实上的劳动关系。

随着新型用工模式逐渐涌现，不少快递小哥、外卖小哥被注册为个体工商户引发关注。“被”个体户，导致“小哥”们在法律层面失去劳动者身份，双方由雇佣关系变为合作关系。

在姚均昌看来，一些用人单位把灵活用工“玩坏了”，“套上各种‘灵活用工’‘新业态’的外衣，以掩盖劳动关系”。

令冯沁涓担忧的是，快递运输业发生交通事故的风险较高，货车司机如果不是“劳动者”，在工作期间发生交通事故时，将很难认定工伤从而拿到工伤赔偿。“应当考虑在社保层面、商业保险层面探索出制度保障道路，给劳动者更大保障。”冯沁涓说。

实名制用工管理、农民工工资专用账户等制度已全面推行，但“包工制”在一些领域仍变相隐秘存在——

欠薪事件为何又见“包工头”？

■ 作者：康　劲
■ 编辑：邓崎凡　沈　刚
■ 2022 年 01 月 09 日 01 版

甘肃省兰州市近日发生的一起农民工讨薪事件，引发舆论关注。

由中国建筑第八工程局有限公司负责的兰州市口腔医院异地新建项目部，被包克锋等 6 位农民工投诉，讨要近 20 万元的欠薪。

《工人日报》记者了解到，这一事件的起因与“包工头”有关。该项目部将部分木工工程分包给四川圣和锦建设工程有限公司，而四川圣和锦建设工程有限公司又与“包工头”张兵兵签订劳务协议，张兵兵随即找来包克锋等 6 位农民工做“点工”。从 2021 年 6 月起，6 位农民工陆续被拖欠工资，多次向张兵兵讨要，而张兵兵让农民工去找劳务公司和项目部讨要。2021 年底，张兵兵突然离奇“失踪”……

事后，有关部门查明，“包工头”张兵兵和劳务公司——四川圣和锦建设工程有限公司之间工程账目没有清算，也未及时核对工程量，更没有向总包方——中国建筑第八工程局有限公司项目部递交工资证明，导致拖欠农民工工资。

目前，该项目部已与劳务公司完成了工程核算，包克锋等 6 位农民工在工资单上签字，拖欠的工资也陆续汇入农民工个人账户。

此事的蹊跷之处在于，《保障农民工工资支付条例》公布已有两年时间，农民工工资保证金、实名制用工管理和农民工工资专用账户等制度已全面推行，为何还会出现“包工头”拖欠农民工工资现象？

屡屡“犯事”

据记者了解，兰州近日发生的这起农民工讨薪事件并非个案，近期在其他地方也发生了类似事件。虽然这些拖欠最终都得以妥善解决，但仍有诸多问题值得思考。

为规范农民工工资支付行为，保障农民工按时足额获得工资，国务院于 2019 年 12 月 30 日公布《保障农民工工资支付条例》，条例自 2020 年 5 月 1 日起施行。

该条例将多年来有关规范建筑领域用工及工资支付的保障措施加以完善后，以立法形式确定下来。专门针对工程建设领域欠薪问题作出特别规定，通过实行农民工工资专用账户管理、实名制管理、施工总承包企业代发工资、工资保证金等制度，全链条治理欠薪问题。

该条例被认为是治理农民工欠薪的“法律利器”。但是从执行情况来看，保障农民工工资支付仍有漏洞，“包工制”这种落后的用工模式仍在屡屡“犯事”。

以兰州发生的这起讨薪事件为例，有关人士分析指出，表面上看，中国建筑第八工程局有限公司的项目部是施工承包方，四川圣和锦建设工程有限公司是劳务分包方，劳务分包方把部分木工作业任务分包给“包工头”张兵兵，没有漏洞。但如果当月的工程质量、账目清算发生分歧，承包方与劳务分包方就会产生账务拖欠，而最终拿不到工资、遭受损失的还是农民工。

“包工制”变相隐秘存在

早在 2005 年，原建设部就提出 3 年内逐步取消建筑领域的“包工头”，农民工要由具有法人资格的劳务企业或其他用工企业直接吸纳，从根源上治理解决拖欠农民工工资问题。

2019 年，住房和城乡建设部、人力资源和社会保障部联合印发《建筑工人实名制管理办法（试行）》。而在《保障农民工工资支付条例》公布后，住房和城乡建设部要求，自 2020 年 1 月 1 日起，未在全国建筑工人管理服务信息平台上登记，且未经过基本职业技能培训的建筑务工人员不得进入施工现场，建筑企业不得聘用其从事与建筑作业相关的活动。

这些措施意味着，过去那种随意用工、管理混乱的传统“包工头”退出“舞台”。

但记者在采访中发现，“包工头”和“包工制”目前仍然以变相和隐秘的方式，在建筑工地普遍存在。

以兰州发生的这起讨薪事件为例，包克锋等6位农民工跟随张兵兵在项目工地做“点工”。所谓“点工”，就是干一天、算一天，包克锋等6位农民工每人每天的收入是350元；“包工”的张兵兵也一同劳动，但按照施工面积另有一笔每平方米40元的所谓“操心费”。分包工程的四川圣和锦建设工程有限公司和包克锋等6位农民工也都认可张兵兵的“包工头”身份，只不过是以“班组长”的名义在项目工地出现。

与传统的“包工头”领了工钱再发到农民工手中不同，现在的工资都是由建设方直接发到农民工的银行卡里，“包工”的张兵兵要负责督促工程质量、进度，并与分包方、发包方核算。

微妙的关系

在许多人的印象中，农民工、建筑工人都属于建筑公司，但目前的情况是，建筑公司和农民工、建筑工人之间存在着微妙的关系。

在名义上，许多建筑公司和农民工不签劳动合同，没有正式的劳动关系，规避了法律责任。建筑公司和劳务公司签有施工合同，由劳务公司招募农民工、建筑工人完成施工任务。按理说，劳务公司和农民工、建筑工人应该有明确的劳动关系，但实际上，许多劳务公司和农民工、建筑工人也不签劳动合同，有时候只签订一份“劳务协议”，甚至什么都不签，只有“口头协议”，通过“包工头”招募农民工、建筑工人，这些农民工、建筑工人以“点工”的形式付出劳动。

由此就出现一种现象——建筑公司没有农民工、建筑工人，但是农民工、建筑工人又为建筑公司干活服务。同时，农民工、建筑工人与劳务公司之间，除了为实名制而填写的表格之外，也没有劳动关系。如此，在工程质量、账目清算发生分歧时，极易造成拖欠农民工工资。

有关人士指出，每到年关岁末，各地都会开展农民工工资专项行动，在治理拖欠工程款和保障农民工工资方面取得巨大成绩，但问题仍未完全杜绝。有观点认为，现代企业公司，不仅要有完善的法人制度、出资者有限责任制度、科学的领导体制与组织管理制度，还要有完善的人力资源管理制度，建立明确清晰的劳动关系。

计件制，时薪制，在线时长与派单质量绑定……

新就业形态劳动者如何不被“困”在工作时长里?

专家建议，应针对新业态用工设计出相应的工时规范制度和劳动定额标准

■ 作者：陈　华　唐　姝
■ 编辑：王维砚　高子立　陈晓燕　罗　娟
■ 2022 年 11 月 14 日 06 版

阅读提示

根据平台企业的薪酬设计规则，无论是快递员、外卖员的计件制，网络主播的时薪制，还是网约车司机的在线时长与派单质量绑定，收入水平都高度依赖工作时长，导致新就业形态劳动者不得不超时工作。受访专家建议，应探索建立针对新就业形态劳动者的工时规范，防止过度劳动，保障劳动者身体健康和职业安全。

在刚刚过去的“双十一”，快递员、货车司机、网络主播等新就业形态劳动者再次进入超长“待机”状态，他们的相关劳动权益问题也备受关注。

根据平台企业的薪酬设计规则，无论是快递员、外卖员的计件制，网络主播的时薪制，还是网约车司机的在线时长与派单质量绑定，收入水平都高度依赖工作时长，导致新就业形态劳动者不得不超时工作。

当现有的工时制度和劳动定额标准，受到新业态用工方式的冲击，从业者的权益该如何保障?《工人日报》记者对此采访了有关专家。

超长“待机”，少有休息

“没回信就是在直播。”广州带货主播罗阳（化名）在自己的微信名上

这样备注。2020 年正式入行后，播音主持专业出身的罗阳开始奔波在不同的电商平台、商家之间。“这场直播结束了，得立马赶下一场直播，不是在直播，就是在去直播的路上。”他给记者发来的直播安排上显示，几乎每天都有 2~3 场直播。

通常，晚饭后、睡觉前是直播观看人数最多的时段，因此，晚上 12 点是罗阳正常的下班时间，有时也会凌晨 2 点才下播。赶上“双十一”这样的购物节，每天要连播 3 场，每场直播 3~4 个小时。

直播时要始终保持情绪饱满的状态，下班后的罗阳感觉整个人“被掏空了”，一句话也不想再多说。

和罗阳一样，合肥网约车司机陈广（化名）每天收车后也身心俱疲。从早上六点出车一直到晚上八九点收车，他的一天几乎都在车里度过。入行半年多，他很少休息。

清华大学社会科学学院此前发布的《2021 年中国一线城市出行平台调研报告》显示，大部分网约车司机都在高负荷运转，日均工作时间为 11.05 小时，其中，49.21%的网约车司机每日出车 8~12 小时，27.38%的司机每日工作 12~16 小时，74.76%的司机一周出车 7 天。

尽管各平台有防止司机疲劳驾驶的强制措施，然而，对大部分司机来说，每 4 小时强制休息的 20 分钟无法真的休息，只能在路上空跑，有的司机甚至会换个平台继续接单。

收入灵活，依赖时长

罗阳没有与直播机构签约，工作相对自主灵活，同时也意味着无底薪、赚时薪，时薪 100 元~200 元不等。即使成交额很高，主播也很少能拿到额外的提成，只能通过拉长时间增加收益。

记者采访发现，不同的新业态行业虽用工模式不同，但多数从业者收入以计件为主。

记者以应聘外卖骑手为由咨询了一家位于合肥市蜀山区的配送站点，负责人表示，基础单价每单 5 元，入职满 3 个月，每月出勤 28 天且跑够 1000 单，可拿到 6.8 元/单的最高单价。

在该站点业绩靠前的专送骑手小刘月入近万元，与之对应的是每天上线十几个小时，最多的一个月，他跑了近1800单。

对于新就业形态劳动者来说，更多的时候，他们“想停也不能停下来”。

前述《报告》指出，有司机表示：“如果不出车分会掉，分掉了就会影响接单，因而需要每天都跑。”这种现象也得到了陈广的印证：每天要保证上线至少10小时，活跃值越高，派的单就越多越好，“感觉被在线时长‘困’住了”。

“如果不多跑，可能连租车费都挣不回来。”陈广每天租车费用125元，每单抽成比例18%~30%不等，到手后所剩无多。“单价太低，一口价的单只能挣个起步费。”为此，他注册了多个平台，哪个价格合适就跑哪个。

而对罗阳来说，一旦停下来，可能就意味着被行业抛下。

“一个同行休息了10天，回来后发现，之前合作的品牌已经找到了新主播。”罗阳感觉到直播行业越来越“卷”，不断有新人涌入，时薪也在“缩水”。

针对性探索工时规范

中国劳动关系学院法学院执行院长、教授肖竹表示，新业态用工形式灵活多样，部分从业人员与平台或相关方签订劳动合同建立劳动关系，但更多属于“不完全符合确立劳动关系”以及“个人依托平台自主开展经营活动、从事自由职业等”的情形，这两类用工方式目前尚未建立明确的工时保护规则，整体处于失范状态。

安徽昊华律师事务所律师胡敏指出，2021年7月，人社部等八部门共同印发的《关于维护新就业形态劳动者劳动保障权益的指导意见》中，首次提出介于两者之间的“不完全劳动关系”。他建议，相关立法要针对“不完全劳动关系”中的权利义务和相关劳动基准等进行明确。

多位受访专家表示，有别于传统的“企业+雇员”模式，劳动者通过平台自主接单承接工作任务并获得报酬，劳动用工任务化、计件制更具有普遍性，对传统工时和劳动定额的制度逻辑产生了强大冲击，需针对数字时代和新业态用工，设计具有适应性的工时规范制度。

中国社科院法学研究所社会法室副主任王天玉则认为，考虑到从业者多平台就业的特性，应探索基于经济从属性的任务计量型劳动基准，在从业者灵活就业总时长无法直接控制的前提下，大型平台可以通过任务连续性和总量的控制来限制劳动机会，防止过度劳动。当从业者达到任务计量基准时，平台应停止派单，否则要承担违反强制性规定的法律责任。

如何根据新业态不同行业、职业的特点，建立针对性的工时规范？

“从根本上来说还是要提高劳动者单位时间的报酬收入，以符合劳动者基本工作收入预期目标，减少收入水平对工作时间的过分依赖。对于网络主播等单一工作场所的单一工作形式的工时规制，则应从劳动者身体健康和职业安全的角度保护其休息权，对其最长工作时间建立强制性规范规则。”肖竹说。

于人间烟火处彰显道义与担当 在悲欢离合中抒写情怀与热望

情暖《人世间》，人间值得

■ 作者：苏　墨
■ 编辑：苏　墨　刘颖余
■ 2022年02月20日03版

阅读提示

尽管接连“撞车”春节档等收视大热门，正在央视一套黄金档和爱奇艺独家网络播出电视剧《人世间》依然不疾不徐地成为荧屏“王炸”。

该片根据梁晓声茅盾文学奖获奖作品改编，由《人民的名义》导演李路执导，擅长家庭叙事的编剧王海鸰执笔，雷佳音、辛柏青、宋佳、殷桃等一众实力派演员加盟，以工人家庭周家三兄妹的生活轨迹为脉络，带领观众重温50年中国百姓生活史。

《工人日报》记者专访导演兼总制片人李路，听他讲述那些《人世间》的温暖与人世间的值得。

“丫头，《工人日报》是应该关注这个剧。”李路导演一开口就把采访变成了“唠嗑儿”。他给记者细数了剧里的工厂：木材厂、酱油厂、军工厂……更重要的是，故事就是围绕周家这个工人家庭的三代人展开的。

的确，这些年工人题材的影视剧少见。无论是产业工人、农民工、还是传统工人，往往都是剧集中的“配菜”或背景板。“这是不对的。50年来，国家经济水平的发展，城市天翻地覆的变化，一砖一瓦都离不开工人，离不开他们背后一个个家庭的隐忍、担当、善良。”李路觉得《人世间》能够火爆荧屏，是因为“时候到了”，观众们想要看到那些人、那些岁月的故事，因为其中有他们自己或是亲人，也有希望与力量。

从茅奖小说到爆款剧集

《人民的名义》之后，李路对自己的下一部作品有了更高的要求——拍伟大的东西。

就在记者专访李路导演的这间小工作室，《人世间》原著作者梁晓声先生与李路聊了3个小时。在李路眼中，梁晓声是有担当、有脊梁骨、有家国情怀的作家，“他用最委婉的语气说着最坚定的话”。梁晓声也觉得与李路“相见恨晚”。两人在现实题材作品上很有共同语言，“我们也都对工人阶级这个圈层有着深厚的感情”。

彼时，这部作品还未被茅盾文学奖加冕。

然而机会永远留给有准备的人。7年前，李路曾自掏腰包一百多万元，买下了一部工人题材作品的改编权，不过这部作品一直没有被投资方看好，4年期限一过，改编权被收回。“那时候，全民娱乐的气氛太浓，严肃文学、现实主义作品不吃香”。

而这次不一样。李路给这部普通工人家庭的生活史诗凑齐了“各路神仙”。编剧是被誉为“中国婚姻第一写手”的王海鸰，美术指导王绍林曾斩获第29届中国电视金鹰奖最佳美术奖，摄影指导张文杰曾参与打造《觉醒年代》等高口碑剧集；演员更是“四梁八柱”俱全，雷佳音、辛柏青、宋佳、殷桃；萨日娜、丁勇岱、宋春丽、张凯丽、于震……个个都是实力派。

虽然是全明星阵容，却没有一个耍大牌、不认真。“一进组，雷佳音就送我一根棒子，告诉我，谁演不好就打。”李路笑言，“这是个没人去房车里休息的剧组。一场戏拍完，大家就蹲在地上开始对剧本，有的时候还倒在炕上反复读剧本。”剧组里，演员们也不互相叫老师或叫真名，而是“妈、爸、哥、姐”，延续着剧中的人物关系。

“每个人物都立住了”的《人世间》，当之无愧成为现象级大剧。“不舍得倍速”“任何人不看都是一种损失”“预定2022年最好一部剧，没有之一”，观众们沉浸在“老周家”的酸甜苦辣之中，为之欢喜、为之叹息。

从数据上看，该剧豆瓣开分高达 8.1 分，同时也创下央视一套近三年来电视剧收视新高。

为了不遗忘那些平凡人的小事

“有网感吗?”“年轻人会喜欢看吗?”《人世间》在立项之时伴随着这样的疑问。

的确，《人世间》的故事似乎与年轻人的生活与兴趣有点远，更没有什么可以炮制的话题。它的故事是从 1969 年东北城市吉春的光字片城中村讲起的。有“上山下乡”“恢复高考”“支援大三线”“改革开放”“国企改革”“出国潮”等历史坐标，有“布票粮票”“倒泔水”“报纸糊墙”“接线头织毛裤”“攒肥皂”等细枝末节。对一出生就是电灯电话、楼上楼下的年轻人来说，无论是大的历史背景，还是小的生活细节都非常陌生。

“可这些生活与现在也就相隔不到 40 年。”李路感慨。《人世间》记录的这 50 年百姓生活史，正是要回答“我们如何走到今天”这个问题。

在爱奇艺上，有人问“看这部剧的有 90 后吗?”结果 1000 多人自报年龄，绝大多数都是 90 后，甚至有 00 后观众留言：“我不但自己追，每天还要负责提醒我爸我妈、爷爷奶奶、姥姥姥爷看。”

“不要低估任何一代年轻人。”李路的这句话成为该剧迄今为止 800 多个热搜中的一个。他坚信不需要刻意讨好哪个圈层，因为真正走心的作品自然会触及灵魂，不分性别、年龄、国籍。

开机不久，迪士尼预购了该剧的海外独家发行权。“我们要让世界看到中国这 50 年发生了怎么样的变化，也要告诉他们这举世瞩目、翻天覆地的变化是怎么发生的”。于是，这又回到了李路的初心——讲一个伟大的故事。

这个伟大的故事一定是真实的、有质感的。除了故事情节、人物命运，剧集的细节也要经得起考验。比如日历牌上的日子、当时的物件摆设、人物的衣着打扮，“都是花了大心思的。”李路说。

光明照亮时代的间隙

故事的落脚点是一个平凡的工人家庭的三代人。故事的最开始，父亲周志刚作为一名建筑工人，要前往西南建设“大三线”。同时，国家号召知青下乡，长子周秉义加入生产建设兵团，女儿周蓉则追随诗人冯化成至贵州农村，只留下小儿子周秉昆和周母相依为命。从此，一家五口四地分居，聚少离多。每个人都与时代碰撞出不同的人生轨迹。

而周家之外，剧中有名有姓的角色有上百个，他们是官员、企业家、个体户、僧侣、知识分子……各色人等各有不同，但共同书写着时代的注脚，推动着历史的车轮。

周家三代的生活充满了艰难与不易，少有圆满与顺遂，但他们却从不怨天尤人，也不逆来顺受，他们努力让生活变得更好，让自己的人生变得更好，让这个家变得更好，他们隐忍、知足、乐观、勤勉、向上。很多观众被郑娟、秉昆、郑母等人经历“破了大防”，“跪求”不要让他们再遭遇不幸了。

“我们并没有放大苦难，也没有想过教化观众，只是真实地呈现那段岁月，将感悟留给观众自己。”李路说。正因为有无数个周家这样的普通家庭为国家的繁荣昌盛添砖加瓦，才有我们今天的美好生活。

主创们并不拔高生活，也不俯视怜悯，他们只是以平视的角度，于人间烟火处彰显道义与担当，在悲欢离合中抒写情怀与热望。

于是，周秉昆的粗线毛裤、周母给周父塞满的行李包、冯玥粉色封皮的日记本，都有了酸甜苦辣，有了人间冷暖。“史诗感、厚重感、纵深感，并不一定是宏大叙事才能完成，小人物可以折射大时代，老百姓的生活史也是一部国家的发展史”。

剧中的故事也不都是光鲜亮丽，有鸡毛蒜皮，有计较算计，有小打小闹。但正因为有这些鲜活的人和事，故事的底色才更加温暖，也更加彰显人世间的情义与担当。

《人世间》就是这么一个平平淡淡、踏踏实实的故事，它用小人物的人性之光，照亮了时代的间隙，感动了无数观众。

而感动记者和观众的正是普通人在大时代下始终如一的顽强精神和温暖力量，这是中国人共同的善良底色。

在福建，环卫行业职工可享受工会“定制”的专属医疗互助

一元钱带来的安全感

为“超龄”环卫工享受更高质量医保打开通道

作者：李润钊
编辑：赵剑影　于灵歌
2022 年 06 月 08 日 01 版

“一年每人 100 元，工会补助 88 元，自付只要 12 元，平均每月只要一元钱。”日前，福建省康洁环保有限公司的环卫工人游海珍，收到了公司推送的福建省环卫行业职工专属医疗互助活动的通知。

这其中，100 元是环卫行业职工参加专属医疗互助每年所需缴纳的互助金，88 元是从省总工会 1000 万元互助启动资金中计提的工会补助，12 元是环卫职工参加互助的自付金额。

游海珍感叹：“没想到，一元钱就能带来安全感！”

定制“专属”的安全感

“安全感”也是福建省总一份调研报告中反复出现的关键词。

今年 4 月，福建省总联合多家专业机构对全省 80 家环卫企业职工生病住院情况抽样调查。数据显示，福建环卫行业职工共 12 万人，66.2%以上的职工年龄超过 50 岁，而在“出现大额医疗开支”的职工群体中，50 岁以上的职工比例超 7 成。“年龄大、健康风险高”成为影响环卫行业从业人员职业安全感的重要因素。

为帮助环卫行业职工提高抵御重大疾病风险能力，福建省总近日启动了环卫行业职工专属医疗互助活动。

根据福建省总印发的《环卫行业职工专属医疗互助活动实施办法》（以下简称《实施办法》），凡在福建注册登记并开展环卫业务的环卫企业，其工会均可组织在职、在岗职工参加专属医疗互助。

互助金采取“个人互助+工会补助”相结合的办法筹集，参加互助的环卫职工在公立医院和二级以上私立医院住院，可按住院医保目录内净自付费用的80%给予补助，当期补助最高可达5万元；职工在互助期因病死亡的可补助5000元；参加医疗互助的环卫职工还可享受省总工会大病补助政策的“叠加保障”，医疗互助和大病补助当期最高补助金额可达25万元。

为环卫职工“定制”专属医疗互助活动，也是今年福建省总公布的“为职工办实事”项目之一。

“环卫工人是城市的美容师，城市的运转一天也离不开他们。工会组织要竭尽所能，给予环卫工人更多、更实在的关怀和关爱。”福建省总工会党组书记、副主席祝荣亮表示，从职工层面上看，参加医疗互助有助于减轻环卫职工医疗负担，增强抵御大病风险的能力，防止环卫职工“因病致贫”；从行业层面上看，医疗互助也有助于环卫行业拴心留人，化解招工难题，提升行业用工的稳定性。

让“超龄”环卫工“老有所医”

“专属医疗互助为‘超龄’环卫工享受更高质量的医疗保障打开了通道。”福建东飞环境集团有限公司工会主席陈清给记者提供了这样一组数据：东飞共有4150名职工，其中60岁以上的环卫工有762人，而50岁~60岁的环卫工近1900人。在陈清看来，提升这些“超龄”环卫工的安全感面临两大难题：一是职工超过法定退休年龄无法入会，不符合参加现行的在职职工医疗互助活动的条件；二是城乡居民基本医疗保险，相较职工医保报销比例低，对于超龄无法参加职工医保的环卫工人而言，在无形中增加了医疗负担。

“如何保障这些职工的医疗权益，是环卫行业必须面对的问题，参加专属医疗互助是解决问题的有效路径之一。”陈清说。

据悉，为推动专属医疗互助覆盖到包括“超龄”环卫工在内的广大环卫职工群体，省总工会按照“全员覆盖、条件放宽”的原则统筹推进。“福建环卫版”的医疗互助覆盖人群不受年龄、用工形式、会员身份以及是否参加地方工会医疗互助等条件的限制，环卫职工只要参加城镇职工基本医疗保险或城乡居民基本医疗保险即可参与互助。专属医疗互助还不设“免责期”，职工报名参加，即可享受互助保障。

此外，专属医疗互助本着“程序简化、便捷办理”的原则，采取“住院职工不分病种给予补助”“环卫企业指定专人统一代办”“统一窗口，一次性告知、限时办结、到期提醒”“职工行业内流动，互助权益不受影响”等方式，进一步降低环卫职工获享医疗保障的综合成本，让“超龄”环卫工“老有所医”。

“这样的互助让我们对工作更有盼头、更有信心！”曾经多次为改善环卫工待遇发声的第十二届全国人大代表、东飞环境清扫保洁组组长谢智波参与了《实施办法》的制定。他表示，“希望这些福利保障能够吸引更多年轻人加入环卫行业。”

“我们要为环卫职工医疗负担减负，为环卫职工健康保障加码！”福建省人大常委会党组副书记、副主任，省总工会主席周联清在环卫企业与环卫职工座谈、调研专属医疗互助时，要求全省各级工会进一步畅通服务职工“最后一公里”，擦亮工会医疗互助服务品牌，让“为职工办实事”项目接地气、惠民生、暖人心。

金川集团一职工15年写下200万字维修笔记，并获国家专利——

一线工人写专著跨界填补“行业空白”

■ 作者：康　劲　本报通讯员：王泽民
■ 编辑：赵剑影　邓崎凡
■ 2022年08月30日03版

“这本机车宝典非常珍贵，网上买二手书价格还要翻一倍……”在金川集团物流公司采访时，几位职工亮出一本工具书颇为自豪。

这本由中国铁道出版社出版的《DF7C型内燃机车故障综合分析与处理》，究竟有何神奇之处，让大家视若“宝典”？

采访得知，书中竟然隐藏着一位身边工友填补“行业空白”的故事。

这本书的作者杜晰，今年49岁，是金川集团物流公司机车检修班的一名机车验收员。DF7C型内燃机车由北京二七机车厂自主研制，目前在国内各大工矿企业的专用铁路线上广泛使用。地处甘肃河西走廊的金川集团，是一家特大型有色冶金联合企业，每年有千万吨的运输任务需要这台机车来运。由此，一线工人杜晰和DF7C型内燃机车也有了整整20年的交情。

1995年，从武警部队转业的杜晰来到金川集团当工人，职工培训中心（夜校）给了他学历提升的机会，学习机电专科后从此迷上了各种电器的原理与维修。2002年，金川集团购入了第一台DF7C型内燃机车，在驾驶机车的过程中，杜晰和同事们很快就被小故障伤透脑筋，经常会为一些小问题，打电话到2000公里外的厂家寻求帮助。

“当工人，只要有目标、肯攀登，任何设备都能玩得转。”杜晰暗下决定，翻遍所有能搜集到的技术资料，把每一次的故障问题和维修过程记录在本上，此后的15年间日积月累，有时一天短短一两条，有时又是画图又是列表，会写满几页纸，就这样密密麻麻、圈圈点点地记录了18本，居然超过200多万字。为解决一些技术难题，他甚至连续数月挑灯夜战。

几年来，在金川集团服役的DF7C型内燃机车也增加到21台，小故障、小问题出现得更多，杜晰和工友们一边维修保养一边技术革新，到2017年陆续申请了30多项实用新型专利，其中“一种无线列车连锁保护装置的设计和应用”在避免风压异常后列车失控方面具有“显著进步”，还成功申请到国家发明专利，他也从“列车小白”晋升为“机车大咖”。2018年，又经过一年多的筛选编辑，杜晰整理印制了一本“DF7C型内燃机车故障处理”培训手册，让身边的工友们如获至宝。

“有色冶金企业的一线工人能为内燃机车编写故障手册，不仅是一个跨系统、跨专业的奇迹，更体现了敬业钻研、精益专注、持之以恒的劳动精神，让大家看到了一线工人创新创造的无限可能。”金川集团工会主席胡耀琼看到“手册”、翻阅杜晰的笔记后深为震动。

此后，这本“手册”辗转推荐到中国铁道出版社，许多专家看后也异常欣喜。

经历一年多时间的编写完善，于2019年6月正式出版。全书18万字，用问答形式，分六章对机车故障、疑难问题进行了分析讲解，提出了处理办法。铁路交通专业性强，罕见有铁路系统外的人员涉足技术问题，同时，DF7C型内燃机车自1998年诞生以来持续进行了多项技术改进，在运行维护中也存有许多“盲区”需要一线磨合反馈，杜晰的专著恰好填补了诸多“行业空白”。

书中实例，简单易懂，一般性电气故障，约10分钟解决，疑难故障可在30分钟内找到原因。该书责任编辑袁文东说，“这本书非常实用，是乘务员、检修人员、运用管理人员技术培训用书，也可供相关院校师生参考。”

没有任何广告推广，图书出版后被竞相传阅，首版很快售罄，现在二手书也在网络平台上炙手可热。

两年来，常有天南海北的企业给杜晰写信、打电话交流探讨新问题，这更触发了杜晰的新目标，经过研究和整理，他又开始围绕DF7C型内燃机车编写第二本“宝典”。

“都是第一本书中没有涉及的问题，初稿写了30万字。”8月24日上午，杜晰专门跑了一趟印厂，送去了一校后的书稿。他说，“虽然物流系统是有色企业运输链上的一小环，但是高技能、高素质没有禁区，更没有终点，小环节也能作出大贡献。”

一样的超龄劳动者，一样在工作岗位受伤，有的获工伤认定，有的被工伤认定“拒之门外”

超龄劳动者工伤认定为啥像“开盲盒”

■ 作者：窦菲涛
■ 编辑：周　倩　张伟杰
■ 2022 年 05 月 26 日 07 版

阅读提示

随着我国老龄化进程的加快，越来越多的超龄劳动者重新进入工作岗位，也面临工伤发生的现实危险。然而，由于适用法律的不统一，导致各地在超龄劳动者工伤认定中存在很大差异，甚至产生截然相反的结果，客观上不能保障超龄劳动者的合法权益。

2019 年，50 岁的李大姐上班途中发生交通事故导致骨折。事后在工伤认定问题上与用人单位打起官司。2021 年 3 月，李大姐拿到了自己的劳动能力鉴定结果，她被北京市海淀区劳动能力鉴定委员会鉴定为十级职工工伤与职业病致残等级。

“有了工伤认定后，就可以依法要求公司支付相应的工伤待遇了！”李大姐的代理律师北京义贤律师事务所张静蓉表示，尽管李大姐发生交通事故时已超过法定退休年龄，她与单位签订的也是劳务合同，但仍可以依法认定为工伤。张静蓉律师也提醒，实践中也有一些超龄劳动者的工伤认定申请不会被受理。

那么，超龄劳动者是否能申请工伤认定？在申请工伤认定过程中面临哪些障碍？如何更好地给予超龄劳动者工伤保险权益保护？

截然相反的工伤认定结果

2019 年 3 月 8 日，李大姐在北京入职一家物业公司担任保洁主管，并签订了为期一年的劳务合同。几个月后，李大姐在上班途中发生非本人主要责任的交通事故伤害，左侧3根肋骨骨折。按照医嘱，李大姐请假病休了45天。之后，李大姐返回工作岗位，带病上班至2020年4月2日。2020年4月13日，物业公司提出与李大姐解除劳务合同。李大姐认为，自己遭遇的交通意外应该属于工伤事故。

2020年12月17日，北京市海淀区人社局受理了李大姐的工伤认定申请。2021年1月22日，李大姐遭遇的交通事故被认定为工伤。北京市海淀区人社局认为，李大姐遭受的事故伤害，符合《工伤保险条例》第十四条第六款之规定，属于工伤认定范围，予以认定为工伤。

同样的遭遇，身为保洁员的张韬却没有李大姐那么幸运。

2017年11月，已经62岁的张韬（化名）入职北京一家保洁公司做公厕保洁员，并同公司签订了劳务协议。

2018年8月4日，张韬工作时中暑晕倒，被医院诊断为热射病、中枢神经系统损害。随后，张韬与公司就劳动关系确认案件历经一审、二审，甚至还申请了再审，法院均认为张韬入职公司时已经达到法定退休年龄，与用人单位不存在劳动关系，驳回了张韬的诉求。

2020年1月14日，人社部门以张韬入职时超过法定退休年龄，与公司不存在劳动关系为由，不予受理其工伤认定申请。张韬对《工伤认定申请不予受理决定书》不服，向法院提起行政诉讼。案件经一审、二审，也申请了再审，但法院都驳回了张韬的诉讼请求。

再审法院审理认为，根据《工伤保险条例》第十八条第一款第二项的规定，与用人单位存在劳动关系是认定工伤的前提条件。张韬与公司是否具有劳动关系的问题，已由具有法律效力的民事判决作出明确的否定性评价。因此，人社部门以张韬与公司不存在劳动关系为由，对张韬的工伤认定申请不予受理，并无不当。

超龄劳动者工伤认定适用法律差异大

“超龄劳动者在工作中伤亡应否认定为工伤，现有法律没有明确的规定，相关法规的规定也不尽一致。”北京义联劳动法援助与研究中心律师李世泽表示，由于适用法律的不统一，导致各地在超龄劳动者工伤认定中存在很大差异，甚至产生截然相反的结果，客观上难以保障超龄劳动者的合法权益。

“按照《工伤保险条例》规定，认定工伤的前提是劳动者和用人单位存在劳动关系。”中国劳动关系学院法学院院长沈建峰表示，根据《劳动合同法》及《劳动合同法实施条例》的相关规定，劳动者在达到法定退休年龄之日双方劳动关系终止。

“超龄劳动者在申请工伤认定时，往往因为无法证明与用人单位存在劳动关系而不予受理。”张静蓉律师解释，在司法实践中，也有相关的法律法规、行政解释、司法解释支持超龄劳动者的工伤认定。

《人力资源和社会保障部关于执行〈工伤保险条例〉若干问题的意见（二）》明确，用人单位招用已经达到、超过法定退休年龄或已经领取城镇职工基本养老保险待遇的人员，在用工期间因工作原因受到事故伤害或患职业病的，如招用单位已按项目参保等方式为其缴纳工伤保险费的，应适用《工伤保险条例》。

同时，最高人民法院行政审判庭《关于超过法定退休年龄的进城务工农民因工伤亡的，应否适用〈工伤保险条例〉请示的答复》（〔2010〕行他字第10号）和《关于超过法定退休年龄的进城务工农民在工作时间内因公伤亡的，能否认定工伤的答复》（〔2012〕行他字第13号）均明确，用人单位聘用的超过法定退休年龄的务工农民，在工作时间内、因工作原因伤亡的，应当适用《工伤保险条例》的有关规定进行工伤认定。

超龄劳动者更需要工伤保险保护

“超龄劳动者更需要保护！”在李世泽律师看来，从《工伤保险条例》的立法宗旨看，应对超龄劳动者实行同等的工伤保护。

“给予超龄劳动者工伤保险保护不仅具有理论上的正当性。”沈建峰教授表示，从制度发展来看，工伤保险是化解职业劳动过程中遭受伤害带来的风险的制度，只要有具有缴费能力的风险共同体就可以将其纳入工伤保险范围，工伤保险并不必然与劳动关系挂钩。

在沈建峰看来，市场经济条件下，是否建立劳动关系以及是否终止劳动关系是个市场判断问题，不应强制达到一定年龄就终止劳动关系。李世泽律师也建议，在法律层面明确劳动者在达到法定退休年龄后仍享有劳动就业的权利。

“劳动者达到退休年龄后，有就业意愿和能力的应保障其再就业和继续劳动的权利。”李世泽律师建议，《社会保险法》《工伤保险条例》应作出相应特别规定，从技术层面上与原法律相衔接，劳动者在享受退休待遇的同时，对其再就业的社会保障方面作出规定，明确劳动者享有工伤保险待遇的具体条件。

“很多超龄劳动者法律意识淡薄，有时候都不清楚如何维护自己的合法劳动权益。”张静蓉律师建议，超龄劳动者在工作中应注意固定保留证据，特别是证明自己向单位提供了事实劳动的相关证据，如工作照、门禁卡、有单位公章和本人姓名的工作安排等。

受疫情影响，一些原本在义乌的外商离开了，新客户又进不来，商务包机打开了外商来义乌的新通道

乘着包机来义乌

■ 作者：邹倜然　卢发扬
■ 编辑：王　群　丁军杰
■ 2022 年 11 月 22 日 06 版

阅读提示

疫情期间，为加快外贸复苏，义乌出台了一系列稳外贸举措，助推义乌“把因疫情耽误的时间抢回来，把停滞的快递订单量补回来”，这让各国客商对义乌充满了信心。

在刚刚结束的第五届中国国际进口博览会上，来自印度的客商洛基收获颇丰。他带来的参展商品印度白糖吸引了很多买家。洛基告诉记者，展会期间的成交量约有 3 万吨。

洛基能出现在进博会上实属不易。3 个月前，一架商务包机载着 107 名外籍采购商从印度来到了浙江义乌，洛基就是其中的一位。此前，受疫情影响不便来华，洛基的生意举步维艰。

如今，洛基的生意已经回到了正轨，还有许多如他一般的外商正在义乌重拾信心。

疫情发生后，不少原本在义乌的外商离开了，老客户订单减少，新客户又进不来，货物也出不去。这种情况下，义乌乘势求变、多措并举，不仅通过商务包机打开了外商来义乌的新通道，给市场带来了新客户，还通过金融支持、物流疏通、税收减免等一系列举措，尽快把货物“卖出去”。今年前三个季度，义乌市外贸进出口总值达 3541. 9 亿元，较去年同期增长 29. 9%；其中出口 3222. 1 亿元，同比增长 25. 4%。

包机将外商接回义乌

相关数据显示，疫情前义乌常驻外商约 1.5 万人，每年到义乌采购的外商超过 56 万人次，但目前义乌常驻外商只有 9000 人左右。如何尽快回到义乌，成了让很多外商揪心的问题。

多方合力下，通过商务包机赴义乌采购解决了外商们的燃眉之急。从今年 7 月 30 日巴基斯坦包机到义乌开始，截至目前，义乌已通过包机将至少 483 名外籍客商接回义乌，助推义乌“把因疫情耽误的时间抢回来，把停滞的快递订单量补回来”。

对此，在义乌生活了 18 年的洛基感慨颇多。在 8 月份之前，他经营多年的进出口生意几乎到了生死存亡的关头。

“这两年多，受疫情影响只能选择线上沟通，但是线上沟通很不方便，无法看到真实的商品，生意很难开展。”洛基说。

就在他已近绝望之际，一架外商包机将他带回了中国，让他看到了希望。

“一回来生意就好起来了，可以直接去义乌的市场，与供应商面对面沟通，而且还看到了很多新产品，非常感谢当地安排包机接我们回来。”洛基说。

从 2011 年就开始到义乌做外贸生意的印度商人阿赫塔尔也趁这次机会回到了义乌。他此行的主要采购目标是饰品、工艺品和化妆品。“义乌是非常有名的商贸城市，这里有全球最大的小商品市场，我们想要买的商品都能在义乌找到，还可以在这里把商品卖到全世界。”他说。

教外商做“电商”

义乌副市长葛巧棣表示，义乌出口主要采用市场采购的方式进行，这与小商品的特性相关。由于小商品非标化、品种多、批量小，外商在采购过程中往往需要与客人面对面交流，实地看样尤为重要，也更容易产生大单。

然而，疫情之下，并不是每个外商都能如洛基一般顺利回到义乌，还有更多的外商无法回到义乌完成采购。此外，对于一些留在义乌的外商来说，他们的货物也需要尽快“卖出去”。

如何解决这些问题？义乌又把视线停留在了“电商”上。今年前三个季度，义乌实现电子商务交易额2928.73亿元，同比增长7.62%。这组亮眼的数据也折射出义乌电商面对错综复杂的外部环境所展现出的韧劲。

2020年，义乌就为外商举办了首场电商直播培训课。来自墨西哥的外商维尼告诉记者，那次的培训给她打开了新世界的大门。“我看到了电商直播带货的巨大潜力，很多中国商户都靠直播带货减少疫情带来的不利影响。”

2017年，维尼来到义乌创业，从事进出口生意，销售各类小商品。如今，虽然她的生意也受到了影响，不过她有信心慢慢恢复起来。

“我可以通过直播让中国客户了解墨西哥的商品，也可以让墨西哥商户了解中国的商品，电商直播能帮助我重新建立与客户的联系。”维尼说，这些变化都得益于那次培训。

和维尼有相同感受的，还有来自吉尔吉斯斯坦的米卡。米卡是义乌工商职业技术学院国际教育学院的毕业生，毕业后创办义乌市幂卡进出口有限公司，主营外贸业务。

“在义乌，我学习了和电子商务相关的课程，学校会邀请具有丰富授课经验的老师进行理论和实操培训。通过学习，我对电商直播以及背后的商业模式有了一定的了解，随时可以和世界各国的客商进行联系，也让我们有了更多合作的机会。”米卡说。

更多举措让外商“充满信心”

疫情期间，为加快外贸复苏，义乌出台了一系列稳外贸举措，这让各国客商对义乌充满了信心。

“感谢义乌农商银行的贷款，有了这笔钱我的烦心事就解决了。”近日，义乌农商银行为埃塞俄比亚籍采购商得吉尼贝雷发放的经营性贷款，有效缓解了他的资金周转难题。

得吉尼贝雷已在义乌经商18年，其公司在义乌采购日用百货继而出口至埃塞俄比亚，生意一直不错。前不久，受物流影响，公司账期拉长，出现了资金周转难题。义乌农商银行自贸中心专员通过日常走访活动了解到这一情况，很快为得吉尼贝雷发放了400万元贷款。

与此同时，义乌在全国首创市场采购方式，解决了商户“单小、货杂、品种多”的贸易难题。结合市场采购方式无票免税等优势，义乌发挥贸易和物流通道叠加优势，创新“市场采购+跨境电商”出口模式，为跨境电商碎片化订单提供了便捷的拼箱出口服务。

此外，疫情发生后，海运、空运均受到不同程度的影响，尤其是国际海运“一箱难求”。于是，周期更短、运费稳定的中欧班列承担了更多的压力。为此，义乌先后开行复工复产后全国首趟中欧班列、全国首趟搭载防疫物资的中欧班列、全国首趟“中国邮政号”中欧班列等，打造了“一带一路”沿线国家携手抗疫的“生命通道”和“命运纽带”。

“我们还将积极利用自建或加盟的方式布局海外仓，把义乌市场的样品发到这些海外仓展示给国外的采购商，让他们在家门口就可以看样采购。”葛巧棣说。

通讯十佳评点

把新闻刻录进时间的坐标

——2022年工人日报通讯十佳阅读记述

兰海燕

时光荏苒，在又一个春天里，工人日报2022年度十佳通讯闪亮登场。

阅读这些作品，回望过去一年，精彩瞬间历历在目。这一年，党的二十大擘画了全面建成社会主义现代化强国、以中国式现代化全面推进中华民族伟大复兴的宏伟蓝图。

发展开新局，蓝图变现实，必须紧紧依靠工人阶级和广大劳动群众。新征程开局起步的时间坐标上，工人阶级和工会组织怎样承担起这份沉甸甸的责任与使命？

从“人民对美好生活的向往，就是我们的奋斗目标”，到“不断把人民对美好生活的向往变为现实”，一份份人民满意的民生答卷，究竟靠什么去书写？

在这个属于奋斗者的时代，在高质量发展的道路上，每个人都在奔跑中拥抱梦想，用汗水浇灌未来。这些努力与探索，都成为了报道素材，镌刻进2022年的新闻记忆之中。

一、工人火爆荧屏，是因为“时候到了”

2022年10月17日，习近平总书记在参加党的二十大广西代表团讨论时说：“我国是工人阶级领导的、以工农联盟为基础的人民民主专政的社会主义国家”“紧紧依靠工人阶级是必不可少的”“不能瞧不起产业工人，一定要看实际贡献”……这些重要论述，激励着广大职工在新时代踔厉奋发。推进产业工人队伍建设改革、讴歌工人创新创造伟力，也成为这一年《工人日报》报道的重点。通讯《一线工人写专著跨界填补“行业空白”》即是一例。

49 岁的金川集团物流公司机车检修班机车验收员杜晰，和 DF7C 型内燃机车有着 20 年的交情。DF7C 型内燃机车由北京二七机车厂自主研制，在金川集团，每年有千万吨的运输任务需要这台机车来完成。在驾驶过程中，杜晰和同事们经常会为各种小故障伤透脑筋。

“当工人，只要有目标、肯攀登，任何设备都能玩得转。”他翻遍相关技术资料，把每一次的故障问题和维修过程记录下来，有时一天短短一两条，有时又是画图又是列表，会写满几页纸，就这样密密麻麻、圈圈点点地记录了 18 本、200 多万字。其间，他和工友们陆续申请了 30 多项实用新型专利。2019 年，《DF7C 型内燃机车故障综合分析与处理》正式出版。全书用问答形式，分六章对机车故障、疑难问题进行了分析讲解，提出了处理办法，让身边的工友们如获至宝。

一线工人为内燃机车编写故障手册，不仅是一个跨系统、跨专业的奇迹，更体现了敬业钻研、精益专注、持之以恒的劳动精神，也由此，让广大读者看到了一线工人创新创造的无限可能。而他们，正代表了这个时代的精神价值。

是的，这是劳动者的时代，是昂扬奋进的时代，也是人们对劳动热情讴歌的时代。通讯《情暖〈人世间〉，人间值得》，正是对普通劳动人群的赞美与记述。

去年春节期间，根据梁晓声茅盾文学奖获奖作品改编的电视剧《人世间》热播，在网络时代，再次创造了由一部电视剧引发万人空巷的播出盛况。这部剧是以工人家庭周家三兄妹的生活轨迹为脉络展开的，该剧导演、制片人李路在接受《工人日报》记者专访时，第一句话就是：“《工人日报》是应该关注这个剧。”

是的，这些年工人题材的影视剧少见。无论是产业工人还是农民工，往往都是剧集中的“配菜”或背景板。“这是不对的。50 年来，国家经济水平的发展，城市天翻地覆的变化，一砖一瓦都离不开工人，离不开他们背后一个个家庭的隐忍、担当、善良。”李路觉得《人世间》能够火爆荧屏，是因为“时候到了”。李路说，他和梁晓声“都对工人阶级这个圈层有着深厚的感情”，正因为有无数个周家这样的普通家庭为国家的繁荣昌盛添砖加瓦，才有我们今天的美好生活。

作为现象级作品，主流媒体、行业媒体、自媒体的各种报道铺天盖地。如何在人声鼎沸中彰显《工人日报》作为央媒的担当与美学价值？记者通过导演挖掘到很多未被披露的台前幕后细节故事，回答了为何这样一部聚焦平凡劳动者的作品会成为爆款："于人间烟火处彰显道义和担当，在悲欢离合中抒写情怀和热望。"就是那些在烟火处守望善良、在悲欢里不灭希望的人们，他们于平凡困苦的生活中展现出的善良和坚韧，感动了所有人。

通读全文，记者的文风和这部剧集的风格一致，生动、鲜活、娓娓道来，在细节中写深刻，让人读之可亲可感，文字清爽又有烟火气，写出了工人作品的厚重。用写文学作品的笔触写通讯，兼顾了新闻美学与文艺美学，在众多的通讯作品中有了独特的风格与意蕴。

二、新型用工模式下，这些新的状况需要正视

当前，随着新型用工模式逐渐涌现，新就业形态劳动者权益保障成为从政府到社会共同关注的一个焦点问题。在新就业形态下，用人主体走向多元化；在管理方式上，由以往的人对人进行管理到人通过算法进行管理，而劳动者身份也变得多元，更增加了认定劳动关系的复杂性。

此前，外卖骑手、快递员等被注册成个体工商户的新闻引发广泛关注。相关部门已经出台规定，严禁诱导强迫骑手注册个体工商户。然而实践中依然有一些用人单位把灵活用工"玩坏了"，套上各种"灵活用工""新业态"的外衣，将劳动者注册为个体户，以掩盖事实劳动关系。通讯《干着"老东家"的活儿，却不再是"老东家"的人?》，关注的就是快递公司的货车司机这一群体面临的现实困境。

报道从一起意外事故出发，深挖事故背后暗藏的玄机。某快递公司的货车司机何某在运输途中遇事故身亡，何某的家属找到快递公司，要求按照工伤进行赔付，却被告知何某与快递公司不存在劳动关系，他与第三方外包公司签订的是承揽合同，司机风险自担。

一场意外，让何某家属面临找不到雇主担责的困境。这样的困境，还

发生在更多快递货车司机身上。

记者通过采访案件承办律师、货车司机，揭示出在物流快递行业，公司与货车司机签署所谓的承揽合同，掩盖劳动关系的做法比较普遍。并且，合同中往往约定货车司机同意以自己名义办理个体工商户的登记手续。这样一来，干着“老东家”的活儿，就不再是“老东家”的人。多位劳动法领域律师指出，“企业这么做实质就是‘去劳动关系化’，以达到规避责任、减轻成本的目的”。报道通过专业人士之口分析了问题产生的原因，并进一步提出：“应当考虑在社保层面、商业保险层面探索出制度保障道路，给劳动者更大保障。”

从直面问题到挖掘成因再到提出建议，报道比较完整地回应了包括货车司机在内的新就业形态劳动者心中的疑问和社会公众的关切。

除了身份困惑，他们还面临着工作时长的困惑。通讯《新就业形态劳动者如何不被“困”在工作时长里?》就披露了这一问题。

合肥网约车司机陈广每天收车后都身心俱疲。从早上6点出车一直到晚上八九点收车，他的一天几乎是在车里度过。一项调查显示，大部分网约车司机日均工作时间为11.05小时，约三分之一的司机每日工作12~16小时，约四分之三的司机一周出车7天。

根据平台企业的薪酬设计规则，无论是快递员、外卖员的计件制，网络主播的时薪制，还是网约车司机的在线时长与派单质量绑定，他们的收入水平都高度依赖工作时长，这导致新就业形态劳动者不得不超时工作。报道称，新业态用工形式灵活多样，部分从业人员与平台或相关方签订劳动合同建立劳动关系，但更多属于“不完全符合确立劳动关系”以及“个人依托平台自主开展经营活动、从事自由职业等”的情形，而后两类用工方式目前尚未建立明确的工时保护规则。

其实，2021年7月，人社部等八部门在共同印发的《关于维护新就业形态劳动者劳动保障权益的指导意见》中，就首次提出介于两者之间的“不完全劳动关系”。受访专家建议，相关立法要针对“不完全劳动关系”中的权利义务和相关劳动基准等进行明确。

该报道不仅仅在揭示问题，更是在进行方法和路径的探索，即“设计出相应的工时规范制度和劳动定额标准”。比如，要提高劳动者单位时间的报酬收入，以符合劳动者基本工作收入预期目标，减少收入水平对工作时间的过分依赖；应探索基于经济从属性的任务计量型劳动基准，在从业者灵活就业总时长无法直接控制的前提下，大型平台可以通过任务连续性和总量的控制来限制劳动机会，防止过度劳动；当从业者达到任务计量基准时，平台应停止派单，否则要承担违反强制性规定的法律责任……在专业化的探索中，作者希望，随着相关制度的完善，劳动者的身体健康和职业安全能得到切实保障。

三、制度，还是制度

有人在进行制度设计，也有人在推进着既有制度的落地。通讯《几角钱的“派件费差异”上了谈判桌》就是一例。

“0.65 元是浙江义乌来货的派件费，0.9 元是广东揭阳来货的派件费，1.15 元则是同城的派件费。”福州市一家快递企业的收派员张宏文搞不清楚，“同样在路上跑，送义乌来的快递派件费为啥却要打折?”他的疑问，也是当地 1.9 万名快递员的疑问。

在快递行业竞争最激烈的义乌、揭阳、泉州等快递业务“大市”，快递揽收价格承压，压力顺着海量的快件传导到远在千里之外的福州快递末端网点和一线收派员身上。“快递行业末端派件费差异每单达到 0.3 元~0.5 元，这导致快递员的实际每单派件费收入被压缩到 0.6 元甚至 0.3 元不等。”

快递企业能否实施统一的派件费结算？围绕这一问题，“派件费差异”话题被搬上了协商席。在由福州市总工会与当地邮政管理、人社部门共同推动的快递行业集体协商现场，职工方代表和企业方代表就这一议题展开协商。

针对新问题，用好集体协商这一成熟的制度，有事好商量！这次协商，在劳资双方代表的一致确认下，“一线收派员工单票派件费用不得低于市快递行业协会核算标准，企业保持合理末端派件费水平，不得对寄自特定区域的快件实施非正常派件费结算”被写入行业集体合同。在集体协商制度之下，集体合同既保证了一线员工的利益，也关照了快递企业的关切。

近年来，各级工会想办法出实招全方位关心帮助困难职工群体，努力细化送温暖这一成熟的制度，为他们送去贴心的关爱。通讯《一元钱带来的安全感》就记录下这样一个案例。

去年4月份，福建省总工会联合多家专业机构对全省80家环卫企业职工生病住院情况进行了抽样调查。数据显示，福建环卫行业职工共12万人，66.2%以上的职工年龄超过50岁，而在“出现大额医疗开支”的职工群体中，50岁以上的职工比例超7成。“年龄大、健康风险高”成为影响环卫行业从业人员职业安全的重要因素。为帮助环卫行业职工提高抵御重大疾病风险能力，福建省总印发《环卫行业职工专属医疗互助活动实施办法》，启动了环卫行业职工专属医疗互助活动。

“一年每人100元，工会补助88元，自付只要12元，平均每月只要一元钱。”福建省康洁环保有限公司的环卫工游海珍感叹：“没想到，一元钱就能带来安全感！”

一元钱带来安全感，是工会在送温暖的总体制度框架下，为职工“定制”的安心、幸福！这样的细化设计，把“有困难找工会”具体化为每天的安心、每天的温馨。

为了职工安心，为了能拿回每天的劳动报酬，多年前，“包工头”就在制度层面“消失”了。然而，通讯《欠薪事件为何又见“包工头”?》却告诉人们，制度得以执行，不可或缺的一环是监督。否则，本已解决的老问题就可能“卷土重来”。

早在2005年，原建设部就提出3年内逐步取消建筑领域的“包工头”。2019年，住建部、人社部联合印发《建筑工人实名制管理办法（试行）》。而在《保障农民工工资支付条例》公布后，住建部要求自2020年1月1日起，未在全国建筑工人管理服务信息平台上登记，且未经过基本职业技能培训的建筑务工人员不得进入施工现场，建筑企业不得聘用其从事与建筑作业相关的活动。这些措施意味着，过去那种随意用工、管理混乱的传统“包工头”退出“舞台”。

但记者在采访中却发现，“包工头”和“包工制”目前仍然以变相和隐秘的方式，在建筑工地普遍存在，且屡屡“犯事”。前不久发生在兰州市的一起农民工讨薪事件，引发舆论关注，其背后就是因“包工头”离奇“失踪”引发的。

制度，在向人们伸出温暖之手；制度，又不断被利欲熏心者捏弄。努力维护制度的刚性，这些呼声，《工人日报》的记者听到了，也已经“记录在案”。

四、直面超龄劳动者的劳动权益

59岁的老王，告别了打工多年的建筑工地，跟着老乡到上海忙起了装修：“现在工地招工严了，老乡说要带我们转型，现在看起来还不错。”

通讯《多地发布建筑业清退令，超龄农民工路在何方?》报道称，多地发文禁止60周岁以上男性及50周岁以上女性进入施工现场从事建筑施工作业。这使得超龄农民工正在逐步告别建筑工地。

应该说，这项规定体现了对建筑行业安全生产的要求，也是对老龄农民工的关切。报道称，2018年上海全年建筑业安全生产事故造成死亡的人员里，超过60岁的占比达到15%，而当时建筑从业工人中，超过60岁的占比仅有1%。对这项规定，一些农民工也表达了支持：“年纪大了，反应慢了，一旦出事，对家庭就是致命打击。”

然而，这是否在客观上剥夺了一些农民工的劳动权？比如，一些在工地干了一辈子的农民工不解发问：“我还干得动，为什么不让我继续干下去?”这给相关管理部门带来新的课题：不能从事建筑施工作业，是否可以让他们在工地从事其他辅助性岗位，比如保洁、保安、仓管等；“试水”装修、家政等新行当，如何帮助他们进行转型……在保障生产安全与让他们继续发挥余热、靠劳动多挣些养老钱之间，相关部门需要确保“在这一新的问题面前”，让超龄劳动者的合法权益同样能得到有效维护。

除了还能不能去“发挥余热”，像“开盲盒”一样的超龄劳动者工伤认定，也在困扰着“银发族”。2018年8月，正在北京一家公厕进行保洁的张韬突然中暑晕倒，被诊断为热射病。事后，她向主管部门提交了工伤申请。令她意外的是，人社部门以她入职时超过法定退休年龄，与公司不存在劳动关系为由，不受理其工伤认定申请。

和张韬一样，不少超过法定退休年龄的劳动者依然工作在劳动一线，特别是在建筑、家政、环卫、保安等行业。他们是儿女的父母，是孩子们的爷爷奶奶，他们的工作关系着千万家庭的生计和幸福。如何给予这一群体充分、有效的劳动权益保障，考验着社会的良知与温度，也对完善相关法律法规提出了新要求。通讯《超龄劳动者工伤认定为啥像“开盲盒”》就是关注这一问题的一篇调查性报道。

超龄劳动者在工作中伤亡是否能认定为工伤？现行法律没有明确，相关法规的规定也不尽一致。根据《工伤保险条例》，与用人单位存在劳动关系是认定工伤的前提条件。而按照劳动合同法及实施条例的相关规定，劳动者在达到法定退休年龄之日双方劳动关系终止。这就在客观上造成了超龄劳动者工伤认定的难题。因为适用法律的不统一，各地在超龄劳动者工伤认定中存在很大差异，并产生“开盲盒”式的不确定性。随着我国人口老龄化的加快，越来越多的超龄劳动者重新进入工作岗位。一旦遭遇工伤事故，超龄劳动者就可能面临工伤认定的难题。幸运的是，人们在报道中看到，在一些地方的司法实践中，也有相关的法律法规、行政解释、司法解释支持超龄劳动者的工伤认定，尽管问题的根本解决仍旧需要利益的博弈和共识的积累。

五、当又一次站在蓝天之下

“疫情要防住、经济要稳住、发展要安全。”去年，疫情形势延宕反复，国际环境复杂严峻，国内发展稳定任务艰巨繁重。在这方面，通讯《乘着包机来义乌》，报道了受疫情影响，一些原本在义乌的外商离开了，新客户又进不来。是商务包机打开了外商来义乌的新通道，也打开了人们重振经济、推动全球供应链贸易链稳定的新希望。

相关数据显示，疫情前义乌常驻外商约 1.5 万人，每年到义乌采购的外商超过 56 万人次，但去年，义乌常驻外商只有 9000 人左右。不少外商说：“这两年多来，受疫情影响只能选择线上沟通，但是线上沟通很不方便，无法看到真实的商品，生意很难开展。”如何尽快回到义乌，成了让很多外商揪心的事。

在此情况下，通过商务包机赴义乌采购解决了外商们的燃眉之急。从当年7月巴基斯坦包机到义乌开始，义乌通过包机这一通道将至少483名外籍客商接回义乌，助推义乌“把因疫情耽误的时间抢回来，把停滞的快递订单量补回来”。

不仅是包机。疫情之下，为了帮助还不能顺利回到义乌的外商完成采购，也为了让来到义乌的外商把货物尽快卖出去，义乌又把视线停留在了电商上。前三个季度，义乌实现电子商务交易额2928.73亿元，同比增长7.62%。同时，他们通过金融支持、物流疏通、税收减免等一系列举措，实现前三个季度外贸进出口总值较上年同期增长29.9%，其中出口同比增长25.4%。

这组亮眼的数据，折射出义乌电商面对错综复杂的外部环境所展现出的韧劲，也展现出中国经济实现高质量发展的韧劲。

经历了疫情劫难，当又一次站在蓝天下，每个人都难掩笑脸。此刻，春风和煦，阳光正好。

言论十佳

“鼓励年轻人少送外卖多进工厂”何以冲上热搜？

■ 作者：蒋　菡
■ 编辑：刘文宁　陈俊宇　沈　刚
■ 2022 年 03 月 07 日 03 版

“建议鼓励年轻人少送外卖、多进工厂”——3 月 5 日，全国人大代表、小康集团董事长张兴海的这条建议冲上热搜。他表示，近年来，外卖、电商、网络直播等吸引大量的年轻人就业，很多年轻人不愿意去工厂，导致产业工人空心化现象愈加突出。他建议政府、社会、企业等各方面共同努力，鼓励支持年轻人争当产业工人，缓解制造业招工难问题。

作为一位来自制造类企业的代表，有这样的担忧、提这样的建议，无疑是基于一定的现实考量。张兴海提供的一组数据显示：2020 年我国制造业人才缺口 2200 万，近 5 年平均每年 150 万人离开制造业，而与制造业劳动力流失形成鲜明对比的是快递从业人数突破 1000 万。

事实上，制造业缺工的问题由来已久。人力资源和社会保障部近日发布 2021 年第四季度全国招聘大于求职“最缺工”的 100 个职业排行，有 43 个职业属于第六大类职业——生产制造及有关人员。自 2019 年第三季度该排行发布以来，制造业类职业占比一直较高。

如果往前追溯，早在快递、外卖出现之前，多家媒体就关注到服务业与制造业“抢人”的问题：一些年轻人宁可去当服务员，也不愿进车间当工人。

今天，“90 后”乃至“00 后”的年轻人有了更多元的就业选择。上述热搜新闻下，有网友的点评具有一定代表性，“送外卖相比于进厂，身体上比进厂累，精神上比进厂不那么累，还相对自由，也算是多劳多得”。

不同的时代会产生不同的岗位，不同时代的年轻人会有不同的职业追求，对一份更好的工作会有不同的定义。

再往前追溯，曾经还出现过制造业与农业“抢人”的问题。改革开放后，随着农村人口大量涌入城市，“80后”不想种地，“90后”不懂种地，人们一度有过“年轻人都去打工了，谁来种地”的忧虑。但随着社会主义新农村建设的蓬勃发展，以及乡村振兴拉开帷幕，越来越多的年轻人开始回到农村，或投身生态种植养殖业，或经营网店、开民宿等，路越走越宽。当年轻人能从中找到足够的价值感和成就感，农业的吸引力和活力自然就回来了。

同样，我们希望更多年轻人选择从事制造业，就需要切切实实增强制造业的吸引力。制造业是立国之本、强国之基。我国制造业规模连续多年保持世界第一，在驱动经济发展、参与国际竞争中发挥着重要作用。而制造业的高质量发展需要更多朝气蓬勃的年轻人投身其中。

薪资待遇的提高、劳动条件的改善、劳动保障的完善、成才空间的拓展，都是能够有效提升制造业吸引力的重要因素。只有当年轻人感到进工厂当工人尤其是技术工人是一件挺体面的事，才能从根本上解决制造业的缺工问题。

对于快递、外卖、直播这样的新就业形态，在吸纳大量劳动力就业的同时，也应该在劳动保护、技能提升、成长空间上有所改善。像送外卖，一度被认为是“吃青春饭”，缺乏技术含量，没有成长空间。如果长此以往，也难免会被劳动者“用脚投票”。好在有关方面正在顺应现实需求，着力做出相应的制度安排。如人力资源和社会保障部去年底发布《网约配送员国家职业技能标准》，将网约配送员职业分为五个等级，明确了各等级需掌握的工作内容、技能要求和相关知识，让网约配送员拥有更加清晰的职业发展通道。

从某种程度上说，如果因为缺工而引发跨产业间在福利待遇、工作环境、劳动保障方面的比拼，倒是件好事。无论制造业还是服务业，无论传统行业还是新兴行业，能读懂当下的年轻人，了解其多层面需求，切实提高岗位的吸引力，才是能招得来人、留得住人的关键，才是促进相关产业发展的关键。

采编经过

立足长期观察，生发独到见解

——《“鼓励年轻人少送外卖多进工厂”何以冲上热搜?》采写体会

蒋　菡

2022年3月5日，全国人大代表、小康集团董事长张兴海的一条建议冲上热搜——建议鼓励年轻人少送外卖、多进工厂。这是一条有着较高社会关注度的新闻，同时也与本报的报道重点有较高相关度，我认为值得一写。跟刘文宁老师沟通后，她也认可这个选题有意思，可以做，不过要把握好分寸，因为制造业缺人，蓬勃发展的外卖等新就业形态也需要人，而个人的选择是从个人最有利的角度出发，无可厚非。

对于这个话题，我初步的想法是：送外卖还是干制造业，并不是一个非此即彼的选择，而是在我们看到社会新需求的同时，也不能淡忘或者说忽略那些传统产业的用工需求。毕竟制造业是立国之本、强国之基，缺工问题理应引发重视。如果缺工尤其是缺乏高质量的工人，会对产业发展乃至中国经济发展带来莫大的伤害。这需要政府进行一定的引导，也需要企业在福利待遇、工作环境、管理方式等方面进一步改善提升，以增加对就业人群的吸引力。

在琢磨这个选题的过程中，我联想到2010年我采访两会时就遇到过“用工荒”这个热点话题。当时我采访了全国人大代表、晨风集团董事长尹国新，他半开玩笑地说：“都说‘民工荒’，其实农民工不慌老板慌了。”他说这句话的背景是：2009年这个时候，纺织服装行业面对的是国际金融危机带来的“订单荒”，2010年中国经济企稳回升，却迎来了更挠头的“民工荒”，缺工引发的劳动力成本飙升让老板“慌”了。在那篇通讯里我写道：“事实上，单凭涨工资已经难以解决将成为常态的缺工问题。因为跟‘不管多苦多累，只要能多挣点钱就行’的60后、70后相比，现在的80后、90后农民工们对工作条件和生活品质的追求已经全然不同了。”

2012年，我还去到晨风的车间蹲点采访，写了长篇通讯《车间》。文中写道，“车间的吸引力大过了田地”，因为年轻的工人说“种地比车间的活儿更累”。文中还写了从工厂离职去餐馆当服务员的年轻人，她说“厂里挺好的，就是太枯燥了，做服务员轻松一些”。

这两篇报道，我记忆犹新。它们是我作为一个《工人日报》记者走进工厂、走近工人，了解工厂、读懂工人的代表作。没想到，在多年以后，它们给我写评论提供了独有的视角。

10 多年前就存在有些年轻人宁可当服务员也不愿进工厂的现象，再往前追溯，还有年轻人不愿种地而愿意进工厂的现象，而现在又有年轻人主动回到农村兴办有机农业、经营民宿。哪儿的吸引力大，人就会流向哪儿。用工在一二三产业之间的此消彼长，是一种“自然选择”。送外卖还是进工厂，并不是一个非此即彼的问题。我从一二三产业之间用工的变化中发现了解决缺工问题的核心要义——从劳动保障、工作环境、成长空间等方面提高岗位吸引力才是招得来人、留得住人的关键。不仅对制造业这样的传统产业如是，对快递、外卖这样的新就业形态也如是，否则都难免会被劳动者“用脚投票”。

此外，这篇评论没有停留在就事论事的层面，而是对年轻人的就业选择背后的心态变化有了敏锐的捕捉，不同时代的年轻人对一份更好的工作会有不同的定义，企业要看到这样的变化，适应这样的变化。这也使得这篇评论有了更深厚的现实意义和更宽广的视野。

3 月 7 日稿件见报后，包括《人民日报》在内的媒体广泛转载，引发社会热议。其中《环球时报》公众号以《“多进工厂少送外卖”上热搜，工人日报发声》为题，获得 10 万+。《人民日报》公众号上推送，也是 10 万+，5500 多人点赞，1600 多人转发。

这篇评论之所以传播效果凸显，可能有赖于“天时地利人和”。一方面是这个题材跟本报“立足三工”的高相关度。在用工问题上，《工人日报》作为权威媒体，及时发出自己的声音就是抓住了传播良机，也是提升自身影响力的契机。另一方面，虽然相关的评论不少，但本报这篇评论立足于作者长期的观察，生发独到见解，使得论述有坚实的根基，有理有据、层层递进，很有说服力。

让体育精神之花开在每个普通人的心间

■ 作者：刘颖余
■ 编辑：刘文宁 林 琳 韩韫超
■ 2022年02月10日06版

当新西兰姑娘辛诺特成功完成整套超高难度动作，为女子单板滑雪坡面障碍技巧决赛画上句号的时候，等候区的美国姑娘马里诺和澳大利亚名将科迪一起冲进场地，将辛诺特扑倒在地。紧接着，其他参赛选手也一拥而上，紧紧抱在一起，共同庆贺……这是北京冬奥会开赛以来令无数人颇为感动的一幕。

是的，这是亚军、季军对冠军的祝贺，是其他无缘奖牌的选手对于获得奖牌选手的祝贺。这是跨越国别的庆祝，她们庆祝的不是一个人的胜利，而是每个人的胜利。就像辛诺特所言："这是个很特殊的时刻。当我结束比赛时，每个人都向我跑过来。我们看着对方的表演，彼此欣赏着，这种感觉太美妙了，大家就像亲密的伙伴一样。"

的确，这样美妙的时刻在运动赛场上总是格外珍贵。田径赛场上，个别项目如女子七项全能和男子十项全能，当全部比赛结束时，常常有这样的庆贺和"联欢"，那是选手之间的英雄相惜，是运动员超越自我后的真情宣泄。从中，我们能感受到真实而动人的体育精神之光——对运动项目的热爱和感激，追求卓越的欲望和勇气，对对手的尊重与成全，所有这些都可以无关奖牌和荣誉。它们跨越国别和种族，让全世界热爱体育的人拥抱在一起，共同分享属于所有人的荣耀时刻。

这样的动人瞬间，在北京冬奥会上不时闪现。在中国队拿到短道速滑混合团体接力金牌后，参赛队员范可新一字一句地说："我永远都相信团队"；花滑小将朱易发挥失常，泪洒赛场，却得到队友最多的拥抱和安慰；高山滑雪男子超级大回转选手徐铭甫成功完赛后，意外得到国际奥委会主席巴赫送的一份礼物……浓浓的体育精神如春风拂面，让人在冬日里平添温暖，让冬奥之美融进更多人性的光彩，也为北京冬奥会增添更多魅力。

说到体育精神，看不见摸不着，似乎很玄虚，但其实，体育精神在体育比赛中无处不在：追求卓越、为国争光是体育精神，重在参与、超越自我同样是体育精神；勇于拼搏、争取胜利是体育精神，正视挫折、接受失败同样是体育精神；还有团结协作、公平竞赛、善待观众和媒体、尊重对手和裁判等，都是体育精神题中应有之义。

体育精神不是运动员的专属，体育精神之花完全可以开在每个普通人的心间。体育精神是一种正向的思维方式，就像看到种子破土而出，我们会莫名地快乐；看到孩子蹒跚学步，我们有莫名的喜悦。体育精神无处不在，当我们爱上体育，我们就会得到体育精神的青睐和拥抱，并因此丰富、滋养、充实我们的人生，甚至改变我们的命运。

像冬奥会这样的大赛，从来就是彰显体育精神的重要载体，是体育教育和奥林匹克教育的生动课堂。无论对于运动员，还是普通观众，都是如此。看看 2008 年北京奥运会后，中国公众对于体育的认识和参与程度、金牌观和体育观的改变、全民健身热潮的汹涌、体育文化的发展，我们就能明白，体育精神对于普通人的滋养有多么重要、多么珍贵。

北京冬奥会激战正酣，让我们珍惜美好时光，尽情感受、领略冰雪运动之美、体育精神之美。期待“双奥”催生最美的体育精神之花，开在每个普通中国人的心间。

采编经过

一些琐碎的感想

——评论《让体育精神之花开在每个普通人的心间》写作体会

刘颖余

一、写自己感触最深的，大抵没错

此稿应评论部刘文宁主任而作。刘主任并未限定题目，只让我就正在举行的北京冬奥会写篇社评。我理解，这也算命题作文，但开放性较强。

北京冬奥会可写的点很多，可以写“双奥之城”的意义，可以写两个奥运的不同，可以写中国冬季项目的突破，可以写北京出色的组织工作。我最终都没写这些内容，原因也并非要故作惊人之语，而是想写自己感触最深的东西。

我感触最深的是什么呢？是一幕选手的欢庆场面：新西兰姑娘辛诺特成功完成整套超高难度动作，为女子单板滑雪坡面障碍技巧决赛画上句号的时候，等候区的美国姑娘马里诺和澳大利亚名将科迪一起冲进场地，将辛诺特扑倒在地。紧接着，其他参赛选手也一拥而上，紧紧抱在一起，共同庆贺……

体育比赛中，亚军、季军对冠军表示祝贺，稀松平常，但其他无缘奖牌的选手也加入庆贺，较为少见。这种跨越国别的庆祝，庆祝的不是一个人的胜利，而是每个人的胜利。这的确深深打动了我，遂决定以此为切口，并归纳出“体育精神”入题。

而体育精神显然并非运动员专属，它的落脚点最终还是每个普通人的日常生活，这就是标题的由来。“体育精神之花”，是一种形象表达，因为美好，因为生生不息，才谓之“花”。体育精神不会凭空而来，需要培育和养成，就像花儿的开放需要阳光和雨水。“让体育精神之花开在每个普通人的心间”，是一种期待，一种愿景，也会是未来冬奥遗产重要的组成部分。体育精神，看不见摸不着，但并不意味着它不重要。我理解，这就是所谓的避实就虚，以小博大。

二、过往的积累很重要，它让文章更饱满，论点更有说服力

拙作在以新闻事实切入，并进行了简单的论述后，在第三段突然转换“赛场”，写到了田径赛场全能项目结束时，选手的庆贺和“联欢”，这看似闲笔，也和冬奥会无关，但窃以为非常必要，因为它证明了体育精神并非冬奥赛场独有，体育精神是体育的一部分，是体育之美好的一种证明。

由冬奥会联想到田径赛场，看似突兀，于我却是自然的联想。这是我过往采访积累的结果。采访是了解信息的过程，也是感受和思考的过程，所有过往的采访最终都会汇在一起，成为记者职业生涯“智库”的一部分（其他部分包括阅读、专业知识等积累，此处略）。什么时候用得上，说不好，但一定会用得上。

三、由个性到共性，由特殊性到普遍性的生发，决定了文章的厚度、深度

这篇文章的主要新闻由头是冬奥会，主题是体育精神的弘扬，文章的结构也围绕着这两个关键词铺排展开。

在叙述了基本新闻由头后，我结合田径赛场七项全能比赛全部结束后类似的场景，简明阐述了自己所理解的体育精神——对运动项目的热爱和感激，追求卓越的欲望和勇气，对对手的尊重与成全，所有这些都可以无关奖牌和荣誉。它们跨越国别和种族，让全世界热爱体育的人拥抱在一起，共同分享属于所有人的荣耀时刻。接着，我再次盘点了北京冬奥会上无处不在的体育精神之光，认为，“浓浓的体育精神如春风拂面，让人在冬日里平添温暖，让冬奥之美融进更多人性的光彩，也为北京冬奥会增添更多魅力。”

这一段并非重复，而是一种强化，由论据（新闻事实）的强化进入到观点的强化，由此也突出了评论的新闻性和思想性。

在阐述了体育精神让北京冬奥会增添魅力的基本观点后，我进一步论述了对于体育精神的理解，归纳出追求卓越、为国争光、重在参与、超越自我等六个方面的内容，进而提出，“体育精神不是运动员的专属，体育精神之花完全可以开在每个普通人的心间”，并以充满感情的排比句加以论证。

这是一次生发，是由个性（冬奥会）到共性（所有体育领域），特殊性（运动员、比赛）到普遍性（普通人、日常生活）的生发，它不只是开阔了文章的视野，也增添了其厚度和深度。

文章结尾，我再次回到冬奥会，认为，“像冬奥会这样的大赛，从来就是彰显体育精神的重要载体，是体育教育和奥林匹克教育的生动课堂。”并追溯2008年北京奥运会，叙述后奥运的改变，这是另一次生发，也让文章结构和观点表达，更加丰满。最后一句话——期待“双奥”催生最美的体育精神之花，开在每个普通中国人的心间，是呼应，也是点题，让文章“止于所不可不止”。

拙文见报后，不仅当选报社周星稿和季度星稿，被新浪、搜狐、网易、腾讯、人民网等多家门户网站转载，还被《广州日报》的“每日精点”转载，“让体育精神之花开在每个普通人的心间”也成为该期主标题。这似乎再次证明：评论写作，写自己感触深的，有积累的，大抵没错。

以上浅见，有任何不当之处，敬请各位同事不吝批评赐教。

科研浮夸风让关于“钱学森之问”的思考愈发沉重

■ 作者：刘颖余
■ 编辑：刘文宁　林　琳　吴　迪
■ 2022年03月15日05版

科研成果不是靠包装和炒作就有“革命性突破”的，科技创新不可能因为各类机构的评比和媒体鼓吹就能“引领世界”。只有越来越多的科研人员真正仰望星空，摒弃拜金主义，静心笃志，心无旁骛，力戒浮躁，甘坐“冷板凳”，才能依靠“数十年磨一剑”的苦功夫，赢得科技强国的明天。

针对一些媒体报道科学成果时偏好用“重磅”“诺奖级成果”“革命性突破”等词句，在刚刚闭幕的全国两会上，全国政协委员、中国科学院院士田刚尖锐指出，此类新闻吸引眼球却不符合实际，除了误导公众，编造盲目乐观情绪，与科研工作应有的脚踏实地、求真务实氛围不匹配，还可能破坏学术风气和科学发展的正常秩序，助长浮躁风气。

媒体的“嗨”与一段时期以来科研领域少数人员和机构的自“嗨”同根同源，既有利益驱动，也存在体制机制的种种诱因。此前针对科技工作者状况的一项调查显示，近半数参与调查者认为，科研学术领域急功近利、学风浮躁问题比较严重。

事实上，我国基础科学研究短板依然突出，重大突破性、原创性成果还很缺乏。我国基础研究和科技创新要行高致远，无论是科研人员，还是政府部门、相关机构、市场主体以及公众，都必须力戒浮夸浮躁之心，媒体更不能为了迎合社会心理及收割流量，助长科研“民粹主义”的不良风气。

科研界需要风清气正的环境氛围。科研是漫长而艰辛的过程，科研成果不是靠包装和炒作就有“革命性突破”的，科技创新不可能因为各类机构的评比和媒体鼓吹就能“引领世界”。科技报道乃至科研领域的浮夸风气，再次敲响“钱学森之问”的警钟。

在创新引领高质量发展的关键时期，任何其表虚浮、其心不安的躁动，都不利于研究人员攻坚克难和攀登科技高峰。急功近利和好大喜功只会扼杀科研和创新的内生动力，把真正的科学家给毁了，把可能出现的突破性攻关成果给毁了。

科技演进的历史一再表明，科学研究是功在当代、利在千秋的崇高事业，需要从相关机制保障善待科学研究、尊重科学家，也需要营造良好的环境和条件，不断巩固和呵护好科技人员探索真理的好奇心。

中国科技事业近年来取得了举世瞩目的成就，这与广大科技工作者拼搏奉献、勇攀高峰紧密相关。立足新发展阶段，贯彻新发展理念，坚持创新在经济社会发展和建设全局中的核心地位，依靠科技创新塑造发展新优势，我们尤其需要营造良好的环境，进一步引导科研人员沉下心来搞研究、心无旁骛搞创新。

为引导和激励广大科研人员树立正确的成果观，真正做到厚积薄发而不是拔苗助长，2019 年出台的《关于进一步弘扬科学家精神加强作风和学风建设的意见》要求，大力弘扬淡泊名利、潜心研究的奉献精神，反对盲目追逐热点、随意变换研究方向。只有越来越多的科研人员真正仰望星空，摒弃拜金主义，静心笃志、心无旁骛，力戒浮躁、甘坐“冷板凳”，才能依靠“数十年磨一剑”的苦功夫，赢得科技强国的明天。

科学家受社会风气影响，也影响社会风气。科学家应受全社会尊重，也应该符合社会期待。某种程度上，进入科研的象牙塔，科研人员就选择了淡泊名利、醉心学问的生活方式。

其实，心境淡泊，不仅是对科学研究者的要求。正如有论者所说，浮躁是时下社会很多领域的弊病，不能单单择出科学家来求全责备。确实，我们必须看到科技“浮夸风”背后的问题。

比如，过去一段时间，为便于考核绩效，许多科研机构习惯于“以数字论英雄”，拿论文和项目数量统计科研人员的贡献。这种绩效考核忽视了科学研究的规律。不少业内人士呼吁，要建立健全以创新能力、质量、贡献为导向的科研人员评价体系，形成并实施有利于科研人员潜心研究和创新的评价制度。

“科学，无尽的前沿”。前沿和未来的奥秘在哪里，我们并不知道。探索未知世界，我们需要更多既仰望星空又脚踏实地的科研工作者，在追求真理、崇尚务实的良好氛围下，坚定地向着未知领域迈进。

超龄就业权益的“一字鸿沟”该填上了

■ 作者：张伟杰
■ 编辑：兰海燕　周　倩
■ 2022 年 10 月 20 日 06 版

61 岁的焊工李斌在沈阳一家汽车零配件生产企业工作了 13 年。在同一个单位、同一个岗位、干着同样的活儿，只因年龄从 59 岁变成了 60 岁，他与单位的关系，就从劳动关系变成了劳务关系。一个字的改变，带来的是单位不再给他缴社保，此后的工作、伤病等风险只能由他自己承担。

李斌的遭遇并非偶然。9 月 15 日至今，《工人日报》系列报道“聚焦职场‘银发族’的急难愁盼”关注到，此类现象在 50 岁及以上年龄就业群体中具有一定普遍性。

根据现行法律法规的规定，我国退休年龄一般为男性 60 周岁，女干部 55 周岁或 60 周岁，女工人 50 周岁。这意味着，一旦超过退休年龄，就会被视为“超龄劳动者”，即便人在职场，但劳动关系或许就会变为劳务关系。

超龄劳动者在工作过程中普遍面临着工资水平较低、超时加班严重、发生职业伤害无从保障等问题——《工人日报》记者在裁判文书网上以“超过法定退休年龄”和“劳动关系”为关键词进行检索，在 2021 年就有 3524 件案件。很多劳动者的诉求包括工伤赔偿、加班工资等。

存在这些问题的原因是超龄劳动者和用人单位之间的劳动关系认定存在障碍。不能认定劳动关系，超龄劳动者和用人单位之间就不能适用劳动法律，最低工资、最高工时、休息休假、加班费等劳动保护制度就难以适用到超龄劳动者身上，他们的权利就难以得到保障。

这其中，有利益驱使的有意为之。比如，一位业内人士就坦言，之所以聘用这一群体，原因在于“超龄劳动者用工机制灵活，用人单位不用承担社保成本，对于企业有直接的成本优化”。

除了一些用人单位出于成本考虑有意与“银发族”形成“劳务关系”外，在现有法律法规中，也因规定不一致而形成了现实的分歧——按照《劳动合同法》第四十四条的规定，劳动者开始依法享受基本养老保险待遇的，劳动合同终止。而《劳动合同法实施条例》第二十一条规定，劳动者达到法定退休年龄的，劳动合同终止。

由于缺乏对超龄用工劳动关系的明确规定，对于超龄劳动者，用人单位可否终止劳动合同的问题尚未有统一定论，司法实践也会产生不同的裁判结果。

《北京日报》报道称：10 月 17 日发布的《2022 老龄群体退休再就业调研报告》显示，68%老年人退休后再就业意愿强，三成受访者有经济压力。而 2020 年第七次全国人口普查数据则显示，中国 60 岁及以上人口超过 2.6 亿人，其中 60~69 岁的低龄老年人口占 55.83%。

不论从哪个数据来看，“银发族”已经或将要成为职场上的重要群体，简单地以退休年龄为限区分劳动关系或劳务关系，难以适应并保护这一群体的就业现实和劳动权益。

从这个意义上说，法律法规或许也到了该考虑进行“适老化”调整的时候了。恰如目前正在加紧进行适老化改造的网购平台。面对新形势，必须有新策略。毕竟，同样是工作，不能仅仅因为年龄就划出此劳动彼劳务的权益鸿沟。

有学者就建议，应通过修改法律，打破劳动关系主体适格的限制，扩大适用范围。在劳动法典的编纂过程中，把超龄劳动者等目前无法适用劳动法律保护的劳动者都纳入其中。

期待这样的建议早日变成现实。

提质培优，让职业教育不再是“无奈的选择”

■ 作者：武文欣
■ 编辑：吴明福　王　汝
■《工会信息》2022 年第 17 期

8 月 20 日，教育部发布《中国职业教育发展白皮书》。白皮书指出，2012 年以来，中国政府把职业教育作为与普通教育同等重要的教育类型，不断加大政策供给、创新制度设计，加快建设现代职业教育体系，构建多元办学格局和现代治理体系；中国职业教育实现由参照普通教育办学向相对独立的教育类型转变，进入提质培优、增值赋能新阶段。

长期以来，职业教育通常止步于专科，与普通高等教育之间缺少连接通道，继续深造的空间有限，制约了职业教育的长远发展。另外，社会认可度不高，“无奈的选择”“低人一等”的偏见，使不少职校毕业生在就业时遭遇“学历歧视”，即使入职，在后续晋升中也或多或少面临壁垒。

为破解职业教育发展难题，让职业教育走出困境，近年来，国家高度重视职业教育的发展。从 2019 年《国家职业教育改革实施方案》提出开展本科层次职业教育试点，为办好新时代职业教育擘画了蓝图，到 2021 年《关于推动现代职业教育高质量发展的意见》为职业教育发展指明方向，再到今年新修订的职业教育法明确“职业教育是与普通教育具有同等重要地位的教育类型”，职业教育改革有了坚实的法律和制度保障。

职业教育从“层次”到“类型”，从“大有可为”到“大有作为”，一方面体现了我国产业升级和经济结构调整不断加快，各行各业对技能人才的需求越来越迫切，职业教育的重要地位和作用逐渐凸显；另一方面也体现了社会对职业教育认可度的提升。

我国现有职业学校 1. 12 万所，在校生超过 2915 万人，已建成世界上规模最大的职业教育体系，中国特色职业教育发展道路和模式基本形成，但高技能人才占技能劳动者的比例为 30%。如何在发展职业教育的过程中培育更多的大国工匠，是打造高素质人才队伍不可绕过的命题。

进一步打破职业教育办学的“天花板”。目前，职业教育与基础教育、高等教育、继续教育之间初步构建了融通机制。“中职、高职专科、职业本科”一体化的职业学校体系基本建成，中职的基础地位进一步巩固，高职专科的主体地位不断强化，职业本科正在稳步发展。打破止步于专科的“天花板”，是我国职业教育一个重大变化。需要注意的是，在打破“天花板”的同时，职业教育也要始终坚持办学规律、人才培养定位和基本培养路径，确保职业教育不“变味”。

继续深化产教融合，校企合作。产教融合、校企合作是职业教育的基本办学模式，也是培养高素质劳动者和技术技能人才的内在要求。通过产教融合，职业院校可以增强专业设置上的前瞻性。这一过程中，要注重发挥企业的主体作用，可以引导企业按一定比例设立学徒岗位，鼓励和支持有技术技能人才培养能力的企业与职业院校开展多种形式合作，对参与产教融合的企业实施奖励、税费优惠等政策支持。同时，在专业教材、课程设置上要以产业需求为导向，避免与经济社会发展脱节。

此外，要不断提高高素质技术技能人才的地位和待遇，让技高者多得，多劳者多得，在全社会营造“国家重视技能，社会崇尚技能，人人学习技能，人人拥有技能”的氛围。

三百六十行，行行出状元，人人皆可成才。期待在将来，有更多的高素质技术技能人才、能工巧匠、大国工匠脱颖而出，让职业教育不再是“无奈的选择”，而是“优质的选项”，职业教育，未来可期。

堵住挂靠代缴的"旁门"，让社保回归制度初衷

■ 作者：郭振纲
■ 编辑：刘文宁　林　琳　韩韫超
■ 2022 年 05 月 31 日 05 版

近日，多家媒体聚焦社保挂靠代缴，并发出提醒：通过虚构劳动关系挂靠代缴社保已经行不通了——今年 3 月 18 日施行的《社会保险基金行政监督办法》明确，用人单位、个人有下列行为之一，以欺诈、伪造证明材料或者其他手段骗取社会保险待遇的，按照《中华人民共和国社会保险法》第八十八条的规定处理。目前，多地人社部门发布消息说，挂靠参保、虚构参保条件参保均涉嫌违法违规。

我国现行社保缴存的法律法规规定，劳动者参加社会保险有单位参保和个人参保两种途径。单位参保需要劳动者与用人单位订立劳动合同、建立劳动关系，个人参保有户籍限制。之前，一些没有工作单位或者工作单位不固定的劳动者为了享受社保待遇、取得买房买车资格、避免社保断缴等原因，会找代缴公司挂靠社保，或者在亲友公司挂靠社保，但其实双方并未建立真实的劳动关系，属于虚构参保条件违规参保。新规定的实施堵住了一些人违规参保的"旁门"。

改革开放后，我国社保制度经历了改革、试行、扩面、完善等阶段。单位参保与劳动关系紧密捆绑，具有广覆盖、保基本、地域性等特点。同时，一些地方将社保关系与享受地区公共服务挂钩。在劳动关系多元化的背景下，一些没有建立劳动关系或者受限于户籍管理的人员，为了规避制度壁垒，打起了社保政策的"擦边球"，于是滋生了挂靠参保、虚构参保条件参保等违法违规现象。

挂靠参保、虚构参保条件参保等行为，违背了社保制度建立的初衷，助长了机会主义和骗保行为，侵蚀了社保基金，催生了社保待遇的不公平现象。这些现象的出现，一方面与我国社保制度存在一定程度的碎片化和

地域性特点有关——不同地方的参保条件和社保待遇不同，且地区间存在信息壁垒，全国统一的社保缴存信息系统尚未建立，地区之间的政策衔接存在漏洞；另一方面与一些用人单位劳动关系管理混乱和社保法律意识淡薄有关，有些单位的管理者和社保经办者或是出于帮人“办好事”，或是为了单位获取利益而故意为之。在此过程中，一些第三方机构为了获取经济利益和政策补助也参与其中，加剧了违规参保现象。

清理挂靠参保、虚构参保条件参保等违法违规行为，既是为建立全国统一的社保信息平台系统扫清障碍的必要举措，也是为社保关系正本清源奠定数据基础的重要行动，更是进一步推进社保管理法治化进程的必然要求。同时，这有利于保护所有合法参保人的正当权益，有利于社保基金的安全和可持续。

清理违法违规参保行为，需要“两条腿”走路。一方面，开正门，进一步完善社保制度，在参保入口方面建立全国统一的标准和条件，加快全国统一的社保参保信息系统建设，形成全国统一的社保信息平台，清理一些地方性的政策限制，厘清模糊地带，让单位参保人和个人参保人“应参尽参”“能参尽参”；另一方面，堵“旁门”，通过集中清理和动态执法监察监督，及时制止和纠正违法违规参保行为，惩处那些“打擦边球”获利的非法行为，建立必要的退出机制，让违法违规参保人付出代价。同时，加大社保法律制度宣传力度，让更多人认识到相关违法违规行为的危害性，自觉抵制挂靠参保、虚构参保条件参保等不法行为。

清理挂靠参保、虚构参保条件参保等不法行为，可谓走出了建立合法、有序社保关系的第一步。有关方面应在此基础上，进一步完善社保制度和规范参保行为，让更多劳动者能安心、顺心地参加社保且享受社保待遇。

“建议专家不要建议”，是希望专家好好说话

■ 作者：龚先生（林琳）
■ 编辑：刘文宁　吴　迪
■ 来源：中工网　2022-05-26 12：14

最近，“建议专家不要建议”的话题两度冲上热搜——

先是5月19日，“专家不建议年轻人掏空六个钱包凑首付”“专家称买房比租房划算”“专家称今年6月到10月是购房好时机”，这三个与买房有关的话题同时上了热搜，随后，“建议专家不要建议”冲到热搜第一；

再是5月24日，“专家建议：不要多用空气炸锅”上了热搜，随后“建议专家不要建议”再次上榜，还有媒体设置议题“年轻人为什么反感专家建议”。

图源：截图自微博

尽管在第二个新闻中，有网友出来澄清说专家没有这样建议；涉事专家表示，没有接受过相关媒体采访。但这些声音几乎都被淹没在“建议专

家不要建议”的汹涌舆情中。

网友们的态度明确：说得不好，下次别说了！

专家到底惹谁了？

首先有必要明确，当人们排斥一些专家的言论时，针对的往往只是专家这个群体中的少数人，而少数人是不能代表这个群体的整体素养和形象的，也就是不能一竿子打翻一船专家。

然后，我们再来讨论，那些被建议“不要建议”的专家，到底出了什么问题。

制图：赵春青

综观以往类似新闻事件，不难发现，人们反感的专家建议主要有几类：

其一，有些专家建议的含金量偏低，多是“正确的废话”。

在公众看来，专家的话应该是专业的、深刻的，是大多数人不了解、不掌握的信息和知识，而有些专家的建议往往达不到这个预期，有的建议还自相矛盾——上午有专家说“喝咖啡有利于身体健康”，下午就有专家主张“喝咖啡可能导致骨质疏松”……

其二，有些专家建议不接地气、不食人间烟火。

前段时间，一段专家建议低收入者把闲置的房子租出去、用私家车出去拉活儿的视频被曝光，不少网友看后惊掉了下巴——低收入者不仅有房有车，而且有闲置房？如此“站在云端、指点民众”的专家，说出来的话自然给人“何不食肉糜”之感。

其三，有些专家建议可能是拿人钱财、替人说话。

一种保健品到底有没有效果、一个设备到底有没有技术突破和创新、一种举措有没有推行的必要……对这些问题，有些专家可能并不是站在专业角度、实事求是地给出判断，而是受到资本的裹挟、权力的干预或者其他因素的影响。

当然，还有这样的情况，有些专家的建议本身没有问题，但媒体在报道时，断章取义，假专家之名，语不惊人死不休。更有甚者，只是打着专家的旗号，说了自己想说的话。在流量为王的背景下，类似情况或许不在少数。换句话说，有些专家是“背锅”了、被冤枉了。

“建议专家不要建议”，一方面表达了人们对一些专家建议的不满意、不服气，对其能力和水平的质疑；另一方面反映了人们对专业、科学、严谨的高质量专家建议的渴盼，对专家建议有指导性、权威性，能够真正为人们解疑释惑、指点迷津的期待。

事实上，在专家这个群体中，并不缺乏令公众尊重、崇拜、信服的专家。就像有的法学专家能够用通俗易懂的语言和案例，告诉公众哪些行为违法、什么事情做了要面临法律制裁；有的物理学教授能够化身科普达人，用铁锅、扫帚、气球等简单的道具，向公众讲解“中国天眼”怎么工作、太空中的宇宙射线长啥样、火箭怎么上天……

这些专家之所以能够成为网红，收割无数粉丝，除了有“有趣的灵魂”，更重要的是有深厚的专业根基，有坚定的职业操守。

“建议专家不要建议”，不是让专家都“闭嘴”，而是希望专家能好好说话——多一些“爱惜羽毛”，多一些审慎科学，多一些设身处地，多一些人文关怀。

健康码被精准赋“红”？滥用健康码的口子决不能开

■ 作者：龚先生（贺少成）
■ 编辑：刘文宁　韩韫超
■ 2022年6月15日

据《南方都市报》报道，多位前往河南郑州沟通村镇银行取款难的储户被赋红码。健康码变红的储户在当地寸步难行，而同行的非储户人员健康码则未受影响。有被赋红码的储户在无奈离开郑州后，健康码重新变成了绿码。

整个事件中，健康码赋红码针对的人群指向性很强，这无疑引发很多人的联想和担心。

众所周知，疫情发生的这几年时间，健康码几乎成了所有人的通行证。尤其是在防疫吃紧的时候，百姓出行、进入公共场合都需要出示健康码。健康码的绿码、黄码、红码分别代表着不同的等级，颜色不同，意味着针对相应人群的管理手段不同。

红码，是健康码几种颜色中风险等级最高的。一般来说，入境密切接触者、入境确诊病例、入境疑似病例、确诊及疑似患者入境同行人员、核酸检测结果阳性、抗体监测结果阳性、14天内高风险地区旅居者、未解除隔离医学观察的密切接触者、未排除的疑似病例、未治愈的确诊病例等高风险人群，健康码才会赋红码。

郑州的这波操作，将本来属于低风险人群者直接拉升成高风险人群，将他们置于或将被管控、封控的窘境。在没有高风险因素出现的情况下，对低风险人群硬弓硬马地赋红码，会给很多人带来恐慌。

不仅如此，一旦健康码变红，流调、消毒、物资配送、隔离场所配置等，各个环节诸多工作人员都要忙碌起来。郑州对特定人群儿戏般地赋红码，“击伤”的不只是个人，更伤害了我们的防疫体系。

网传河南村镇银行储户被赋红码。图源：第一财经

健康码变得不“健康”，或许有客观因素，比如大数据管理出了漏洞。但百姓更担心的是有人为因素，尤其担心会不会有职能应对的错位。

储户到河南沟通取款难一事，央行、银保监会就此回应，责成河南银保监局和人民银行郑州中心支行“切实履行属地监管职责”，公安部门业已立案调查。而如今，居然出现以赋红码方式限制当事人的出行，其合理合规合法性何在？这样的行动，比某些部门不担当、不作为更让人担忧甚至恐惧。

这事给我们提了个醒，管理百姓健康码的职能部门，必须把好民众信息的保密关。在防疫的特殊时期，民众通过对自己权利的让渡，换取整个社会防疫的便利。健康码只能用于疫情防控，决不能开滥用健康码的口子。

从目前相关方面的回应来看，估计不会有哪个部门会站出来为健康码

图源：新华社

赋红码的事负责。而此事给公众带来的恐慌则不容小视。

这一事件后，估计会有不少人关心甚至盯住一件事：会不会有人使用健康码赋红码手段阻拦低风险人群出行、以达到某种特殊目的？健康码会不会变成某些部门手中威力无边的工具？

看来，相关方面很有必要及时回应社会关切，并且切实堵住潜在的漏洞，让民众重拾对健康码的信赖和倚重，积极配合各项防疫政策。

疫情当前，健康码是防疫的一道重要屏障。无论是谁，都不能肆意突破这道屏障，给防疫添乱、给社会添堵。

“唐山烧烤店打人事件”打伤的是公众安全感

作者：龚先生（罗筱晓）
编辑：刘文宁　吴　迪
2022 年 6 月 11 日

6 月 10 日凌晨，在河北唐山一烧烤店内，疑因一名男子酒后搭讪女子不成引发冲突，后多人对女子及其同伴进行殴打。相关监控视频公开后，很快引爆舆论。唐山市妇联回应称第一时间介入沟通，两名受伤女子已就医，无生命危险。当天，当地公安机关抓获涉嫌在烧烤店寻衅滋事、暴力殴打他人案件的两名主要犯罪嫌疑人。今天（11 日），来自当地公安部门的通报称，凌晨又抓获李某瑞等三名涉案人员，且已组织警力赴外省对其他四名外省籍涉案人员进行抓捕。

寻衅滋事、殴打他人，本算不上多稀罕的事，而网友对这起事件的反应几乎到了“人神共愤”的程度。各大社交平台上，“严惩施暴者”的呼声一浪高过一浪。

的确，但凡看过该视频的人都会出离愤怒：殴打过程持续近 4 分钟，白衣女子被数名男子从店内打到店外，其间她被拽头发拖行，被猛踹头部，被用凳子、酒瓶砸……即使透过摄像头，打人男子口中不断叫喊的“打死你”依然能听得很清楚，女子身上的血迹也清晰可见。与白衣女子同行的黑衣女子同样被多人粗暴地打倒在地。

在完整调查结果公布前，我们尚不清楚涉事双方此前是否相识以及在网传视频外双方是否还有其他过节与冲突。不过，无论事出何因，这无疑是一起恶性社会治安事件，打人者的举动已突破了法律乃至人性的底线。

法治社会，暴力绝不是解决或处理问题的应有方式。在我国，从治安管理处罚法到刑法，均对随意殴打他人、非法损害他人身体健康以及结伙斗殴等行为有明确处罚规定。从视频来看，几名施暴男子的行为已涉嫌违法乃至犯罪，而在围殴涉事女子时嚣张的态度则表明他们既不懂法也不畏

图源：新华社　作者：王鹏

法，甚至还将以身试法当作表现所谓“男子汉气概”的途径。戾气如此之重，着实使人震惊。

而这起事件的恶劣影响远远不止于此。有人说，短短几分钟的视频足以成为所有女性的恐怖片——这话说得不算错。前一秒还在开心吃宵夜，后一秒就在手无寸铁的情况下被几个大汉围殴。可以预见，不但当事女子心中的阴影短期内难以消除，因此事感到自危或再给自己加上几条“安全提示”的女性估计也不会少。

在众目睽睽、灯火通明、人来人往的环境下，当暴力的拳头落下、猖狂的叫嚣响起，不仅是本应得到尊重和保护的女性权益受损，更为普遍的民众的安全感也被击碎——这里的民众，不分男女。

众所周知，有序与安全一直是公共场合在人们心中的基本模样，也是人们参与社会活动的普遍期待。如果人人都要在“吃着火锅唱着歌”的时候提防别被人打了或劫了，那么保障社会正常运转的秩序和稳定将不复存在，依附于此之上的发展与进步更是无从谈起——从这个角度讲，这起事件的恶在于它打的是两名女性，伤害的却是一个社会的安全度。

以多打少、以强凌弱，下手还极其狠毒，如果不是有视频为证，很难相信这样的事情会发生在文明不断发展、法治持续健全的当下。

一起发生在烧烤店的打人事件为什么会引起全网讨伐，还可以分析出诸多原因，而其中最质朴的一条，是人们从施暴者的举动中看不到一个正

扫黑除恶宣传海报

常人应有的恻隐与同情。当人之为人最基本的品质不再，他人能给予的，只有厌恶与愤怒。

关于此事件的调查还在进行中。希望相关执法、司法机构能继续从快从严查办此案。唯有让施暴者为恶行付出代价，让受害者获得抚慰与公道，让公众得到公正的说法和结论，法治的安全网才能结牢，人们对安定和谐社会环境的信心才能得以维护和提升。

医生直播妇科手术，远不止是一场事故

■ 作者：龚先生（贺少成）
■ 编辑：刘文宁　韩韫超
■ 2022 年 1 月 19 日

1 月 18 日晚，山东省日照市公安局东港分局发布情况通报：当日 16 时许，警方接群众举报一医生疑似在网上直播妇科手术片段，遂即对涉事医院相关人员进行调查，于 18 时许，将涉事医生厉某抓获。目前已立案，案件正在进一步侦查中。

随后，更多细节浮出水面。有网友爆料称，自己于 1 月 15 日下午偶然在 B 站进入一直播间，从直播间的对话内容得知，系一名男性麻醉师在一名女患者接受妇科手术时进行直播。

这事引发网友一片惊呼。涉事医生涉嫌侵犯病人隐私，期待警方尽快给出后续侦查结果。

安全生产中有一个著名的“海恩法则”：每一起严重事故的背后，必然有 29 次轻微事故和 300 起未遂先兆以及 1000 起事故隐患。

放到医疗直播领域，“海恩法则”应该同样适用，更何况医疗直播目前尚属于一个野蛮生长的领域。

直播是互联网的一个风口，想借势飞翔的人不少。

在医疗卫生领域，投身于此的医生也不乏其人——有的医生与媒体或互联网平台合作，推出相关科普类、服务类节目和栏目；有的医生在自媒体平台开设账号，自行发布直播内容或相关视频。不管是出于服务公众，还是出于其他目的，医疗领域相关人士参与的直播和视频，都暴露出不少值得关注的问题。

与我们熟悉的直播带货不同，医疗领域直播的专业性更强，公众对直播内容的辨识能力较低。像此次医生厉某直播妇科手术片段，只是因为涉嫌明显违规，才引起网友举报。而出现在直播平台的更多医疗类直播，大

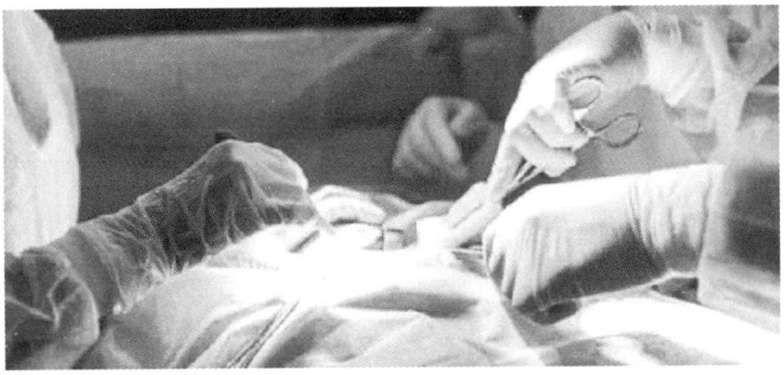

多让网友难辨真假。

而这，才是最可怕的。

在医疗领域，普通网友、患者与医生之间存在着巨大的信息不对称。通常，医生说什么，公众、患者就会信什么。而每个医生由于学识、能力、接诊经历的不同，向公众传递的内容则可能参差不齐，甚至不同医生说出截然相反的观点也不足为奇。

就像现在不少媒体开设了养生栏目，就有不少互相矛盾的内容。一会儿，这个专家说吃这个对身体好；一会儿，那个专家又说吃这个对身体不好。诸如此类，让普通百姓莫衷一是。

“揪”察　　　　新华社发 赵乃育 作

在不少医生已经下场开直播、拍视频的情况下，对其内容把关必不可少。

但令人尴尬的是，网络直播、视频的监管，更多是网络主管部门的事。放眼全国，对医生参与的直播、视频内容进行监管的医疗主管机构少而又少。

凡事预则立，不预则废。山东日照医生厉某的直播“翻车”，就是一个明证。对涉嫌违法的直播，公安机关要果断出手，而更多涉医疗内容的直播、视频则需要医疗机构或医疗主管部门从专业性上把关，不能放任这一领域成为监管盲区。

网络直播是一个风口，医疗内容的直播更是不少人眼中有利可图的领域。时下，一些网络医疗平台已经推出远程视频门诊、网络问诊等服务。龚先生本人就曾求助过网络问诊，但是发现医生的匹配并不精准，从网络问诊中获得的答案与自行上网查询得到的结果相差无几，网络问诊的体验并不好。

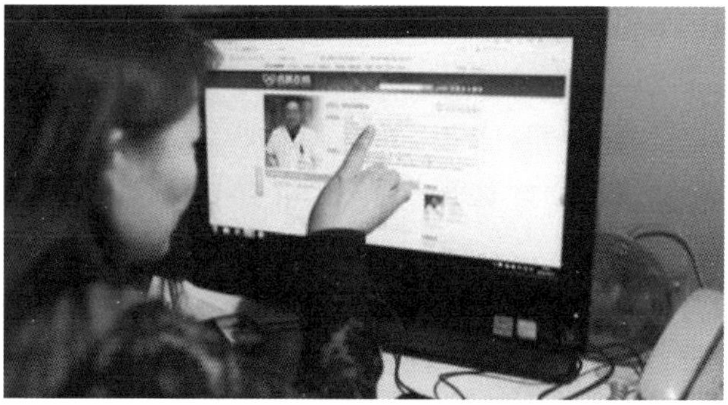

必须正视，医疗领域向互联网靠拢是一个大的趋势。当互联网平台和医生携起手来，监管机构也要立即有所行动。

还记得前些年在不少电视台换个“马甲”变成不同“专家”的所谓“医生”吗？如果监管总是落后于跑在前头的“医生”，后续工作很可能陷于被动。

对此番医生直播妇科手术，我们不能仅仅当成一场事故来看待。起底背后的问题，督促监管及时跟进，防患于未然，我们才能享受到置身互联网社会的更多福利，而不是相反。

言论十佳评点

心中有沟壑，出手成文章

——2022年度《工人日报》十佳评论点评

刘文宁

2022年度十佳评论的评选，延续了2021年的评选比例，纸媒评论与融媒评论6：4，即纸媒评论6篇，融媒评论4篇。

“偶遇”背后的玄机

“对的选题”遇到“对的作者”，往往成就精彩的评论。而“对的选题”与“对的作者”的“偶遇”，背后多有玄机。新闻评论考验作者的积累，包括人文社科知识的积累、专业知识的积累、阅历的积累及写作经验的积累等。大凡有特色、有深度的评论，一定离不开作者长期的观察、思考。可以说，评论只是借一条“来得正是时候”的新闻，道出作者长期积累的见地和分析。

在2022年全国两会上，一位代表建议“鼓励年轻人少送外卖、多进工厂”冲上热搜。评论员由此做的一篇“两会瞭望”（两会评论栏目）《“鼓励年轻人少送外卖多进工厂”何以上热搜》成为当时的一大爆款评论，被各大门户网站首页转发，被《人民日报》等媒体微信公众号转发，微博话题热度屡屡冲高，引发社会热议。在作者看来，制造业是立国之本、强国之基，制造业缺工问题应该引起重视，而用工在一二三产业间的此消彼长是一种“自然选择”。作者多年前采访两会时就有“用工荒”之说，就存在有些年轻人宁可当服务员也不愿进工厂的现象，再往前追溯，还有年轻人不愿种地而愿意进工厂的现象，而现在又有年轻人主动回到农村兴办有机农业、经营民宿。可见，哪儿的吸引力大，人就会流向哪儿。由此作者得出结论，送外卖还是进工厂，不是一个非此即彼的选择，无论制造业还是服务业，无论传统行业还是新兴行业，切实提高岗位的吸引力，才是招得来人、留得住人的关键。

针对劳动力流向问题及时发声，本报抓住了传播良机；在若干同题评论中，这篇评论立足于作者长期的观察，阐述出深刻独到见解，从一二三产业之间用工的变化，发现解决缺工问题的核心要义——从劳动保障、工作环境、成长空间等方面提高岗位吸引力，才能筑巢引凤，不仅对工厂如是，对快递、外卖这样的新就业形态也如是，否则就难免会被劳动者“用脚投票”；评论没有停留在就事论事的层面，而是敏锐捕捉到年轻人就业选择背后的心态变化，揭示出不同时代的年轻人对好工作有不同定义，企业要看到这样的变化且适应这样的变化。这也使得这篇评论有了更深厚的现实意义。

《科研浮夸风让关于“钱学森之问”的思考愈发沉重》也是出炉于全国两会的评论。两会上，一位院士委员抨击了科技成果宣传报道中的浮夸乱象，对“重磅”“诺奖级成果”“革命性突破”等频繁出现在科技成果报道中的用语表达了不满，认为“夸大科研成果的影响力，既会误导公众认知，又影响学术风气，不利于年轻科研人员成长”。这种清醒理性、切中时弊的“清音”引起本报评论员的关切。评论抓住“实干兴邦、浮夸误国”的主题，由科研浮夸风直指科学研究和科技创新机制体制深层次弊端，对营造更有利于科研创新的舆论环境、制度环境和社会环境提出建设性的意见。评论借用“钱学森之问”，再次拷问在全面高质量发展的新时代如何树立正确的人才观、价值观，呼吁摒弃急功近利、形式主义及官僚主义，在人才成长和使用中应充分尊重科学规律。评论被光明网、人民网及新浪、搜狐等平台转发。该评论也再次提示，重大会议的新闻评论如何走出选题困惑——紧跟议程、耳听八方，心中有丘壑、出手成文章。

《让体育精神之花开在每个普通人的心间》是一篇关于冬奥会的“社评”。作者凭着长年在该领域的专业积累，文章抓住了体育精神这个内核和要义，在众多冬奥会评论中独树一帜。文章以冬奥会上几个令人感动的场景开头，阐述了运动员打动人的内在气质，包括对运动项目的热爱和感激，追求卓越的欲望和勇气，对对手的尊重与成全，所有这些都无关奖牌和荣誉，它们跨越国别和种族，让全世界热爱体育的人拥抱在一起，共同分享属于所有人的荣耀时刻。接着，作者盘点了北京冬奥会上无处不在的体育精神之光，认为“浓浓的体育精神如春风拂面，让人在冬日里平添温暖，让冬奥之美融进更多人性的光彩，也为北京冬奥会增添更多魅力”，由论据的强化进入到观点的强化，也提升了评论的新闻性和思想性。接下来，作者进一步论述了对于体育精神的深层理解，如追求卓越、为国争光、重在参与、超越自我等，提出“体育精神不是运动员的专属，体育精神之花完全可以开在每个普通人的心间”。该文结构清晰，论证严密，表达生动，既有严密的逻辑，也有丰沛的情感和漂亮的文本，是一篇新闻性、思想性和文学性俱佳的评论。该评论被新浪网、搜狐、人民网等门户网站转载，被《广州日报》转载且“让体育精神之花开在每个普通人的心间”成为当期主标题。

与网友同频共振

“我是来看评论的”是不少人在朋友圈转发热点新闻时加注的一句话。移动互联网时代，越来越多的人尤其是年轻人沉浸在舆论现场，舆论现场已经成为很多年轻人与外界交流沟通的重要平台。舆论现场已经成为公众信息传播领域、公众社交互动的重要组成部分。网友在社交平台的围观及转评赞，在某种程度上构成了与新闻事件本身价值不相上下的“值得关注的价值”。如果我们忽略对舆论现场的重视，可能使得我们对舆论现场的分析、研究远远落后于现实需要，可能会让我们对舆情的研判发生偏颇甚至失准失焦。

舆论场上，网友“不能忍”的、突破底线的新闻，往往是新闻评论的选题。所谓突破底线，可以有突破法治底线、人伦底线、行业底线等多种情况。《健康码被精准赋“红”？滥用健康码的口子决不能开》《“唐山烧烤店打人事件”打伤的是公众安全感》《医生直播妇科手术，远不止是一场事故》三篇评论，分别涉及公权不可滥用、不能以暴力伤害弱者、医生要保护患者隐私这三条底线。

2022 年 6 月，在河南几家村镇银行存款的多名储户反映，其因存款无法取出，到郑州等地尝试线下取钱，但抵达郑州后，他们的健康码被赋红码。这事引发舆论场热议。评论《健康码被精准赋“红”？滥用健康码的口子决不能开》从健康码的功能、郑州对低风险人群随意赋红码对社会心理底线的冲击等多个维度进行分析，直指当地对健康码精准赋“红”做法的荒唐，这种做法不仅是对防疫政策的冲击，更蚕食着政府部门的公信力。以赋红码的方式限制当事人出行，既不合理合规，也不合法。文章一经发布，立即在互联网上引起共鸣。在《工人日报》微博平台有过千网友的转评赞，不少网友称“细思极恐”“防疫利器不能变成随意侵犯个人隐私跟自由的工具”。必须对防疫过程中公权力的滥用保持警惕，是这篇融媒评论赢得网友认同的核心价值。文章被腾讯新闻等网络平台转载。在文章发布一周后，郑州通报了相关调查问责情况，多人受到处分。

2022 年 6 月 10 日下午，河北唐山一烧烤店的监控视频出现在网络上。视频记录了当天凌晨在店内用餐的几名女子因拒绝被搭讪，遭数名男子当众、持续殴打的全过程。这段视频一经公布，短时间内即引爆舆论，事件相关词条登上多个社交平台热搜榜的榜首，当地妇联、公安机关做出回应。多年的评论写作经验，让作者选定这一题目时“几乎自然到接近本能”。考虑到事件本身已具备足够的新闻性，评论《“唐山烧烤店打人事件”打伤的是公众安全感》主要在说理角度和时效性上做文章。“出离愤怒”是当时网友中普遍的鲜明的群体情绪。厘清人们愤怒的原因、说明白这一事件何以刺痛公众，成为评论的切入点。评论选择了层层递进、层层深入的架构方式，从打人违法、侵犯女性权益、降低公众对社会安全和有序的预期以及打人者人性的缺失等四个方面，剖析了整起事件。作为一篇突发公共事件评论，此文在 6 月 11 日即事件发生的第二天迅速推出，在呼吁严惩打人者的同时，以理性的分析给予群情激愤的网友一个适当的情绪出口，在疏导公众焦虑、推动恶性事件有序解决上，发挥了主流媒体应有的作用。

随着短视频平台的崛起，能变现的巨大流量吸引着越来越多的人进入直播赛道，也有主播无底线地吸引用户眼球。山东日照一男性麻醉师在一女患者接受妇科手术时进行直播，这起突破人伦底线的恶性事件一出，立刻引起轩然大波，警方迅速出动，抓获了涉事医生。评论《医生直播妇科手术，远不止是一场事故》认为，根据“海恩法则”，每一起严重事故的背后，必然有29次轻微事故和300起未遂先兆以及1000起事故隐患。作者从这一起严重事故透视互联网领域的直播乱象。医生直播与普通网友直播有何不同？医疗直播有怎样的特殊性？对互联网上的医疗内容该如何把关？评论抽丝剥茧，指出直播乱象必须要治理。该评论被东方卫视、看看新闻、新浪、搜狐等媒体机构或门户网站转载，在《工人日报》微博、微信等社交媒体发布后，点击量超80万。

此次入选年度十佳评论的四篇融媒评论，有的是基于舆论现场的新闻而做的评论，有的是在写作过程中置身舆论现场，在梳理、吸纳网友主张的基础上成文。评论《“建议专家不要建议”，是希望专家好好说话》的选题及写作，有点“气氛都烘托到这儿了”的味道。因为当时“建议专家不要建议”的话题几天内两度冲上微博热搜榜，且网友的态度高度一致，这在“人人都有麦克风”的舆论场实属难得。文章从相关热搜和新闻切入，层层分析那些被建议“不要再建议”的专家到底出了什么问题，总结归纳了这些专家建议的类型，同时列举了正面典型即那些受欢迎的专家是怎么科普、怎么说话的，最后表达了希望专家好好说话的期待。文章理性、中立、逻辑严谨，申明“不会一竿子打翻一船专家”，也正视和批评了有媒体故意断章取义、让专家“背锅”的情况，同时对专家群体提出中肯的建议。这篇“工人日报e网评”在同题各媒体的评论中刊发较早，及时准确地抓住了热点话题——百度上“建议专家不要建议”这一词条显示，这是2022年5月19日走红网络的流行话题，在这一词条的“引申含义”和“社会评价”中，均引用了本报该评论的原话。

与网友同频共振，是传媒生态急剧变化进程中媒体人的主动求变、顺势而为，今天，已经成为融媒评论的重要原则之一。

从一扇窗望向一片田野

“工”字特色评论是本报必须牢牢守住的看家特色评论。这类评论比拼水准的关键在于专业程度，即能否把一个业内人了解但不一定精通、圈外基本不甚了解的话题说透彻、说到位，说得通俗易懂、深入浅出，其中，既要有历史背景的梳理，又要有现实问题根源的剖析，还要有未来变革方向的展望。一句话，要让受众能够从一扇窗望向一片田野。

评论《超龄就业权益的“一字鸿沟”该填上了》是为“聚焦职场‘银发族’的急难愁盼”系列报道配发的评论。系列报道揭示了50岁以上人群在就业过程中常见的劳动保护、工伤认定、职业培训等方面存在的现实困境。在系列报道收尾之际推出的这篇评论，主题选定在超龄劳动者就业权益中的核心问题——劳动关系的认定上，指出“银发族”的现实困境，即同样在劳动，却不再受劳动法律法规的保护，原因就在于劳务关系跳脱了劳动法的范围。文章一层一层对超龄劳动者普遍面临的工资低、加班多、发生职业伤害无从保障等问题，清晰阐释其原因、现实的障碍以及化解之策等。评论切入点的定位精准，是这篇评论成功的关键，显示出作者对该领域劳动法律问题的专业判断水平。这篇评论是6篇纸媒评论中，惟一一篇刊发在非头条位置而入选年度十佳的作品。该评论被人民网、搜狐网等多家网站转载，还出现在隔天出版的《文萃报》头版头条位置。

解读重要法规、文件、办法出台的意义，往往是考验新闻评论专业性的时候。《堵住挂靠代缴的“旁门”，让社保回归制度初衷》《提质培优，让职业教育不再是“无奈的选择”》两篇评论即属此列。

《堵住挂靠代缴的“旁门”，让社保回归制度初衷》从人社部发布《社会保险基金行政监督办法》入手，梳理了近年来不少地方存在的通过虚构劳动关系、挂靠代缴社保的违法违规现象，分析了挂靠参保的历史由来、性质和危害，提出了解决问题的建议。评论一是从现实问题出发，分析指出，挂靠参保并不是像有人认为的那样对劳动者的权益不产生减损影响，明确指出其行为的违法属性以及对劳动者权益构成的长远威胁，提醒劳动者不能因小失大；二是分析问题的历史由来，指出挂靠参保之所以长期存在，缘于社保制度的不完善，一些地方制度机制设计上存在问题，客观上堵住了一些劳动者合法合规缴存社保的通道，因此建议有关部门要“开大门、堵旁门”，给劳动者参保提供更多方便；三是从展望根治这种现象的出路出发，提出解决问题的思路。这篇社评以较高的站位捕捉现实问题，从维护劳动者合法利益出发，着眼于相关法律制度的完善，分析有深度，逻辑严谨，为助推现实问题的解决发挥了新闻媒体的作用。

《提质培优，让职业教育不再是“无奈的选择”》是刊发于《工会信息》期刊上的评论。文章由教育部发布的《中国职业教育发展白皮书》说起，针对白皮书中所说目前我国已建成世界上规模最大的职业教育体系，中国职业教育进入提质培优、增值赋能新阶段，但高技能人才占技能劳动者的比例仅为30%，文章论述了发展职业教育、培育更多高技能人才是一个重要的时代命题。文章从两个方面分析了职业教育长期以来面临的痛点：一是职业教育有“天花板”，求学者继续深造的空间有限；二是社会对职业教育认可度不高。文章梳理了近年来国家针对职业教育发展痛点所做出的努力以及目前所取得的成果，指出虽然职业教育发展积极向好，但高技能人才比例不高问题必须引起足够重视。如何让职业教育更上一层楼，培育更多的高技能人才和大国工匠，文章尝试从深化产教融合、提高技能人才待遇等方面进行深入思考。

在专业性基础上，可读性往往决定着“工”字特色评论的传播力和影响力。《超龄就业权益的“一字鸿沟”该填上了》选择了以系列报道中的一个案件开头——“61岁的焊工李斌在沈阳一家汽车零配件生产企业工作了13年。在同一个单位、同一个岗位、干着同样的活儿，只因年龄从59岁变成了60岁，他与单位的关系，就从劳动关系变成了劳务关系。一个字的改变，带来的是单位不再给他缴社保，此后的工作、伤病等风险只能由他自己承担。”一个有血有肉的人，工作十几年后却碰到如此“谜之遭遇”，这个案子以聚合多重矛盾的形式，呈现给受众劳动关系和劳务关系的一字之差给当事人带来的权益不同，这个开头让评论先声夺人，牢牢抓住受众的注意力，大大增强了评论的可读性。

当然，实话实说，“工”字特色评论如何在专业性基础上，提升可读性、吸引力，避免让受众“硬着头皮”看下去的尴尬，这还需要我们今后做出更多的探索和努力。

（注：本文材料由多位同事提供）

十佳

2022′
工人日报十佳作品选

十佳
系列

》》【超龄农民工转型就业调查①】

超龄农民工：我们没有被抛下无人管

建筑工地生涯虽然画上句号，但在企业温情指引下，平稳走向人生下一站……

■ 作者：叶小钟　通讯员：张佳妍　范彩燕
■ 编辑：程莉莉　甘　皙
■ 2022年04月29日05版

高龄女性工友正在清扫项目临建道路

（张佳妍　摄）

开栏的话

近期，一些地方发布规定，要求进一步规范建筑施工企业用工年龄管理，禁止60周岁以上男性、50周岁以上女性从事施工作业。

根据国家统计局发布的相关数据，2020年我国农民工总量为28560万人，50岁以上农民工占比26.4%，从事建筑业的农民工占比18.3%，为数众多。清退令的初衷是为了保障超龄农民工的安全，但对涉及的农民工及家庭影响不小。

当建筑工地生涯已经或即将面临终结，仍有务工需求的农民工将何去何从？

连日来，《工人日报》记者深入多地，对部分农民工、地方政府部门、建筑施工企业、其他相关行业、专家学者等进行采访，以探寻超龄农民工群体转型就业的可行路径，并形成“超龄农民工转型就业调查”系列报道。期待这组报道能为各地相关工作提供些许借鉴。

敬请各方垂注。

阅读提示

成立清退业务临时办公室，为超龄农民工做好解释沟通和心理安抚工作；开展帮扶活动，提供免费技能培训课程……《工人日报》记者连日来走访广东工会、部分建筑施工企业了解到，项目工地在认真落实用工政策的同时，没有忘记工人们做出的贡献，一边积极寻找、创造就业机会，一边进行人性化关怀，努力减轻工人们对未来的担忧，鼓励他们走好人生的下一站。

“大部分超龄农民工是理解清退令这个政策的，就是一时半会儿难以接受，我们要做好沟通对接工作，让他们有个倾诉的途径。”4 月 28 日，广东南沙港铁路跨洪奇沥水道特大桥主桥工地项目部综合办公室负责人张劲对《工人日报》记者说。

记者从承建该大桥的中铁六局了解到，今年起，中铁六局广州工程有限公司（以下简称广州公司）各个项目陆续开展对超龄农民工的清退工作。

考虑到大部分农民工的情绪，广州公司成立了清退业务临时办公室，主要负责做好解释沟通和心理安抚工作。

“感谢企业和项目部‘捞’我们一把”

南沙港铁路跨洪奇沥水道特大桥主桥跨度 360 米，为同类型桥梁中的最大跨度，被称为“亚洲第一跨”。

4月1日，清退令下发到劳务班组当天，项目部综合办公室的电话响声不断，电话那头是一个个手足无措的农民工。

当天傍晚，综合办公室负责人就领着工经部、安质部工作人员一起到农民工驻地给大家做好政策解释工作，缓解大家焦虑的情绪。

沟通是有效的。在办理结算退场的劳务队伍里，农民工们有序地排队、领取最后一笔工钱、签字、按手印，然后默默离开，给工地生涯画上一个句号。但在工地外，他们还有广阔的天地、崭新的开始。

“虽然我年纪到了60岁，但是我身体好，还能再干几年，我打算根据项目部的建议，回老家帮街坊邻里修理水管家电。”走出清退业务临时办公室的胡进宝说。在这间小小的办公室里，业务人员根据每个人的情况，提出适用的意见和建议，“对于一些有特长手艺的，我们建议他们考虑转型就业，对于一些没有手艺的，我们建议他们返乡，或从事保洁等方面的工作，指个大方向，尽量减轻他们对未来的迷茫和担忧。”

除了超龄农民工，清退令还波及一批即将达到年龄期限的农民工。

57岁的胡俊武虽然还有3年才到清退年龄，但也陷入焦虑之中。他家是典型的双农民工家庭，“我在工地上搬水泥，我媳妇在工地上绑扎钢筋。家里老人身体不好，一个小孩在上高中，另一个小孩刚参加工作。如果我和媳妇双双失业，我们家可能就崩溃了。”

为了给这部分农民工预留缓冲期，广州公司积极开展帮扶活动，提供免费技能培训课程，内容包括农业技术、养殖技术、创业技能等。负责清退业务的工作人员利用业余时间，到农民工驻地和生活区，给大家讲解培训内容，答疑解惑，凝心聚力为他们找寻新出路。

“感谢企业和项目部‘捞’我们一把，让我们没有被抛下无人管。生活还是美好的，继续加油。”胡俊武说道。

从木工到场外文明施工队队长

由中建八局承建的广交会展馆四期项目，总建筑面积约56万平方米，是广交会发展史上最大的展馆扩建工程。

记者了解到，项目部根据政策要求，积极采取自查自纠措施，利用人脸识别技术规范劳务实名制管理。

项目安全总监告诉记者：“安全生产大于天，确保每一名工人的人身安全是重中之重。项目在严格禁止60岁以上工人进场的同时，还组织超过50岁和从事高空作业的工人进行身体检查，及时劝退因身体状况不能进场施工的工友，防患于未然。”

对于不少超龄农民工来说，禁止入场作业无异于切断了生活来源。项目部从工友的立场出发，利用工友村为他们提供创业平台。

来自河北保定的汪李叔刚满60岁，跟着中建八局走南闯北已有七八年，作为木工建设了不少重点项目。自从清退令出台以来，他就犯了难：“做了几十年木工，现在还怎么改行呢?”

此时，他听闻工友村正在免费招商——项目部在工人生活区内建设起了占地1.42万平方米的工友村，村内设立物业化运营、规范化管理的“工友一条街”，配套党员活动室、职工书屋、健身房、餐厅、超市、理发室、心理咨询室等服务设施，以解决工友学习、娱乐、休闲、餐饮、医疗、心理疏导等需求，让工友们足不出户享有生活服务。

工友村还为有需要的工人提供二次就业机会。于是，汪李叔自发动员高龄工友组建清洁队，通过招标成为一名场外文明施工队队长，负责工友村的清洁和外围环境的维护工作。

施工队的老师傅们都拥有多年建筑施工经验，能够驾轻就熟地处理施工现场转运出的废弃物，治理项目部及周边扬尘，辅助现场做好文明施工管理，既解决了超龄工友的生计问题，还维护了项目现场的良好形象，并帮助减少了环境污染。

“干了一辈子工程，我舍不得离开这里！现在组建起场外文明施工队，也能有一份不错的收入，心里很踏实。”汪李叔对记者感叹道。

引导新一代农民工学技术

广东省工业工会负责人告诉记者，粤港澳大湾区建筑项目工地众多，用工高峰时期农民工超过200万人。发展装配式建筑产业、助力农民工转型成新型产业工人是大势所趋。广东省工业工会积极通过开展大湾区劳动和技能竞赛、项目经理技能竞赛等多种形式，引导农民工学习技术，提升素质，即使他们未来面临转型就业，也能具备较强的竞争力。

对于从事核心工种的钢筋工、模块工、焊工、钳工等，获得一定级别劳模工匠荣誉的优秀农民工，工会和企业积极支持他们创建工作室，工业工会给予 2 万元支持，引导企业建设一支能打硬仗、能打大仗、发挥积极作用的新型农民工队伍。

该负责人表示，省工业工会虽然目前没有出台专门关心关爱超龄农民工的举措，但开展“农民工有困难找工会”活动，每年都支持 500 位优秀农民工以每人 1000 元的标准免费体检。对于进入项目工地工作的农民工，不管年龄大小，工会均一视同仁。对遇到特殊困难的，都给予关心关爱。

上海市人社局发布通知——

对转岗和失业农民工开展定向定岗培训

结合产业发展、用工需求和就业意愿，开展物流、保安、餐饮、家政等职业技能培训

■ 作者：裴龙翔
■ 编辑：程莉莉　甘　哲
■ 2022年04月29日05版

本报讯（记者裴龙翔）4月28日，记者获悉，上海市人社局已研究出台《关于做好当前农民工服务保障工作的通知》（以下简称《通知》）。《通知》指出，针对转岗和失业农民工，要结合产业发展、用工需求和就业意愿，组织开展定向定岗培训，特别是有针对性地开展物流、保安、餐饮、家政等用工需求量较大且适合农民工就业特点的职业技能培训，促进农民工稳定就业。

《通知》就疫情期间农民工群体的疫情防控、就业服务、技能培训、劳动权益保障等工作提出明确要求。

各区农民工工作议事协调机构办公室、根治拖欠农民工工资工作领导小组办公室要加强统筹协调，完善工作机制，主动关心关爱农民工群体，配合属地加大对社区困难农民工的帮扶力度，合力做好农民工特别是对口支援地区、中西部劳务协作地区脱贫劳动力的服务保障工作。

进一步加强农民工与企业之间的供需对接，优化就业服务。要将农民工作为各项就业服务专项行动的重点服务对象，加强与方舱、各类保供企业、复工复产企业的对接，及时掌握双向需求，协调各方力量帮助农民工就近就地就业。

《通知》指出，要加强对农民工的技能培训，促进其稳定就业和技能提升。要引导用人单位发挥主体作用，在符合防疫要求的前提下，组织开展农民工岗位技能提升培训。要根据《本市人社领域全力支持抗击疫情的

若干政策措施》规定，指导受疫情影响的各类企业、社会组织等用人单位开展农民工线上职业技能培训，每人每个培训项目补贴600元，2022年每人可享受补贴的次数最多3次。

各级人社部门要切实承担农民工劳动权益保障的主体责任，加强用工指导，引导协商对话。要指导企业准确理解法律政策，依法合规用工，全力维护农民工工作报酬、职业保护等权益。要继续发挥各级协调劳动关系三方机制的作用，大力推动困难企业完善内部民主协商机制、畅通对话渠道，引导企业和农民工就劳动用工问题开展协商，共克时艰。

《通知》还要求进一步畅通农民工维权投诉渠道，及时发布政策信息。市区相关部门要形成合力，共同防范化解劳动关系矛盾。

》》【超龄农民工转型就业调查②】

退场返乡，他们乘着乡村振兴的东风再出发

乡村环境保洁员、垃圾分类督导员、新农人等职业成了超龄农民工家门口就业的新选择

■ 作者：李　国　通讯员：邓银银
■ 编辑：程莉莉　甘　皙
■ 2022年05月13日05版

阅读提示

多地发布建筑业清退令之后，不少超龄农民工选择在城市寻找就业机会，同时，也有不少农民工选择返乡择机而动。随着乡村振兴战略的持续推进，重庆各乡村释放出大量就业岗位，同时，政府部门也将超龄农民工纳入技能培训服务范围，乡村环境保洁员、垃圾分类督导员、新农人等职业成了超龄农民工家门口就业的新选择。

5月12日，时值初夏，61岁的重庆巫溪县红池坝镇茶山村村民李明东清除完菜园的杂草后，把目光投向了小院一侧已坍塌一块的院墙，在心里盘算着修葺方案。

“院墙全部推倒，重新用竹子围起来，左右两边各留一米宽，种点花草。前面的空地留一块出来，种点蔬菜。等房子改造完成后，把荒废的田地打造成采摘园，让游客体验田园风光……”盘算间，李明东用满是老茧的手，挠了挠黑白相间的短发，脸上露出一抹憧憬的神色。

记者采访发现，随着建筑业清退令的出台，大量类似于李明东这样的超龄农民工返乡归巢。他们中有人端起“生态碗”，吃上了“旅游饭”；有人选择在村里的集体经济或企业打零工，向乡村建设大方向看齐；有人当起新农人，从事现代农业生产，享受着乡村振兴战略带来的红利。

返乡归巢当上新农人

李明东从21岁开始外出务工，辗转于上海、浙江、安徽、福建、四川等省市的多个建筑工地，从事过泥瓦匠、电工、焊工等工种。今年清明节后，随着四川广安一城市基础设施建设项目的完工，加之清退令的施行，李明东结束了近40年的工地生活。

“以前，一个项目结束后，如果短期内没有找到新去处，我也会回老家待一段时间。”李明东告诉记者，这次返乡后，他也多方打听过招工的工地，但由于年龄超过了60岁，所有工地都不敢要他，“干了一辈子活儿，突然闲下来，浑身不自在”，为此，他沮丧了好一段时间。

就在李明东为找不到活儿犯愁时，他在县城工作的儿子提出，可以乘着乡村振兴的东风，把老家的房子改造成民宿，自己当老板。由于有丰富的建房经验，李明东决定自己一个人改造老房子。于是，他重拾锄头，当上了一名新农人。

在李明东看来，新农人不仅是一种身份，更是一份新职业。“以往务农是为了生计，现在务农是一种生活方式。”他表示。

“咯咯咯……咯咯咯……”5月11日，随着一声声喂食召唤，一只只鸡从四面八方聚拢过来。今年59岁的张兰芬是美心红酒小镇葡萄园种植基地的一名溜达鸡饲养员，“我以前在工地上打散工，帮泥瓦匠打杂，年收入约4万元。现在年纪大了，去不了工地，就当了一名饲养员。”她说，公司的养殖专家对她进行过专门的培训，现在每年收入和以前差不多。

在美心红酒小镇见到64岁的尹常文时，他正在梨园里给果树疏枝，“今年梨子长得好，肯定大丰收。”他开心地指着一串串已长到乒乓球大小的梨子说。

他告诉记者，作为曾经的泥瓦匠，工地回不去了，但庄稼人闲不住，还想挣点钱给孙子读大学用。现在每个月3000元收入，让他很开心。

美心红酒小镇相关负责人周洪说，他们对附近返乡的超龄农民工进行培训，根据其年龄和身体状况不同，安排合适的工作，比如除草、施肥等。特别是春耕等农忙时期，小镇最多招聘100多名超龄农民工前来帮忙，解决了企业人力不足的问题。

“专职管家”守护乡村“大家庭”

清扫保洁、修剪花木、治安巡逻、上门维修……在重庆市南岸区南山街道放牛村，这些以往只有城市商业小区才有的物业服务，如今已经成了村民们习以为常的事情。

“我以前是纺织厂的工人，下岗后跟着劳务队跑工地，现在年龄大了，工地进不去，就在村里的物业公司当起了保洁员。”今年56岁的返乡农民工张春兰说。

2019年12月，放牛村召开村民代表大会、村民院坝会，通过村集体股份联合社入股的方式联合成立物管公司。2020年4月底，重庆绿金物业管理有限公司正式启动运作，这也是重庆市首个农村物业服务公司。该公司成立后不仅让全体村民都享受到文明乡村建设带来的好处，更给一些返乡的超龄农民工提供了再就业机会。

“平时我们主要负责院落、道路的环境卫生，还有部分绿化带维护管理。”张春兰介绍，她每个月有近2000元收入，年终还能和大家一起分红。

张兰芬告别工地后，在美心红酒小镇当起溜达鸡饲养员。

（邓银银 摄）

记者了解到，区别于城市小区物业公司，该村物业公司是以村集体资产入股的，村集体占股51%，村民占股49%，村民只需每月缴5元物业费，就能享受“专职管家”提供的服务，同时，经营好乡村集体物业资产，又形成了文明乡村建设的资金蓄水池。

该物业公司相关负责人表示，不少“专职管家”是当地村民，其中还有部分返乡再就业的超龄农民工，他们既是劳动者，也是合伙人，对他们来说，当村民的“专职管家”，不仅是二次就业，更是在被工地清退后，回到村里以劳动的方式守护乡村“大家庭”。

对此，该村多名返乡超龄农民工坦陈，常年跑工地收入固然不错，但随着年龄的增长，自己早就萌生了返乡的念头，因苦于没有好去处，返乡的计划一再被搁置。随着乡村发展，自己在家门口也能就业，一些民宿、咖啡馆等商业形态也在农村建立起来，为他们返乡后提供了就业、创业的新选择。

培训赋能助超龄农民工转场

今年51岁的徐继红是中铁二十局集团房地产开发有限公司的一名物业管理人员。此前，她曾是该公司房地产开发项目的工人，因跟随公司多年，公司考虑她年龄渐长，便为她安排了较为轻松的物业工作。她告诉记者，建筑业清退令发布后，公司为即将超龄或已经超龄的农民工举办了技能培训，提升他们再就业的能力。

该公司相关负责人表示，农民工为城市发展做出了巨大贡献，退场后，大部分农民工仍有再就业的愿望，但由于文化素质不高、技能水平有限，大多数人只能回村赋闲。为帮助他们顺利转型，公司提供了部分保洁、保安等辅助性岗位，开展职业技能、商务礼仪等实用性高、针对性强的培训，让超龄农民工退场后有一技傍身，为他们实现再就业赋能，同时，体现出城市温情的一面。

“不少超龄农民工退场后，面临着城市留不下、农村回不去的尴尬处境，其中很重要的原因就是技能单一、文化素质不高，因此，用培训赋能的方式帮助他们完成转场十分必要。”重庆市住建委相关负责人告诉记者，目前，他们已把超龄农民工纳入技能培训的服务范围，部分区县也结合乡村振兴规划，提供了农业种植、养殖、垃圾分类知识等技术培训，并提供了部分公益性岗位。

“农民背井离乡外出打工，主要是因为农村与城市相比，经济发展水平较低，就业增收渠道少。如今，随着国家政策的大力支持，农村‘村美业兴’成为常态，长远来看，大多数超龄农民工将回到家乡。”重庆市社科研究专家认为，面对大量超龄农民工退场返乡的现状，各地在发展富民产业时，应该提供就业信息、开展就业指导和培训，同时，国家相关部门还应从宏观政策层面建立更高水平的农村养老保障机制，统筹养老保险跨省转移接续工作，让农民工“退”得体面，“转”得自然。

更多精彩内容请扫描二维码

不限制年龄，不规定时间，积分可兑换粮油果蔬等日用品或现金

零工超市温暖“边缘”务工者

■ 作者：邹明强 通讯员：肖 晨 李尚菲
■ 编辑：程莉莉 甘 皙
■ 2022 年 05 月 13 日 05 版

本报讯（记者邹明强 通讯员肖晨 李尚菲）“干了半天活儿，轻松得很，下次我多做几天，争取换一袋米！”5 月 12 日，湖北郧阳青龙泉社区 70 岁的王大爷乐开了花，他靠翻袜子已经在社区零工超市成功兑换了一壶 2 升的食用油。

青龙泉社区是湖北省最大的易地扶贫搬迁安置区，共安置郧阳区 18 个乡镇易迁户 4237 户 15380 人，其中包括不少务工者。在当地政府的帮扶下，8166 名易迁劳动力已完成就业安置，但仍有部分想要务工的人员，因年龄太大或照料家庭而就业受限。如何帮助这一部分务工群体实现就业愿望？在郧阳区人社部门帮助下，青龙泉社区决定成立一个零工超市。

“周边有些工厂存在一些辅助性岗位，主要是翻袜子、叠纸盒。这些工作简单、重复，最适合放在零工超市。”社区相关负责人说。为了使有就业需要的这部分群体更快上手，社区请了几名业务能手，专门教授技巧。

“只要你肯动动手，油盐酱醋全都有。超市就是菜园，劳动就能挣钱。”正如零工超市打出的标语所说，这里不限制年龄，不规定时间，即来即做，计件记分，积分可以兑换粮油果蔬等日用品，也可兑换现金。

零工超市面积 1000 平方米，一边沿墙整整齐齐摆放着油盐、肥皂等生活用品，还有新鲜的茄子、黄瓜等蔬菜；另一边，30 多名灵活就业人员在有说有笑地翻袜子、绣鞋垫，很是热闹。其中有从工地退下来的超龄务工者，也有年逾花甲的留守老人，还有带小孩的年轻妈妈。

“现在趁着孩子中午休息，到社区做会儿工，工资当天就能现金结算，真的太方便了。”30岁的小林是两个孩子的妈妈，因照顾孩子不能从事有固定时间要求的工作，现在已成了零工超市的“常客”。

据了解，近一周时间内，已有50余名灵活就业人员在零工超市登记务工。

【超龄农民工转型就业调查④】

临近60岁，老殷换了一个身份回到工地

专家建议，高龄或超龄农民工可从就地转型、返乡转型两方面寻求机会

作者：刘小燕
编辑：程莉莉　甘　哲
2022年05月20日05版

阅读提示

建筑业清退令的出台给超龄农民工带来转型就业的新挑战，不过，记者采访了解到，由于年岁渐长、劳动能力降低、家庭责任交接给年轻一代等因素，不少农民工早已主动寻求其他就业机会。他们有的换了身份和岗位仍然留在工地，有的选择了劳动强度更低的职业。

5月19日，在家中等待数月的老殷终于接到老乡陈勇从广东广州打来的电话，对方告诉他，位于白云区的工地已经筹备开工，可以买票、做核酸检测，准备前去返岗。与两年前不同的是，从事十多年砌筑工的老殷现在已不再是建筑工人，而是一名工地保安。

近年来，和老殷一样主动寻求转型的农民工不在少数。《工人日报》记者采访发现，他们有的换了身份和岗位仍然留在工地，有的已经选择了劳动强度更低的职业。

逐渐降低的劳动能力

今年58岁的老殷家住湖北省荆州市石首市调关镇，比老乡陈勇大10多岁，两人是跟同一位师傅学的砌筑手艺。2007年，儿子上初中后，老殷和妻子一同前往广东务工，常年在惠州、东莞、深圳等各个建筑工地工作。

据老殷介绍，21世纪初前往南方大城市务工是一种潮流，“大家都认

为在外面工作机会更多，收入更高，年轻力壮的基本都出门挣钱去了”。这些同乡可能不在同一个工地，但总有机会在某个城市遇到彼此，相互间也一直保持联系。

2020 年初疫情发生后，回到老家过春节的老殷返回工地的时间被一再推后。他说，“眼看着能干活的时间已经少了好几个月，自己的身体状况也出了些问题，这两年干活总是有些喘不上气。”

由于早年工地施工条件不好，常年在工地从事体力劳动的老殷不仅患有严重的腰肌劳损，肺部功能也受到伤害，砌筑进度比同项目其他工友总是慢一些。妻子这些年跟着他在工地搬砖、运砂浆，身体劳累过度，晚上要贴着膏药才能入睡。经过认真商议，夫妻俩决定暂不外出，在家休养一段时间。

在建筑工地，防水也是一项高劳动强度的工作，来自河南省驻马店市平舆县的代福已经在这行干了近 30 年。“铺设防水卷材时要同时用喷枪加热，一般在楼顶和外墙作业，火烤和高温让人很难熬。”他说，自己今年已经 53 岁，感觉越发吃不消这样的作业环境。

近两年来，代福不再跟着施工队全国各地流动施工，而是有选择性地留在夏季气温更低的内蒙古、陕西等地，同时也会减少工作时间，逐渐降低工作强度。

离开工地又回到工地

年岁渐长给老殷和代福等农民工带来的直接影响，就是劳动能力的降低，他们因此也逐渐开始考虑并安排 60 岁以后的职业道路。此时，当年一同外出务工的同乡工友们发挥了作用。

2021 年春节过完后，老殷感觉身体有所恢复，于是想再次找机会出门。已经返回广州工地的老乡陈勇知道后，主动联系老殷并给他介绍了一份工地保安的工作，每月工资 4000 元，随时就能上岗。

“工资水平的确比砌筑工每天 500 元要低，但是每天都可以上班，也不用在各个工地频繁流动，相对来说更稳定。”老殷说，工地出入的主要工种、车辆、材料自己早已熟悉，转岗难度低，劳动强度降低很多，以保安的身份留在工地是更好的选择。

随后，老殷就前往广州工地做起了保安，每天早晨7点30分准时到岗打开工地大门，核验工人和车辆出入证件、安全帽、材料数量等，偶尔帮工友收发快递，晚上8点等待夜班保安交班。他告诉记者，妻子原本也可以去工地打扫卫生，但是考虑到她的身体不太好，就在老家找了一份农村公交售票员的工作。

事实上，工地保洁员往往也是由60岁左右的农民工担任，四川达州的何文祥就是其中一位。尽管今年已经65岁，何文祥胳膊上的肌肉仍然很明显，这也是他在工地干了30多年的见证。

5年前，何文祥过完60岁生日后，儿子建议他换一个轻松点的工作，不要再爬高做粉刷工。“孩子们在外总是担心，但我确实还能干得动，综合考虑下来，我联系工地负责人换了份保洁的工作。”何文祥说，由于涉及到建筑垃圾的清运，工地保洁比一般的环卫工作复杂，需要一定的体力，并且要了解工地哪些材料可以扔，哪些需要妥当存放。

2020年初，何文祥的儿子为父母在县城购置了一套房，希望二老能住得更舒心，平时帮忙照看一下上小学的孙子。搬进新房后，何文祥在家附近找了一家十几人规模的豆芽厂上班，工作内容是通过洒水、控温，把豆子发成豆芽，然后等进货商拉走即可。

如今，每天把孙子送去学校后，何文祥再去豆芽厂上班，中午还能回家吃饭，下午5点下班后就接上孙子一起回家。“豆芽厂的工作环境比工地更加卫生，也没有什么难度。”何文祥说，自己对这份新工作很满意。

从就地转型和返乡转型寻求机会

儿子的两次积极干预，是促成何文祥转型就业的主要因素，这也是父子家庭责任交接的体现。何文祥告诉记者，年轻时为了抚养儿子读书成家，常年在四川达州、成都等城市找活干，粉刷工、小工、打杂工等都做过。现在儿子在四川找到了稳定的工作，也承担起了家庭的责任，但自己尚有余力，总想找一些简单的工作为孩子减轻压力，顺便帮着照看孙辈。

对代福而言，主动降低劳动强度，也是为了让远在上海务工的儿子放心。“我们平舆是全国闻名的防水之乡，儿子后来也成为一名防水工，非常争气。”代福说起儿子来十分骄傲，勤劳肯干的儿子在 20 岁就出门打拼，目前已经在老家买了新房和新车。代福想着再干几年给自己和老伴挣点养老钱就行，然后回家帮着照顾孙子孙女。

北京师范大学社会学院教授赵炜分析认为，这些 60 岁左右主动寻求转型的工人正是初代农民工的主要群体。21 世纪初期，他们为了获得更多工作机会，挣得更多收入而外出务工，也赶上了建筑业的发展浪潮。数十年后，这些外出务工者年纪渐长，而新生代劳动者逐渐加入，两代农民工之间的交接成为当下的时代主题。

赵炜指出，当新一代务工者成长为家庭的主要劳动力，60 岁左右务工者的家庭责任就有所减轻，部分劳动能力尚可的高龄或超龄农民工仍然寻求转型机会，也是想尽可能为自己获取养老保障，为子女减轻一些负担。“从另一个角度而言，这也提醒了年轻务工者需要将自己的养老计划提上日程，为离开工地后的老龄生活提供保障。”她说。

“目前我国已出现人口老龄化趋势，国家也在提倡延迟退休，这表示部分 60 岁以上的农民工仍然有工作能力和工作愿望。”赵炜认为，高龄或超龄农民工可以从就地转型和返乡转型两个方面寻求转型机会：一方面，工地实际上仍然需要大量从事保安、保洁、打杂的工人，可以提供相应的就地转型岗位，农民工可以借助同乡关系或亲戚关系多加联系；另一方面，县域经济发展和乡村振兴也会开发出更多岗位，并需要具有工作经验的工人加入，从而为有返乡计划的农民工提供家门口就业的机会。

告别泥瓦匠，重做卖鱼翁

69 岁的王根道仍没有歇下来的打算

■ 作者：邹明强　通讯员：郭　峰
■ 编辑：程莉莉　甘　皙
■ 2022 年 05 月 20 日 05 版

5 月 19 日，午后，地处汉水中游东岸的湖北老河口市，室外最高气温升至 25 摄氏度，69 岁的王根道正忙着整理鱼塘的增氧机。

王根道是老河口市薛集镇潘洼村 4 组的村民，妻子张桂圆和他同岁。虽已年近七旬，王根道和老伴儿的身体却依然硬朗，“每天劳动，习惯了！”王根道说。

汉江支流之一的排字河从潘洼村穿境而过，依托优质的水力资源，潘洼村有 10 余户村民在排字河附近建起鱼塘，王根道就是其中之一。

王根道有多年的养鱼经验，主要养殖草鱼、鲢鱼、鲫鱼等，“这类鱼物美价廉，普通老百姓消费得起”，王根道的鱼塘有 12 亩，在村里的鱼塘中属于中等水平。

他告诉记者，“60 岁，对城里上班的人来讲，刚好是退休的年龄；对我来说，却是兴致勃勃外出打工的年龄。”

10 年前，59 岁的王根道将鱼塘交给儿子打理，跟随村里的“打工团”来到浙江杭州当起了泥瓦匠，在工地上提灰桶、搬砖，相当于一名小工，每天能赚近 200 元工钱。然而，第二年，王根道却因为年龄问题回家了。他深知，不管自己身体多好，年龄始终是个坎，再说了，从事泥瓦匠，需要爬上爬下、高空作业，就是自己想干，工地也不敢再用。

年满 60 岁的时候，王根道依依不舍地辞别了建筑工地，从杭州回到湖北老家。儿子看到父亲回村，就把鱼塘还给父亲，自己去广州打工了。

从杭州回来后，王根道把鱼塘的规模由原来的 8 亩扩展到 12 亩，其中一处 8 亩的鱼塘专门养鱼，另一处 4 亩的鱼塘进行鱼、藕共养。

原来，王根道在杭州做泥瓦匠期间，一直没有忘记探索养鱼的经验和技巧，工休之余，通过看电视科普频道，王根道掌握了高密度养鱼与低密度养鱼的方法。两处鱼塘，一处实现高密度，能够提高产量；另一处实现低密度，能够提高品质，优势互补，自然就提高了价值。

鱼塘是王根道最大的营生，每年卖鱼收入超过 4 万元。自从断了当泥瓦匠的想法后，王根道就开始在别的地方打主意。

王根道发现，鱼塘的田埂之前仅仅种鱼草，明显是浪费资源。在老伴的帮衬下，他还在田埂上种上了各类新鲜蔬菜。

从潘洼村去薛集镇赶集，步行仅需 10 分钟。每天上午，王根道就把采摘的蔬菜拿到集市上去卖，隔三岔五，还从鱼塘里采摘莲藕，搭配着其他蔬菜一起卖。“每天能赚 100 多元”，鱼塘的田埂，给王根道带来了意想不到的经济收入。

“每个年龄段的人，都有该做的事情。”王根道对养鱼事业情有独钟，“人老了，想趁着身子骨硬朗，挣点钱，给儿子减轻负担。”

从泥瓦匠重新做回卖鱼翁，69 岁的王根道还没有歇下来的打算，他说：“我们农民就是皮实，不想增加后人的负担。”

采编经过

在未知中寻找答案，于寒意中收获温暖

——系列报道《超龄农民工转型就业调查》采编体会

程莉莉

一年一度的好新闻评选，于3月中旬落下帷幕，《超龄农民工转型就业调查》有幸获得系列报道一等奖。

回顾这组稿件的策划采编过程，可谓时间紧迫，充满未知，因相关政策尚属空白，稿件能否迅速落实无法确定，其困难程度非比寻常，压力空前。

通讯问鼎热搜，话题持续发酵

这组报道的诞生，源于此前（2022年3月18日）农民工周刊的一则通讯《多地发布建筑业清退令，超龄农民工路在何方?》，稿件讲述了全国多个地区发文进一步规范建筑施工企业用工年龄管理，禁止60周岁以上男性、50周岁以上女性从事建筑施工作业，由此带来管理新课题一事。

稿件刊发当天引发舆论风暴，登上微博热搜第一名，总阅读量超过10亿次，创下本报社会影响力的新纪录。

“那么大年纪，他们喜欢去工地吗？还不是生活所迫”“干了一辈子工地，别的都不会，收入肯定受影响”“可不可以按工种进行细分，不要一刀切?”“超龄农民工被清退了，年轻人能补上空缺吗?”……大量网友对此发表看法，媒体更是纷纷转载、评论，话题持续发酵。

强烈的社会反响引起政府部门高度关注。中宣部阅评表示，“涉及一项具体规定的话题报道，会引来这般强烈关注，再次说明‘民生无小事’”“《工人日报》……为妥善处理建筑农民工问题办了一件好事”“主流媒体都要有这种为民情怀”“如何实施建筑业这一新规，已受到各方高度重视，可就形成共识、解决问题进行连续报道”……对此阅评，全总领导随后也进行了批示。

至此，稿件见报第四天，我们就接到了下一步的报道任务！然而，刚刚发现并提出问题的我们，要马上找到答案，又谈何容易。

就业之难求解，政策空白待补

目前，我国农民工超过2.95亿人，针对这个庞大的群体，国家出台了权益维护以及关心关爱的各种举措。不过，针对超龄农民工群体，专门的政策举措尚属空白，也未形成群体性关爱的社会氛围，其所遭遇的权益问题，也大多以个案的形式零星见诸报端。

在这些个案中，隐藏着具有普遍意义的群体困境：因生活压力较大，不少农民工即使超过了退休年龄仍有继续务工的意愿；然而，又因为超过了退休年龄，用人单位无法与他们签订劳动合同，无法为他们缴纳社会保险。这样一来，一旦发生工伤、欠薪等劳动纠纷，超龄农民工维权比普通农民工还要难上加难。更有甚者，一些超龄农民工为了顺利找到工作，还被迫谎报真实年龄，出现身份证造假等违法行为。

这些现实问题，无不反映出超龄农民工就业之难，再加上建筑业清退令，可以想见，要找到帮扶、关爱超龄农民工的具体做法，几乎如同大海捞针。

捞，未必有所收获，但不捞，必定一无所获。我整理好策划思路、初步拟定报道方案，经分管领导王四新副社长同意后，迅速发动13名记者共同进行采访。因预见到调查难度不小，想着最终能来三四篇稿件便算完成任务。

叶小钟、张玺、李国、邹明强、裴龙翔、刘旭、李玉波、余嘉熙、陈华、赖志凯、唐姝、刘小燕、时斓娜……大家接到任务后，都满口答应去调查。但很快，坏消息也接踵而来，“省里目前还没有关爱超龄农民工的政策”“一些家政企业和环卫公司有超龄农民工，但没签合同、没缴保险，企业不愿谈，怕被曝光追责”“市建委没有相关举措，但本报的采访让他们意识到这是下一步的工作重点”……几天过去了，记者们的采访没有实质性进展，但这也恰好印证了，我们这一选题确实抓住了真问题，走在了政策之前。

距离推出系列报道预定日期只剩一周时间，叶小钟打来电话，说他采访到两家大型建筑企业有关爱超龄农民工的具体举措，其中一家成立了清退办公室，另一家为他们提供了其他岗位……闻听此消息，我心中的石头终于落了地，四新副社长知道后激动地感慨："果然是经济发达地区！相关探索走在前列！"

报道画下句号，关注不会停歇

陆陆续续地，天津记者站张玺、重庆记者站李国、湖北记者站邹明强也告知了好消息：在天津，一些有识之士创办了专门为超龄农民工服务的就业平台；在重庆和湖北，一些超龄农民工返乡寻找就业机会，乘着乡村振兴的东风再出发，乡村环境保洁员、垃圾分类督导员、新农人等职业成了他们家门口就业的新选择；除此，刘小燕也完成一篇，讲述农民工的"自救之路"，有人换了岗位和身份继续留在工地，有人选择了劳动强度更低的职业……

从 2022 年 4 月 29 日到 5 月 20 日，这一系列报道共刊发 4 组 9 篇稿件，内容包括了多个维度：在采访对象上，涵盖了与农民工相关的各方，在地域上，涵盖了从城市到乡村，在转型路径上，涵盖了从清退到接纳的过程，在帮扶方式上，涵盖了从外界关爱到抱团自救……

调查过后我们发现，原来，困难背后总不乏关爱的身影，变数之中同样存在全新的机遇。出于人性化管理也好，市场化选择也罢，事实上，早有人行动起来，引导超龄农民工走上转型就业之路，而一些有胆有识有手艺的农民工，本身就具备自我转型的意识和能力。

系列报道结束后的一个月，我在安徽省建设厅的一份文件中发现了惊喜，文件明确，清退超龄农民工禁止"一刀切"。随后，江西、四川等省份陆续出台新规。2022 年 11 月 9 日，人社部、国家发改委、财政部、农业农村部、国家乡村振兴局等五部门联合印发《关于进一步支持农民工就业创业的相关意见》指出，强化农民工就业服务保障，指导企业不得以年龄为由"一刀切"清退大龄农民工，为有就业需求的大龄农民工免费提供公共就业服务。2023 年 1 月 2 日，中央一号文件进一步明确，维护好超龄农民工就业权益。

至此，这组报道画下了完满的句号。

然而，超龄农民工的再就业之路才刚刚开始。

2023 年 3 月，辽宁、天津相关部门表示，要精准施策促进农民工就业创业，将收集发布适合大龄农民工的岗位信息。

这些信息什么时候发布？包括哪些岗位？能否切实帮助超龄农民工？我们的报道，至此又有了新任务……

【先进制造业企业究竟先进在哪里】

从提供单一产品向提供“产品+服务”乃至“制造融合服务”转变

做风口上的“专业主义者”

■ 作者：陈　华　唐　姝
■ 编辑：王　群　丁军杰
■ 2022 年 11 月 29 日 06 版

■ 开栏的话

制造业是实体经济的根基，是国家经济命脉所系。大力发展先进制造业，推动制造业转型升级，是加快建设制造强国、促进产业迈向全球价值链中高端的战略举措。

当前，伴随着我国产业结构调整升级，先进制造业正呈现出集群式发展的态势，一批批具有较强的创新能力，产品具备较高附加值、技术含量和市场竞争力的先进制造业企业不断涌现。这些企业究竟有何先进之处？有哪些典型经验做法值得借鉴？从今日起，本报开设“先进制造业企业究竟先进在哪里”栏目，探寻先进制造业发展背后的“先进密码”，敬请关注。

阅读提示

作为国家级先进制造业和现代服务业深度融合试点企业，华米科技有着更大的“野心”，即以“专业主义”和消费者需求作为产品创新开发的出发点，打造全产业链健康生态，为全球用户创造更智能、便捷的生活方式。

上午 10 点，位于安徽合肥高新区中安创谷的安徽华米信息科技有限公司，楼宇内外一片井然有序的繁忙景象，涌动着一种蓬勃的生机和活力。很少有人知道，这是一家在全球智能硬件公司中少有的年出货量达 3000 万台的企业。

华米科技成立于2013年，是一家全球领先的智能可穿戴和健康云服务公司。根据国际数据机构IDC的数据显示，早在2017年一季度，华米科技智能可穿戴设备的出货量，已经超过了美国老牌厂商Fitbit，位居全球第一。

作为国家级先进制造业和现代服务业深度融合试点企业，起步于智能可穿戴设备的华米科技现在有着更大的“野心”，即以“科技连接健康”作为新使命，以“专业主义”和消费者需求为产品创新开发的出发点，通过“芯端云”战略，打造全产业链健康生态，为全球用户创造更智能、便捷的生活方式。

专业就是做到极致

记录步数超过230万亿步、睡眠记录200多亿条，心率记录总时长近3000亿小时、房颤判断准确度达94.76%……这是华米科技智能可穿戴设备为用户提供的最新的全天候健康监测服务数据。

时间拨回到2014年夏天，公司成立仅1年，在价格动辄上千元的智能手环市场，华米科技定价仅79元的智能手环一经推出很快获得消费者的青睐，不到1年时间就卖出超1000万台。价格便宜的同时，公司研发团队并没有让用户的体验打折，计步、来电通知、睡眠闹钟等核心功能一应俱全，续航时间也远超同类产品。

极致的性价比是如何打造的？产品又是如何做到深入人心的？

“要将硬件产品做到极致就必须打造自己的芯片，将软件做到极致就要拥有自己的操作系统，这样才能生产出功能多、性能好、续航长、成本低的极致产品。”在华米科技创始人黄汪看来，公司成立前，研发团队一直专注于智能可穿戴设备领域，已经拥有10多年嵌入式系统研发的技术积累，公司很快迎来爆发式的业绩增长。

芯片的功耗是华米科技研发团队的攻坚要点。经过不懈努力，公司发布了全球首颗智能可穿戴的人工智能芯片“黄山1号”，此后又更新迭代推出性能更加优越的“黄山2号”，整体运算效率提升了38%，整体功耗则下降了50%，让用户不再为续航焦虑。

另外，智能手表早已不是传统的手表，而是一部戴在手腕上的，集定位、通话、记录等多种功能于一体的“智能手机”。

为此，研发团队在传感器技术和算法方面下足了功夫。今年9月，该公司推出的第四代GTR和GTS旗舰新品，搭载了全新一代生物追踪光学传感器，配合升级的心率算法，降低了运动时因手臂晃动造成的信号干扰。

“我们在技术上力争做到更专业，更懂用户的需求，最终打造出超出用户预期的好产品。”黄汪说，公司始终坚持做风口上的“专业主义者”，专注投入的长期主义和追求极致的专业主义成为企业最重要的底色。

人才分布式创新

“华米科技虽然是从合肥开始创业，但一开始我们的着眼点就不仅仅在合肥，而是放眼全球。”黄汪说。

从合肥成长起来的华米科技将总部设在了当地的创业地标之一——中安创谷。然而，企业的1000名员工却遍布在全球5个国家的11个城市。

“核心人才团队的底子和积淀，决定了一家公司能走多远。”黄汪回忆说，公司成立第2年就在硅谷设立了研发机构，成立工艺设计团队，这也为后来公司发展提供了强大的人才储备。现在，公司在北京、深圳、上海、南京等地以及北美和欧洲都设立了研发机构，组建成全球创新中心。

“我们不是把所有人才全部招到合肥，而是要符合产业分布的特点，哪里人才多，就在哪设立研发分支机构。”华米科技公共事务总监张利介绍，人才分布式创新主要围绕产业链布局人才链，吸引全球各地各类产业人才加入华米科技，将分散在企业内部和外部的创新资源有机结合起来。

不仅放眼全球招贤纳士，公司还牵手高校联合培养高层次人才。企业把研发人员送到高校深造，高校也会把“对口”人才送到企业来实践，双方合力把具有前沿性和探索性的成果运用到未来的技术储备上。

值得一提的是，2020年，公司成立人工智能研究院，与钟南山院士团队合作，共同推动智能可穿戴设备在呼吸健康管理方面的应用研究和成果转化。研究院还同中国科学技术大学先进技术研究院展开合作，组建脑机智能联合实验室，探索利用智能可穿戴设备实现癫痫检测、神经调控等多项应用。

一组数据显示，过去 3 年，华米科技每年用于研发的投入超 4 亿元，去年更是高达 5. 15 亿元。截至目前，专利申请达 1100 多项，通过授权的专利 650 项。

“产品+服务”融合发展

如今，华米科技的智能设备全球累计出货量已超 2 亿台，产品遍布全球 90 多个国家和地区，实现了从智能硬件芯片、操作系统，到传感器、健康云服务的核心技术和关键环节的自主可控。

眼下，愈来愈多的行业巨头纷纷拓展智能可穿戴市场。如何在激烈竞争中突出重围占据一席之地?

精准洞察消费者需求成为华米科技的有力武器。记者了解到，该公司品牌部门定期向消费者推送满意度调查问卷，研发人员会对产品进行持续优化改进，力争为消费者带来极致的产品体验。

在调查问卷中，有一个关键问题是：您愿不愿把我们的产品推荐给身边的朋友？这在专业术语上叫作净推荐值（NPS），也可俗称为口碑。“消费者对产品的认可十分重要。如果一件产品做出来之后净推荐值较低，那就要反思这个产品为什么不成功，消费者不满意在哪。”张利说。

此外，随着先进制造业和现代服务业深度融合发展，越来越多的制造业企业正从提供单一产品向提供“产品+服务”乃至“制造融合服务”转变。黄汪表示，华米科技不仅要做智能可穿戴设备提供商，还要成为健康云服务提供商。企业正以“科技连接健康”作为新使命，通过“硬件+数据+服务”的全新模式，深挖大健康产业的市场潜力。

“消费者购买的不仅是我们的产品，还有更多的增值服务。”张利表示，未来，企业继续以推进消费服务重点领域和制造业创新融合为目标，通过智能可穿戴设备开展运动健康等增值服务，满足重点领域消费升级需求，推动智能设备产业创新发展。

》【先进制造业企业究竟先进在哪里】

屡次刷新吊装重量世界纪录，牢牢掌握关键核心技术话语权

工业重器的“智造”秘诀

■ 作者：黄洪涛　王　伟
■ 编辑：王　群　丁军杰
■ 2022 年 12 月 13 日 06 版

阅读提示

针对产业链中的发展难题，徐工集团全力做好技术攻关，加大研发投入，打造自主可控的核心零部件产业，不仅为企业自己的机械装备供应核心零部件，更是为中国装备制造贡献“硬核力量”。

12 月 8 日，在江苏徐州工程机械集团有限公司（“徐工集团”）塔机智能制造基地，十余辆红色重卡满载着黄色塔机结构件，缓缓驶出。到达目的地常泰长江大桥的施工现场后，这些结构件将被组装成一台全球最大塔机，并在 300 米以上的高空完成一系列最大吊重超过 300 吨的钢塔吊装作业。

工程机械是国家基础设施建设不可或缺的装备，彰显着中国制造发展的新高度。

近年来，徐工集团凭借一台台自主研制的工业重器，一次次让外界惊艳，引领行业高质量发展。依托领先的技术和过硬的产品质量，徐工集团从全球工程机械制造商排名第 11 位逐步跻身到第 3 位，产品远销 190 多个国家和地区。记者近日走进徐工集团，探访这些工业重器从制造到“智造”的秘诀。

无人化生产，效率加倍

在车间入口除尘后，记者走进徐工集团液压阀智能车间。在这个封闭

式恒温车间，举目四望，车间里的机器正有条不紊地运转，现场却看不到多少工作人员。

智能化立体仓库、机加工自动化线、自动导引运输车……一系列前沿的智能制造技术在这里一一实现。徐工液压事业部总经理陈登民介绍，2011 年，徐工开始进军高端液压阀领域，随着“高端液压阀智能制造及产业化项目”的落地建成，徐工集团已经实现年产 3 万件高端液压阀，并逐步成为智能制造的行业标杆。

“以前采用人工上料，劳动强度大，生产效率低。如今通过搬运机器人自动上料，比原来的生产效率提高一倍。”陈登民说。

类似的“智造”场景，在徐工随处可见。

来到徐工传动科技有限公司全自动电控变速箱生产线，几台机器人正忙着将一个个零部件“吃”进生产线。“生产线 24 小时作业，一天能装配 50 台电控箱。”操作员袁涛自豪地说，机器作业效率是以前人工操作的 3 倍，装配精度也大幅提高。

“我们已具备高精度齿轮制造能力、高精度箱体加工能力、热处理加工能力，为推动产品结构转型升级奠定基础。”徐工传动副总经理吕昌告诉记者，近四年，徐工传动先后引进 1 条数字化热处理工艺产线、9 大智能化生产线，制造装备总体数字化率达到 95%以上。

“这些液压件、传动件是工程机械核心零部件，以往我国在这些领域基础薄弱，常常受制于人。针对产业链中的发展难题，徐工全力做好技术攻关，加大研发投入，打造自主可控的核心零部件产业，不仅为企业自己的机械装备供应核心零部件，更是为中国装备制造贡献‘硬核力量’。”徐工集团党委书记、董事长杨东升说。

技术赋能，设备“说话”

在徐工集团徐州重型机械有限公司的生产车间，通过 5G 技术的赋能和大数据的运用，“万物互联”正得以实现。各类物料清单、库存信息在电子屏幕上一览无余，工人们通过远程操控，发布生产指令。

要实现这种远程操控，依靠的正是我国第一个自主研发的工业互联网平台——徐工汉云工业互联网平台。

“有了这个平台，设备可以‘说话’，更加智慧、安全。”站在一块超大电子屏前，徐工汉云技术股份有限公司创始人、CEO 张启亮向记者演示起来。他手拿遥控器，点开一张世界地图，上面呈现出很多光点，“每一个光点就代表一台徐工生产的机械设备，设备的各项运行参数在上面一目了然，如果出现故障也会自动提示”。

张启亮说，目前，徐工汉云工业互联网平台已成功赋能装备制造、建筑施工、有色金属、新能源等 80 多个行业，服务企业超 7 万家，技术应用惠及全球。

今年 5 月，巴西矿业巨头淡水河谷公司采购了一批徐工矿山开采机械设备。依托徐工汉云工业互联网平台，这些挖掘机、宽体车等大型工程设备可实现在线调度、远程遥控施工，施工现场实现无人化作业，大幅提升了矿区作业安全性和生产效率。

“这些设备智慧、安全、技术含量高，我们很高兴可以与中国工程机械制造商深度合作。”淡水河谷采购代表马尔科·布拉加说。

自主创新，产品迭代

11 月 14 日，我国自主研制的全球最大吨位全地面起重机——徐工 2600 吨起重机在山东成功完成陆上最大风力发电机组的安装，实现了起重性能和作业效率的新突破，再次刷新了全地面起重机最高最大吊重世界纪录。

这台起重机吊装的风机，单个机组部件最重可达 171 吨，相当于 100 多辆家用汽车加起来的重量。该起重机总设计师李长青表示，徐工围绕千吨级以上全地面起重机持续开展自主研发攻关，目前已成功实现进口替代。

相关数据显示，近五年来，徐工全地面起重机从 1200 吨、1600 吨、1800 吨，再到现在的 2600 吨，屡次刷新最大吨位全地面起重机世界纪录，牢牢掌握关键核心技术话语权。

不仅是起重机，徐工生产的工程机械整机设备、核心零部件等均实现全面迭代升级：新型电控传动箱、大吨位湿式桥、负载敏感多路阀等一批高端零部件实现自主可控；4000 吨级“全球第一吊”、700 吨级“神州第一挖”、35 吨级“神州第一铲”等一大批产品成为基础设施建设的“国之重器”，多项首台套重大技术装备填补国内技术空白。

“面对复杂多变的形势和疫情考验，中国工程机械产业在危中思变，释放了高质量发展的巨大能量，这背后的源动力就是自主创新。”杨东升表示，自主创新已经嵌入徐工的发展基因，成为企业搏击市场的“通关密码”。

近年来，哪怕面对行业寒冬，承压前行，徐工每年的研发投入占比始终保持 5%以上。1999 年徐工专利数仅为 6 件，目前徐工拥有授权专利 9600 余件，发明专利 2300 余件，国际专利 160 余件，5 项国家科学技术进步奖，7 个制造业单项冠军。

记者了解到，徐工目前汇集了总数达 6000 多人的研发团队，占集团员工的四分之一。集团高技能人才占比达 57.4%，生产一线技能人员占比提升至 65.7%。企业持续推动以市场为导向的激励机制，持续强化原始创新、集成创新，已有约 200 名高级技术专家获得股权激励。

展望未来，杨东升表示，徐工将坚持科技是第一生产力、人才是第一资源、创新是第一动力，加快推进产业高端化、智能化、绿色化，早日建成产品卓越、品牌卓著、创新领先的世界一流现代化企业。

》》【先进制造业企业究竟先进在哪里】

平均每 1.7 秒可生产一个电芯，缺陷率仅十亿分之一

“极限制造”点亮“灯塔工厂”

作者：陈　曦
编辑：王　群　丁军杰
2022 年 12 月 27 日 06 版

阅读提示

受益于新能源汽车产销两旺的良好态势，动力电池市场需求“水涨船高”。为了应对日益复杂的制造工艺和满足高质量的产品需求，宁德时代提出了“极限制造”理念，在不断突破电池性能极限的同时，积极拥抱智能制造。

走进宁德时代新能源科技股份有限公司湖东工厂涂布车间，繁忙的产线上，搅拌均匀的浆料正以每分钟 80 米的速度被均匀涂覆在 6 微米薄如蝉翼的铜箔上。涂布是锂电池生产的核心工序，完成这项操作的，正是该企业自主研发的全球第一台 6 微米涂布机。

这是宁德时代“极限制造”落地生根的一个生动注脚。作为新能源汽车的“心脏”，动力电池的重要性不言而喻。成立 11 年来，以智能制造技术为依托，凭借“毫厘必争”的迭代创新和“点滴必较”的质量把控，宁德时代已连续 5 年蝉联全球动力电池销量冠军，全球每三辆电动车中就有一辆装载其生产的电池，旗下宁德工厂更是被世界经济论坛评选为电池行业首家“灯塔工厂”。

1 微米的战役

长久以来，“续航里程”一直是制约电动车发展的最大痛点，宁德时代决定啃下这块“硬骨头”。

过去 10 年，研发团队持续开展高性能电池技术开发、不断探索化学材料升级，将续航里程从不到 200 公里提升到超过 700 公里。

在宁德时代动力电池工程师王升威看来，研发团队还可以在电池包空间利用率上“做文章”：“普通电池包由模组构成，每个模组包含约 10 个电芯。如果取消模组结构，直接把电芯集成到电池包，同样的空间就可以容纳更多电芯，能量密度能够再提升 20%。”

然而，结构的重塑对电芯一致性要求极高。从生产环节看，承载着电芯正负极材料的糊状浆料在自动负压罐中充分混合搅拌后，经涂布工序被均匀涂到铜箔上形成极片，再由高速卷绕机将极片与绝缘膜卷绕在一起形成电芯，其厚度达 60 毫米。在电池内，每排电芯的数量为 20~30 个，经测算，只有将平均厚度偏差控制在 0.1 毫米之内，才能实现直接组装。每个电芯内部有超过 100 层极片，每层之间允许的厚度差仅有 1 微米。

王升威团队经过反复测验发现，控制电芯一致性的“通关秘籍”在于浆料：浆料必须流动性能好、黏度稳定、不易发生固体沉降。

他和团队耗时一年反复尝试，最终得到了理想的配方：石墨、黏合剂、导电剂和水的特定比例混合。由此，电池的能量密度提高到 220Wh/kg 以上，电动汽车的续航里程提升至 1000 公里以上。

“近十年，动力电池能量密度的增长带来续航里程 6~7 倍的提升。”宁德时代董事长曾毓群说。

值得一提的是，今年 6 月，企业发布新产品“麒麟电池”，该电池系统集成度创全球新高，体积利用率突破 72%，能量密度可达 255Wh/kg，整车续航里程可达 1000 公里。

“智变”引“质变”

近年来，受益于新能源汽车产销两旺的良好态势，动力电池市场需求“水涨船高”。为了应对日益复杂的制造工艺和满足高质量的产品需求，宁德时代提出了“极限制造”理念，即在不断突破电池性能极限的同时，积极拥抱智能制造，打破速度、良品率、劳动生产率和能耗领域的 4 大“极限”。

“涂布曾经是电芯生产过程中品质管控最难、人工操作最复杂的工艺流程，如今只需一台平板电脑就可以进行实时精准控制。”宁德时代湖东工厂智能工厂负责人冯安民向记者介绍，中央智慧工艺感知控制系统将车间内所有与涂布机相关的设备连接在一起，依托5G技术高带宽、低时延的特性，涂布过程实现了8K高清视频采集，产品一致性大幅提升。

“我们运用人工智能、数字孪生、边缘计算等7大智能制造技术，建立了‘极限制造’体系架构，打造了多平台、多系统深度交互的工业化和信息化深度融合的生态。”冯安民说。

在“极限制造”的加持下，湖东工厂变得越来越“聪明”：增强现实专家系统仿若“千里眼”，技术人员佩戴AR/VR眼镜“身临”生产现场；200多台自动导引运输车“闲庭信步”，有序完成电芯上线、物料循环配送等任务；超高速运动全量视频流AI质量检测“严阵以待”，无延迟采集传输并反馈结果，有效识别微小缺陷……

世界经济论坛在认定宁德工厂为“灯塔工厂”的评语中这样说：宁德时代三年内实现了在生产每个电芯耗时1.7秒的速度下仅有十亿分之一的缺陷率，同时将劳动生产率提高了75%，将每年的能源消耗降低了10%。

纪录正不断被刷新。眼下，企业“四川时代”生产基地通过进一步应用工业物联网、柔性自动化等技术，实现生产线速度17%的提升，于今年10月再度获评“灯塔工厂”。

科技创新步履不停

“随着动力电池迈向TWh（太瓦时）时代，唯有创新可以赢万变。”在曾毓群看来，技术创新能力是宁德时代的核心竞争力，也为企业赢来了客户的广泛认可。

除了破解锂电池的续航痛点，曾毓群表示，针对电池的低温痛点，宁德时代优化了热管理系统，兼顾到加热过程中的无损、安全和高效；针对安全痛点，实现了无热扩散的最高安全要求；在结构创新方面，研发团队突破了单一材料体系性能边界，提出并实现了在单个电池包中布置AB两种不同电芯的设计方案，形成优势互补。

值得一提的是，宁德时代已经构建了以5G为基础的工业互联网架构，通过5G技术与“极限制造”碰撞融合，探索出了22个具有高价值的业务场景，目前已落地9种5G融合应用，朝着5G工厂的目标加速迈进。

强大创新能力的背后，是一支“硬核”的人才队伍。记者了解到，宁德时代在宁德、江苏溧阳、上海、厦门以及德国慕尼黑设立了五大研发中心，研发人员超过1.4万人，其中21C创新实验室已成为全球能源存储转化前沿技术的研发高地。企业还拥有电化学储能技术国家工程研究中心、福建省锂离子电池企业重点实验室、中国合格评定国家认可委员会（CNAS）认证的测试验证中心，设立了“博士后科研工作站”“福建省院士专家工作站”等。

数据显示，2022年前三季度，宁德时代研发投入达106亿元，同比增长130%。拥有及正在申请的国内外专利合计14040项，主导或参与修订超过80项国内外标准。

如今，宁德时代已拥有世界最全面的电池技术路线布局，以及从技术到产品再到商品的最快转化链条。展望未来，曾毓群说：“新能源的大时代已经到来，我们将以持续领先的产品和服务，支撑引领产业高质量发展，为实现‘双碳’目标和全球电动化贡献更多智慧和力量。”

采编经过

紧盯高质量发展新趋向，努力让企业报道“活”起来

——系列报道《先进制造业企业究竟先进在哪里》采编体会

王　群

企业报道作为《工人日报》突出“工”字特色的重要一环，在展示企业发展亮点、回应企业诉求、助力经济发展等方面发挥着积极作用。具体

到不同的行业领域，由于制造业是实体经济的根基，是国家经济命脉所系，加之制造业领域产业工人队伍规模庞大，因此，工业制造业企业的报道又是本报企业报道的“重头戏”。

去年底，本报记者在前期采访调研中发现，随着我国产业结构调整升级，我国先进制造业正呈现出集群式发展态势，多地纷纷将发展先进制造业摆在突出位置，希望通过加快推进先进制造业产业体系建设，引领整个制造业能级跃升、助力经济高质量发展，向全球价值链等中高端迈进，这也折射了国内经济向高质量发展进程中的新动向。

先进制造业通常具备全要素生产率高、生产制造工艺及技术先进、产品附加值高、生产模式先进、产业链韧性强等特征，尤其在业态、模式和技术上体现其先进性，代表着效率、创新、绿色、共享等。解析先进制造业企业的成功“秘籍”，有助于为传统制造业焕发新活力、加快产业转型升级步伐、助推高质量发展提供有益借鉴。

为此，报社编辑部与多地记者站展开联动，深入多家先进制造业企业进行调研采访，于2022年11月29日推出“先进制造业企业究竟先进在哪里”系列报道。整体来看，本组报道取得较好传播效果和社会效应，主要呈现以下特点：

一、报道紧密围绕国家关于制造业发展的重大方针政策，以系列报道的形式推出，涵盖多个细分领域，呈现出多层级、多维度的视角体系，形成密集型的报道阵势

党的二十大报告以及2022年中央经济工作会议、2023年政府工作报告，均对推动制造业高端化、智能化、绿色化发展作出重要部署，这与国家眼下所倡导的大力发展先进制造业一脉相承。

例如，党的二十大报告强调，推动制造业高端化、智能化、绿色化发展。推动现代服务业同先进制造业、现代农业深度融合。

2022年召开的中央经济工作会议要求“加快建设现代化产业体系”，并提出“围绕制造业重点产业链，找准关键核心技术和零部件薄弱环节，集中优质资源合力攻关”，而先进制造业正是现代化产业体系的支柱。

今年的政府工作报告更将制造业摆在突出位置，8次提及制造业。政府工作报告还部署了今年经济社会发展八项重点工作，其中排在第二位的就是加快建设现代化产业体系。围绕制造业重点产业链，集中优质资源合力推进关键核心技术攻关。加快传统产业和中小企业数字化转型，着力提升高端化、智能化、绿色化水平。

习近平总书记在今年两会期间参加十四届全国人大一次会议江苏代表团审议时指出，要坚持把发展经济的着力点放在实体经济上，深入推进新型工业化，强化产业基础再造和重大技术装备攻关，推动制造业高端化、智能化、绿色化发展。

本组报道则紧扣时代脉搏和经济发展主线，准确把握当前经济发展走势尤其是制造业的前沿动向，在《工人日报》“企业新闻”版面“头条”位置陆续刊发《做风口上的“专业主义者”》《“蝉翼钢”是如何炼成的》《工业重器的“智造”秘诀》《“一专多能”的机器人“智商”有多高》《“极限制造”点亮“灯塔工厂”》等多篇报道，详细介绍了钢铁、工程机械、新能源等多领域先进制造业企业的成功经验，呈现出“主题集中、内容广博、时间持续”的报道优势。

二、精心挑选不同的行业领域最具代表性的先进制造业企业，将新闻内容与企业发展紧密结合在一起，用最典型的企业案例展示最先进且可推广的成功经验

企业是经济活动的主体，企业报道长时间占据经济报道的主体地位。本组报道兼顾了不同行业、不同地域、不同类型企业的差异性，所选取的报道对象均为该领域具有较强创新能力，产品具备较高附加值、技术含量和市场竞争力的先进制造业企业。系列报道中的各篇作品既能独立成篇，又各有侧重，均紧扣“先进制造业企业究竟先进在哪里”的主题，报道所呈现的多条“先进密码”具有一定的推广意义和借鉴价值。

例如，作为国家级先进制造业和现代服务业深度融合试点企业，起步于智能可穿戴设备的华米科技正从提供单一产品向提供“产品+服务”乃至“制造融合服务”转变，深挖大健康产业的市场潜力。

在国内以及世界范围内都具备极大名气和出色口碑的徐工集团正全力做好技术攻关，打造自主可控的核心零部件产业，通过牢牢掌握关键核心技术话语权，逐步成为智能制造的行业标杆。

从仅有40人的机器人研究所，发展成为规模大、产品线全的机器人上市公司，新松公司持续聚焦高端机器人的研发和生产，22年来创造了100多个同行业第一。

三、打破以往工业制造业领域程式化报道模式，将故事化写作手法贯穿始终，尤其注重将抽象性和模式化的新闻语言进行通俗性表达

在大部分读者的印象中，工业制造业领域的报道往往由大量冰冷僵化的数据和枯燥乏味的专业词汇组合而成，加之工业制造业领域通常涉及先进的技术和应用，相关报道更是显得专业有余而可读性欠缺，读者往往直呼晦涩难懂。

本组报道则具备行文鲜活、故事生动、标题醒目等特点，每篇作品都以鲜活的个体为切入点，以人物串联故事，以故事折射行业发展乃至经济变迁，从中找到人、企业、故事与政策的衔接点，把经济领域的专业性报道变得更接底气。另外，报道尤其注重从生产车间、研发实验室等新闻现场攫取最鲜活的新闻细节，让报道更通俗也更具可读性，从而揭示出新闻事件的来龙去脉和深层意义，让工业制造业领域的报道“活”起来。

以《“蝉翼钢”是如何炼成的》为例，在党的二十大召开期间，中国邮政发行了首钢京唐公司生产的“蝉翼钢”明信片《长城颂》，这套明信片采用镂空技术，可以看作是真正的“钢铁长城”，产品一面世就被抢购一空。作者紧紧抓住这一线索展开深入调查，从点入手，见微知著，并积极与后方编辑调整采访报道思路：通过“蝉翼钢”与明信片的结合展示了当今中国钢铁制造业的先进水平，也让企业高水准钢铁制造能力得到淋漓尽致的体现，而产品的高品质则来源于企业对每一道生产工序的精益求精、严格管控。

报道注重将丰富、鲜活的故事细节生动传递给读者，生动活泼的文字让文章本身变得更得细腻、可感，同时通过故事间严密的内在逻辑脉络，实现文本的跳跃式铺陈，让报道跳出格式化文本的套路，较好展示了报道的高度和深度。

》》》【工伤认定如何“新题新解”①】

送餐员、快递小哥等新就业形态劳动者常常因没有固定工作地点而在工伤认定时遇阻

人在途中的“小哥”何以证明“上下班途中”

■ 作者：裴龙翔
■ 编辑：卢　越　兰海燕　张伟杰
■ 2022 年 10 月 13 日 06 版

■ **编者按**

根据《工伤保险条例》的规定，职工在工作时间和工作场所内，因工作原因受到事故伤害的，属于工伤。被认定为工伤的，职工将获得相应的待遇保障。

对“工作时间和工作岗位”进行限定，是要确保与工作的相关性。然而，随着时代的发展，工伤认定出现了一些新课题、新挑战。比如，新就业形态劳动者因其工作地点、工作时间等方面的灵活性，如何认定“上下班途中”“工作时间”成为一大难点；再如，科技的进步为工作模式提供了更多选择和可能，居家办公、随时随地在线工作打破了线下坐班的传统时空限制。在此背景下发生的一些伤害能否认定工伤常常引发广泛讨论。

今日起，本版推出《工伤认定如何“新题新解”》系列报道，聚焦当前劳动关系领域出现的新情况、新变化、新问题，力求探索劳动者“因工受伤”后及时获得保障的新路径。敬请关注。

外卖骑手遭遇交通事故，却因不能证明“上班途中”被保险公司拒绝赔付。无固定工作场所的骑手，如何证明是在“上班途中”受伤？

公司以骑手发生事故后，摩托车的送餐箱内没有餐盒为由，认定骑手

当时并非在送餐。骑手该如何证明受伤时处于“工作时间”？

当前，我国灵活就业人员已达2亿人。与一般的工作相比，骑手“小哥”们就业方式更灵活，在劳动关系认定、工作时间、地点等问题上的确认更具难度。《工人日报》记者在采访中获悉，全国多地已有不少案件判决支持受到职业伤害的“小哥”维权，一些更具针对性的保障措施也在逐渐发挥作用。

“上下班途中”认定应综合考量

明明是上班路上被车撞了，保险公司却称因居住地不明，无法证明是否为上班途中，拒绝赔付。这让受伤后的小张一度十分低落。

2020年9月，小张入职一家物流公司从事骑手岗位工作。同年10月，物流公司投保雇主责任险。10月24日上午10点多，小张骑电动自行车时与另一电动车发生碰撞，肇事驾驶员逃离现场。小张左肩部骨折，经鉴定为九级伤残。

道路交通事故认定小张无责任。物流公司与小张签署赔偿协议，共赔付26万余元。根据物流公司与保险公司签订的合同，保险期内如果骑手因工伤导致伤残，应由保险公司负责赔偿。然而，物流公司向保险公司索赔时却遭到拒绝。

物流公司诉至上海市虹口区人民法院，认为小张是在上班途中受到非本人主要责任的交通事故伤害，根据《工伤保险条例》应当认定为工伤，保险公司应当予以赔付。

保险公司则认为，物流公司提供的事故当日骑手排班表是事后制作，加之骑手和二房东之间未签订租房合同，骑手居住地不明，因此无法证明事发时小张是在“上班途中”。

“灵活就业劳动者往往难以举证证明其固定住所、固定工作地点。面对种种情况，如何认定‘上下班途中’成为司法实践中一大难点。”上海市虹口区人民法院金融审判庭法官顾飞表示，如果机械认定、一判了之，一方面忽视了行业劳动者的实际情况，损害了骑手和公司的合法权益，另一方面也不利于新业态的发展。特殊行业从业人员“上下班途中”认定，应当根据实际情况综合考量。

最终，法院经审理认为，根据第三方平台反馈数据，小张在事故发生前近一个月均在物流公司下属的某站点工作，每日在平台上线时间多集中于上午10点半至11点，上线后均有稳定规律的接单记录。结合物流公司提供的证据，以及事故发生时间10点46分，事故发生于小张居住地至站点的必经之路等情况，与公司主张的小张系在上班途中发生事故能够相互印证。结合相关费用及误工损失，法院判决保险公司向物流公司支付保险金24万余元。

如何认定受伤时处于“工作时间”

送餐路上正停车待转，遇对向车辆逆行，于成展因此受伤。被认定为事故中属无过错方的他，却遇到了企业拒绝赔付的意外情况。

该案诉至法院后，山东省龙口市人民法院指出，本案争议焦点在于劳动者受伤时是否处于工作时间。

企业根据现场照片称，于成展的摩托车倒地后送餐箱内没有餐盒，故当时他并非在送餐。法院认定，当时正处于用餐时间，发生事故的地点恰好在居民小区附近，劳动者的服装和车辆配置状况也符合骑手配送外卖的特征，结合于成展姐姐与被告方负责站长的通话录音内容，以及企业为其垫付医疗费等事实，足以形成证据优势。最终，法院判定企业向于成展赔偿9万余元。

实践中，还有的公司动起了歪脑筋，企图用商业保险冲减工伤保险待遇。

2021年1月，外卖骑手蒋峰峰在接单派送途中发生交通事故，劳动争议仲裁确认了其与企业的劳动关系。随后蒋峰峰获认工伤。

今年2月，蒋峰峰再次提起仲裁申请，要求企业支付伤残补助金、伤残就业补助金、工伤医疗补助金等款项。其所在的权某公司则提出，公司作为投保人在某保险公司投保了《骑手雇主责任保险》，想以此减轻企业责任。

山东省枣庄市市中区人民法院认为，权某公司未为蒋峰峰参加工伤保险，故应承担保险替代责任，保障蒋峰峰应享有的工伤保险待遇。对于企业强调的商业保险，法院特意进行了说明，蒋峰峰的工伤待遇是基于劳动关系，属于劳动者的法定权利，故权某公司抗辩为蒋峰峰投保商业保险，冲减工伤保险待遇的主张不能成立。

针对性保障举措明确认定难点

终日为他人奔波的“小哥”们，其合法权益如何保障，一直备受社会关注。以快递员为例，今年以来，国家、省、市各层级均加大了对快递员群体权益的保障力度，要求基层快递网点优先参加工伤保险。

上海市邮政管理局副局长余洪伟表示，基层快递网点优先参加工伤保险政策打破了原有捆绑式的社保参保模式，将工伤保险作为一个单独险种在行业内开展参保，为企业、网点和人员增加了法定保障，也为行业持续稳定健康发展打下基础。

在此基础上，根据国家部署，上海市人社局和市总工会联合 8 个部门，正在上海开展为期两年的新就业形态就业人员职业伤害保障试点工作，逐步探索完善职业伤害保障覆盖群体、参保缴费、保障情形、待遇支付等政策，优化职业伤害保障管理服务规范和运行机制，支持发展与职业伤害保障相衔接的商业保险。

记者注意到，针对新就业形态劳动者在职业伤害中的一些认定难点，试点实施办法做出了明确。

比如，实施办法列举了 6 大类应确认职业伤害的情形。包括：在指定时间前往指定场所接受平台企业常规管理要求，或者在执行平台订单任务返回日常居所的合理路线途中，受到非本人主要责任的交通事故或者城市轨道交通、客运轮渡、火车事故伤害的；在执行平台任务期间，突发疾病死亡或者在 48 小时之内经抢救无效死亡的。其中特别规定“执行平台订单任务期间”指接受平台订单任务起至平台订单任务完成后一个小时内。

【工伤认定如何“新题新解”⑤】

以车为家的货车司机工作生活界限模糊——

家在车上，活儿在路上，受到伤害咋认定

作者：徐福平
编辑：卢　越　兰海燕　张伟杰
2022 年 11 月 10 日 06 版

阅读提示

由于用工方式、工作时间、工作场所等与传统用工模式有很大不同，货车司机出现职业伤害时面临着工伤认定难题。专家建议，完善工作地点和生活地点混同情况下的工伤保险制度。在包括货车司机在内的新就业形态劳动者工伤认定中，要抓住用工关系作为最核心的标准来进行实质性判断。

货车司机在工作中受伤，货车车主和挂靠公司谁担责？货车司机在休息时猝死，能否认定工伤？

据统计，全国有 2000 多万货车司机，他们长年奔波在路上，以车为家，工作和生活界限模糊。《工人日报》记者在采访中获悉，因用工方式、工作时间、工作场所等与传统用工模式有很大不同，货车司机出现职业伤害时，工伤认定往往一波三折。

货车挂靠，谁是“东家”

驾驶货车送货时受伤，公司以没有劳动合同为由否定存在劳动关系。经过一裁二审、再审，2020 年 12 月，天津市高级人民法院判定杨某和公司之间存在事实劳动关系。

2018 年 5 月，杨某到某供应链管理有限公司从事货车司机工作，双方未签订书面劳动合同，公司未为杨某缴纳各项社会保险。2018 年 9 月 9 日

凌晨3点，杨某驾驶货车送货时发生事故受伤，被认定为工伤。

事后，公司出具一份《货车挂靠协议书》，以杨某驾驶的货车为熊某出资购买，后挂靠在公司名下，杨某系挂靠车辆所有人熊某个人所雇为由，否认与杨某存在劳动关系。

最终法院审理认为杨某和公司存在事实劳动关系。法院判决认为，劳动行政部门在认定工伤程序中对双方当事人是否具有劳动关系已进行确认，且公司未在法定期间内提出复议或向人民法院提起行政诉讼，故法院确认劳动行政部门在工伤认定程序中作出的劳动关系认定结论。

对于公司出具的《货车挂靠协议书》，法院审查认为，公司主张的杨某系熊某招聘的司机证据不足，不予采信。

当前，物流行业存在不同性质的用人用工主体和劳动劳务提供者，包括电商平台自营运输公司、专业物流公司、灵活用工人员、挂靠经营车队（个体户）、自承揽业务的驾驶员等，不同主体之间的法律关系往往具有不同的特征。

“在工作实践中，货车司机的工伤认定比较复杂，很多案例都涉及货车司机和货车车主构成劳动关系还是劳务关系。”山东省聊城市人力资源和社会保障局副局长栾居沪表示，构成工伤的四个要件“三工一关系”中，劳动关系是认定工伤的最基本要件。

休息时猝死，能否认定工伤

经过两年多时间，雷某工伤认定案终于审理终结。

雷某生前系重型半挂牵引车车主马某雇的司机，该车挂靠于某运输有限公司名下经营。2018 年 3 月 15 日，雷某、张某轮流驾车自山东省东营市出发开往江苏省宜兴市。当日 13 时，张某驾驶，雷某在驾驶室后卧铺休息。18 时左右，张某发现雷某失去意识，将其送医院救治。雷某经抢救无效死亡，死因为猝死。

2018 年 7 月 2 日，雷某家属向当地人社局申请工伤。人社局以雷某与运输公司不存在事实劳动关系为由，作出不予认定工伤的决定。雷某家属不服，提起诉讼。

郑州铁路运输中级法院审理认为，马某将其所有的重型半挂牵引车挂靠在运输公司名下经营，雷某作为马某聘请的司机，在运输途中猝死，运输公司作为被挂靠单位应当承担工伤保险责任。

法院还指出，虽然雷某在死亡前正在车内休息，未实际驾驶车辆，但其作为长途运输司机，与其他同行司机轮流驾驶车辆并适时休息，系劳动者合理的生理需要，与其履行工作职责密不可分。故雷某的死亡符合《工伤保险条例》第十五条第一款第一项，在工作时间和工作岗位，突发疾病死亡，视同工伤的情形。

“对货车司机的工作时间和工作岗位，应当做宽泛的理解。”北京福茂律师事务所律师时福茂说，“货车司机由于其工作特殊性，在工作中需要去解决一些生理需求问题，比如休息、就餐、如厕等。因此，货车司机在途中临时休息，暂时离开驾驶座位，仍应当视同在工作岗位，在工作时间内和工作岗位上突发疾病死亡的，应当视同工伤。”

针对认定难点，短板亟须补齐

当前，2000 多万货车司机作为物流行业规模最大的从业群体，是畅通国内经济大循环、建设交通强国的主力军。但是，由于长年奔波在路上，货车司机的工作环境和生活条件还有待改善。

根据中国物流与采购联合会发布的《2021 年货车司机从业状况调查报告》显示，货车司机普遍工作时间较长、劳动强度大。大多数货车司机日均工作时长在 8 小时及以上，存在疲劳驾驶风险；在货车司机希望社会组织提供的公共性服务调查中，排名第一的是维权类服务，法律援助和维护权益分别占比 75. 6%和 60. 8%。

对于货车司机认定工伤的难点，中央财经大学法学院教授兼中国劳动关系学院法学院院长沈建峰认为，货车司机因为其从业的特殊形态，有些司机是挂靠经营，有些注册为个体户自主经营，有些还是有一定管理的不完全劳动关系用工方式。这些用工形式下，货车司机和对方当事人都没有传统意义上的劳动关系，因此无法按照现有的制度缴纳工伤保险，认定工伤。

"此外，货车司机工作时间、工作地点经常与生活时间和地点交织在一起，这就导致在一些案件中认定符合工伤认定条件的工作时间、地点和原因非常困难。"沈建峰说，"货车司机这一职业还容易出现过劳以及过劳引发的死亡。但除非是工作时间和场所突发疾病，抢救48小时内死亡的情况，否则过劳死在当前认定工伤还很困难。"

"随着时代的发展、科技的进步，复杂多变的用工形式出现，在包括货车司机在内的新就业形态劳动者工伤认定中，应当勇于突破原来那种存在劳动关系是认定工伤前提的传统认识，要抓住用工关系作为最核心的标准来进行实质性判断。"时福茂表示。

沈建峰提出，问题的解决需要工伤保险制度的改革。目前一些地方已有针对一些没有劳动关系的劳动力群体单独缴纳工伤保险的尝试，还有一些省份在试点职业伤害保险。

"要完善工作地点和生活地点混同情况下的工伤保险制度。在常态化疫情防控以及远程劳动越来越普遍的情况下，问题会更突出。"沈建峰说，"如何通过技术性方法区分工作和生活，还需要进一步研究。尽可能将这种情况下的伤亡纳入工伤范畴是更合理的做法。"

【工伤认定如何“新题新解”⑥】

当前劳动关系领域出现的新情况、新特点、新趋势，给工伤认定带来新课题。专家表示——

穿透迷雾，让工伤认定回归本质

■ 作者：卢　越
■ 编辑：卢　越　兰海燕　张伟杰
■ 2022 年 11 月 17 日 06 版

阅读提示

连日来，《工人日报》聚焦当下工伤认定出现的新课题、新挑战推出系列报道。专家表示，在正视当前出现的新情况、新特点、新趋势的同时，要回归工伤认定的本质，这是当下工伤认定新课题的解题思路。

外卖骑手深夜送餐途中猝死，家属认为外卖平台未尽到必要的救助义务，诉至法院。11 月 11 日，北京市朝阳区人民法院审理认为，在此次事故中，外卖平台运营方公司、雇佣公司均有过错，判决两家公司赔偿 150 余万元。

这一案件再次引发社会对新就业形态劳动者发生意外后的赔偿问题的关注。由于在劳动、劳务关系等的认定上有别于传统行业，加上工作时间、工作地点等方面存在灵活性，新就业形态劳动者在工作中遭遇伤害要认定工伤面临困难。此外，居家办公、云办公打破了线下坐班的传统时空限制。这些新情况、新特点、新趋势，都给当下工伤认定带来新课题。

多位专家对《工人日报》记者表示，工伤认定要考虑当下出现的新情况，与此同时，要回归工伤认定的本质，这是根本性解题思路。

工伤的认定标准变得不确定

在首都经济贸易大学劳动经济学院教授范围看来，在新就业形态中，工作时间更具弹性，工作任务由员工自主决定，工作地点更加开放，工伤认定的“三工”要素存在灵活性，这导致认定工伤的判断标准变得不确定。

由此还可能带来举证责任的分配调整。“在传统的工伤认定中，主要由用人单位承担举证责任。但是在新就业形态中，用人单位对劳动者的控制形态发生了根本性的改变，可能需要重新调整举证责任的分配，即由劳动者承担主要的举证责任，用人单位承担辅助性的举证责任。”范围说，“此外，工伤认定申请的方式也可能随之改变，要适应数字化时代的特点进行调整。”

外卖小哥因没有固定的工作地点，如何证明“上下班途中”？网约车司机的“服务时间”怎么算？货车司机家在车上，活儿在路上，发生伤害咋认定？

“新技术一方面带来了工作时间、工作场所混同的情况，另一方面，也带来了界定的可能性。”中央财经大学法学院教授兼中国劳动关系学院法学院院长沈建峰说，“比如，‘小哥’是不是在上下班途中，哪个时间节点算进入工作时间，这些将可以通过技术手段有所区隔。”

居家办公、云办公等的出现模糊了工作和生活界限，在已有的司法判例中，“家”被认定为“新职场”。“新的办公形式下，还能不能卡在原来的‘三工’要素上？”沈建峰表示，“理论界有一种提法是回归‘因果关系’。即虽然不在工作时间、工作地点，但只要有一定‘工作关系’，并将其具象化，由此可弱化原有的‘三工’认定要素。”

“在传统的劳动关系中，用人单位对劳动者劳动过程的控制，原则上是以工作任务为核心元素，工作时间和工作地点为补充。”范围说，“居家办公、云办公等情况仍然是遵循上述逻辑，以审核工作任务为工伤认定的核心元素。因此，在司法实践中应该根据事实去认定上述情况。”

确立身份是划分责任的前提

“界定‘三工’只是技术性问题，确认‘关系’才是前提性问题。”中国社会法学研究会副会长、中国人民大学教授、博士生导师常凯强调，

“这涉及劳动者基本身份和基本权利的认可问题。”

“新就业形态劳动者工作时间是自由的，工作地点可以选择，工作内容上可以选择是否接单。关键就在于，只要接单，进入了劳动过程中，就存在从属关系。”常凯指出，“但现在的问题是平台层层转包，否认劳动关系。”

在朝阳区人民法院审理的上述案件中，骑手刘某某于2021年5月19日凌晨0时43分至1时16分，接了四单配送任务，第一单配送成功后发病倒在路边。

该案涉及三方被告公司，分别是外卖平台、上海的平台运营方公司，以及与平台运营方公司签订《外包服务合作协议》的江西某信息技术公司。刘某某在外卖平台注册，相关配送业务则由江西某信息技术公司负责。

“多雇主化甚至去雇主化，让劳动者找不到雇主了，而确认劳动者身份是划分责任义务的前提。”常凯说。

全国律协劳动与社会保障法专业委员会委员、浙江智仁律师事务所执行主任黄新发认为，难点不在于“三工”要素的认定，而在于完善的职业伤害保障体系的构建。

在平台经济发达的浙江省，新就业形态劳动者的职业伤害保障工作正在推进。黄新发参加了浙江省人大关于新就业形态劳动者职业伤害保障的调研，他介绍，在浙江，平台企业按照《浙江省数字经济促进条例》规定，为劳动者提供单险种参加工伤保险的路径。黄新发认为，在劳动关系认定不明晰的情况下，该举措是往前迈了一步。

常凯建议，在劳动合同法的修订过程中，增加一类合同形式，即平台雇佣的劳动合同。在尚未修法之前，也可以参照现有法律规定，由平台作为直接雇主或与分包公司作为共同雇主，与劳动者签订劳动合同。

在上述外卖骑手猝死案中，法院判决确认信息技术公司与刘某某符合雇佣关系的特征，该信息技术公司作为雇主，应当积极履行用工主体责任。对此，常凯认为，这具有积极意义。他同时指出，平台用工的性质、特征，以及各方责任等基本问题，尚需进一步厘清。

回归工伤认定的本质才是解题思路

“技术性问题要解决，但重要的是回归工伤认定的本质。”常凯指出，“在承认当前出现的新情况、新特点的同时，也要认识到，劳动形式变了，但‘劳动’的本质没变。”

在常凯看来，回归工伤认定的本质，是当下工伤认定新课题的解题思路。我国劳动法治的发展方向，应该是要扩大而非缩小保护对象。平台劳动者中具有人身从属性和经济从属性的，理应受到劳动法律的全面保护。

常凯认为，居家办公等情况下的工伤认定新问题同样适用这种思路。

“把在家加班视作‘工作时间’和‘工作场所’的延伸，实际上并不是扩大解释，是对法律条文的正确理解。”常凯说，“关键在于劳动者能否提供证据，证明事故发生时劳动者在完成工作任务。”

“司法机关要关注到工伤本质性的内容，去解释现行法律中的‘三工’标准，一定程度上能应对当前的变化。”沈建峰表示。

“无论时代怎么变化，只要生产作为社会关系运行的主要一环以及社会价值产生的重要环节，工伤认定及其保障措施最根本的逻辑就是社会风险分担，使得社会生产能够高效、有序地进行。”范围说，“因此，在新的用工形式下，工伤作为社会风险仍然存在，那就必然要考虑风险的预防和保障问题。”

【"新八级工"在企业①】

南钢公司的操作师评聘改革与"新八级工"制度不谋而合，其核心是畅通技能人才成长通道——

"天花板"被打破之后

作者：黄洪涛　王　伟
编辑：王维砚　张　菁　郭　强　罗　娟　陈晓燕
2022年09月26日06版

今年3月，人力资源和社会保障部印发《关于健全完善新时代技能人才职业技能等级制度的意见（试行）》，明确企业可向上增设特级技师和首席技师，向下补设学徒工，将原有的五级技能等级延伸为八级，形成由学徒工、初级工、中级工、高级工、技师、高级技师、特级技师、首席技师构成的"新八级工"职业技能等级序列，并建立与之相匹配的岗位绩效工资制。

这项事关全国2亿技能劳动者的人才评价制度，旨在进一步畅通技能人才发展通道，提高其待遇水平，优化其成长环境，引导更多劳动者特别是青年一代走技能成才、技能报国之路，为推动高质量发展夯实人才基础。

目前，"新八级工"制度已推出半年有余，我们选取"新八级工"制度试点企业中的典型代表，探寻这一技能人才评价制度在一线工人、企业、社会中产生的连锁效应，为提升工人岗位吸引力，重塑工人荣光寻找更多时代答案。即日起，本版推出"'新八级工'在企业"系列报道，敬请关注。

——编者

近日，两位一线工人获评江苏省首批特级技师的消息，在这座位于古都南京、有着60余年历史的老钢厂——南京钢铁股份有限公司，犹如石子投湖，激荡起层层涟漪。

今年 4 月初，江苏省评选产生首批 29 位特级技师，南钢职工张红军、孙秀华位列其中。

南钢党委书记、董事长黄一新告诉《工人日报》记者，自产业工人队伍建设改革以来，南钢公司内部创新搭建了一套操作师评聘体系，与当下被称为“新八级工”制度的职业技能等级制度改革思路不谋而合，核心是畅通技能人才成长通道，提高技能人才的待遇水平。

透过“新八级工”制度改革，这家特大型钢企里的 1 万多名一线工人，看到了在技能之路上一直走下去的美好未来。

“只要想走，前面一直有路”

2001 年，张红军来到南钢成为一名转炉炼钢工，在日复一日紧张的炉前作业中，他练就了精准掌握出钢时间的“火眼金睛”，并在技能比武中脱颖而出。2010 年，因为在全国技能竞赛中的出色表现，30 岁的张红军破格获评高级技师。

也是在 2010 年，39 岁的孙秀华顺利通过职业技能等级考试，成为高级技师。1996 年进入南钢带钢厂工作的孙秀华，几乎干遍了厂里的各个主要岗位，积累了丰富的现场操作经验，不仅 3 次在技术比武中获得第一名，还带出了一批年轻徒弟。

同时在“五级”职业技能等级体系里“登顶”，两人欣喜之余，也不免思索下一步，“距离退休还有很多年，以后的职业之路该如何走?”

“他是厂里技术最牛的工人，但工人的晋升通道太窄了，除非转管理岗位当领导，不然技能晋级已经没空间了。”同事张子琴也曾为孙秀华鸣不平，“像他这样一直在一线干，太吃亏。”

随着“新八级工”制度的落地，技能人才的成长“天花板”被打破，像张红军、孙秀华这样的高技能人才不必转岗“挪位子”，踏踏实实在技术岗位上干，仍然有成长的空间和价值。

“两位技能大师评上特级后，我们都感觉更有奔头了。”95 后转炉炼钢工范志远是张红军的徒弟，他坦言，师傅此前的职业困境也曾让他一度对走技能之路产生动摇。不过现在，还只是初级工的他内心充满动力，中级工、高级工、技师、高级技师、特级技师、首席技师……在他的面前，有更高的技能成长阶梯等着他去攀登，“只要想走，前面一直有路”。

“新八级工”是复合型新工匠

在企业，工人变了，企业对工人的要求变了，对工人的评价和激励也应随之变革。

不止一位专家提到，“新八级工”制度的出台既体现了技能评价的时代进步，也反映了不同时代对技能人才要求的变化。

孙秀华的工种是工艺点检员，这曾是一个技术“吃重”、待遇“吃亏”的岗位。

“工艺点检员需要懂所有设备的装调运维，还要整天待在厂房里巡检，技能要求更高，工作时间也更长。”孙秀华坦言，“一开始我不愿意干这个活儿，这个岗位不直接搞生产，工资比一线操作工还要低一些。”不过为了生产大局，孙秀华还是扛下了这个重任。

为了解决技能水平与薪资待遇脱节的问题，不再让孙秀华这样的高技能人才“吃亏”，南钢探索建立了高技能人才津贴制度。“2016 年，我被公司聘为高级操作师后，每月光津贴一项就有 5000 元。”孙秀华感叹，“技能价值终于体现在了工资条上。”

将工资薪酬与技能水平挂钩，实现多劳者多得、技高者多得，这也是“新八级工”制度改革的初衷之一。目前南钢正计划组织聘用特级技师，一旦被聘用，孙秀华的岗位津贴将达到每月 8000 元，待遇可以比肩企业管理层。

采访中，两位新晋特级技师都不约而同地提到了对“老八级工”的崇拜。

2004 年，张红军曾在转炉车间 1 号炉设备改造现场，目睹了一位“老八级工”如何指导大家完成了超大型设备的一次性整体吊装，他大受震撼。这也成了激励他攀登技能“金字塔”的动力——成为像“老八级工”那样的顶尖工匠。不过，他更加明白，眼下智能制造生产设备来了，想要成为“新八级工”，需要具有复合技能。

孙秀华也在努力向着“新八级工”的目标攀登。

7 月 1 日起，南钢带钢厂的新厂房投入使用，一条条智能化、自动化生产线有序运行，工人们坐在总控室里“遥控”生产设备。生产线系统集成、现场管理、智能设备装调运维……孙秀华感到，自己需要“上新”的技能还有许多。

工厂里掀起“考级热”

南钢副总裁、工会主席黄旭才告诉记者，2015 年前后，钢铁全行业亏损，当时南钢的日子也不好过。随着行业复苏和企业转型升级，近年来各项生产经营指标不断攀升，2021 年，南钢实现利润总额 64 亿元，同比增长 33%，这其中与工人技能水平的整体提升密不可分。

南钢人力资源部提供了一组数据：南钢现有 5607 人持有职业技能等级证书，其中，初级工 1621 人，中级工 1147 人，高级工 2240 人，技师 526 人，高级技师 71 人，特级技师 2 人，持证人数占比过半。

“职工队伍的整体活力被激发，企业竞争力提升了，效益好了，也愿意和职工一起分享红利。”黄旭才介绍说，以往，职工取得中级以上职业技能等级证书的一次性奖励标准为 200 元～1200 元不等，今年全部提高至 2000 元，薪资级别也相应提档。

“特别是智能生产线投用后，明显感到高技能人才在数量上还是偏少。”黄旭才期待，在“新八级工”制度激励下，有更多高技能人才能攀上技能“金字塔”塔尖，助力企业在数字化转型中再上台阶。

今年，张红军经常在手机上看到关于“年轻人不愿进工厂”的消息。“不少人觉得在车间当工人苦脏累，其实在智能化生产车间，工人们的作业环境已经大大改善，发展机会、收入水平都很可观。”在张红军看来，对“当工人没前途”的刻板印象需要被刷新。

眼下，工厂里掀起“考级热”，范志远和身边的青年技工都在积极准备“技能考级”。对于张红军和孙秀华来说，他们除了继续向着首席技师的目标迈进，也要带领更多青年技工不断“向上走”。

【“新八级工”在企业④】

江南造船评出一批特级技师、首席技师，对“塔尖”技能人才委以重任，帮助企业在创新攻关中攀上新高度——

“大国重器”有了更强人才支撑

■ 作者：裴龙翔
■ 编辑：王维砚　张　菁　郭　强　罗　娟　陈晓燕
■ 2022 年 10 月 24 日 08 版

阅读提示

和徒弟一起成为国家首批特级技师后，陈景毅和工友们感到，技能之路越走越宽广。他所在的江南造船公司也看到，“塔尖”技能人才对“大国重器”提供了更有力的人才支撑。眼下，越来越多的青年技能人才涌向制造企业，用行动回答“李斌之问”。

今年 1 月 14 日，陈景毅和多位技能人才一道，从人力资源和社会保障部（以下简称人社部）与中国船舶集团有限公司（以下简称中船集团）相关负责人手中接过了我国首批特级技师证书。

对于这本蓝底黄字的证书，陈景毅格外珍惜：“这是对我技能水平的认可，也为我的职业生涯翻开了新篇章。”

时间回溯到 2021 年 9 月，人社部启动特级技师评聘试点工作，为“新八级工”职业技能等级制度探路。求才若渴的中船集团迅速“上新”企业版《职业技能等级认定管理办法》，成为国内首批特级技师评聘试点单位，不久，陈景毅等 80 名高技能人才获评全国首批特级技师。

不仅如此，陈景毅还被中船集团旗下的江南造船（集团）有限责任公司（以下简称江南造船）聘为首席技师。

在陈景毅和工友们感叹技能之路越走越宽广的同时，企业也看到，随着“新八级工”职业技能等级制度的持续推进，“大国重器”有了更有力的人才支撑。

工人们有了新目标

1990 年进入江南造船成为焊工后，陈景毅真切体会过技能等级提升带来的荣誉感和获得感。由于在生产一线和技能竞赛中表现出色，几年时间，他就晋级为高级工，工资也跟着水涨船高。

这份技高者多得的荣光，一直到 21 世纪初，都让陈景毅收获着“稳稳的幸福”。“当时，我已经是高级技师，每月工资能拿到七八千元。那时新入职的大学生，每月工资不过两千多元。”他说。

后来，这份荣光渐渐暗淡了。

在此前的“五级工”职业技能等级体系中达到“满级”后，尽管陈景毅不断在重点型号上攻坚克难，为企业创造价值，但是技能水平、创效能力却无法在薪酬待遇上得到明显体现。

陈景毅曾遭遇的“成长之惑”，同样困扰着他的徒弟们——这些在技能赛场上争金夺银获得成长“加速器”的青年技能人才，对于冲破成长“天花板”的渴望更加强烈。

事实上，在成为特级技师评聘试点企业之前，江南造船也在探索为技能人才成长搭建“新台阶”——从 1.8 万名技能人才中，选聘出 3 名首席技师，陈景毅也是其中之一。但是“万里挑一”的概率还是让不少技工感到晋级希望渺茫。

随着陈景毅和徒弟陈宜峰获评全国首批特级技师，以及“新八级工”职业技能等级制度正式出台，江南造船的技能工人们有了新目标。

中船集团人力资源相关负责人介绍说，在特级技师评聘试点中，集团建立完善了“技能等级路线、专家培养路线、荣誉提升路线”三通道并举的技能人才发展体系，明确特级技师“塔尖”人才定位，带动技能队伍梯次发展。

“未来，企业准备在电焊、装配、钳工和其他主体工种中全面推广首席技师，让年轻人的职业发展更有奔头。”江南造船培训主管曹刚告诉记者，随着“新八级工”职业技能等级制度在企业的进一步落地，技能人才的成长空间将更加广阔。

“大国重器”有了更强人才支撑

成为“塔尖”技能人才后，陈景毅在生产一线有了新动力和新方向。

根据江南造船的有关规定，陈景毅这样的首席技师需要“瞄准行业一流”，在论文发表、公司重点产品制造工艺和技能标准编制、集团公司重大项目（工程）研制生产等方面达到相应要求。

与此同时，他还要作为主要负责人开展技术立项攻关，并接受年度结项考核。

“高技能人才带头立项攻关，为企业制造‘大国重器’提供了更有力的人才支撑。”江南造船工会工作部生产宣教室主任应俊向记者讲述了我国第一艘自主建造极地科考破冰船——“雪龙 2”号的“破冰”故事。

当时，厚度超高、结构密、应力集中的破冰刀与外板连接处的焊接成为技术难题，国内没有此类材质的焊接先例，是陈景毅带领团队展开攻关，创新采用“同人数、同参数、同速度”的“三同”分段淬火退焊工艺，仅用 27 天就为“雪龙 2”号装上了“钢牙”。

“高技能人才除了手上有绝技绝招，理论水平、能力构成也需要不断升级。”陈景毅告诉记者，此前在“雪龙 2”号焊接中取得的突破，正是基于自己丰富的知识储备和复合的技能构成。眼下，52 岁的陈景毅，在材料热处理、焊接工艺学等方面仍在不断充电。

在陈景毅看来，技能人才和技术人才的融合趋势越来越明显。在他领衔的技能大师工作室里，除了高技能人才，还有几位成员是工程师。

在江南造船，有陈景毅的这样一段佳话：“每一艘江南重点舰船里都能找到‘陈氏焊缝’，每一个焊接难题里都有一个‘陈氏焊法’。”应俊表示，今后江南造船将承担更多的首制船和高附加值船舶制造任务，企业也期待陈景毅这样的“塔尖”技能人才，帮助企业在创新攻关中攀上新高度。

“李斌之问”有了时代答案

2008 年，江南造船整体搬迁至长兴岛后，全三维建模、数字化加工组立、超大总段组装等世界上最先进的造船技术陆续得到广泛应用。十几年间，这些新技术的应用让企业实现了许多“零的突破”。

“从图纸变成产品，最终还是要靠高水平的技能工人来实现。”在江南造船科技委主任胡可一眼里，新技术的落地生根直至开花结果，都与高技能人才队伍密不可分。

胡可一介绍说，企业对主体工种的培训每年开班，冷门工种 2~3 年滚动开班，实现工种培训全覆盖，年末还会调研培训需求，不断更新技能等级培训的教学大纲。目前，该企业具有技能等级人数占比超过 65%，高技能人才占比突破 26%。

“在造船企业，想要成为高技能人才需要持续的积累。”在陈景毅看来，随着“新八级工”职业技能等级制度在企业的推进落地，技能人才的成长时间线被拉长，有助于让更多技能人才安心留在制造企业。

江南造船人力资源相关负责人表示，企业将聚焦船舶行业特有工种和复合型技能人才培养要求，打破“唯学历、唯身份、唯年龄、唯成果”的评价标准，为技能人才职业发展畅通道、提待遇。目前，企业已经安排首席技师享受企业中层管理人员待遇水平。

“明天谁来当工人?”已故著名全国劳模、上海电气液压气动有限公司液压泵厂数控工段长李斌，曾在中国制造转型的关键阶段提出了著名的“李斌之问”。斯人已逝，但这一追问依旧振聋发聩。

据介绍，如今，在李斌曾经工作和生活过的黄浦江畔，越来越多的青年技能人才正涌向江南造船这样的制造企业，为铸造更多“大国重器”贡献力量，用行动回答“李斌之问”。

»» 【"新八级工"在企业⑥】

"新八级工"制度进一步完善了技能人才成长通道、提升了待遇水平，让技能人才的职业声望和社会地位水涨船高——

开启技能人才"黄金时代"

■ 作者：王维砚
■ 编辑：王维砚 张 菁 郭 强 罗 娟 陈晓燕
■ 2022 年 11 月 07 日 06 版

阅读提示

"新八级工"制度承载着人们对于重塑工人荣光的期待，在推行中备受企业欢迎。要推动"新八级工"制度在更大范围内落地生根，需要进一步细化制度举措，推动该制度与企业原有制度更好地衔接，让更多企业、技能人才受惠。

9 月 26 日起，本报推出"'新八级工'在企业"系列报道，派出多路记者赴江苏南京、浙江杭州、安徽合肥、上海、重庆等地，深入"新八级工"职业技能等级制度试点企业进行蹲点采访。

从报道中看到，技能人才成长"天花板"在被打破，"工人明星"效应充分释放，技能人才走向广阔创新天地，职工创效热情被充分激发，"大国重器"有了更强人才支撑……也看到了"新八级工"制度在职工、企业、行业、社会中产生的积极效应。

"新八级工"制度落地半年有余，这项事关 2 亿技能劳动者的制度将产生哪些深远影响？如何更好地推动这项制度落地落实，让技能人才尽享政策红利？《工人日报》记者采访了有关专家。

重塑工人荣光

近一段时间，庞士宝、李忠敬、邵桐龄 3 位工匠获评全国首批首席技师的消息在淮河能源控股集团的 6 万余名职工中间“激起千层浪”。看到身边的高技能人才冲破职业“天花板”，还能拿年薪，工人们纷纷感叹：技能人才的“黄金时代”来了！

随着“新八级工”制度的落地推开，类似这样的“新八级工”效应，正在更多的企业、工厂上演。

“此前，技能人才成长的‘梯子’整体偏低，‘新八级工’制度增设的特级技师、首席技师，解决了高技能人才向上晋升难的问题。”中国劳动和社会保障科学研究院研究员童天指出，五级变八级，改变的不仅是数字，也为技能人才与专业技术类、管理类等其他人才序列的横向衔接提供了更大空间。

2018 年以来，国家接连发布《关于在工程技术领域实现高技能人才与工程技术人才职业发展贯通的意见（试行）》《关于进一步加强高技能人才与专业技术人才职业发展贯通的实施意见》两份文件，为技能、技术人才职业发展横向贯通搭建“立交桥”。目前，浙江、甘肃、湖北等地已先后评出一批“工人教授”，工程师参加技能等级认定的也不在少数。

纵向加高、横向贯通的“新八级工”制度，不仅极大拓展了技能人才的职业发展空间，激发了他们学技能的积极性，更有助于提升技能人才的待遇水平。

“新八级工”制度明确，特级技师比照正高级职称人员享受同等待遇，首席技师薪酬待遇可参照高管确定。“这让技能人才的待遇有了明确标尺，便于企业在工资分配中参考和落实。”中国职工教育和职业培训协会学术委员会副主任崔秋立告诉记者，“新八级工”制度树立了“多劳者多得、技高者多得”的价值导向，能真正体现技能的含金量。

“新八级工”制度承载着人们对于重塑工人荣光的期待，在推行中备受工人欢迎。在受访专家看来，畅通成长通道、提高待遇水平后，技能人才在劳动力市场的议价能力提升，职业声望和社会地位自然会水涨船高。

夯实制造强国人才地基

今年全国两会期间，一位全国人大代表倡议年轻人“多进工厂、少送外卖”的建议，冲上热搜。这背后体现的是制造业技工短缺的焦虑。

一组数据让这份焦虑更为直观：2020 年我国制造业人才缺口 2200 万；人社部近日发布的 2022 年第三季度全国“最缺工”100 个职业排行中，39 个属于生产制造类职业。

高质量发展呼唤数以亿万计的新型高技能人才，培养和打造高素质技能人才队伍已成为一道必须跨过去的坎。近日，中共中央办公厅、国务院办公厅印发的《关于加强新时代高技能人才队伍建设的意见》也明确提出目标任务——到“十四五”时期末，技能人才占就业人员的比例达到 30% 以上，高技能人才占技能人才的比例达到 1/3。

在童天看来，“新八级工”制度的出台，正是在为技能人才的高质量发展赋能，为制造强国、技能强国夯实人才地基。

童天解释说，伴随智能制造、数字化生产浪潮的兴起，一线生产正从批量生产向定制生产、模块化生产转型，淘汰传统技能的同时，也催生了新技能，对技能人才的能力构成提出了更高要求。

“知行兼具、一专多能、创新创造。”童天用几个关键词为新时代高技能人才“画像”。

记者在采访中也发现，获评特级技师、首席技师后，高技能人才拥有了更广阔的舞台，随着参与创新的层次和水平不断提升，也为企业创造了更大价值。

中国人事科学研究院研究员范巍表示，“新八级工”制度进一步落地实施后，随着技能人才队伍的发展壮大，有利于提升劳动生产率，助推企业实现高质量发展，也有利于促进高技能人才合理流动，让更多“隐形冠军企业”的出现成为可能。

制度落地的关键在企业

从试点情况看，企业是使用和评价技能人才的主体，“新八级工”制度落地的关键也在企业。

记者在采访中发现，这一全新的技能人才评价制度，在落地过程中也遇到了一些具体问题。比如，一些技工院校、职业院校的毕业生，在校期间已经获得技能等级，入职后能否得到企业的认可？新制度和企业原有的技能人才评价制度如何进行衔接？企业在自主评价技能人才时，如何保证技能等级证书的含金量不打折扣？

受访专家认为，技能人才成长成才的顶层设计已经形成，如何进一步细化制度举措，是“新八级工”制度在更大范围内落地生根的关键。

“技工教育、职业教育，要植根于企业、产业。”童天表示，技能人才培养和评价要以用为本。他建议，技工院校、职业院校进一步深化校企合作，将国家职业标准、企业评价标准，运用于人才培养实践，通过校企联合方式对学生进行技能评价。

记者在采访中还了解到，在“新八级工”制度落地过程中，一些企业仍然使用计件和计算工作时长的方式计薪，技能水平的高低并没能反映在工资条上。

受访专家坦言，实现技能等级与收入待遇挂钩，确实是难点问题。在一些企业，技能水平高低对企业产出的影响不明显，实际也反映出企业仍处于低质量发展阶段。但人才培养要算长远账，不愿意在育才上投入反映了一些企业家在认知上的局限，“人才培养投入和企业发展之间，并非此消彼长的关系，而是水涨船高的关系”。

【两会聚焦｜关注新就业形态劳动者①】

“小哥”们的权益保障问题，成为代表委员持续关注的重点——

“企业既然设了外卖骑手岗位，就应承担相应责任”

作者：卢　越　尹雪梅　兰德华
编辑：陈俊宇　沈　刚　赵剑影
2022 年 03 月 07 日 01 版

“企业既然设了外卖骑手这样的岗位，就应该承担相应责任，不能外包出去就不管了。”说这话的，是全国人大代表、中国邮政集团有限公司上海市邮区中心局邮件接发员柴闪闪。与他相对而坐的，是一家外卖平台的几名高管。

一番沟通后，该平台回复称，将在管理制度上加以完善，兼顾企业效益与社会责任。

这是去年 7 月中旬，柴闪闪到该外卖平台总部调研时，与企业进行商谈的一幕。今天，在接受《工人日报》记者采访时，他谈及当时的情景，仍记忆犹新。

作为一名邮政快递从业人员，这两年柴闪闪一直在全国两会上为“快递小哥”的权益保障发声。今年，他又带来了一份关于规范外包类灵活用工的建议。

近年来，随着数字经济的快速发展，新就业形态不断成长，已成为吸纳就业的重要渠道。据统计，我国依托互联网平台的新就业形态劳动者约有 8400 万人。

尽管一系列推动平台经济规范发展、维护新就业形态劳动者权益的政策文件相继出台，但整体上仍有待加强。

去年，柴闪闪参与了一起交通事故的调解。一名外卖骑手撞伤行人后无力赔付，求助所属站点站长。站长拿出的一份合作协议显示，这名骑手已被派遣到了外省某公司。骑手大惊："我从没听过这家公司!"

"外包、分包、转包，外卖骑手如果找不到用工主体，就会落入个人权益无人负责的保障'真空'区。"柴闪闪说。

两会会场之外，几名新就业形态劳动者有着同样的苦闷——

"站点给的底薪是每月 4000 元，按单量分段计价。如果一个月送单量不足 500 单，就拿不到底薪。我也知道身体健康很重要，但不多接单怎么能多挣钱呢?"北京的外卖骑手刘成勇说。

"有时候送餐超时，不由分说被打差评、罚款，申诉很难成功。"做了 4 年外卖骑手的王晓东很委屈。

"一些保险公司针对我们这个群体的意外险，要么加费承保，要么干脆不愿意做。我们没别的保险，一旦出现意外，保障在哪里?"安徽安庆的货拉拉司机段全虎为此很担忧。

"外卖员、快递员普遍面临工作时间长、劳动强度大、没有劳动合同、未参加社保等问题。"全国人大代表、中国邮政集团有限公司大连市中山区分公司胜利桥投递站投递员赵明枝深有感触。一次聊天中，一名"快递小哥"羡慕地对她说："您有五险一金，多好啊。"

安徽省总工会此前开展的一次抽样问卷调查显示，该省新就业形态劳动者中，只有 49.46%签订了劳动合同；84.19%日工作时长超过 8 小时；33.78%没有缴纳社保。

全国人大代表、黑龙江龙电律师事务所主任李亚兰调研发现，一些互联网企业为了规避或淡化责任，将用工关系进行多重分化，一名劳动者可能与多个公司有关联，但又找不到确定的用工主体，有的劳动者还"被注册"成个体工商户，要自担风险。

北京致诚农民工法律援助与研究中心去年的一份调研报告显示，调研组从全国超过 190 万家经营范围包含外卖递送服务的个体工商户中，定位了 160 万个"疑似骑手个体工商户"。

"法律法规有时会滞后于新经济新业态新模式的发展。"李亚兰建议，最高人民法院在出台相关司法解释时，明确用人单位以劳动者注册个体工商户为由规避劳动关系的无效。

“必须探索出一条不同于传统就业形态劳动保护的路径。”在全国政协委员、中国疾病预防控制中心研究员孙承业看来，不能只看到劳动者被“困在算法里”，还要探索利用数字技术破解权益保障难题。“劳动者的健康数据，大多可以通过数字化技术手段获得。如果将这些健康状态信息量化，就可以在监管上蹚出新路子。”孙承业说。

新就业形态劳动者的期盼如何照进现实，代表委员们还在持续讨论着。

（本报北京3月6日电）

【两会聚焦｜关注新就业形态劳动者③】

被“算法”追赶，怎样才能慢下来？代表委员纷纷建言——

制定平台算法，“小哥”们的声音不应缺失

■ 作者：郝 赫 陈晓燕 张 菁
■ 编辑：陈俊宇 沈 刚 赵剑影
■ 2022 年 03 月 09 日 01 版

2021 年 11 月，京东集团召开了首次集体协商会议，职工方代表和企业方代表就薪资待遇、福利保障、职业技能培训等事项展开充分协商，并最终达成一致。消息传出，不少平台企业和新就业形态劳动者欢欣鼓舞。这是新就业形态劳动者在工会的组织下，就涉及劳动者切身利益的事项与平台企业开展平等协商，整合和平衡各方利益的一次成功探索。

今年全国两会期间，围绕进一步扩大工会组织覆盖、畅通新就业形态群体诉求表达渠道、推动平台企业合理制定算法规则等，全国总工会党组书记、副主席、书记处第一书记陈刚等代表委员纷纷建言。

被“算法”追赶引发担忧

代表委员们在调研中发现，不少依托互联网平台就业的劳动者仍被困在平台的“算法”中，为完成定额承受着身体负担、精神压力和安全风险。

一名外卖配送员曾向全国人大代表、中国邮政集团有限公司大连市中山区分公司胜利桥投递站投递员赵明枝“抱怨”所处平台的规则的不合理——因雪天路滑难走，这名外卖配送员配送的订单超时，他被顾客打了差评，非但没赚到钱，还被扣钱罚款。

“平台为什么不能设置特殊情况投诉免责的机制？”每当遇到被平台规则和时间“追赶”着的外卖配送员，赵明枝代表总会忧心他们的安全

问题。

直线距离的测算方式、系统定位延时“失灵”、商家超时将责任转嫁……面对意外情况，平台“算法”并没有给外卖配送员留出多少余地。不仅是他们，网约车司机为了保住平台上和派单相关的“服务分”，长时间人不离车、身心紧张。

“目前，新就业形态劳动者的计酬方式、约束规则等大多由平台单方制定。当组织松散、流动性强的劳动者以个体身份进入平台，很难与平台‘讨价还价’。”全国政协委员、北京金台律师事务所主任皮剑龙指出。

让劳动者的声音“被听到”

如何将新就业形态劳动者组织起来，保障他们的权益？中国工会的基本职责是维护职工合法权益、竭诚服务职工群众。各级工会正在努力实现新就业形态劳动者工会组织覆盖和工作覆盖双提升。

在去年全国两会上，全国人大代表陈刚呼吁要关注新就业形态劳动者权益保障。今年全国两会期间，陈刚代表提出，要进一步扩大工会组织覆盖，认真做好服务新就业形态劳动者工作，推动平台企业、关联企业与工会或者劳动者代表就劳动报酬、支付周期、休息休假和职业安全等事项开展协商，引导有条件的平台企业逐步建立健全职工代表大会制度。

全国人大代表、福建师范大学福建自贸区综合研究院院长黄茂兴在调研中发现，很多新就业形态劳动者表示，希望能找到一个权益有保障、诉求能表达的“家”。

“做好新就业形态劳动者的权益保障，重要一环是要让劳动者的意见和建议‘被听到’。”黄茂兴代表建言，提高这一群体的组织化程度，有序引导新就业形态劳动者加入工会，采取集体协商、民主管理等方式是经过实践检验、行之有效的。

事实上，近年来，在各级工会的努力下，新就业形态劳动者组织化程度正不断提高。数据显示，截至2021年底，全国工会新发展新就业形态劳动者会员超过350万人，4个重点行业12家头部企业全部建会。

努力把工会组织建到劳动者身边

新就业形态劳动者群体数量庞大，行业涉及面广。路已蹚出，如何深化？代表委员们纷纷提出建议。

“应督促和指导平台企业将劳动者劳动安全作为重要指标考量，充分听取劳动者诉求，优化派单机制和考核机制，为劳动者提供安全作业所需的规则算法和基础条件。”赵明枝代表说。

黄茂兴代表认为，要最大限度地吸引零散从业、灵活就业的新就业形态劳动者加入工会，并实现会员信息动态管理；推动通过集体协商制定劳动定额标准等行业规范，督促新业态企业规范用工。

还有代表委员建议，要在新就业形态领域中进一步完善劳动争议协商与调解机制，特别是建立在线解决机制，最大限度降低劳动争议处理的时间成本和经济成本。

陈刚代表指出，各级工会将以贯彻实施新修改的工会法为契机，努力把工会组织建到劳动者身边。拓展入会渠道，推行网上入会、“扫码”入会等新途径，确保流动分散的新就业形态劳动者入会有门、应入尽入。

（本报北京3月8日电）

》》》【两会聚焦｜关注新就业形态劳动者⑤】

代表委员热议深入推进新就业形态劳动者工会工作——

“让工会温暖和凝聚更多劳动者”

■ 作者：陈晓燕　郑　莉　尹雪梅
■ 编辑：陈俊宇　沈　刚　赵剑影
■ 2022 年 03 月 11 日 01 版

“看到那么多外卖员、快递员加入工会组织大家庭，我特别替他们感到高兴，因为我就是在工会的关爱下，一步一步成长为全国劳模。”来自湖北的杨祉刚代表是一位农民工，谈及眼下各级工会正在开展的“新就业形态劳动者入会集中行动”，他由衷地说。

“让工会温暖和凝聚更多劳动者。”今年全国两会上，不少代表委员热议深入推进新就业形态劳动者工会工作。

新修改的工会法明确了新就业形态劳动者参加和组织工会的权利，这意味着随着数字经济蓬勃发展，工会代表维护新就业形态劳动者利益的职责更加明确。全国两会召开前夕，全国总工会召开了全国推进新就业形态劳动者工会工作会议，针对新就业形态劳动者思想政治引领、建会入会、维权服务等工作作出部署，明确要实现两年新发展新就业形态劳动者会员 800 万人以上的目标。

代表委员们注意到，2021 年以来，在党中央高度重视、有关部门支持配合、各级工会共同努力下，涉及新就业形态劳动者的政策文件陆续出台，有关制度机制不断完善，新就业形态劳动者组织化程度持续提高，权益保障取得了明显进展。特别是聚焦货运、网约车、快递、外卖配送等重点行业，全国工会开展了新就业形态劳动者入会集中行动，12 家头部平台企业全部实现建会突破。

如何做好新就业形态劳动者工会工作？这是新时代工会组织面临的全新课题。日前，全国总工会启动“中国梦 · 劳动美——喜迎二十大 建功新时代”主题宣传教育，团结引领包括新就业形态劳动者在内的广大职工听党话、跟党走。来自全国政协总工会界别的委员们认为，这项举措有助于强化对新就业形态劳动者的思想政治引领，在全社会营造关心关爱新就业形态劳动者的社会氛围。“希望挖掘宣传一批事迹突出、亮点鲜明的新就业形态劳动者先进典型，创作一批反映新就业形态劳动者生产生活的文艺作品等，不断满足他们的精神文化需求。”委员们建议。

只有组织起来，才能切实维权。曾多年从事工会工作的李素萍代表认为，工会开展新就业形态劳动者建会入会行动，是吸引凝聚职工、维护职工队伍团结稳定的迫切需要，对于扩大工会组织有效覆盖、密切工会与职工群众联系、巩固党执政的阶级基础和群众基础具有重要意义。

记者了解到，得益于建立“周转池”、在工会网站和头部企业分别开通网上入会端口等方式，安徽新就业形态劳动者工会会员已超40万人。在全国，网上入会、扫码入会等创新举措越来越多，上海、广州等地工会都依托自有平台实现扫码入会，实时入会、实时领取会员证。

“面对新就业形态劳动者从业特点和权益现状，工会组织要敢于突破条条框框和既有模式，不断探索新路子，拓展建会入会新渠道。”丁小岗委员认为。

来自上海的王美华委员，忆及在工会为户外劳动者建设的爱心驿站里看到外卖小哥们喝着饮料、享受片刻闲适的一幕，觉得非常暖心：“工会的这个实在举措，让人感受到了这座城市的温情。”

而在全国各地，有8.6万余个工会户外劳动者服务站点为数以千万计的劳动者提供服务。

同时，工会还联合交通运输部门开展了货车司机职业发展与保障行动，在全国建成数百个司机之家，为司机师傅提供歇脚休憩场所。

不仅如此，各级工会还开展了“工会进万家·新就业形态劳动者温暖行动”服务月活动，以送思想文化、送身心健康、送平安保障、送温暖关爱、送工作岗位、送技能提升等为重点，投入1320万元常态化送温暖资金，帮助解决他们的急难愁盼问题。

全国两会上，这些举措被代表委员们不断提起，纷纷“点赞”。

代表委员们对进一步发挥工会作用，让更多劳动者感受到“家”的温暖提出了更多期盼：“为新就业形态劳动者多办些实事”“希望在更多新业态企业推行集体协商制度”“希望能协调引入更多社会资源，为劳动者提供更多元服务”……

一个个具体而实在的建议，为进一步推动新就业形态劳动者工会工作提供了更多思路和助力。

（本报北京 3 月 10 日电）

【推进“产改”进行时·五年回眸】

作为首批两个全面试点省份之一，江苏持续推动改革扩面提质增效——

先行先试，为“产改”破题

■ 作者：黄洪涛　王　伟
■ 编辑：沈　刚　尹雪梅　赵剑影
邓崎凡　陈俊宇　于灵歌
■ 2022 年 04 月 14 日 01 版

“建立创建产教融合型企业推进机制、加强技能人才队伍建设、推进技能人才评价改革……”日前，新时代江苏产业工人队伍建设改革联席会议办公室印发《2022 年江苏产业工人队伍建设改革工作要点及责任分工方案》，确定 10 项重点实施项目，进一步完善“产改”试点体系，推动改革全面扩面、提质、增效。

2020 年 1 月，全国总工会印发《关于开展产业工人队伍建设改革试点工作的通知》，在一些地方和企业开展“产改”试点。作为首批两个全面试点省份之一，江苏先行先试，以“为全国探路”为己任，积极探索实践、争创特色品牌，努力为全国“产改”贡献江苏力量。

整体布局、系统推进

如何凝聚“产改合力”？江苏把党的领导主线贯穿始终，坚持“党建带工建、促‘产改’”，把党的领导体现到改革全过程各环节。省委连续 4 年将改革纳入常委会工作要点，2020 年起纳入全省高质量发展综合考核，列入省委党建工作要点、省领导联系重点改革任务、重点督查检查事项等。省市县均成立“产改”联席会议，形成了党委统一领导、工会牵头抓总、部门各司其职的工作格局。

先行先试、走在前列。2018 年，江苏印发《新时代江苏产业工人队伍建设改革实施方案》，按照政治上保证、制度上落实、素质上提高、权益上维护的总体思路，提出实施政治建设、赋能成长、维权服务、支撑保障、聚力共建5大工程、23条举措，并出台40项配套文件、明确400多个主要政策点，指导市县全部出台“产改”方案，构建起改革的“四梁八柱”。

在“产改”这项系统工程中，发挥企业的主体作用是个关键环节。江苏引导基层和各类企业首创先试，发挥国有企业带动作用、民营企业主动作用、战略新兴产业示范作用，鼓励“破解机制性障碍、结构性矛盾和政策性问题”。

2020年初，作为江苏首批“产改”试点国企，徐矿集团制定出台“‘产改’10条”，通过3个“强化”、4个“建立”、3个“提升”措施，让产业工人政治上有地位、经济上有待遇、社会上受尊重。今年初，徐矿集团又出台“双十”行动方案，包括巡察述职“双纳入”、代表推优“双提高”、职级待遇“双享受”等行动，为4万多名工人送上一份“大礼包”。

民营企业面广量大，江苏省总工会联合省工商联开办民营企业家“产改”专题示范研究班，聚焦增加民营企业“产改”贡献率。民企红豆集团实行政治有方向、生活有保障、情绪有释放、事业有希望的“四有工作法”，让职工政治上有引领、素质上有提高、发展上有空间、权益上有保障。

创新探索百花开

3月29日，在江苏省职业技能鉴定中心指导下，江苏交通控股有限公司首次组织开展的公路养护工技能等级认定圆满结束。经理论知识考试、技能操作考核、成绩公示和省人社厅线上审核等环节，首批99名公路养护工喜获养护工技能等级认定证书。

江苏交通控股有限公司自推进“产改”以来，一批道路清障员、公路养护工、筑路工拿到了职业技能等级证书，“得到了尊重，有了职业成长空间”。

从产业工人最关心的职业发展问题突破，江苏大力推动行业协会、龙头企业牵头开发职业标准，创新制定半导体芯片制造工等20个新工种的行业评价规范，有效破除制约重点领域技能人才评价的短板。

如何延伸触角，打通最后“一公里”？江苏在重点企业开通“产改”直通车，构建联络员、观察员、指导员“三员队伍”，探索党建、工建、“产改”一体化推进机制，确保“产改”落地落实。

提高待遇是产业工人的共同诉求，江苏在全国率先开展集体协商健全产业工人薪酬激励机制，探索推广职工技术创新、能级工资专项集体合同，引导企业将技术创新成果、职工技能等级等与薪酬分配挂钩，推动实现技高者多得、多劳者多得。

在中车戚墅堰机车车辆工艺研究所，做了20多年铸造工的张剑云，获得工程师职称后，同事们都称呼他“张工”，这源于研究所创新“双师型”人才培养机制，打破评审制度身份界限，制定职业资格、职业技能等级与相应职称比照的参评制度，鼓励高技能领军人才参加工程系列职称申报。

扩面、提质、增效

近日，无锡市政府办公室转发无锡市总工会等14个部门《关于在全市开展“建功‘十四五’奋进新征程”主题劳动和技能竞赛指导意见》，将劳动和技能竞赛作为推进“产改”的重要途径，为广大职工在“十四五”时期发挥主力军作用搭建平台。

产业园区里企业和产业工人集中度高，产业主体相对单纯，企业面临问题相似性大、职工需求重叠度高，无锡新近精选优势产业链，立足8个产业集群和7个特色产业园区推进“产改”，实现从“点”的试行走向“面”的破题。

江苏省总工会、省教育厅、省人社厅联合制定农民工和一线职工学历与技能提升“求学圆梦行动”意见，计划“十四五”期间，为25万名以上的职工提供学习资助。

“我们要肩负起为全国探路的光荣使命，推动改革全面扩面、提质、增效。”江苏省总工会党组书记、副主席徐大勇说，今年，将着力推进分层试点，扩大“产改”覆盖面，全年实现全省各级各类试点总数达1万家左右；聚焦主导产业集群和工业园区，加强上下贯通，形成省、市、县、乡镇纵向到底的“产改”试点格局，推动“产改”试点在一、二、三产业全面覆盖。

》》【推进"产改"进行时｜五年回眸】

得益于"产改"试点综合示范效应，金川集团今年一季度实现营业收入和利税总额同比双增——

"金川样板"：工人好，企业强！

■ 作者：康　劲　通讯员：范建峰
■ 编辑：沈　刚　尹雪梅　赵剑影
邓崎凡　陈俊宇　于灵歌
■ 2022年04月18日01版

金川集团铜业有限公司贵金属分厂提纯班班长潘从明，作为一名来自生产一线的产业工人，2019年获得国家科技进步二等奖、2020年获评全国劳模，还通过甘肃省人社厅组织的评审"绿色通道"获得正高级工程师职称、入选全省拔尖领军人才……他的成长步履正是金川集团公司2万多名一线产业工人昂首迈入新时代的缩影。

金川集团被确定为全国第一批"产改"试点单位以来，破除制度机制障碍，修订制定集团级制度56项、厂（矿）级制度1400多项，涉及人事管理和高技能人才选拔任用、待遇、表彰奖励，扎稳改革的"四梁八柱"，让一线产业工人有地位、有前途、有获得感。

工人好，企业强！近年来，得益于"产改"先行先试的综合示范效应，金川集团面对疫情等复杂严峻的形势，高质量发展蹄疾步稳。企业的营业收入、工业总产值、利税总额持续增长，今年一季度，营业收入624亿元，利税总额36.5亿元，再次同比双增，实现"开门红"，2022年计划实现营业收入3100亿元、工业总产值1900亿元。

创新发明：一线产业工人的"新名片"

在金川集团，敢于创新，善于发明，是一线产业工人的"新名片"。

走进镍冶炼厂成品车间技术点检组，组长高鸣岗在智能化作业区指挥若定。

在这个作业区，高鸣岗先后完成创新成果50余项，获12项国家专利，他主持的“镍板智能定位剪切应用与研究”科研项目投入生产运行，镍板精确视觉定位智能识别技术填补了国内镍行业空白……

如今，在金川集团的每一个作业区、每一条生产线上，都记录着一线产业工人的创新发明的成果。在智慧工厂、人工智能、大数据、5G+等科技创新领域，也处处可见一线产业工人的成果。

在设立每年1000万元的职工技术创新专项基金、每两年举办一次职工技术创新成果展和发挥彭明、潘从明、柴国梁等劳模工匠创新工作室示范引领作用的基础上，金川集团突破科研项目负责人的身份限制，推出“揭榜挂帅”选聘课题负责人制度，不设门槛、不问身份，鼓励高技能人才参与项目负责人竞聘，使一大批产业工人和工程技术人员共同参与公司重点项目、产品开发、工艺革新等科技攻关。

目前，公司有1430名产业工人参与381个科研攻关项目，享受项目津贴。2021年，金川集团申请国家发明专利159项、有469名发明人，其中168名一线产业工人参与申报专利79项。

金川集团还推行科技创新成果和专利利润分成办法，提取专利对外营销净利润的20%奖励发明人员。如今，“人人参与创新、时时都在创新、处处体现创新”的理念落地生根，各级厂矿持续“搭平台、建机制、加动力”，让人才链、创新链与产业链实现无缝对接。

“创新成果变股权，劳模工匠做股东”，为推动产业工人的创新成果实现产品化、产业化，金川集团探索建立高技能人才科技成果入股机制。2021年9月17日，甘肃金川智慧测控技术有限公司成立，在这个“混合”了国有资产、工匠团队、社会资本的初创公司里，金川集团高级技师杨秉松担任企业副董事长、技术总监，企业当年营业收入突破千万元。

职业发展：不设“天花板”，告别“玻璃门”

企业打破管理、技术、生产岗位之间的身份壁垒，不设“天花板”，告别“玻璃门”；打破地域、身份、学历、人事关系等界限，鼓励和引导产业工人争做高技能人才，向重大发展战略、科技攻关、重点建设项目等领域“流动”，给优秀产业工人提供广阔的干事创业平台。

一线生产操作工赵乾祖被提拔为金川化工新材料公司 PVC 事业部副经理；一线产业工人刘忠元担任金通公司经理；从事火法冶炼一线的李自玺提任为铜业公司熔炼车间副主任……“产改”试点以来，有 5 名产业工人被提拔为车间副主任（副经理），43 名一线工人被聘为主管工程师和首席工程师，每月享受专项津贴，6630 名工人晋升技能等级。

集团开展职工素质提升工程，积极举办省级岗位技能比赛，采取“每日一题”“网上练兵”等方式，广泛开展技术培训、岗位练兵、导师带徒、技能比赛等多种形式的素质提升活动。同时，完善网络学习平台，开发适合一线产业工人学习的网络课程，有效对接技能鉴定平台，为一线产业工人学习、晋级提供便利。

企业顺应“金川—境内—海外”的跨国经营格局，建立了海外项目导师带徒激励机制，对项目建设紧缺的台车司机等工种，师傅每培养一名合格徒弟奖励 1000 美元~2000 美元。

有地位、得实惠，处处都有获得感

如今，在甘肃，越来越多金川集团一线产业工人的“声音”被听到。通过企业推荐，有 21 名金川集团的一线产业工人成为省、市、区的人大代表和政协委员。

为推进产业工人参政议政和参与企业管理，金川集团产业工人在党支部支委的任职比例从 2020 年前的 15%提高到 22%，企业职代会中一线产业工人代表的占比从 40%提高到 60%。建立以创新者名字命名技术创新成果和先进操作法的制度，让产业工人有地位、受尊重。

同时，企业树立技能导向激励机制，给予获得“中华技能大奖”“陇原工匠”“甘肃省技术能手”等称号的产业工人每人 2 万~10 万元的一次性奖励。

企业设置井下津贴、高温津贴，绩效和岗位工资向一线产业工人岗位倾斜、向艰苦岗位倾斜、向技能等级高的职位倾斜，对技师及以上技能等级的产业工人每月分别给予高技能人才津贴，加大对关键岗位和有突出贡献技能人才的薪酬激励力度，鼓励各单位对急需紧缺高技能人才实行年薪制、协议工资制和项目工资制等多种分配方式的激励办法。与2017年相比，公司产业工人的薪酬增长翻番。

企业做好安全生产和职业健康工作，全面提高产业工人福利待遇，实施职工健康工程，为在岗职工购买了“百万保障”补充医疗保险，将职工大病帮扶金额最高提升至100万元。同时，充分运用“金川云社区”等新媒体平台，畅通产业工人表达通道，积极回应职工诉求，改善职工生产生活条件，提升一线产业工人的幸福指数。

【推进“产改”进行时·五年回眸】

无锡坚持先行先试、示范引路，建成各层级全覆盖试点体系——

“四度”发力提升“产改”含金量

■ 作者：王　伟　黄洪涛
■ 编辑：沈　刚　尹雪梅　赵剑影
邓崎凡　陈俊宇　于灵歌

■ 2022年05月16日01版

“在竞赛项目上求拓展，在物联网、集成电路、生物医药等先进制造业打造具有全省乃至全国影响力的区域化劳动竞赛品牌……”日前，江苏省无锡市政府办公室转发市总工会等14家单位《关于在全市开展“建功‘十四五’奋进新征程”主题劳动和技能竞赛指导意见》，将劳动和技能竞赛作为推进产业工人队伍建设改革的重要途径、提升职工技能的重要舞台、增强职工获得感的重要载体。

作为江苏首批“产改”全面试点地区，无锡坚持先行先试、示范引路的工作思路，建成了各层级不同所有制、不同规模、不同产业结构全覆盖的试点体系，培育出全国项目试点单位1家、省级试点单位25家、市级试点单位67家、市（县）区级试点单位173家，形成了“产改”的无锡样本。2021年4月，全国推进产业工人队伍建设改革工作经验交流会在无锡召开。

持续拓展“产改”覆盖面的广度

在全国推进产业工人队伍建设改革工作经验交流会之后，无锡提出了试点探路、区域展开、全面覆盖三步走的“产改”推进战略，确定了点、线、面的“产改”推进路径。

2021年，无锡将“产改”由第一阶段的“试点探路”推进到第二阶段的“区域展开”，开始在特色产业园区内全面推进“产改”，实现了

"产改"由点向区域的发展。

"在选定的特色产业园区内全面推进'产改'，提炼工作经验进行推广，最终实现面上的全覆盖。"在无锡市"产改"联席会议办公室负责人看来，在同类企业或产业链企业集聚的特色产业园区内全面推进"产改"有诸多好处：产业主题鲜明、企业聚集、产业工人集中、园区管理独立、管理机构稳定、工作基础较好，推进"产改"工作好入手、爆发力强、带动力大、效果好，更加适合在园区"产改"深度和厚度上做大文章。

宜兴市丁蜀镇素有"中国陶都"之称，现有陶瓷企业900多家，吸附在陶瓷产业链上的职工超过10万人。丁蜀镇研究出台了职业发展、权益维护、机制保障等系列配套制度，加快建设特色产业园"产改"根据地。

在《无锡市推进特色产业园区产业工人队伍建设改革工作指南（2021版）》中，明确了特色产业园区选择标准、相关主体职责、具体操作路径、改革主要内容、推进工作原则等。目前，各市（县）区选择确定了7家"产改"特色产业园区，结合实际制定了各具特色的园区"产改"方案，覆盖企业700多家。

今年，无锡紧扣"产改深化年"目标任务，创新机制，项目化推进"产改"，丰富第一批特色产业园区"产改"内涵，推出了第二批"产改"特色产业园区。

持续推进产业工人思想引领的深度

在推进产业工人队伍建设改革的过程中，无锡始终把思想政治引领定位为整个改革体系的核心，引导产业工人争当推动高质量发展的时代先锋。

2020年，无锡市在全省率先出台《关于加强和改进新时代无锡产业工人队伍思想政治工作的实施方案》，推出"六大行动"26项举措。目前，无锡市共有产业工人党员98927人，在整个产业工人群体中占比达22.4%。其中2019年以来发展产业工人党员10213人，年度增长率达47.5%。近5年来，市劳模推荐评选中产业工人占比超过30%。产业工人党员和劳模占比折射出产业工人的硬实力。

“作为一名党员，一名普通的电力电缆工人，获得大奖，既感光荣，更有责任！”2020 年 1 月，国网无锡供电公司职工、全国劳动模范何光华带领的劳模创新工作室和劳模党支部主研项目获国家科技进步奖二等奖。无锡已有市级以上劳模（职工）创新工作室 117 家，建立劳模党支部 16 个、党员先锋岗 92 个。“在劳模创新工作室中成立党支部，既可以提高职工的业务能力，又增强了职工的政治素质，把劳模的榜样力量、党员的人格力量充分发挥和调动起来，将巩固党的群众基础和实施制造强国战略叠加起来。”无锡市总工会组织部负责人说。

江阴市高新区生物医药产业园探索建立党建、产改、工建一体推进长效机制，将“产改”纳入园区党委、企业党组织党建工作内容，实施生物医药“红色基因”工程。惠山区高端装备产业园依托党工联建特色品牌工程，把园区划分 16 个网格，把党的建设延伸到企业的车间一线。新吴区微纳园发挥园区党群共建机制优势，联系引导各类协会志愿者等参与“产改”，调动社会力量承接服务产业工人的工作项目和活动。

持续拓展产业工人赋能成长的宽度

红豆集团流行这样一句话：培训是企业送给职工的最好福利。作为试点企业，集团每年投入大量资金，分类分层培训，建立终身学习制度，职工每年必须学满一定学分才能获得次年加薪的资格。

“我工作的这几年，就是一个技术积累、技能提升的过程。”SK 海力士半导体（中国）有限公司 90 后职工周杰告诉记者，他刚入职 SK 海力士这样的技术密集型企业时，深感“技术恐慌”。好在公司设有“人力开发院”，工会还有“奖学金式自考与技术考证培训制”，周杰根据自己的技术等级修满学分，获得新的职业晋升资格。如今，周杰已是一名掌握核心技术的工程师，负责 800 多道生产工序的品质监督，成为新员工的导师。

为打破产业工人成长晋升“天花板”，从红豆到海力士，无锡一批单位先行先试，搭建技能提升平台，为产业工人成才找到途径。江阴市“像办学校一样办工厂”，涌现一批“企业大学”；宜兴市三大支柱产业建立协商机制，畅通产业工人发展通道……

据介绍，2020 年以来，无锡市共有 4346 家企业的 342266 名职工参加了线上技能培训。2021 年全市开展补贴性培训 111 万人次。同时，发挥技工院校在促进产业工人素质提升中的引领作用，深化技工教育产教融合，指导校企共建实训基地 44 个、特色产业学院 4 所。

近年来，无锡市获评中华技能大奖 1 人、全国技术能手 41 人，获评江苏大工匠 3 人、江苏工匠 38 人，获评江苏省技能大师工作室 16 个、江苏省企业首席技师 104 人。

持续增强壮大产业工人队伍的力度

随着无锡“创新驱动核心战略+产业强市主导战略”的实施，“产改”让一批技术工人迅速成长为高技能人才，为打好产业强市纵深仗提供了坚实支撑。2019 年以来，无锡市新增高技能人才 7. 18 万人，仅 2021 年就新增高技能人才 4. 3 万人，创历年之最。目前全市每万名从业人员中高技能人才超千人，一批“大国工匠”级的产业工人脱颖而出。

高技能人才的不断涌现，助推了无锡高质量发展。去年，无锡人均 GDP 约 18. 74 万元，居全国前列。在国家创新型城市创新能力评价中，位居全国地级市第二。

无锡制定了技能人才与产业发展深度融合示范城市工作方案，明确 9 大举措 38 项具体任务。无锡市人社局职业能力建设处负责人介绍说，无锡支持企业自主培养高级工以上产业工人，从 2018 年底的 36. 2 万人，增长至 2021 年底的 48. 9 万人。

“接下来，我们会继续锚定航向、创新思维，持续深入推进‘产改’工作，让‘产改’真正成为产业工人队伍素质提升的新引擎。”无锡市总工会党组书记、副主席吴涛说。

【怎样让年轻人愿意进工厂②】

代表委员关注技术工人收入增长问题——

技能的价值要体现在工资条上

■ 作者：罗筱晓　陈晓燕
■ 编辑：郭　强　罗　娟　徐新星　关晨迪
■ 2022年03月08日02版

“今年我将从加强技能人才职业通道顶层设计的角度，为提高技术工人的待遇提出建议。”5次参加全国两会，全国人大代表，安徽淮北矿业集团公司高级技师、高级工程师杨杰每一次都会关注一线工人的收入问题。

当技能人才的薪资待遇与他们的贡献不匹配时，行业的吸引力必将进一步减弱，让三者达成平衡相互促进，是弥补制造业人才缺口的关键一步。代表委员呼吁，要让技能的价值体现在工资条上。

技能人才总体收入偏低

今年8月，全国人大代表、山海关船舶重工有限责任公司船舶钳工马加友将要退休。从事船舶修理工作的马加友代表工作了39年，作为高级技师，他的工资条上，每月的技术津贴只有400元。

几年前，全国人大代表，富奥汽车零部件股份有限公司泵业分公司焊工、高级技师丁照民在一所职业技术学院成立了大师工作室。他发现，每年学校的焊工专业只能招到大约30名新生。

来自国家统计局的数据显示，2020年，全国制造业规模以上企业就业人员年平均工资为74641元。相比之下，信息传输、软件和信息技术服务业规模以上企业就业人员年均工资为175258元。前者还不及后者的一半。

作为行业风向标的高技能人才，收入情况也不容乐观。上海市总工会的调研显示，该市两位评上高级技师近20年，获得国家科技进步二等奖、中华技能大奖等荣誉的全国劳模，工资报酬仅相当于他们所在企业获得高级职称 5 年的工程技术人员。

杨杰代表在一家企业调研时得知，虽然这家企业已经推行“新八级工”制度，最高级别的首席技师也实行了年薪制，但是技能人才的总体收入依然偏低。

“有热爱支撑，收入就不再是单一问题了”

丁照民代表一直有个遗憾：因为当焊工收入低，他最得意的一名徒弟转岗了。转岗后徒弟的收入确实高了一大截，“可好不容易学的手艺就丢了”。

丁照民代表一直期盼着提高技术工人待遇的政策出台落地，再把徒弟“要”回来干技术。

近几年，《关于提高技术工人待遇的意见》《技能人才薪酬分配指引》《“十四五”职业技能培训规划》等一系列政策接连出台，产业工人的地位、待遇得到明显提升，但丁照民代表期待，“落地速度再快点”。

采访中，杨杰代表和丁照民代表同时提到，作为我国技术领域最高奖项——中华技能大奖的获得者，他们并没能在工资薪酬、职务晋升、期权股权等方面享受到特别待遇。

还有，部分企业的分配方式不合理，导致尽管企业规模和利润上升，工人工资却增长缓慢。

“当然，企业也有苦衷。”说起一线工人的工资，全国政协委员、武汉智能电梯有限公司董事长陈纯星表示，“制造业多是劳动密集型企业，大多数利润不高，如果再增加用工成本，企业生存就会有问题。”

从事数控加工 33 年，全国人大代表、中国航天科工三院 239 厂首席技师戴天方从普通技术工人成长为“大国工匠”。戴天方去德国培训学习时，看到当地二三年级的小学生就进入实训基地，孩子们对制造业充满了好奇。他开始意识到，激发青少年对制造业的热爱和情感，促进人才培养和兴趣相结合是行业需要思考的问题。“有热爱支撑，收入就不再是单一问题了。”

共同推动技能人才收入增长

杨杰代表建议，要打通管理层和技术层的职业通道，以平等原则重塑管理人才和技能人才的薪酬体系，让高水平工人安心留下来。

全国人大代表、山西华阳集团一矿机电工区副主任姚武江很是自豪企业的薪酬制度："我们实行的是'W薪酬体系'。"他解释说，在这一体系中，无论是技术岗位、管理岗位还是操作岗位，只要从业者能力强、业务好，收入就能在同一水平线上。

在山东豪迈机械科技股份有限公司，这样的尝试也已持续了许多年。全国人大代表、豪迈公司电火花小组组长王钦峰介绍，公司实施内部选拔机制，只要符合要求，职工可以在管理、技术、销售等岗位间进行调动。在豪迈工作了近27年，王钦峰代表已轮换了18个岗位。由于公司技术津贴优厚，工作出色还能认购股份，因此技术工人月收入过万元也是常事。

在全国政协委员、广东技术师范大学副校长许玲看来，制造业技术工人收入要提高，前提是企业要转型升级，掌握核心技术，进军高价值产业链，提高利润率。"只有这样，制造企业才能有底气给技能人才涨工资、提待遇。"不过，要实现这个目标，离不开"技能赋值"。

陈纯星委员期待有更多针对制造业的扶持政策措施出台，有更多资本流入实体经济，"大家共同努力，推动技能人才收入迈上新台阶"。

（本报北京3月7日电）

【怎样让年轻人愿意进工厂⑤】

代表委员热议厚植工匠精神的社会土壤——

把工匠精神“种”进年轻人心里

作者：王维砚　赵　琛
编辑：郭　强　罗　娟　徐新星　关晨迪
2022年03月11日02版

“让工人更有价值感、获得感，感受到穿工装的职业荣光。”全国劳动模范、东方电气（广州）重型机器有限公司电焊工白映玉代表回忆起1991年拿到第一套蓝色工装时的情景：18岁的她穿着工装，脸上写满了兴奋与自豪。

“当时，工人是个让人羡慕的职业。”白映玉代表激动地说。

健全公共服务，关注年轻工人的精神需求和求技渴望；转变观念，从生产一线获得从“工”到“匠”的成长动力；厚植劳模精神、劳动精神、工匠精神的社会土壤，让年轻人感受到劳动光荣、技能宝贵的社会氛围……今年的全国两会上，代表委员们建言献策，推动更多年轻人走进工厂，成长为产业工人大军中的一员。

提升工人的“精神收入”

“工厂到宿舍两点一线，很多男职工交不到女朋友，有的园区离市区很远，职工子女入托、上学都不方便。”顺多利机车公司质量管理部副经理钟正菊委员对记者说，“这个问题一定要帮我呼吁一下。”

“去年招了6名职校毕业生，后来集体辞职，因为工厂生活太单调。”类似的情况，也在山东临沂宝恒钢结构有限公司总经理张建伟代表所在的工厂里发生。

在代表委员的调研中，精神文化生活匮乏、周边配套设施不足，把一些年轻人“挡”在工厂大门之外。钟正菊委员建议，进一步完善工厂和园区周边的配套设施和公共服务，满足职工多元需求。

民建广东省委会副主委、广东技术师范大学副校长许玲委员呼吁，要提升工人的“精神收入”。许玲委员还建议，根据用工稳定性、职工技能获得率、高技能人才占比等指标对企业进行考核，对“重视工人、培养工人”的企业给予政策支持。

小康集团董事长张兴海代表希望，进一步加大对企业在岗培训的政策保障及资金支持力度，推动产业工人提升技能，实现高质量就业。

“耐得下性子，总有一天会发光”

“学技能、进工厂还有前途吗?”去年，在一次“劳模进校园”宣讲活动中，有一位职高学生向全国劳动模范、常州老三集团工会主席李承霞代表抛出这个问题。

“当然，未来智能制造需要你们这样的年轻血液涌入。”这次互动问答，让李承霞代表意识到，迫切需要对青少年进行劳动教育，让他们认识到学技能的价值，树立正确的就业观。

“一些年轻人眼高手低，不愿放下身段去车间。”代表委员们指出，当下，社会上存在这样的浮躁心态。

“培养技工与培养医生、老师是一样的。”哈尔滨东安汽车动力股份有限公司研发中心高级技师苗秀代表建议加大宣传，“要让他们了解，一名技工要真正成长起来，至少需要 5 年～8 年，也许短期内看不到成效，但只要耐得下性子，总有一天会发光。”

2020 年，白映玉代表获评广东省广州市南沙区第二届“南沙金牌工匠”，获得 100 万元的奖励，徒弟们备受鼓舞。

在代表委员们看来，需要改变的，还有年轻人对工厂的“刻板印象”。

“很多学生和家长觉得制造业就是‘苦脏累’的代名词。其实，很多现代化工厂是无尘车间，工人的劳动强度已经大大降低。”松下家电（中国）有限公司松下康养商品营销部全域营业课课长刘廷代表所在的企业，从前端零部件的入库、出库，到成品的码垛、搬运都实现了自动化。

追星就追“大国工匠”

“通过可感知、可触摸的方式，引导青年一代追星就追‘大国工匠’这样的星。”江苏省南京市人大常委会主任龙翔代表建议，在国家层面建立重大工程项目中增设礼敬劳动者内容的具体制度。

民建浙江省委会副主委、浙江金融职业学院院长郑亚莉代表和白映玉代表不约而同地提到设立“中国工匠日”。

两位代表还建议，通过评选表彰劳模工匠，建设劳模工匠展示场馆、主题公园，举办劳动和技能竞赛，开展工匠进校园、进工厂等活动，把工匠精神“种”进年轻人的心里。

国网冀北电力唐山供电公司二次检修中心四级职员兼二次运检一班副班长李征代表建议，针对技艺高超、对国家和社会作出杰出贡献的高技能人才，设置兼具荣誉激励和人才评价作用的“工人院士”制度，给予“技能明星”更高的经济待遇和社会地位，使其成为产业工人成长的标杆。

不断提升劳模工匠在年轻人中的知名度、影响力、号召力……在代表委员的热议中，推开工厂的大门，一条技能之路正闪闪发亮。

（本报北京3月10日电）

【“问诊”互联网医院①】

有的复诊量较去年同比增长200%多，有的日寄出药品超200单——

“指尖上”的医院用上了吗?

作者：窦菲涛　刘　旭　刘友婷
编辑：陶　稳　成　露
2022年06月18日02版

编者按

作为“互联网+”的重要应用成果，互联网医院具有实体医院无法相比的便捷性，用户足不出户就能完成就医配药。新冠肺炎疫情发生后，互联网医院的优势进一步彰显，接诊量也大幅提升。

近期，《工人日报》记者在北京、辽宁、广东等地采访发现，一方面，一些互联网医院确实为群众寻医问药提供诸多便利；但另一方面，互联网医院在运营中也存在不少“堵点”，如医保支付尚未普及、医生对线上问诊积极性不高、各互联网医院之间数据不互通，以及个人信息安全问题令人担忧等。如何疏通互联网就医“堵点”，让互联网医院真正成为守护群众健康的好帮手？从今天起，本版推出系列报道《“问诊”互联网医院》，敬请读者关注。

“终于解了‘断药’的燃眉之急!”近日，家住北京市朝阳区的陈女士通过北京大学第三医院互联网医院线上复诊，顺利收到了医院配送的急需药品。

新冠肺炎疫情发生以来，线下问诊变得困难，很多医院诊疗服务减少。《工人日报》记者采访发现，互联网医院为缓解疫情下的问诊难题提供了解决思路。

近两年，各地互联网医院不断扩展线上医疗服务项目，向患者提供预约挂号、专科咨询、在线复诊、在线续方、药品配送等服务，极大地方便了群众寻医问药，同时减少了人群聚集导致的交叉感染风险，通过互联网医院寻医问诊的患者也越来越多。

缓解疫情下就医焦虑

今年4月，甲亢患者陈女士需要去医院复诊开药，但由于所住小区被划入临时管控区，无法外出，她一度感到焦虑不安。情急之下，陈女士想起就诊时，主管医生曾介绍过互联网医院有复诊功能，她抱着尝试态度下载了“北医三院”App。

按照App页面指引，陈女士顺利找到了自己的主诊医生，并很快完成了复诊续方。

“从患者角度看，使用互联网医院确实能节省不少时间，患者足不出户就能收到药品。对医院而言，线上诊疗降低了疫情院感风险，减少了医疗资源浪费，增加了医疗服务供给。”北医三院医务处处长、互联网办公室主任胥雪冬说。

在胥雪冬看来，互联网医院还能帮助患者获得更高质量的线下医疗服务。例如，患者可以先在互联网医院预问诊，精准确定就诊科室，减少往返各科室排队挂号时间等。

近日，困扰沈阳市民马潇的一个问题终于解决了。原来，从4月初起，马潇的体温持续一周在36.8℃~37.2℃。因为与新冠肺炎确诊病例有时空交集，居家隔离期间，尽管连续5天核酸检测阴性，但她仍有些担忧。

在女儿的帮助下，62岁的马潇通过辽宁中医药大学附属医院互联网医院，免费咨询了发热门诊白晓红医生，得知“体温未超过37.3℃不算发热，属于正常温度范围”，马潇心中的疑虑得以解除，而这前后仅用了几分钟时间。

为满足更多患者疫情期间的就医需求，近期，北医三院互联网医院还新增了免费药事咨询、护理咨询、自助预约检查等患者亟须的服务项目。例如，针对疫情防控背景下肿瘤患者、心血管疾病患者、新生儿等特殊群体需求，由专业护理团队免费提供咨询和康复指导服务。

互联网医院业务量增长显著

“主诊医生开出处方后，药师进行处方审核及药品调剂，随后与专门的物流配送人员共同核对、封装、打包，交由物流公司配送。”陈女士告诉记者，这次足不出户的诊疗，让她体会到了互联网医院的便利。

北医三院 App 自 2018 年 2 月上线以来，注册量迅速增长，截至今年 4 月底，已经有近 92.6 万注册用户。胥雪冬说，今年 1～4 月，北医三院互联网医院互联网复诊业务量较去年同比增长了 244.12%。

记者采访了辽宁多家互联网医院平台、在线医生和就诊患者发现，互联网医院的建设正在有序推进。其中辽宁中医药大学附属医院互联网医院，包含内科、外科、妇产科、儿科、康复中心等 10 余个科室近百名医生参与互联网医院运作。

据介绍，截至 4 月 20 日，辽宁中医药大学附属医院互联网医院仅发热门诊 5 名主任医师已接诊及完成咨询 1.3 万人次。

国家卫健委数据显示，截至 2021 年上半年，全国已经设置审批 1600 余家互联网医院。《2021 中国互联网医院发展报告》显示，综合医院成为建设互联网医院的主体，占比近 7 成。

记者在深圳走访了解到，今年 3 月，北京大学深圳医院互联网医院月接诊量超 5000 人次，日寄出药品超 200 单，缓解了线下的诊疗压力。

除了公立医院，符合条件的第三方机构也可以搭建互联网信息平台，开展远程医疗、健康咨询、健康管理等服务。

京东健康互联网医疗部总经理胡亚男介绍说，京东健康互联网医院已覆盖超过 15000 家医院，入驻超 4.5 万位副主任医师及以上职称的医生。“2021 年，京东健康互联网医院日均在线咨询量超过 19 万次，较 2020 年同比增长 90%。”

尚有多个堵点待疏通

北京大学深圳医院感染性疾病科诊室主治医师李雅琴在采访中表示，互联网医院线上问诊是对线下诊治的有效补充，对就诊人员进行分流，缩短了等待时间，对缓和医患关系也有一定作用。

“公立医院互联网医院最大的特点是可以实现诊疗服务线上线下一体化衔接。”胥雪冬表示，患者的健康管理和医疗服务形成闭环，线上线下互相补充衔接，治疗具有连续性。同时，公立医院互联网医院还具有严格的准入机制，拥有完善的药学、病历质控机制。

胡亚男指出，具有互联网、技术等相关背景和能力的企业能利用技术、运营、供应链等优势，提高诊疗效率。以京东健康互联网医院为例，依托京东健康医药供应链，可以更快地配送药品，80%自营药品订单可以实现次日达。

不可否认，近两年互联网医院数量大幅上涨，为大众诊疗提供便利，尤其疫情期间，一定程度上解决了封（管）控区群众寻医问药难题。但是，互联网医院在运行中还存在一些“堵点”，《2021中国互联网医院发展报告》显示，超九成互联网医院处于建而不用或浅尝辄止状态。

记者在调查中也了解到，很多互联网医院存在医保支付尚未普及、医生对线上问诊积极性不高、各互联网医院之间数据不互通，以及个人信息安全风险等问题。

如何真正实现数据多跑路、患者少跑路，为更多人解决就医难题？互联网医院应反思“堵点”，争取在现有基础上发挥出更大效用。

》》【“问诊”互联网医院③】

有的医生完成线下高负荷工作量后，再利用休息时间线上接诊。有的医生虽为主任医师一次线上接诊也只有9.6元——

医生“上线”，激励机制如何“在线”？

■ 作者：刘　旭　刘友婷　窦菲涛
■ 编辑：陶　稳　成　露
■ 2022年07月04日03版

阅读提示

一些医生对互联网医院的积极性不高，一方面由于线下医疗服务需花费较多时间和精力，另一方面互联网医院的诊疗服务定价不尽合理。有医生建议，要为医生线上出诊提供“阳光收入”，相关部门也要及时制定互联网医院诊疗的相应规范及物价标准，完善绩效激励评价机制。

“线上接诊时要先了解患者主诉，详细询问病史，查看病历资料，再给予患者治疗建议，开具药品处方并书写病历。”北京大学第三医院耳鼻喉科副主任医师、互联网医院医生张珂向《工人日报》记者介绍了她线上接诊的流程。

互联网医院为医患沟通架起了新桥梁，依托线下医院，很多互联网医院还入驻了力量强大的医生队伍，为群众寻医问药提供便利。但是记者在北京、沈阳、深圳等地采访中了解到，不少医生对互联网医院的积极性并不高，有的互联网医院医生甚至存在零出诊、零评价、零回复现象。

《2021中国互联网医院发展报告》显示，互联网医院真正能实现有效持续运营的不足10%，大部分处于建而不用或浅尝辄止的状态。北京大学深圳医院副院长赵永胜表示，互联网医院真正落地的最大困难在于如何调动医生的积极性。

医生利用闲暇时间回复患者

2018年，经过严格培训和准入考核后，张珂正式成为北医三院互联网医院的一名医生。在她看来，互联网医院不仅能让患者和医生保持联系，方便及时、顺畅沟通，也能在一定程度上改善医患关系。

据介绍，很多互联网医院有严格的医师准入机制，医生不仅要具有医师证、实体医院执业资格证以及独立临床经验，还需要取得互联网医院执业资质。

北医三院医务处处长、互联网医院办公室主任胥雪冬在《工人日报》记者采访中表示，线上接诊能及时满足患者的复诊需求，从而将线下门诊资源更多地提供给首诊患者。同时，通过线上线下一体化衔接，患者的健康管理和医疗服务能形成闭环，使得治疗具有连续性。

互联网医院为患者寻医问药提供了诸多便利，但是很多医生却对此积极性不高，一些医生仅把互联网医院的工作当成“副业”。

张珂直言，在日常工作中，她首先要保障线下医疗服务的时间，接诊互联网医院患者则主要利用休息时间或碎片化时间完成。目前，她平均每周在互联网医院接诊30余人次。

今年4月，记者在北京大学深圳医院感染性疾病科诊室看到，主治医师李雅琴正用手机通过互联网医院平台，对线上患者的问诊进行答复。她告诉记者，线上有患者问诊，医生会收到短信通知，一般也是利用休息时间回复。

线上诊疗服务定价不尽合理

除了在工作时间难保证，《工人日报》记者在采访中还发现，互联网医院诊疗费定价不合理，也是医生积极性不高的原因。

沈阳一家三甲医院内科主任医师周雯告诉记者，其实在互联网医院出诊并不比线下轻松，而且出诊时不同级别的医生均按普通门诊诊察类项目价格收费，主任医师和医师的诊疗费都是9.6元。

“诊疗服务定价不尽合理，存在‘一刀切’现象，不能充分体现医务人员的劳动价值，这也在某种程度上挫伤了高级别医务人员的积极性。”周雯说。

周雯还直言，相比线下，她在线上为每位患者身上花费的诊疗时间要多出 20%，有时为了确定患者的病情，可能需要花更多时间与患者在线交流，而且大部分诊前咨询是免费的。

《2021 中国互联网医院发展报告》指出，以线上复诊为例，北京收费 50 元，而医院知名专家线下普通号是 100 元，特需号是 300 元。

深圳市妇幼保健院互联网医院相关负责人对此也深有同感，“目前的线上诊疗费难以调动医生积极性，医生完成线下高负荷工作量后，利用休息时间开展线上问诊服务，耗费不少时间和精力，而只能收取最低诊疗费标准，即 25 元，难以调动积极性”。

为医生线上出诊提供“阳光收入”

“增加医生的活跃度，需要为医生线上出诊提供‘阳光收入’。”周雯表示，新冠肺炎疫情下，线下诊疗受限，这对医生上线并持续提供线上服务起到催化作用。“不过，要想让医生真正拥抱互联网医院，并参与其中，还需要满足医生的多元化需求。”

《2021 中国互联网医院发展报告》强调，对医院建立有效利益分配机制和成本补偿机制，对医生建立有效的绩效激励评价机制，是互联网医院实现可持续发展的第一大前提。

报告还指出，互联网医院整合了线上线下流程，相对传统诊疗服务来说，业务模式和用户就诊路径也发生了很大变化，对医生的绩效激励如果不能跟随业务调整，势必会制约互联网医院的发展。

《国家医疗保障局关于积极推进“互联网+”医疗服务医保支付工作的指导意见》规定，定点医疗机构提供符合规定的“互联网+”医疗复诊服务，按照公立医院普通门诊诊察类项目价格收费和支付。

赵永胜表示，为提高医生积极性，北京大学深圳医院每周定期开互联网医院例会，同时将诊金全部作为医生绩效奖励。

张珂建议，相关部门及时制定互联网医院诊疗的相应规范及物价标准，完善不同角色人员的绩效激励评价机制，让医生、护士、药师和技师的劳动价值能分别得以体现。

【“问诊”互联网医院④】

有的地方几十家三甲医院互认检查检验结果，但在互联网医院，别家医院的报告数据却不被认可——

线下检查结果能互认，线上为何行不通？

作者：窦菲涛　刘　旭　刘友婷
编辑：陶　稳　成　露
2022年07月09日02版

阅读提示

“数据孤岛”问题也是互联网医院发展中的“堵点”之一。数据不互通，容易带来重复和额外检查，浪费医疗资源，增加患者看病成本，也不利于医生对病情进行综合判断考量。专业人士指出，互联网医院应加强顶层设计，定位平台化发展，打破“数据孤岛”，同时，还应完善监管制度，保障患者隐私安全。

辽宁沈阳的郭悦，患有甲状腺功能减退，新冠肺炎疫情出现后她一直通过互联网医院复诊，“线上就诊高效便捷，药品直接从医院药房送到家，安全可靠”。

但是，郭悦直言，在互联网医院就诊也有绕不开的难题，“我在家附近的二甲医院检查甲功三项，再到另一家互联网医院复诊，以前的报告数据是不被认可的，需要重新做检查”。郭悦在长期跑医院的过程中还发现，辽宁几十家三甲医院互认检查检验结果，但是放在互联网医院上却行不通。

《工人日报》记者在辽宁、北京、深圳等多地采访了解到，很多互联网医院处于“数据孤岛”状态，患者的生命体征信息、疾病信息、影像检验报告、互联网诊疗记录、药品使用等基础数据并不能在医院之间共享，各互联网医院几乎“各自为政”。此外，作为信息互联互通的另一面，互联网医院用户信息安全问题也受到关注。

打破“数据孤岛”方便患者线上就诊

“实现患者既往就诊信息共享，有利于医生对病情进行综合判断考量，还能有效利用各家医疗资源，避免重复和额外检查，浪费医生、患者时间。”北京大学深圳医院医务部主任张宁波在接受《工人日报》记者采访中说。

北京大学深圳医院感染性疾病科诊室主治医师李雅琴表示，与面对面就诊相比，线上问诊无法直接观察患者情况，医生给出的建议会相对保守。“如果进一步完善互联网医院系统，让不同医疗机构共享患者的检查报告，能有效避免患者口述不准确的情况，让患者线上就诊更加高效便利。”

据了解，目前，北京市公立医院建设的互联网医院，相互之间也尚未实现全面的互联互通。

中国社会科学院健康业发展研究中心副主任陈秋霖指出，公立医院建设互联网医院，要打破“数据孤岛”，提高信息沟通效率，需要加强顶层设计，定位平台化发展，采取政府搭建互联网医疗信息平台或者利用第三方平台的方式，实现医疗健康信息的互联互通。

北京大学第三医院医务处处长、互联网医院办公室主任胥雪冬认为，在保障安全的前提下，实现患者诊疗资料共享，这需要医疗机构确保病例资料和检验检查等数据的完整性、准确性和及时性，以及信息接口等做到技术规范统一，完善互联网医院与共享平台的数据接入和授权机制，保障数据传输的安全性，以及患者隐私的安全性。

既要互联互通也要保障信息安全

互联网医院就诊数据互联互通的另一面是患者个人信息安全问题。在线上就诊过程中，患者的生命体征、疾病、诊疗记录等个人信息都需要在线上进行传递，信息安全存在泄露隐患。

疫情发生以来，深圳市民陈芳玲几乎每月都会在互联网医院问诊。谈起信息泄露，她表示，在大数据时代，这是无法避免的。“但如果在靠谱的线上医疗机构就诊，我认为信息安全还是能保证的。”

张宁波指出，正如某些移动应用能通过后台收集数据，了解用户喜好后再进行有针对性的广告推送，互联网医院也同样存在数据安全风险。

“但是，医院有明确的网络安全管理制度保护患者隐私。医生日常操作也需要设置密码管理。”张宁波说，“若因诊疗需要，查询患者既往就诊情况，操作系统会严格对应到每位医生的工号。”

北京清华长庚医院医务管理部部长谢志毅表示，设立互联网医院需要经过严格的安全资质审查，医院也会按照线下诊疗的隐私保护标准同步要求线上诊疗。

在胥雪冬看来，完善监管制度、优化监管技术手段，以及建立数据泄露应急预案，需要被纳入互联网医院常态化安全管理体系的重点工作范畴。

根据《互联网医院管理办法（试行）》，互联网医院信息系统按照国家有关法律法规和规定，实施第三级信息安全等级保护。2022 年 2 月公布施行的《互联网诊疗监管细则（试行）》也提出，医疗机构应建立网络安全、数据安全、个人信息保护、隐私保护等制度，并与相关合作方签订协议，明确各方权责关系。

让互联网医院作用进一步发挥

据了解，一些地方已经针对互联网医院信息互联互通作出尝试，有的还针对互联网医院患者信息保护出台了更为详细的规定。

2017 年，北京市卫生健康委印发通知，要求 30 家试点医院全部实现电子病历信息的共享调阅。谢志毅告诉《工人日报》记者，作为此次试点医院之一，北京清华长庚医院已经实现了电子病历信息共享，只要患者授权同意，医生可以调阅查看患者在非本医疗机构的相关诊疗资料。

沈阳一家三甲医院内科主任医师周雯在采访中表示，目前，部分地区已经探索成立区域医疗集团，集团内部医院能共享患者信息。

在患者信息保护方面，去年，宁夏印发了《宁夏互联网医院不良执业行为积分管理办法（试行）》，其中包括互联网医院发生未妥善保管患者信息，非法买卖、泄露患者信息，以及发现患者信息和医疗数据泄露等问题，并未立即采取有效应对措施时，将对涉事医院进行相应处理。

互联网医院的产生顺应了移动互联网发展趋势，给群众就医带来了切实便利。但记者在多地调查采访发现，很多互联网医院处于“建而不用”“雷声大雨点小”状态，互联网医院要想从“花架子”变成“真把式”，需一一疏通医保支付尚未普及、医生积极性不高、数据无法互联互通等“堵点”。

张宁波认为，互联网医院如果利用得好，未来能发挥的作用将不止于寻医问药。例如，可以充分发挥其整合线上线下诊疗功能，做好院后管理。“若收费项目适当放开，互联网医院还能根据群众健康情况、需求，配备相应的健康管理师，甚至为其制定合适的运动、饮食方案等，助力提高社会整体健康水平。”

【竞业限制，如何平衡劳动者权益和企业利益①】

保安、厨师、剪发师、酒水推销员、清洁工等曾被竞业限制，还有企业要求全员签竞业协议——

一些企业滥用竞业限制让普通员工很苦恼

专家建议，应完善竞业限制的相关法律法规及司法解释，明确判断负有保密义务的人员范围的客观标准

作者：杨召奎
编辑：杨召奎　刘建民　刘津农
2022 年 01 月 10 日 04 版

开栏的话

近年来，有关竞业限制引发的劳动争议案件有明显上升的趋势。劳动者跳槽、离职带走原用人单位的商业秘密，进而造成原用人单位经济损失的案件时有发生，而用人单位为保护商业秘密，滥用竞业限制制度对劳动者进行限制的情况也并不鲜见。

为此，从今天起，本报就竞业限制引发的一些劳动争议案件进行系列报道，并采访专家就竞业限制存在的问题深入探讨，以期引导用人单位合理使用竞业限制制度，防止任意扩大主体范围限制劳动者自由择业。同时，引导劳动者诚实守信、合理选择自己的工作岗位，避免违反竞业限制义务损害企业的合法利益。

本报讯（记者杨召奎）竞业限制是一种保护企业商业秘密的措施，但它也会限制人才的流动，因此法律限制了竞业限制的群体范围。但《工人日报》记者近日在采访中发现，保安、厨师、剪发师、酒水推销员、清洁工等都曾被竞业限制，还有的企业甚至要求全员签订竞业协议，这让普通员工很苦恼。

2021 年底，河南周口市中级人民法院审理了一起竞业限制纠纷案件，

女主播小丽（化名）离职后被原公司以违反竞业限制条款为由告上法庭。法院经审理认定，小丽作为普通员工，并不掌握公司的商业秘密，不属于竞业限制的主体，最终认定她与原公司签订的劳动合同中的竞业限制条款对她不产生法律效力。

2020年8月，江苏南京市鼓楼区人民法院审理了一起竞业限制纠纷案件，一企业与包括清洁卫生人员在内的全体员工签订的劳动合同中均包括竞业限制条款。由于任意扩大竞业限制中的劳动者范围，该条款被法院认定无效。

普通员工被竞业限制的情况还有很多。此前，有媒体报道，保安、厨师、剪发师、酒水推销员都曾被竞业限制。

中央财经大学法学院教授兼中国劳动关系学院法学院院长沈建峰对记者表示，根据劳动合同法第二十四条的规定，竞业限制的人员限于用人单位的高级管理人员、高级技术人员和其他负有保密义务的人员。但目前竞业限制领域一个突出的问题是竞业限制群体的扩大化，一些不该竞业限制的员工被竞业限制了。在实践中，高管和高级技术人员根据职位来判断，但负有保密义务的人员往往通过签订保密协议来确定。据此，一些企业要求所有员工都签保密协议，进而签订竞业协议。

“企业这么做的目的，一是减少人才流动，增加员工稳定性；二是在员工离职时，增加与员工协商离职条件的筹码；三是避免员工离职带走自己的客户或者给竞争对手带去竞争优势；四是避免员工自主创业抢了自己的生意。”沈建峰说，企业不能为了维护自身利益，过度限制劳动者特别是普通劳动者的择业自由。

北京市律师协会劳动与社会保障法律专业委员会主任梁枫指出，当前，法律法规以及相关司法解释对竞业限制的规定不够细致，这为一些企业随意扩大竞业限制范围留了空子。另外，企业滥用竞业限制的成本很低且没有惩戒措施，这使得一些企业敢于扩大竞业限制的主体范围。

“竞业限制可以有，但不能扩大到普通劳动者。有关部门应进一步完善竞业限制的相关法律法规及司法解释，明确判断负有保密义务的人员范围的客观标准，避免企业随意扩大竞业限制人员范围。”沈建峰说。

【竞业限制，如何平衡劳动者权益和企业利益②】

补偿金低违约金却很高，为入职不得不签竞业协议，一旦离职竞业协议竟成求职羁绊——

竞业限制困住职场人三问

■ 作者：杨召奎　窦菲涛
■ 编辑：杨召奎　刘建民　刘津农
■ 2022 年 01 月 10 日 04 版

尽管离职已经一年多了，但因为竞业限制原因，王敏依然没法摆脱原单位的约束。

王敏 2014 年入职北京一家职业教育培训机构（以下简称培训机构），担任财会培训讲师。2020 年 11 月，在与该培训机构签订离职协议之后，王敏本想着可以去心仪的单位做讲师了。但没想到的是，培训机构的人事总监告诉她需要履行竞业协议，期限是两年，公司每个月会支付她 3000 多元的补偿金。

王敏这才想起来，自己在入职的时候签过一份竞业协议。王敏表示，竞业限制对自己影响很大，不仅是两年不能继续做财会培训讲师这个工作，更是因为不知道这两年里自己还能做啥。毕竟，一个月 3000 多元的补偿金无法满足她的生活需要。

像王敏这样困在竞业限制里的职场人并非个例。北京一家互联网企业员工张静对记者表示，其在入职的时候被单位要求签订竞业协议，如果不签就无法办理入职。但签了之后发现，如果离职了很难找到工作，因为自己想去、能去的企业都在竞业限制范围之内。

竞业限制的范围，企业可以随意扩大？

艰难度过一年多后，在 2021 年底，王敏改行去了一家会计师事务所。培训机构负责人得知王敏改行了，表示不用王敏继续履行竞业协议了。

对此，王敏表示不解，约定的竞业限制期限是两年，为何公司说解除就解除？是因为不想再支付补偿金？

由于王敏不接受取消竞业限制，培训机构人事总监对她说，公司有权决定竞业限制的范围，如果不接受取消的话，公司可能诉她违反了竞业协议，索赔200万元。

王敏认为，公司无权任意扩大竞业限制的范围。

北京福茂律师事务所律师张志友对记者表示，竞业限制的范围、地域、期限由用人单位与劳动者约定，但约定不得违反法律、法规的规定。如果员工入职的新单位没有明确列在竞业协议中，在司法实践中，一般会以劳动者入职的新单位与原单位是否有竞争关系或者两家单位是否生产或者经营同类产品来确定劳动者是否违反竞业协议。

上海市第一中级人民法院2018年7月发布的《竞业限制纠纷案件审判白皮书》（以下简称《白皮书》）指出，竞业限制是指限制劳动者到与用人单位生产或者经营同类产品、从事同类业务的有竞争关系的其他用人单位，或者自己开业生产或者经营同类产品、从事同类业务。其中“同类产品、同类业务”的认定，涉及不同行业的专业知识，或具体产业某项产品的认定，专业性较强。法院在审理中需参阅相关行业知识，才能综合判断两者经营范围是否为“同类”。

补偿金偏低违约金过高，合理吗？

王敏认为，每个月3000多元的补偿金与200万元的违约金相差悬殊，这也不是很合理。

张静也告诉记者，她与公司签订的竞业协议约定，补偿金为每个月500元，但是违约金却高达50万元。

2020年6月，北京市第一中级人民法院课题组梳理了该院2014年至2019年6月审结的211件竞业限制案件，并发布《涉竞业限制劳动争议案件疑难问题的调研报告》。该调研报告显示，相关案件中竞业限制经济补偿比例过低，竞业限制协议中约定违约金数额绝大多数为劳动者一年全部收入的数倍，有的甚至高达劳动者一年收入的50倍。

北京市律师协会劳动与社会保障法律专业委员会主任、北京金诚同达律师事务所高级合伙人梁枫对记者表示，当前，我国的法律法规未对竞业限制违约金的限额进行明确规定，这导致现实中用人单位往往会利用自身的优势地位和签约主动权，强行和劳动者约定较低的经济补偿及过高的违约金。

《白皮书》也显示，竞业限制纠纷案件的争议焦点中近八成涉及用人单位主张劳动者支付竞业限制违约金，审理中劳动者一般均主张约定的违约金数额高要求进行调整，而用人单位则主张违约金数额为双方订立协议时的真实意思表示，且尚不足以弥补用人单位的经济损失，不应当调整。

梁枫表示，在司法实践中，法院通常会结合劳动者的工资、补偿金数额及用人单位的实际损失等因素，对违约金数额是否合理作出酌情判定。但是违约金数额是否在合理区间，见仁见智，目前审判实践中尚未统一标准。

竞业限制的启动和解除，谁说了算？

针对培训机构想解除竞业限制，王敏不同意的问题该如何解决呢？对此，北京德恒律师事务所律师崔杰告诉记者，这涉及竞业限制的启动和解除问题。

崔杰表示，根据《最高人民法院关于审理劳动争议案件适用法律问题的解释（一）》第三十九条的规定，在竞业限制期限内，用人单位请求解除竞业限制协议的，人民法院应予支持。在解除竞业限制协议时，劳动者请求用人单位额外支付劳动者 3 个月的竞业限制经济补偿的，人民法院应予支持。

“法律赋予了用人单位相对自由的解除权，因此培训机构可以请求解除竞业限制，而王敏也可以请求培训机构额外支付 3 个月的竞业限制经济补偿。”崔杰说。

不过，记者在采访中发现，有的企业在劳动者离职后不启动竞业限制，不支付竞业限制补偿，一旦该劳动者入职其他单位，就马上启动竞业限制。这种情况下，竞业限制协议是否有效呢？

对此，崔杰表示，这涉及劳动者离职是否已满 3 个月以及在此期间是否履行了竞业限制义务。根据上述司法解释第三十八条的规定，劳动者在劳动合同或者保密协议中约定了竞业限制和经济补偿，劳动合同解除或者终止后，因用人单位的原因导致 3 个月未支付经济补偿，劳动者请求解除竞业限制约定的，人民法院应予支持。

那么，如果用人单位超过 3 个月未支付经济补偿且劳动者在此期间未违反竞业限制义务，竞业协议是否有效呢？崔杰表示，目前各地的裁判意见还不统一，有的地方认为，劳动者若不要求解除竞业限制协议，还需要受竞业限制的约束。有的地方认为，自动失效。还有的地方认为，劳动者若去了与原公司有竞争关系的公司工作，就视为劳动者以其实际行为提出解除竞业限制协议的约定。她建议，应尽快统一裁判标准。

（本文王敏、张静为化名）

【竞业限制，如何平衡劳动者权益和企业利益④】

一边是企业滥用竞业限制让员工很苦恼，一边是员工“花式”规避竞业限制让企业颇无奈——

如何找到劳动者权益和企业利益的“最大公约数”？

作者：杨召奎　窦菲涛
编辑：杨召奎　刘建民　刘津农
2022年01月13日04版

“员工离职要签竞业协议，不签就不给办理离职手续”。1月8日，一位来自知名科技企业的员工在脉脉App上的发言引发热议。该员工表示，自己提出离职已经快1个月了，但是公司一直不批，并表示只有签了竞业协议才能办理离职手续。但竞业协议几乎限制了行业里的所有企业，如果签了，自己基本上没法找工作了。

近日，《工人日报》记者在采访中发现，一些员工对企业在竞业限制方面的“霸道”做法表示不满，不满的问题主要集中在两大方面：企业扩大竞业限制的群体范围和有竞争关系的企业范围；竞业限制补偿金偏低但违约金却很高，有失公平。

然而，一些企业也对员工离职、创业后不履行竞业限制义务十分恼火。特别是近年来，一些员工签了竞业协议后，为了规避竞业限制，采取“花名”入职、当顾问、让第三方代缴社保等方式去与原单位有竞争关系的企业工作，给原单位造成经济损失。

一边是企业滥用竞业限制让员工很苦恼，一边是员工“花式”规避竞业限制让企业颇无奈。那么，如何找到劳动者权益和企业利益的“最大公约数”呢？记者采访了相关专家。

对此，中央财经大学法学院教授兼中国劳动关系学院法学院院长沈建峰表示，现行劳动合同法以及相关司法解释在总体上构建了平衡劳动者和企业之间竞业限制方面利益的基本规则，所以平衡劳动者权益和企业利益的重要尺度在于遵守现行法律的规定，并解决当前存在的一些难点问题。

企业擅自扩大竞业限制范围，咋改变？

“根据《劳动合同法》第二十四条的规定，竞业限制的人员限于用人单位的高级管理人员、高级技术人员和其他负有保密义务的人员，但对于何为‘其他负有保密义务的人员’并无明确法律规定，这导致竞业限制的主体范围严重扩大。”沈建峰说。

北京市大兴区人民法院经济技术开发区人民法庭副庭长毛希彤表示，求解劳动者权益和企业利益“最大公约数”的关键在于限制用人单位滥用其优势地位的机会和条件。普通劳动者被要求签订竞业协议是否合理，应以相应劳动者是否属于“因工作原因知悉本单位商业秘密和与知识产权相关的保密事项”而对用人单位负有保密义务的劳动者，作为判断依据。

“对于符合上述条件的普通劳动者，用人单位有权向其提出签订竞业限制协议的要求。而对于此类劳动者之外的其他普通劳动者，则不属于法定的竞业限制人员范围，如用人单位强制要求此类普通劳动者签订竞业限制协议，则其相应行为就不具有合法性和合理性。”毛希彤说。

“普通劳动者也签竞业协议问题，不能完全依靠法院来最终确认无效，应考虑事先通过劳动监察部门、工会组织介入予以纠正。此外，对于企业恶意扩大竞业限制范围的问题，也可以考虑引入惩罚性机制。”北京市兰台律师事务所律师程阳说。

另外，针对一些企业在竞业协议中罗列的有竞争关系的企业过多的问题，沈建峰表示，应以劳动者入职的新单位与原单位是否有竞争关系，或者两家单位是否生产、经营同类产品来确定劳动者是否违反竞业协议，防止因不适当扩大竞业限制的范围而妨碍劳动者的择业自由。

补偿金低违约金高问题，咋破解？

北京市律师协会劳动与社会保障法律专业委员会主任梁枫对记者表示，当前，我国的法律法规未对竞业限制违约金的限额进行明确规定，这导致现实中用人单位往往会利用自身的优势地位和签约主动权，强行和劳动者约定较低的经济补偿及过高的违约金。

“法律虽然无法对上述标准进行统一规定，但这也并不意味着法律对双方权利义务失衡的情况视而不见。在此类案件的审理过程中，劳动争议仲裁委员会和人民法院，一般都会根据公平合理原则对当事人约定的不合理的补偿金数额，特别是劳动者过重的违约责任进行适当干预、纠偏，而非简单地按照双方当事人的约定进行裁判。”毛希彤说。

不过，毛希彤也建议，司法解释应进一步对如何判断双方权利义务是否失衡，以及实现双方权利义务平衡所需考量的要素、判断标准等进行规定。一方面为法院审理上述纠纷时提供司法裁量基准，另一方面也可对劳动者与用人单位在协商确定双方权利义务时提供指引。

员工“花式”规避竞业限制，咋制约？

劳动者依法享有劳动的权利和自由，然而，对负有保密义务的劳动者而言，如果不对其从原用人单位离职后的就业范围加以限制，则可能导致劳动者将从原用人单位处因工作所掌握的商业秘密或与知识产权相关的保密事项，运用到新的用人单位的工作中，从而损害原用人单位的利益。特别是近年来一些员工采用“花式”规避竞业限制让企业颇感无奈。

北京市福茂律师事务所律师张志友表示，一些员工“花式”规避竞业限制，但如果实际是在为原单位的“竞对”企业工作，实际上并没有改变违反竞业协议的本质，只是增加了原企业的取证难度。

那么，为了维护企业的商业利益，对于员工“花式”规避竞业限制，如何制约呢？对此，北京市第一中级人民法院课题组 2020 年 6 月发布的《涉竞业限制劳动争议案件疑难问题的调研报告》（以下简称《报告》）指出，判断劳动者是否存在违约行为，调研组倾向性意见是，只要用人单位证明劳动者入职了有竞争性的其他用人单位，证明责任就发生转移，亦即劳动者需要证明其在新单位没有从事有竞争性的工作，若其未提供证据或者其提供的证据不足以证明的，应当承担不利后果。

之所以这样认定，是因为一方面用人单位依然负担初步的证明责任，并不会使劳动者负担过重的证明责任。另一方面劳动者掌握着其在新单位的工作内容的证据，更容易举证。譬如对于技术研发型人员，其工作的研发车间安保措施管理严格，原用人单位无法了解劳动者新的工作内容。

《报告》指出，实践中已经有相关判例采取了这种思路。例如，珠海市中级人民法院审理过一家药企与研发人员之间的竞业限制案件，在原用人单位完成初步证明责任之后，劳动者证明其前后研发的药物主要功能并不相同，法院据此认定劳动者不存在违反竞业限制义务的行为。

此外，张志友认为，企业也可以依法向法院申请调查取证，法院也应支持企业的合理诉求。例如，2021 年，北京一家知名互联网地图服务公司在庭审中，依法申请法院调查前员工的社保和劳动关系等情况获得法院支持，并最终获得关键证据维权成功。

【疫情冲击下，中小企业有何自救良方】

开启“外摆”模式、开发预制菜、利用社交媒体引流——

暂停堂食后，小饭馆选择“不躺平”

作者：曲欣悦
编辑：王　群　丁军杰
2022年05月17日06版

5月11日，北京一餐馆推出熟食外带，吸引市民选购。自从北京餐饮行业暂停堂食服务后，许多餐馆纷纷通过熟食外带和网络直播带货等形式，灵活应对疫情冲击。

（本报记者 杨登峰 摄）

■ 开栏的话

中小企业是我国国民经济和社会发展的生力军，也是扩大就业、改善民生、促进创业创新的重要力量。一段时间以来，国内新冠肺炎疫情多发，中小企业尤其是个体工商户由于规模和资金有限、抗风险能力较弱，更容易受到疫情冲击，不少中小企业正面临生产经营成本上升、订单不足、回款难等挑战。

对此，中央和地方近期密集出台中小企业帮扶政策，从减税降费、资金支持、稳岗扩岗等多个方面为企业纾困解难。与此同时，广大中小企业正承压前行，积极展开自救行动，在危机中寻求新希望。即日起，本报开设“疫情冲击下，中小企业有何自救良方”栏目，探寻中小企业如何在逆境中寻求破题之道。

阅读提示

国内疫情多地散发，餐饮业持续遇冷，餐饮企业在做好疫情防控的同时，正积极拓展新型消费模式，谋求第二增长线，以实现平稳健康发展。

“本该是订餐高峰期，结果每天只能订出去几桌。”在陕西省西安市高新区经营一家潮汕菜饭店的陈琳（化名）刚度过了一个难得轻松的“五一”假期。

往年“五一”假期，由于家庭聚餐、婚宴扎堆，她总是忙得脚不沾地。然而，今年3月中旬，西安出现多例新冠肺炎本土确诊病例，餐饮业被要求暂停堂食服务。直到4月底，这一临时性管控措施才得以解除，但当地依然作出“就餐人数不超过餐位数的50%”的规定。

“这对我们这种以承接10人以上宴会为主的饭店来说，影响是巨大的。”陈琳坦言。

2022年以来，国内疫情多地散发，餐饮服务业作为接触性、聚集性行业受疫情影响较大。“五一”前后，北京、上海等地陆续暂停堂食，一些地方的餐饮企业开启了“堂食—暂停营业—恢复堂食”的循环模式。这个过程中，一些中小微餐饮企业由于资金周转能力不足，更是面临随时关张的风险。

困境之下，餐饮业应该如何自救？是选择“躺平”等待，还是化危为机，努力谋求第二增长线？这是摆在所有中小餐饮企业面前的一道必答题。

一家鸡汤店的转型自救

5月9日，位于苏州市劳动路上的“招招鲜”鸡汤店老板姜军终于可以把店门上暂停堂食的告示撕下了。这家鸡汤店由姜军和妻子共同经营，店内共有15名员工。“能重新恢复堂食，大家很高兴，都特别有干劲。”

在过去的三个多月里，苏州市因突发疫情先后两次宣布餐饮行业暂停堂食服务，这也让姜军的店铺经历了前所未有的挑战。因为该店此前一直专注于堂食服务，没了客流也就没有了营收，但房租和十几名员工的工资还是会压在夫妻二人身上。

这也是多地中小餐饮业主面临的普遍难题。

一般认为，房租、原材料、人力三项硬成本是餐饮企业经营中的“三座大山”。如果没有稳定的营收现金流，很多餐饮企业就不得不走向裁员乃至关店的境地。

根据国家统计局发布的数据显示，2022年3月，全国餐饮收入2935亿元，同比下降16.4%。受疫情影响，今年一季度全国餐饮收入增速较去年同期下降75.3个百分点。

重压之下，姜军开始了自救行动。在上一波疫情来袭时，姜军曾为当地一些社区提供过爱心餐。这一回，社区又主动联系到了姜军，希望他能够提供盒饭套餐。这也让姜军一下子打开了思路，“那我为什么不主动出击呢?”

于是，姜军跑遍了周边十几个小区，想方设法加入小区的业主微信群，在群里发红包，给自己的小店打广告。“很快就有几个社区团购的‘团长’主动联系我，第二天我们就卖出去了200多只鸡。”

随后，姜军又把店里的招牌鸡汤产品开发成了预制菜，方便顾客在家烹饪。尤其是在开辟线上业务一个月后，小店的收益已经恢复到疫情前的80%，他也没有裁掉一名员工。

“只有先动起来才能活下来，当下活下来才是最重要的。”回首过去的一个多月，姜军颇为感慨。

据中国烹饪协会公布的“五一”餐饮消费市场分析报告显示，开发预制菜成为餐饮企业应对疫情冲击的重要手段，北京地区预制菜成交额同比增长超270%。另据京东超市公布的数据，“五一”期间预制菜成交额同比增长超250%，日出库数量破百万。

当餐饮业开启“外卖时代”

在店门口支起长桌，桌上摆满了分装好的菜品，顾客只需扫描健康宝登记码和付款码，不用进店就可以购买餐食……近日，在北京街头，不论大店小馆，这种“外摆”模式已经十分常见。

受本轮疫情影响，北京全市餐饮经营单位自5月1日起暂停堂食，许多餐饮企业由此开启了“外摆”模式。记者了解到，“外摆”的餐食不只有已经制作好的熟食，一些饭店还提供了现点现炒的服务。顾客只需在门口点餐后稍作等待，即可领取到热气腾腾的菜品。

近日，“鼓励市民通过电话、公众号、小程序等提前下单、预约点餐、错峰消费，到店自取外带回家用餐”等举措也被写入北京市商务局发布的《暂停堂食服务期间餐饮行业工作指引》。

该指引还提出，暂停堂食服务期间餐饮企业应提升外卖能力，加强餐饮门店人员培训，及时处理线上订单。

根据美团外卖发布的统计数据显示，北京宣布暂停堂食后的第一天，北京市餐饮外卖订单量与去年同期相比增长约三成，其中全城送订单量环比前一天上涨超过四成。

记者了解到，线上外卖已然成为疫情之下不少中小餐饮企业维持生计的重要途径。在北京朝阳区望京SOHO附近经营一家东北菜馆的刘海英告诉记者，以前，店里一到中午饭点都要排起长队，每日总订单量最多能达到将近200单，疫情发生后，堂食客流下降了三分之二，外卖服务也逐渐成了餐厅的经营重点。

“暂停堂食后，现在店里每天美团外卖大概有120单，基本能够抵扣现在的房租、人力等成本，做到收支平衡。”刘海英说。

更让刘海英感到欣慰的是，疫情之下，外卖平台拿出了真金白银来帮助像她这样的商户。5月12日，刘海英与北京多家受疫情影响较为严重的中小商户一起，获得了美团返还的佣金。

今年2月18日，国家发改委、商务部等14部门联合出台《关于促进服务业领域困难行业恢复发展的若干政策》。其中明确，要引导外卖等互联网平台企业进一步下调餐饮业商户服务费标准，降低相关餐饮企业经营成本，引导互联网平台企业对疫情中高风险地区所在的县级行政区域内的餐饮企业，给予阶段性商户服务费优惠。

谋求第二增长线

“做餐饮一定要经营好自己的‘私域流量’，加强客户黏性。”逆境之下，姜军也有了不少新感悟。

即便现在恢复了堂食，姜军也并不打算放弃利用社交媒体精准引流的方式。如今的他会在新客到店后再多“留个心眼”，邀请顾客添加他的微信，逐步丰富起自己的“朋友圈”，姜军还开通了店面的短视频账号，“别看现在粉丝就700多个，但都是精准用户”。

许多餐饮企业主表示，要想扛过这段艰难时期，必须主动求变，谋求第二增长线。据中国烹饪协会发布的《2022年一季度全国餐饮收入分析报告》显示，国内疫情多地散发，多地物流不畅，餐饮业再次遇冷，各地政府应尽早落地餐饮行业的纾困政策。同时，餐饮企业应继续做好疫情防控，同时积极拓展新型消费模式，促进餐饮业纾困增效、平稳健康发展。

一些更细微、更积极的变化正在发生。陈琳的饭店本来主打中高端团餐，近来也推出了人均在60元左右的大厅套餐。“疫情之下，很多消费者的消费信心不足，不敢轻易下馆子了，我们也是希望能吸引到更多的消费者进店用餐。”

一些“不愁没客”的老字号餐馆，如今也“放下身段”建立了顾客微信群，消费者可以通过微信预订餐食，所有菜品均可免费配送到家。据华天集团统计数据显示，“五一”期间外卖订单量达到8.3万份，日均订单量较前一周环比增长7.2倍，销售额也达到前一周平均水平的5.2倍。此外，眉州东坡、金鼎轩、汉拿山等餐饮品牌纷纷推出3～6人的家庭套餐……

【疫情冲击下，中小企业有何自救良方】

与其他行业不同，家政服务人员必须进家入户才能提供相关服务，疫情之下行业复工之路尤其艰难——

阿姨难上门，家政公司有点急

作者：黄洪涛
编辑：王　群　丁军杰
2022 年 05 月 24 日 06 版

阅读提示

疫情的出现让家政行业陷入了寒冬，逆境之下，一些家政公司通过线上培训、“云签约”等形式“苦练内功”，这让疫情下的家政市场呈现出不一样的风景。

最近一段时间，南京快易洁家政服务有限公司总经理夏宁忙得不可开交。

他正计划着开办家政服务员培训班，希望尽快把公司因疫情造成的损失补回来。

“家政工必须要进家入户才能提供服务，肯定会与人接触，但在无法入户、无法外出等重重困难之下，复工之路并不顺利。”在夏宁看来，近年来，家政服务业市场规模持续快速增长，但在疫情冲击之下，家政服务业需求供给两面受困，持续面临需求疲软、成本剧增、人员流失、预期减弱等难题。

记者采访中发现，疫情冲击下，家政阿姨难上门的现实难题让整个家政服务业的发展频生变数，很多企业不得不面对“员工还在，客户没了；房租还在，店铺关了”的窘境，如果想要“活下去”，家政企业不能只是“干着急”。

业务增长势头明显放缓

今年49岁的高阿姨是快易洁家政公司的一名保洁工。以前，她一天要为4个客户提供总计8个小时的保洁服务。受疫情影响，现在，高阿姨只是上午外出工作，其他时间段全空下来了。

“现在每次去客户家，都要严格遵守社区的防控规定，提供苏康码、行程码等，并且全程佩戴口罩，工作要求更高了，我们能理解。”高阿姨说。

快易洁家政公司门店经理廖广丽告诉记者，由于保洁工需要上门服务且流动性较大，很多客户不敢轻易让保洁工上门，家政公司这部分业务受疫情影响较大。

“相比之下，保姆、月嫂的流动性较小，进入客户家里后就与客户共同生活起居，一起进行居家防护，公司这部分业务受疫情影响较小。”廖广丽说。

记者了解到，快易洁家政公司成立于2001年，和市面上大多数小型家政公司相比，公司现金流相对充足，抗风险能力更强，然而近三年，受疫情冲击，公司业务增长势头也明显放缓。

“疫情发生后，公司的业务时断时续，处于亏损状态，只能靠吃老本勉强维持下去。”南京家人生活家政服务公司创办人姜劲松认为，疫情的出现让家政服务行业陷入了寒冬，与其他行业不同，必须提供接触式服务的家政服务业复工之路尤其艰难。

“苦练内功”为复工做准备

记者采访中发现，面对疫情，一些家政公司通过线上培训、“云签约”等多种形式“苦练内功”，这让疫情下的家政市场呈现出不一样的风景。

“家政工流动性大，很多都是新手，不培训就没法上岗。”夏宁告诉记者，快易洁家政公司在南京、扬州开设有3所家政服务培训机构，但由于近期疫情频发，培训机构无奈停课。

“如果不能开展职业培训，从业人员就会流失，相关业务就不能正常推进。”几番思考之后，夏宁决定通过线上培训，稳定家政工队伍，提高家政服务员的综合素质。“线上培训只能隔着屏幕教学，讲授家政服务的标准要求、操作要领，不能像线下一样面对面进行指导，但这却让很多家政服务人员在疫情期间接受到系统培训，为疫情后的复工做好准备。”

姜劲松说，眼下，南京家人生活家政服务公司也在扎实开展职工技能培训，开拓业务和市场。“疫情下不能开工，我们就利用这段时间把公司的规章制度、服务标准等做细做实。”

此外，一些家政公司还推出“云签约”服务，客户、家政服务人员、中介三方在线签订服务协议。

“选择线上签单的基本都是老客户，新客户一般不会在疫情期间提前下单。”夏宁告诉记者，采用“云签约”的形式主要是为了防止老客户流失，稳定客户源。

“危”中寻“机”

“疫情给家政服务业造成的冲击很大，但危机中往往蕴藏机遇。”南京市家庭服务业协会会长夏爱兰认为，家政服务业仍是朝阳行业，企业应该坚定信心，蓄力转型，“危”中寻“机”。

江苏省财贸轻纺工会与江苏省家庭服务业协会联合推出的专题调研结果显示，近年来，江苏家政服务业发展迅速，目前注册业务包含家政服务内容的市场主体数已突破3万家，从业人员近60万人，但仍无法满足市场需求，特别是受过职业培训的技能型家政服务员缺口较大。

“传统模式下，保洁只做保洁、月嫂只做月嫂，一旦没有相关业务的单子，人员就处空闲状态。”夏爱兰说，家政服务人员的共享共用是行业趋势，这对员工素质提出了更高要求，如果一名家政服务员能掌握两门技能，在市场上必然更吃香，这也为家政公司如何更好培养员工指明了方向。

去年11月，江苏省家庭服务业协会发布《员工制家政服务企业建设规范》，这是全国首个省级员工制家政企业建设规范性团体标准，旨在加快推动员工制家政服务企业建设，切实保障家政服务企业、员工和消费者三方的合法权益。

夏爱兰告诉记者，目前家政公司多采用中介制，但这种模式弊端凸显，人员流动性大且劳动关系复杂，不利于企业长期稳定发展。“一些地方正在积极推行员工制，这有利于企业稳定员工队伍，但也会导致成本上升，能否采用这种模式更多应考虑企业实际情况，不可一蹴而就。”

江苏省财贸轻纺工会副主任苗剑东认为，“疫情的出现让更多行业从业者认识到，长远来看，推行员工制将是家政企业做大做强的一个重要途径。”

夏宁注意到，眼下，一些“非刚需”的家政服务受疫情影响较大，但养老托育“一老一小”的市场需求仍然旺盛，并且对服务质量提出更高的要求，“家政企业应该不断提升服务水平，抢占市场，这是一个难得的机遇”。

》》【疫情冲击下，中小企业有何自救良方】

疫情引发了新一轮产业数字化变革，也为企业数字化转型带来新机遇——

智能管理将生产各环节散落“珍珠”串成“项链”

作者：裴龙翔
编辑：王　群　丁军杰
2022 年 06 月 21 日 06 版

阅读提示

随着云原生、低代码等前沿技术与传统工业的融合互动更加紧密，国产智能生产管理体系正将数据安全大门的“钥匙”牢牢掌握在自己手中，守护“中国智造”产业链安全。

眼下，上海正在加快复工复市的步伐，位于上海的科技型中小企业羚数智能却有了“幸福的烦恼”——企业订单迅速增长，一时让其应接不暇。

公司创始人郭文蔚透露：“最近来咨询的客户数量是这轮疫情前的数倍，此前已购买数字化服务的客户，几乎 100%复购、100%增购，有些企业甚至将未来 3 年的智能运营管理全权托付给了我们。”

疫情引发了新一轮产业数字化变革，也为企业数字化转型带来新机遇。羚数智能和同行企业“主攻”的智能生产管理体系，致力于为制造业企业提供生产运营管理产品与服务，正成为众多企业降本增效的“倍增器”。

目前，由羚数智能自主研发的智能生产管理体系已广泛应用于电子装配、装备制造等多个领域，为越来越多的企业注入数字化活力。

与此同时，“中国智造”的崛起也是羚数智能这类中小企业加速成长的底气所在，尤其是随着云原生、低代码等前沿技术与传统工业的融合互动更加紧密，国产智能生产管理体系正将数据安全大门的“钥匙”牢牢掌握在自己手中，守护“中国智造”产业链安全。

助力企业全力生产

领为视觉是一家车灯行业的头部企业，每年约为120万台整车提供前灯和尾灯。疫情发生以来，制造业企业遭遇生产原材料短缺、物流环节不畅等困难，而该企业总经理刘铁的烦恼还不止于此。

"我们的主要客户整车开发周期从35个月调整到了24个月，这就要求供应商实时跟上客户的生产要求，供货周期大大缩短，必须要对生产管理体系进行升级改造，不断提升生产效率。"

就在此时，羚数智能成了领为视觉及时破解难题的"救兵"。

羚数智能将领为视觉的设备、物料等方面的生产流程全盘数据化，一旦生产现场遭遇突发状况，数字化系统便会自动触发响应，通过算法来判定并通知相应负责人到场处置。同时，系统还会向相关负责人自动推荐解决方案，对生产数据实时分析，由此实现隐患排除、设备维保的前置提醒。

对领为视觉来说，改造后的效果可谓立竿见影。

刘铁说："人力和设备投入几乎没有变化，生产效率却明显提高，收益也增加不少，比招一名生产副总还管用。"

国产化生产管理体系更接地气

"之前花大价钱从国外采购的数字化转型方案，从咨询到项目交付用了大半年时间，没想到却因为流程复杂，一线员工难以适应，根本没法推行下去。"一家智能小家电企业的负责人告诉记者。

智能小家电的制造，说简单也简单，可要确保各个环节严丝合缝、高效协同，却也没那么容易。

例如，生产线囊括冲压、焊接、喷涂等多道工艺，由于工艺流程繁杂，仅每天核对物料就要花费不少时间；生产线上的产品出现质量问题，通常都是隔天才知道，造成物料和工时的浪费；不少出口订单，收到客户投诉的质量问题也难以追溯，每年报废金额占总成本超过15%……

记者了解到，新的生产运营管理系统应用后，该企业很快建立了全新的物料编码和工艺路线，生产效率与品控效果较以往大大提高。

“就像看着视频学做菜一样，操作流程清清楚楚，再也不会手忙脚乱。”该企业新入职的维修人员吴凡说，现在，公司的生产计划通过手机端实时下发到各工位，故障维修也做到了实时响应，维修人员在收到提示后即刻到达现场，还能收到系统给出的维修建议，大大提高了设备维修效率……

异常处理率翻倍提升

这种贯穿于各生产环节又“润物无声”的智能生产管理体系，缘何会具备如此强大的协同能力？

郭文蔚打了个比方：如果把企业比作一家餐馆，从顾客下单，到后厨提前备料，再到切配、烧制、装盘、上桌，各个环节和层级的员工均能通过智能管理系统在合适的时间领取到各自的任务，不仅全流程“明厨亮灶”，还可以及时进行风险前瞻评估和动态监测预警。

在一家国内汽车、航空件精密铸造企业，一场跨车间生产现场高效管理实践正显现出积极成效。

“原先从发现异常到对应部门响应大概需要 3 小时，现在最多 25 分钟，相比之前，异常处理率实现翻倍提升。”该企业相关负责人表示，通过智能生产管理系统的实时提醒，未及时响应的异常问题将自动升级，确保异常问题在短时间内处理完成。此外，在任务下发、产量调配、绩效统计等方面推行的数字化改造以及由此带来的全新工作环境，也让更多年轻人愿意留在工厂工作。

在工业和制造业领域，尤其是离散制造行业，智能生产管理体系对于工厂的降本增效提质更是有着显著作用。

郭文蔚表示：“智能化生产管理体系就像一条线，将生产各环节中散落的‘珍珠’串成‘项链’，这是很多成长型制造业企业必须要去夯实的一个基础底座。”

在经历了洋软件的“水土不服”之后，自主设计且更加适应“中国智造”的数字化服务已经成为羚数智能发展的“蓝海”。

系列十佳点评

彰显媒体整体采编实力与水准

——2022年度《工人日报》十佳系列报道点评

刘文宁

系列报道可以说是对媒体整体采编水准和实力的考验。本报系列报道连续多年获得中国新闻奖——2012年的“五位一线工人代表直言‘劳动之惑’”，2015年的“为什么2元钱的‘救命药’没有人做?”，2017年的“聚焦绝活不能真成了‘绝’活”，2018年“聚焦‘技术工人提高待遇’”，2021年的“新就业形态劳动者生存实录”，以及重大主题报道“实现‘双碳’目标，探寻企业新发展之路”和舆论监督报道“让新业态劳动者权益‘不落空’”。它们是对本报编辑队伍的策划能力、记者队伍的采访突破能力的检验和肯定。

绷紧“问题意识”这根弦

问题意识是策划系列报道的重要要素。时刻绷紧问题意识这根弦，如同猎人机警地寻找猎物，一旦发现目标即迅速出击。这是出色新闻人应有的素养。准确判断和把握选题的现实针对意义，精准解剖问题内在矛盾、多方纠葛的复杂关系，梳理因果关系，给出可行性建议，2022年度本报十佳系列报道中，多组报道敏锐捕捉到相关领域出现的新问题新动向。

技术工人的职业发展是公众关注和热议的话题。2022年3月，人社部出台“新八级工”制度，旨在进一步畅通技能人才发展通道，提升其待遇水平。这一事关2亿技能劳动者的人才评价制度，落地的关键在企业——这是“‘新八级工’在企业”系列报道出炉的背景。“新八级工”制度如何打破技能人才成长“天花板”？技能工人的技能水平如何体现在工资条上？企业愿意为高技能人才的高薪酬买单吗？“新八级工”能给企业带来哪些效益？这一制度在社会激荡起怎样的涟漪？落地过程中遇到哪些困难？记者在各地调研后筛选出位于江苏南京、浙江杭州、安徽合肥、上海、重庆的5家试点企业，进行蹲点式调查采访。

本组系列报道没有按照“是什么、为什么、怎么办”的逻辑推进，而是聚焦“新八级工”制度落地过程中的那些人和事，前五篇稿件分别从技能人才成长“天花板”被打破、“工人明星”效应充分释放、职工创新有了更广阔舞台、企业升级转型有了更有力人才支撑、高技能人才留不住的烦恼被破解等角度展开，第六篇稿件采访权威专家给出相关建议和对策。编辑记者用“脚力”寻找典型企业和典型人物，用“眼力”发掘“新八级工”制度落地过程中的典型故事，用“脑力”洞察这一技能人才评价制度在落地过程中的堵点和难点，用“笔力”展现“新八级工”制度对职工、企业和社会的影响。报道在报网端微同步刊发，人民网、新华网等多家中央媒体转载，人社部官网显著位置转发，新华社、学习强国等客户端也转发推荐，为引导更多劳动者特别是青年一代走技能成才、技能报国之路，为推动高质量发展夯实人才基础，营造了良好的舆论氛围。

近年来的岁末年初，一些社交平台上关于竞业限制的话题热度较高，竞业限制纠纷案例在中国裁判文书网有明显上升趋势。系列报道“竞业限制，如何平衡劳动者权益和企业利益”针对企业滥用竞业限制问题，揭示了企业滥用竞业限制导致劳动者离职后就业难和经济补偿金低但违约金高的问题，同时也呈现了一些劳动者违反竞业限制导致企业利益受损的情况，就如何平衡劳动者权益和企业利益进行了深入探讨。该组报道有消息有通讯，以典型案例入手，通过一个个典型个案，剖析竞业限制领域存在的普遍性问题，可读性强。报道选题具有很强的现实针对性，戳中了职场中的痛点难点问题。报道所揭示的问题以及相关专家提出的建议，有利于引导劳动关系双方明确自己的权利义务，从相互提防甚至相互伤害，转向相互信任、相互合作，对于相关部门完善细化相关法律法规及司法解释也有一定参考价值。报道被新华网、新浪网、央视网等数十家主流媒体转载，《经济日报》及人民网、光明网等媒体就此发表评论。

2022年新冠肺炎病毒感染给若干领域带来猝不及防的挑战，系列报道

“‘问诊’互联网医院”“疫情冲击下，中小企业有何自救良方”分别从百姓就医及企业生存层面，展示了相关行业应运而起、努力寻找生机的图景。

疫情中，很多医院的封闭管理模式给患者就医造成不便，互联网医院可以在一定程度上方便患者就医问药，但其运营存在不少堵点。“‘问诊’互联网医院”系列报道着力探究互联网医院在疫情下如何充分发挥其便捷高效优势。首篇交代了互联网医院的使用现状，其后每篇报道各围绕一个堵点，如医保支付覆盖范围不足、医生积极性不高、检查结果不互认、患者隐私安全难以保障等，通过典型个案，讲述患者就诊或医生出诊时面临的问题，采访业内资深专家，分析问题成因，探讨如何疏通堵点。报道还呈现了一些地方在互联网医院信息互联互通、患者信息保护等方面的有益尝试，为更多互联网医院提供参考。每篇报道都配有漫画，既实现图文并茂，又增强读者对关键信息的理解。报道被多家媒体转发，有媒体针对稿件揭露的问题进行深入点评与探讨。

中小企业是我国国民经济和社会发展的生力军，是扩大就业、改善民生、促进创业创新的重要力量。“疫情冲击下，中小企业有何自救良方”系列报道针对新冠肺炎病毒感染中，不少中小企业尤其是个体工商户抗风险能力较弱，面临生产经营成本上升、订单不足、回款难等挑战，不少企业积极展开自救，在危机中寻求新希望。该系列报道聚焦多个行业多个中小企业的自救故事，着力探寻中小企业如何在逆境中寻求破题之道，故事真实、生动。同时，报道也梳理呈现出一些有一定现实意义的解决方案，以期促进相关经济领域的健康发展。

所谓问题意识，还包括对老问题新变种的敏感捕捉，系列报道“工伤认定如何‘新题新解’”即属此列。劳动关系领域出现的新变化给工伤认定带来了新课题。比如，新就业形态劳动者因其工作地点、工作时间的灵活性，使得认定“上下班途中”“工作时间”变得格外复杂；居家办公、随时随地在线工作打破了线下坐班的传统时空限制，发生的一些伤害能否认定工伤也常常引发讨论——“工伤认定如何‘新题新解’”系列报道由此出炉。该系列报道共6篇，《人在途中的“小哥”何以证明“上下班途中”》关注的是送餐员、快递小哥等新就业形态劳动者常因没有固定工作地点而在工伤认定时遇阻的问题；《别让居家成工伤认定“不在场证明”》以案释法，回答了“职工居家办公期间猝死，算不算工伤”的问题；以车为家的货车司机工作、生活界限模糊，《家在车上，活儿在路上，受到伤害咋认定》聚焦了货车司机这一特殊群体的工伤认定难题；《穿过迷雾，让工伤认定回归本质》是收尾篇，记者采访了多位劳动法领域学者，提出回归工伤认定的本质是当下工伤认定新课题的解题思路，“要认识到劳动形式变了，但‘劳动’的本质没变”。从直面问题到挖掘成因再到提出建议，该组系列报道贴近现实，回应了当前工伤认定新情况下劳动者的疑问和公众的关切；记者采访了快递员、外卖小哥、网约车司机、货车司机等劳动者，倾听他们的内心困惑；同时通过采访该领域专家学者，提出有助于解决问题的现实建议。在工伤权益保障这一传统领域，精准捕捉、解析时代给出的全新课题，体现了在迅速发展变革的年代，媒体应时而变、顺势而为的职业态度与专业水准。

既定主题报道“扎硬寨，打死仗”

2022年3月18日《工人日报》刊发通讯《多地发布建筑业清退令，超龄农民工路在何方?》，引发各方强烈关注，当天登上微博热搜第一名，全网阅读量超10亿次。中宣部阅评就此指出，“如何实施建筑业这一新规，已受到各方高度重视，可就形成共识、解决问题进行连续报道”。本报记者迅速行动，采访多地农民工群体、政府部门、建筑施工企业及相关行业、专家学者，真实呈现超龄农民工的现状和心声，寻找帮扶这一群体的典型做法，探索其转型就业的可行路径，由此形成了共4组9篇的“超龄农民工转型就业调查”系列报道。

报道的采访难度前所未有，因为各地针对超龄农民工的用工制度尚属空白，相关部门负责人苦于无据可依，一些聘用超龄农民工的企业如家政企业、环卫公司大多躲躲闪闪，担心自己无法和劳动者签订劳动合同并缴纳社保而被曝光和追责。这组报道经过十余个记者站“地毯式清扫”以及“扎硬寨，打死仗”的采访，将劳动关系领域一个长期被忽视的角落以及超龄农民工劳动权益的尴尬境地公之于公众眼前，可以说，填补了劳动关系领域的报道空白，具有一定的开创性意义。在没有路的地方走出一条路，给后人留下探索者的足迹，这样的机会在新闻报道领域并不多。将军事上的“扎硬寨，打死仗”借用在新闻报道上，更多的是强调扎扎实实的采访、啃下一块块“硬骨头”，是重大报道成功的前提和基础。

就社会效果而言，该组报道为相关部门的工作提供了借鉴。重庆市住建委相关负责人对本报记者表示，《工人日报》的调查采访让他们意识到这是下一步的工作重点之一。2022 年 6 月至 8 月，皖赣川等地陆续出台新规，明确清退超龄农民工禁止“一刀切”。2022 年 11 月，人社部等五部门联合印发《关于进一步支持农民工就业创业的相关意见》，要求强化农民工就业服务保障，指导企业不得以年龄为由“一刀切”清退大龄农民工，为有就业需求的大龄农民工免费提供公共就业服务。2023 年 1 月 2 日，中央一号文件进一步明确，维护好超龄农民工就业权益。

全国两会等重大会议报道，事先策划必不可少。“主题先行”在采编实践中往往不可回避。如何将现场采访自然而然地切入、引出策划选题，如何让既定主题报道呈现更多的现实问题感、报道现场感，往往决定着报道的鲜活生动程度。

2022 年度十佳系列报道中，有两组产生于两会报道，即“关注新就业形态劳动者”和“怎样让年轻人愿意进工厂”。“关注新就业形态劳动者”系列报道共 5 篇，从代表委员关注的新就业形态劳动者面临的现实问题入手，聚焦劳动者面临的最严算法考核、没有工伤保险、不知是谁家员工等困境，通过采访多名代表委员，分析问题的症结，多角度探求解题思路。报道从实例、故事入手，从鲜活的场景入手，第一篇《“企业既然设了外卖骑手岗位，就应承担相应责任”》以柴闪闪代表到美团调研时的现场画面开头，切入主题。第二篇《“我到底是谁的员工”难题待解》讲了一个层层转包的实例，标题得到本报评报老同志的点赞。第三篇《制定平台算法，“小哥”们的声音不应缺失》以京东开展集体协商的事件切入。第四篇《为新就业形态劳动者撑起“防护伞”》以“新就业形态劳动者受伤了、病了、老了，怎么办”的发问，直奔主题。第五篇《“让工会温暖和凝聚更多劳动者”》反映工会所做的工作及努力，使整组系列报道的高度及厚度上了一个台阶。报道贴近现实，客观平衡，比较完整地回应了新就业形态劳动者的疑问和公众的关切，为推动新就业形态劳动者权益保障工作提供了有益的破题思路，也体现出代表委员履职尽责的为民情怀。

“怎样让年轻人愿意进工厂”系列报道同样出炉于两会。“工厂正失去对年轻人的吸引力”的现象在近年全国两会上经常被热议，以往本报的报道多是融入推进产改的报道中，本组报道着力拓展这一选题。该系列报道共5篇，第一篇《前年招了15人，如今只留下6人》为现象篇，以故事切入，揭示现状，引出话题。其后4篇从不同角度剖析原因：《技能的价值要体现在工资条上》针对制造业工人收入不高问题，呼吁建立贡献与收入相匹配的制度；《专业的“鞋”要跟上产业的“脚”》着眼于人才供给端即职校，呼吁职校应需开设专业，提升育人水平；《打造年轻人青睐的工作环境》从年轻人向往自由、注重职业发展的特点出发，呼吁制造业企业要转变观念，打造年轻人愿意留下来的职场软环境；最后一篇《把工匠精神“种”进年轻人心里》，从社会层面呼吁厚植工匠土壤，重塑劳动光荣的价值导向。该系列报道具有鲜明“工”字特色，逻辑严谨，脉络清晰，报道既揭示问题，也着力提供解决方案。系列报道引发广泛关注，话题热度居高不下，甚至火到两会后。《经济日报》《光明日报》《中国青年报》等媒体纷纷加入对该现象的报道和评论，不乏对本报报道内容的引用。

打出“工”字特色“拳手产品”

“工”字特色选题一直是本报十佳系列报道中的主角，它们是本报的强项和优势，也是出“拳手产品”的领域。2022年度，“超龄农民工转型就业调查”“怎样让年轻人愿意进工厂”“关注新就业形态劳动者”“推进‘产改’进行时·五年回眸”“先进制造业企业究竟先进在哪里”“‘新八级工’在企业”“工伤认定如何‘新题新解’”“竞业限制，如何平衡劳动者权益和企业利益”“疫情冲击下，中小企业有何自救良方”，共九组系列报道均属此列。

“工”字特色系列报道要做出特色和深度，既有专业性又有可读性，难度不小。自2017年4月中共中央、国务院正式印发《新时期产业工人队伍建设改革方案》的5年来，产改带来的变化正广泛惠及产业工人，为中国制造、中国创造积蓄着高素质劳动者大军，深刻影响着我国经济社会发展。2022年值产改5周年之际，本报精选各地产改典型案例，在要闻版开设“推进‘产改’进行时·五年回眸”栏目，15篇报道涉及东西南北中多个地区，既从微观层面关注产业工人的成长成才，也从中观层面聚焦工会和企业持续推进产改的经验做法及成果，同时关注宏观制度变革，以点带面，汇集了各地各具特色的产改实践。

报道选取全国层面的试点地区作为报道对象，报道其规划制定、政策出台、资金扶持等方面的积极探索和工作特色，以生动的新闻语言对政策规划中的工作语言进行概述提炼。例如，江苏作为首批两个全面试点省份之一，着力先行先试，为“产改”破题；深圳出台近30个产改文件，为技能人才架起成长阶梯；四川以“工”字号大赛锻造队伍、历练人才，“点线面”搭建建功立业平台。其次，不少报道抓住了产业工人的视角，以产业工人的成长成才、创新创效故事，反映产改为产业工人及企业带来的实效。例如，《“金川样板”：工人好，企业强！》的标题即简明概括出该集团的产改示范效应，即实现员工职业发展和企业效益增加的双赢；《拥有一技之长，就有一席之地》报道了安徽海螺水泥公司让职工“钱袋子”鼓起来、本领长起来的典型事例；《“产改”激活百年油田发展新动能》讲述了大庆油田依靠一支靠得住、打得赢的职工队伍，实现首季开门红的故事。该系列报道记录了产改中发生的重要变革，反映了新时期产业工人队伍的壮大及发展，报道了多个典型案例，为后续各地推进产改向纵深发展提供了借鉴，具有很强的现实意义。报道刊发正逢全国总工会召开会议、总结5年来取得的成效和经验，报道起到了良好的预热效果，营造了积极的舆论氛围。同时，《工人日报》客户端设专栏推送这一系列报道并多端传发，有关产改、产业工人的话题引发多家媒体关注，引起了强烈的社会反响。

企业报道是“工”字特色报道中的重要领域，制造业更是《工人日报》不可忽视的报道领域。系列报道“先进制造业企业究竟先进在哪里”瞄准制造业发展前沿大势，调动本报多地记者站力量进行深入调研采访，聚焦一批具有较强创新能力，产品具备较高附加值、技术含量和市场竞争力的先进制造业企业，探寻其转型发展的典型经验，探求先进制造业发展背后的成功秘籍，为传统制造业焕发新活力提供有益借鉴。其中，报道着力揭示，先进制造业代表着效率、创新、绿色、共享等，对于更多制造业企业来说，应学会利用当代先进的数字技术、制造装备和工艺，借鉴先进制造业企业的成功经验，提升现有产业发展水平与生产效率，这是制造业由大变强的重要路径。该组报道以讲故事的手法从不同角度、多个侧面解析主题，以人物串联故事，以故事折射经济活动，从故事中找到人物、企业、技术创新之间的衔接点，让报道更有可读性。

从报道形式看，2022年十佳系列报道的品种单一，即只有系列报道一种形式，没有连续报道和组合报道。这一趋势自几年前即有所显现，先是针对突发重大事件每天进展的连续性报道减少，后是就同一主题的多体裁整版组合报道也越来越少。其原因有待进一步分析，可能涉及在“分分钟上新”的移动端媒体的挤压下，纸媒在突发事件最新动态报道上的迟缓劣势越发突出，连续性报道越来越难做；相比组合报道，系列报道留给编辑记者相对从容的操作时间和空间跨度；系列报道更容易发挥各地记者的团队优势，等等。

此外，采编队伍花大力气精心打造的重量级系列报道，在纸媒上的影响力有目共睹，那么，如何将好产品二次创作，让我们的拳头产品能在更多平台发出耀眼的光芒、被更多的受众看到，从而提升本报的影响力，这是今后我们有必要探讨的问题。

（感谢多位同事提供基础材料——作者注）

视觉十佳

2022′ 工人日报十佳作品选

4 2022年9月10日 星期六 新闻摄影 责任编辑：王伟伟 E-mail:grbrsyb@vip.sina.com 工人日报

四川泸定地震
大救援

9月5日，四川甘孜藏族自治州泸定县发生6.8级地震。截至9月9日12时，此次地震已造成88人遇难，30人失联。

灾情发生后，消防队员、解放军和武警官兵、公安干警等救援力量迅速响应，投入抢险救灾。社会救援力量也迅速集结，积极展开救援。与此同时，社会各界纷纷捐助善款、物资等，协助当地开展赈灾救灾和灾后重建工作。

受灾地区山高谷深，许多道路受损严重，交通中断。为了能尽快救出被困群众，救援人员有时需要冒着余震不断、滚石横飞的危险，徒步数十公里才能到达指定地点。"飞夺泸定桥般的救援""用身体和绳索搭建起生命通道""徒手攀援绳索横渡河流"……为了尽快转移受困群众，一场大救援行动正在震区展开。

9月8日，武警四川总队机动第二支队利用简易木桥，为泸定县德威镇贾挖坪村的受灾群众搬运生活物资。 新华社发（张力新 摄）

9月6日下午，泸定县海螺沟大桥附近，地震导致的山体滑坡使海螺沟景区通往磨西镇的道路中断，救援人员用绳索和身体"搭"起救援通道，帮助群众穿过塌方路段。 华小峰 摄

9月8日，泸定县磨西镇附近，人们将一位从湾子沟村疏散出来的受伤人员抬出。 新华社记者 沈伯韩 摄

9月6日，泸定县磨西镇共和村，森林消防队伍与消防救援队伍合力将受伤人员转移到直升机上。 程雪力 摄

9月9日，泸定县磨西镇贾挖坪村湾子河畔，村民身着救生衣，过简易木桥，合力将其接运回村内临时安置点。 张浪 摄/中新社

9月8日16时，救援队伍从泸定县得妥镇湾东村4位救出被困人员后通过直升机转移至泸定县进行救治。 华小峰 摄

9月8日，武警凉山支队60名官兵采取肩扛手抬的方式携带救援器材及生活必需品，徒步3个小时深入雅安市石棉县草科藏族乡和平村开展救援工作。 李炜文 摄

9月6日，阿坝森林消防支队汶川大队队员张自立抱着一名从泸定县得妥镇湾东村疏散出来的2个月大的婴儿。张自立来自四川阿坝州茂县，2008年汶川地震时，家里房屋倒塌，6岁的张自立和家人在解放军和消防员的救助下渡过难关。14年后，当泸定地震发生时，20岁的张自立便和战友第一时间赶往灾区，帮助群众安全转移。 新华社记者 沈伯韩 摄

9月9日，中秋节来临之际，雅安市总工会连夜为受灾群众和前线救援人员准备了专属慰问品。 张军 摄

9月8日下午，泸定县第二中学安置点，桌子上满是正在充电的手机。 杨树 摄

9月9日，雅安市石棉县新民乡海耳村地震受灾群众安置点，志愿者正在为小朋友分发月饼。 曹博远 摄

本报社址：北京市东城区安德路甲61号 邮政编码:100718 定价:全年352元 每季88元 2月29.26元 其余月29.34元 零售:逢4版0.56元 逢8版1.12元 广告经营许可证京东工商广字0184号 工人日报社印刷厂印刷

《四川泸定地震大救援》
编辑：王伟伟　杨登峰

“双奥之城”折柳寄情

本报记者 曲欣悦

“鸟巢”里，孩子们再次唱响2008年北京奥运会主题曲《我和你》，五环由点点星光汇聚后再次升起，与2022年冬奥会大雪花火炬彼此交错……这一刻，时光倒流，“双奥”相逢。

第二十四届冬季奥林匹克运动会今晚在“双奥之城”北京圆满落幕！

16天的时间，在奥林匹克格言“更高、更快、更强、更团结”的感召下，近3000名运动员用拼搏共同绘就了逐梦画卷。

场地中央的影像中国结将大家连接在一起，运动员们或挥舞国旗欢呼，或围成圆阵起舞……此刻，他们只需要珍惜这难能可贵的相聚，共享奥林匹克带来的欢愉和荣耀。

2008年北京奥运会，历史性地创造了“向志愿者致敬”这一环节，并从此成为奥运会闭幕式的传统。

这一环节今晚也在“鸟巢”重现。6名接受致敬的志愿者代表得到了传统的中国灯笼，包含着“点亮我，温暖你”的美好寓意。

80名舞者在地屏冰面上，采用人屏互动的方式，走出一幅“垂柳图”。365位普通人手捧柳枝惜别冬奥，他们向场地中央汇聚，以今天的方式，演绎中国人传承千年的“惜别怀远”“折柳寄情”。

开幕式上的“迎客松”，闭幕式上的“寄情柳”，中华文化意象之美再一次得到了淋漓尽致地展现。

“鸟巢”的上空，再次被绚烂的烟火覆盖，“天下一家”“one world one family”和奥运五环等特效烟火将现场气氛推向高潮。随着空中升起一个巨大的烟火光环，本届冬奥会画上了一个圆满的句号。

再见，北京冬奥会！

你好，一起向未来！

（本报北京2月20日电）

代表团	金	银	铜	总计
挪威	16	8	13	37
德国	12	10	5	27
中国	9	4	2	15
美国	8	10	7	25
瑞典	8	5	5	18
荷兰	8	5	4	17
奥地利	7	7	4	18
瑞士	7	2	5	14
俄罗斯奥委会	6	12	14	32
法国	5	7	2	14

本版照片均为本报记者王伟伟摄

北京冬奥会实现安全与精彩的最佳平衡
闭环内成为全球最安全的地方之一

本报北京2月20日电（记者毕振山）北京冬奥会的防疫工作十分成功，防疫成功成就了精彩的赛事，北京冬奥会实现了安全与精彩的最佳平衡。今天举行的北京冬奥组委赛事总结新闻发布会上，北京冬奥组委专职副主席、秘书长韩子荣说，赛前北京冬奥组委和国际奥委会一同制定了两版防疫手册，成为赛时各利益相关方的行为准则。各项防疫措施的有效落实，使冬奥会闭环内成为全球最安全的地方之一。

北京冬奥组委运动员委员会主席杨扬则用一个关键词“突破”来总结这届冬奥会。她说，中国队此前在很多项目上都没有参赛，这一次参加了109个小项中的104个小项，是非常了不起的突破。中国冰雪运动的发展，对世界冰雪运动发展也是共享的契机。

针对冬奥会的观众问题，北京冬奥组委执行副主席张建东表示，在疫情下举办北京冬奥会，对中国来说是一个非常大的挑战，特别是涉及观众的问题。“北京冬奥会的观众来自闭环内和闭环外，闭环内的观众包含各代表团的运动员等人员，闭环外的观众采取自愿报名的方式，有普通市民、冰雪爱好者，也有外国友人等。”他说。

针对本届冬奥会的运行指挥问题，张建东说，北京冬奥会的运行指挥体系从2021年10月国际测试赛时启动，分为战略指挥、运行指挥和场馆运行三个指挥层级，赛时各个层级的指挥机构分工协作，通力合作，提升了跨区域、跨领域的指挥调度和应急保障能力。除中方指挥体系外，北京冬奥组委还与国际奥委会、国际冬季单项体育联合会、各个国家和地区的奥委会等都构建了工作协调机制。

9金4银2铜创中国队冬奥会最好成绩
中国冰雪站上新起点

本报记者 刘兵

隋文静/韩聪拿下花样滑冰双人滑金牌，中国代表团在北京冬奥会的奖牌总数定格在9金4银2铜，名列金牌榜第三位。

这一成绩不仅创造了中国运动员参加冬奥会以来的最佳战绩，也是亚洲国家和地区参加冬奥会取得的最好成绩。

冬奥会有“得雪上者得天下”之说。在北京冬奥会之前，中国队总共夺得13枚冬奥会金牌，其中冰上项目贡献了12枚，而雪上项目仅有韩晓鹏在2006年都灵冬奥会上夺得的一金。

本届冬奥会9枚金牌中，雪上项目贡献5金；15枚奖牌中，雪上项目收获9枚。中国军团一改往日“冰强雪弱”的格局，冰上项目和雪上项目的实力更趋均衡，雪上项目的实力甚至稍显优势。

雪上项目争夺中，谷爱凌和苏翊鸣掀起“青春风暴”，成为赛场内耀眼的“超新星”。在传统优势项目自由式滑雪空中技巧上，中国队斩获2金1银，徐梦桃、齐广璞两位老将终于圆了冠军梦。此外，中国钢架雪车也实现历史性突破，闫文港摘得一枚宝贵的铜牌，让人们看到了中国雪上项目的勃勃朝气。

在雪上项目强势崛起的同时，冰上项目顶住压力收获4金，为本届冬奥会中国队最终填满金牌“九宫格”添砖加瓦。

“王者之师”中国短道速滑队此次遇到了强力挑战，共取得2金1银1铜的成绩。

在速度滑冰项目上，24岁的高亭宇在男子500米项目上以打破奥运纪录的表现为中国队斩获金牌，这枚金牌也是中国速滑男队在冬奥会上的首金，其意义不言而喻。花样滑冰项目上，中国队在双人滑中“卧薪尝胆”12年，终于再度摘金。

中国队在本届冬奥会能取得这样优异的成绩，固然有“主场作战”所带来的心理优势。但真正的关键因素，还是我国冰雪项目近年来在选才、培养、保障方面的持续着力和运动员的不懈努力。

2015年北京申冬奥成功时，大约有三分之一的冬奥会项目从未在中国开展过，其中大部分是雪上项目。此后，通过强弱项、补短板，中国冰雪项目实现了全项目开展、全项建队、全项训练。北京冬奥会全部109个小项中，中国队在绝大多数的小项上获得了参赛资格，其中有35个小项是首次参赛。

在人才选拔上，中国队采取跨界跨项选才的方式。参加北京冬奥会的177名中国运动员，约有五分之一是通过跨界跨项选才转而开始冰雪项目专业训练的，其中雪上项目更是有近一半运动员为跨界跨项运动员。

“泰山不让土壤，故能成其大；河海不择细流，故能就其深。”中国冰雪骄人成绩的取得，还得益于“引进来、走出去”战略的实施。据统计，本次中国体育代表团中共有教练员78人，其中外教有51人。这些外教来自美国、加拿大、俄罗斯、法国、日本等19个国家和地区。此外，充分的后勤保障，比赛场地的建设，科技的加持都是中国队取得突破的原因。

虽然在本届冬奥会上取得不错战绩，但与欧美冰雪运动强国相比，我们在优秀运动员数量、人才基础、场地设施等方面都还有不小的距离，仍需要久久为功，继续努力。

中国冰雪运动的未来依然在于青少年。只有继续坚持正确方向，培养从运动员、教练员到各类管理及保障人才力量，加快冰雪运动的普及发展，中国冰雪运动的发展空间才会更广阔。

（本报北京2月20日电）

京张随笔

一切『注定』的书写，都由『努力』做『笔』

本报记者 毕振山

2月19日晚的首都体育馆里，中国双人滑组合隋文静/韩聪面对身后的三组俄罗斯奥委会队选手，最终拿下冠军，再次印证了“葱桶组合”的强大实力。

赛后，隋文静和韩聪都谈到上场前压力很大。隋文静说，她一直告诉韩聪，“我们一定能做到，我们的第一块金牌就是《金桥》带给我们的，今天我们一定也可以。”

他们的教练赵宏博也说：“首体是我们的一块福地。”赵宏博回忆起自己曾在首体附近住了很多年，这个场馆也见证了中国队的多次胜利。去年10月，在首体举行的“相约北京”亚洲花样滑冰公开赛上，隋文静和韩聪就是凭借全新演绎的《忧愁河上的金桥》拿到了冠军。

同一块场地，同一个曲目，“葱桶组合”的胜利似乎有点“命中注定”的味道。但所有人都知道，一切“注定”的书写，都是由“努力”做“笔”。

赵宏博提到，“葱桶组合”获胜的关键，在于高难度的抛转四周和动作完成质量。隋文静和韩聪非常熟悉主要对手，也知道仅凭艺术感染力没有十足的把握取胜。为此，他们特意准备了抛转四周等高难度动作，既是为了追求更高更快更强，也是希望能借此建立相较于对手的优势。

结果证明，他们的努力没有白费。这也说明，比赛可能会有各种偶然因素，但胜利决不能依靠这些偶然因素，过硬的实力才是夺金的保证。

本届冬奥会获得2金1银的谷爱凌，曾在自由式滑雪坡面障碍技巧决赛中摔倒。但是，摔倒后的谷爱凌仍然在随后一跳挑战高难度动作，最终拼下一枚银牌。

由于自身出现失误，中国空中技巧队在混合团体赛中遗憾摘银。不过，队中的徐梦桃和齐广璞没有受到这一失利的影响，后来分别拿下了女子和男子空中技巧的金牌。

为了练习一套能够争夺金牌的动作，徐梦桃曾经有一段时间每天从6层楼高的跳台上起跳，完成空中动作后落入冰水。

还有苏翊鸣的1800度高难度动作，任子威的乱战突围，高亭宇的破冬奥会纪录夺冠……无不表明他们都是有备而来。赛场上看似轻描淡写的一个动作，可能是他们经过一千次一万次的训练才掌握的。

不可否认，赛场上会有偶然因素。日本速度滑冰名将高木美帆，在女子团体追逐赛决赛中突然摔倒，导致日本队痛失金牌。在此后的集体出发半决赛中，高木菜那再次在同一个地方摔倒。在北欧两项比赛中，挪威选手理贝尔由于走错了赛道，将唾手可得的金牌拱手让人……对于这些偶然因素，运动员能做的就是提前有所准备，在突发情况出现后能够及时调整状态。

北京冬奥会，很多运动员实现了自己的金牌梦，也有人留下遗憾。对他们来说，冬奥会的结束意味着新的开始。在新的冬奥周期，他们需要继续坚持、努力和训练，让自己具备足可匹敌的能力。这样一旦机会来临，胜利才能水到渠成。

（本报北京2月20日电）

冰雪荣耀冬奥特刊
编辑：吴迪　赵晓展

8 2022年11月8日 星期二

新闻摄影

责任编辑：刘金梦
E-mail:grrbmssyb@vip.sina.com

工人日报

左一：3月8日，河北张家口，中新社记者蒋启明（左一）在采访北京2022年冬残奥会。 张武军 摄

左二：6月12日，中国日报记者邹红（图右）在香港礼宾府拍摄即任前夕的香港特区第五任行政长官林郑月娥。 崔楠 摄

左三：10月20日，北京，58岁的科技日报记者周维海在党的二十大新闻中心分会场采访。 郑亮 摄

左四：11月6日，北京青年报记者崔峻在2022年北京马拉松比赛现场采访。 李欣 摄

我是记者

嗨，同行，又是一年记者节，节日中的你，是否依然奔波在路上。

这一年，我们见证了党的二十大胜利召开，北京2022冬奥会圆满收官，"双20"列阵长空接英雄回家……

这一年，疫情防控依然形势严峻，山火、地震、洪涝、干旱……牵动着我们的心。

行走在追求真相的路上，记者，从未缺席。

春去冬来，时光飞逝，不变的是对记者这份职业的坚守，是初心与使命。

在2022年记者节来临之际，《工人日报》摄影部联合《人民摄影》报面向全国新闻工作者征集工作照。

我是记者，我在现场，今天的版面留给"我们"。

7月23日，青海省玉树藏族自治州曲麻莱县麻多乡黄河源头，玉树藏族自治州广播电视台记者求永卡藏（图左）随着"母亲河"采访非遗传承人宝周。二人之间的"小溪"就是被称为黄河源头之一的约古宗列曲，其最窄处不足1米。 索昂文德 摄

9月16日，辽宁沈阳，第九批在韩志愿军烈士遗骸迎回仪式上，新京报记者陶冉在大雨中用相机进行低角度拍摄。 郑宇哲 摄

7月19日，山东青岛，摄影师张进刚正在拍摄一组《动物清凉过夏日》的照片，一只环尾狐猴爬上了他的肩膀登高望远。 俞方平 摄

3月24日，广东省深圳市福田区上沙村出现疫情，深圳特区报记者钟治瀚身着防护服准备进去采访。 赵军 摄

6月2日，四川雅安，"6·1"芦山地震发生后，雅安日报记者周代凤徒步深入灾区，途径国道351线山体滑坡路段。 郝杰艺 摄

←8月24日，重庆发生森林大火，重庆日报记者崔力随云南森林消防队员前往山火一线着火点采访。 曾青龙 摄

↓11月5日，广东珠海，人民画报记者万全在中国航展现场采访彩虹无人机展区布展情况。 门广阔 摄

→7月11日，山西太原遭遇暴雨，中国新闻社山西分社记者武俊杰在城市内涝区域拍摄。 郭峰 摄

2月21日，贵州省铜仁市玉屏侗族自治县舞阳河国家湿地公园，摄影师胡攀学在拍摄湿地公园雪景。 姚祖香 摄

5月11日，海南省白沙黎族自治县，海南日报记者袁琛（图左）在采访茶农并了解她们的收入情况。 曾春妮 摄

1月31日，除夕夜，工人日报记者王鑫（图右）到湖南湘潭湘江铁路特大桥采访守桥工人刘新秋，这是刘新秋在工作岗位上度过的第12个除夕。 周游 摄

《我是记者》
编辑：刘金梦　杨登峰

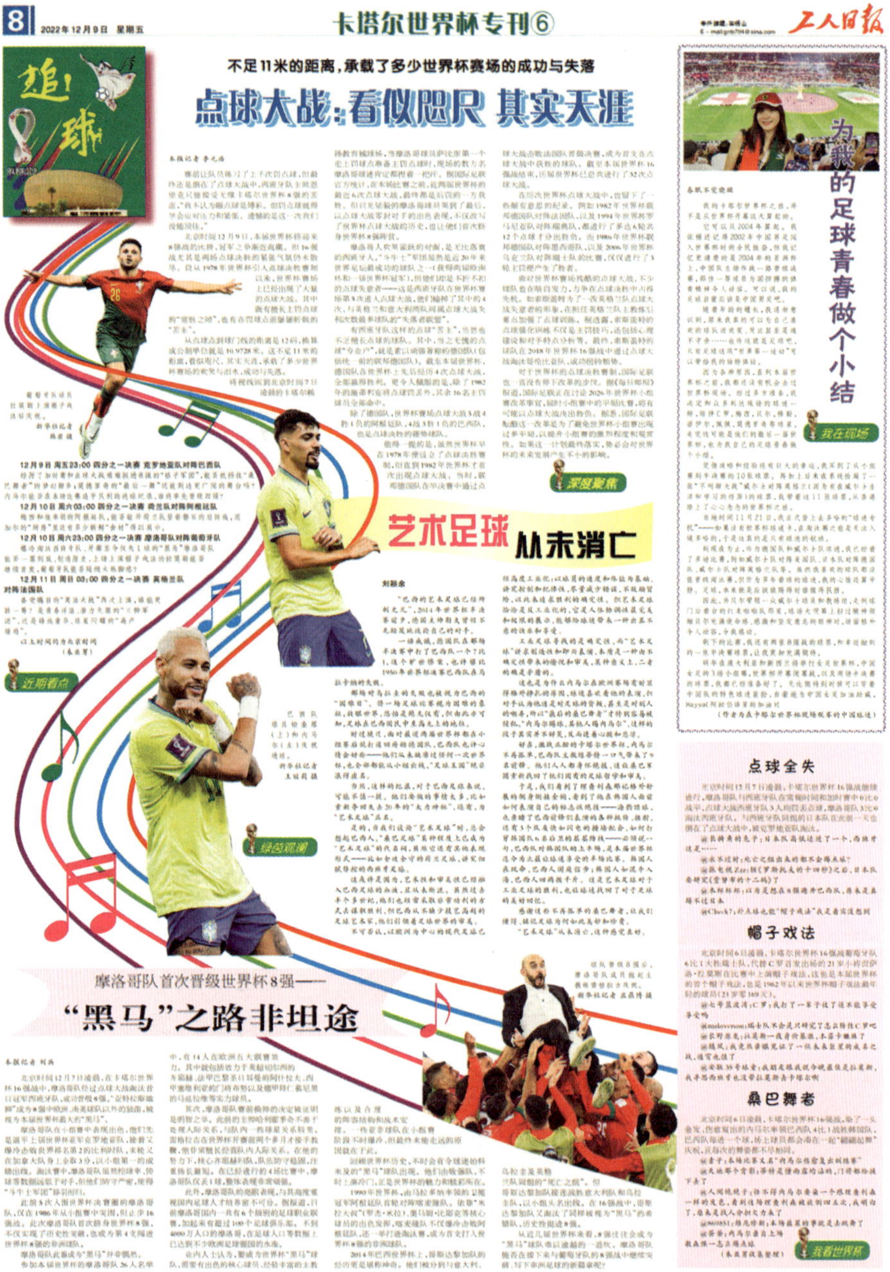
8 2022年12月9日 星期五

卡塔尔世界杯专刊⑥

工人日报

不足11米的距离，承载了多少世界杯赛场的成功与失落

点球大战：看似咫尺 其实天涯

为我的足球青春做个小结

艺术足球从未消亡

摩洛哥队首次晋级世界杯8强——

“黑马”之路非坦途

点球全失

帽子戏法

桑巴舞者

卡塔尔世界杯专刊

编辑：毕振山　李元浩

视觉十佳 · 组照

4　2022年6月11日　星期六

新闻摄影

工人日报

6月10日下午，随着北京市地理考试科目的结束，除上海外，一年一度的全国高考落下帷幕。

今年是实施"双减"政策后的首次高考。面对复杂的疫情防控形势，全国各地各部门多措并举，统筹疫情防控和高考组考工作，为考生顺利完成这一特殊的"成人礼"营造良好氛围。

据了解，今年高考报名人数达1193万人，比去年增加了115万人，创历史新高。

疫情下的高考

6月7日，北京市东城区宏志中学考点，考生准备进入考场。

6月6日，全国高考前一日，上海市的高三复课，第十中学卫生老师在开学第一课上讲解防疫包使用规范。受疫情影响，上海市的高考将在7月7日—9日举行。

6月9日，北京市朝阳区陈经纶中学考点外，家长正在等待。

6月8日，北京的一处酒店内，考生正在进行英语科目的考试。今年高考，对于在封管控区的考生，北京在一些宾馆酒店或具备食宿条件的学校设置了考点，考试期间为考生提供一体化服务。封控区考生实行一人一考场，管控区考生可多人一考场，考位间距不小于两米。

《疫情下的高考》

作者：杨登峰　李润钊　裴龙翔　赵黎浩　王伟伟　刘金梦　李逸萌　唐　姝

编辑：王伟伟

《寒夜里的北京新发地》
2021年02月06日04版 作者：吴 凡 编辑：刘金梦 杨登峰

4 2022年6月25日 星期六

新闻摄影

责任编辑：刘金梦 E-mail:grbmsyb@vip.sina.com

工人日报

小麦是世界上分布最广、种植面积最大的作物，也是中国人最重要的“口粮”之一。

从1981年中国农业科学院建立我国第一个小麦加工品质实验室开始，就有这样一群人，他们每天游走于田间地头，与小麦为伴，为的就是能够选育出优质高产的小麦品种，保证我国的粮食安全。在他们的努力下，我国小麦单产不断提高，优质品种不断问世。

6月7日，位于北京北三环内的中国农业科学院试验田内，来自中国农业科学院作科所的研究员赵林姝（右一）正和工作人员收取小麦试验材料。

6月21日，夏至，北半球一年中白昼最长的一天。37℃的“桑拿天”犹如蒸笼一般，闷热难耐。位于北京北三环内的中国农业科学院试验田内，小麦一片金黄，偶尔一阵风起，麦浪滚滚，蔚为壮观。这里是北京市三环内唯一的麦田，因其特殊的地理位置和科研价值，被人们称为北京“最珍贵麦田”。

麦熟一晌，虎口夺粮。对于从事小麦研究的农科人而言，这是收获的季节，也是与天气赛跑的时节，各个试验田内一片繁忙。

在距“最珍贵麦田”约50公里外的中国农业科学院作科所顺义基地内，来自国家小麦产业体系种质资源鉴定与新种质创制岗位的科学家毛新国忧心忡忡，天气预报说第二天有雨，为了“夺粮”，他们加紧了收割的步伐。

俯身弯腰，左手拢麦，右手握镰，顺势一拉，一大把麦子就被收割归拢，这叫走镰。毛新国喜欢这样的收麦方式，“沉甸甸的麦穗就是生命的分量，每次收割不光是一次体力上的付出，也是和小麦的一次对话，这些是机器收割无法体会的。”毛新国说，选种、种植、养护……弯腰收割时，不光能感受丰收的喜悦，还能提升自己的修养。他认为，这种从实践中得出结论的过程就是一种感悟，“妙不可言”。

在顺义基地，像毛新国这样的科学家随处可见。单从外表看，他们和普通农民完全没有区别，只有当他们穿上白色大褂，在田间指指点点，在笔记本上写写画画才会“暴露”他们的身份。

6月15日，农科院作科所顺义基地的食堂内，科研人员正在吃晚饭。与城里相比，这里的条件相对艰苦，饭菜也比较简单。

与普通农田里整齐划一的小麦不同，这里种了数千份小麦种质材料，它们高低错落，青黄相间，形态各异，因此这里曾被戏称为“倒伏的麦田”。

就是在这片麦田里，经过41年的干旱和人工模拟高温环境实验，科学家已筛选出110多份抗旱耐热性突出的小麦种质资源，许多改良后的小麦品种被推广到了全国各产区落地生根，最终变成了人们餐桌上的美味。

“真的被震惊到了，没想到我们课堂上学的那些品种就是在这里被孕育出来的。”说起初来农科院的感受时，即将攻读博士学位的王晋萍这样描述。“在这里当农民可不轻松，不光要起早贪黑，还要给小麦做标记、量株高、数穗粒，环环相扣，一步也不能错。”

炎炎烈日下，王晋萍将自己包裹得严严实实，即使这样，胳膊和脖子有时还是会被晒伤，又痒又疼。忙完地里的活儿，到了下午她就要赶回实验室对新选的小麦材料进行基因检测。王晋萍说：“虽说我们从事的是品种创新、基因改良的工作，但农田的活儿是一点也不能落下。”

到了夏忙时节，中国农业科学院作科所的科研人员经常要在实验室和育种田里两头奔波，经常一星期也回不了一趟家，但对于这样的忙碌，他们却习以为常。有时为了能够培育出耐高温的小麦品种，他们要在四五十度的高温大棚内工作。来自作科所的李龙博士说：“一年辛劳不就为了这几天吗？何况我们收获的不光有粮食，还有珍贵的科研数据和国家对我们的信任。”

6月22日，大雨如期而至。经过前一天晚上加班收割，500多份小麦种质材料全部归仓。看着这些材料，毛新国像是看着自己的孩子，眼里满是希望。

6月16日，中国农业科学院作科所顺义基地的麦田里，毛新国（图右）正带领学生选种。

麦田守护者

本报记者 王伟伟 摄影报道

6月15日，农科院作科所顺义基地的麦田里，一名工作人员正提着水杯走向麦田。夏日里，像这样的大号水杯在这里几乎是每个人的标配。

6月21日傍晚，农科院作科所顺义基地的麦田里，工作人员正将收割下来的小麦送进收割机脱粒。

6月15日，农科院作科所顺义基地，结束了一天的工作，毛新国（右一）和工作人员一起乘坐三轮车返回住所。

6月15日，农科院作科所顺义基地的麦田里，附近村民带着小孩在麦田里拍照留影。每年小麦成熟的时候，成片的麦田总能吸引不少人到此“打卡”。

6月16日晚，博士生导师毛新国在结束了一天的田间工作后，在农科院作科所顺义基地宿舍和学生讨论课题进展情况。

6月17日，农科院内的一处试验田内，李龙博士（左一）正带着学生观察农艺性状。

6月17日，农科院的实验室内，一名工作人员正小心翼翼地将烘干的麦穗从袋子中取出。为了保证数据的准确，小麦穗粒数和麦芒都要完好无损。

6月17日，农科院的实验室内，王晋萍正在统计不同小麦品种的发芽率。

本报社址：北京市东城区安德路甲61号 邮政编码：100718 定价：全年352元 每季88元 2月29.26元 其余月29.34元 零售：逢4版0.56元 逢8版1.12元 广告经营许可证京东工商广字0184号 工人日报社印刷厂印刷

《麦田守护者》

2021年06月26日04版 作者：王伟伟 编辑：刘金梦 杨登峰

4 2022年10月22日 星期六

新闻摄影

工人日报

金秋十月，中国共产党第二十次全国代表大会在京隆重举行。这是在全党全国各族人民迈上全面建设社会主义现代化国家新征程、向第二个百年奋斗目标进军的关键时刻召开的一次十分重要的大会。

2296名党的二十大代表肩负着9600多万名党员、490多万个基层党组织的重托，承载着亿万人民的期望，齐聚北京，履行神圣职责。代表们纷纷表示，在新征程上，要自信自强、守正创新，踔厉奋发、勇毅前行，为全面建设社会主义现代化国家、全面推进中华民族伟大复兴而团结奋斗。

凝心聚力新征程　团结奋斗向未来

↑10月16日上午，中国共产党第二十次全国代表大会"党代表通道"第一场采访活动开启。90分钟的时间里，15位来自各行各业的党代表分成5组走上通道，讲述他们履职尽责的精彩故事，接受中外记者的采访。图为王成忠、钱素云、谢春涛3位代表（自左至右）在接受采访。

↓10月18日，在山西省代表团全体会议间隙，来自煤矿生产一线的李杰代表（图左）和马警明代表在热烈讨论。　李树军 摄

10月15日，党的二十大新闻发言人孙业礼在北京人民大会堂举行新闻发布会。图为新闻中心分会场吸引众多境内外媒体记者前来报道。

↑10月18日，沈玲斐代表（前排左一）在浙江代表团分组会议上展示大陈岛风景精品，介绍当地群众增收致富情况。　胡元勇 摄

↑10月15日，在新闻中心记者服务区的记者通过电视直播收看二十大首场新闻发布会。

（本版图片，除署名外均为本报记者杨登峰摄）

本报社址：北京市东城区安德路甲61号　邮政编码：100718　定价：全年352元　每季88元　2月29.26元　其余月29.34元　零售：逢4版0.56元　逢8版1.12元　广告经营许可证京东工商广字0184号　工人日报社印刷厂印刷

《凝心聚力新征程 团结奋斗向未来》
作者：杨登峰　编辑：吴凡

《劳模荣耀》
作者：杨登峰　编辑：王伟伟　刘金梦

图说

见缝插针？

据《人民日报》报道，近年来，全民健身参与度不断提高，但健身场地少、消费高等问题不容忽视。比如，一些地方建了大型体育馆，专业赛事的办赛需求是满足了，但群众开展羽毛球、篮球、游泳等运动却找不到物美价廉的场地。

随着群众健身需求日益多元，越来越多人希望能在家门口就近开展体育锻炼，这无疑对相关场地和设施的可及性、经济性提出了更高要求。看见并充分重视这份需求，需要城市管理者、规划建设者平衡好社区公共空间用途，提高健身场地和服务的公益性成色。目前，从中央到地方，已在努力通过优化资源配置、补齐服务短板等解决这一问题，多地也积累了一些好的做法，比如推动体育场馆开放共享，新建、改建全龄友好型公园等。群众健身非小事，让健身场所走近百姓，是最实际的工作，希望各地都能积极行动起来。

赵春青/图　鲲超/文

《见缝插针》

2021年12月01日05版　作者：赵春青　编辑：林琳　张子谕

其他类十佳

十佳 2022′ 工人日报十佳作品选

新媒体专栏

新 360 行

■ 作者：集体（刘金梦　王伟伟　白至洁　吴　凡　肖婕妤　杨召奎　史宏宇　雷宇翔　车　辉　陶　稳　王　群）
■ 编辑：集体（刘家伟　杨登峰　吴　凡　刘金梦　王伟伟）
■ 2022 年每周五 工人日报客户端

作品链接和二维码
http：//web. app. workercn. cn/news. html? id=94153

专栏介绍：

《新 360 行》是《工人日报》专为移动端量身打造的融媒体短视频栏目，聚焦中国经济转型升级过程中不断涌现的新职业，通过这些新职业从业者的故事，折射社会进步和时代变迁，以小切口、大情怀、高站位、全新视角赞美新时代、唱响劳动者之歌。

《新 360 行》是工人日报媒体融合试点项目，以项目制的形式运行，打破报社采编各部门的行政壁垒，整合社内资源，要求每期必须配备一名传统意义上的文字记者，前后有 60 多位记者参与。同时盘活社外资源，让通讯员提供优质内容在工人日报平台展示，从而实现多赢。

栏目尊重互联网传播规律，不断探索叙事模式创新。栏目每周五更新，每期用 3 分钟左右的短视频讲述新职业从业者的故事，通过 VLOG、跟拍、记者出镜、直播等多种形式，创新表现手法，适应现代社会用户阅读移动化、碎片化的不同需求。

以用户为中心，以正能量赢得“大流量”。借助诸多平台，该栏目的目标用户群体扩大到社会不同层面的广大受众，尤其是关注新业态劳动群体、小微企业及相关职业发展的受众。

《新360行》入选中宣部“2021年中国报业深度融合发展创新案例”。有效提升了《工人日报》影响力，带动了《工人日报》客户端的下载量，并且多个作品获行业类荣誉奖项：《清华雕塑系女生转行3D打印：我做出了杨洋手中的宝剑丨新360行之3D打印设计师》获第三届首都女记者短视频大赛二等奖；《摸得到的童话丨新360行之立体书设计师》获第二届女记者短视频大赛优秀标题奖；《以歌为药，高位截瘫12年的他用音乐为病友疗伤丨新360行之音乐治疗师》获评第15届“残疾人事业好新闻”三等奖；《当有人对你哈哈大笑时，他不一定是高兴丨新360行之孤残儿童护理员》获16届“残疾人事业好新闻”三等奖。

《新360行》除了在《工人日报》客户端首发外，还在中工网、微博、百家号、澎湃等平台刊发，取得了巨大的社会影响力。

》》新媒体专栏

工人日报 e 网评

■ 作者：龚先生
■ 编辑：刘文宁　林　琳　韩韫超　吴　迪　张子谕
■ 发布平台：工人日报客户端、微信；中工网等

栏目作品二维码

栏目介绍：

《工人日报 e 网评》是工人日报在 2019 年 5 月推出的融媒评论栏目，专为移动传播平台量身定做。它整合社内报、网、微、端的评论力量和资源，意在探索深度推进媒体融合发展背景下新闻评论的创新发展，尝试在碎片化传播与阅读时代，为受众打通求解真相的“绿色通道”，凝聚更多理性声音，提升舆论生态健康指数。

该栏目的评论在工人日报客户端、工人日报微博、微信及中工网同时推送，每年推送 110 篇左右。不少篇目被“人民日报”“今日头条”“学习强国”等平台转发，多篇评论成为爆款，《为明星应援，小学生成了谁的“木偶”?》阅读量达 1109 万；《货拉拉道歉：每次改进都用生命来换，代价太惨痛!》获得第三十二届中国新闻奖评论三等奖。该专栏入选“2020 年全国报业深度融合发展创新案例”。

以项目制的形式运作，探索全新的融媒评论工作流程

《工人日报 e 网评》栏目以项目制方式运作，不成立新的部门，不招

用新的人员，而是打破报社的部门界限，整合社内报、网、微、端评论力量和资源，组建一支包括不同领域评论人才的“特种兵小分队”。强化互联网思维，其选题策划、会议讨论、写作编辑、审稿推送、反馈互动等都采用线上模式。

具体运作时，类似有一个插件、一个U盘，项目组要工作时，类似将U盘插入电脑，工作启动；工作结束后，拔出U盘，项目组人员退回原来的工作岗位，项目组工作暂停，参与人员继续完成报社原有采编工作。

以受众为中心，实现编辑、作者与受众的交互融合

该栏目打破纸媒评论的惯常工作范式，实行编辑与作者同时进入、共同商量的交互式运作模式。在选题、评论落点及寻找论据上，作者与编辑反复沟通。标题制作实行“众筹”模式，团队所有人员都参与微信群中的讨论，七嘴八舌确定出最后的标题。

同时，以受众为中心，注重编辑作者与受众的双向互动，包括以沉浸式写作手法，将受众带入特定环境去思考和追问。比如，2021年2月，长沙一女士通过货拉拉平台预约搬家服务，后在跟车搬家途中坠车身亡，在评论《货拉拉道歉：每次改进都用生命来换，代价太惨痛!》中，作者带着受众一同探讨“我们如何摆脱类似恐惧”。“换做是我，会不会有同样遭遇”成为文中吸引受众的一条重要心理线索，即借助共情的力量，将受众拉进可能置身的同一场景，一同追问，一同找出路。评论指出，对任何新兴行业来说，只以利益为目标的狂奔不仅会伤害企业形象，更会重创行业发展。平台企业应承担起更多不可推卸的责任，希望下一次的改进不再用生命来换。

议题设置追求“最大重合度”

在选题上，“受众认为重要的事”权重大幅上升，“作者认为重要的事”权重大幅下降。即使是“作者认为重要的事”的选题，也在受众感兴趣的时机适时推出。比如，我们从热搜榜、微信朋友圈中寻找选题，推出《挺好的平台，别把自己玩死》《“补课”B站晚会，代际在“次元壁”前握手》《坏了规矩的，一定会坏了名声》等评论，体现了议题设置的“最大重合”。

创新表达，强化评论的阅读价值、传播价值

语态创新。改变说话的口吻、姿态，从“说教”向“对话”转变，从“俯视”向“平视”转变。尽量口语化和平民化，多用人们日常聊天时所用的语言；适应碎片化和网络传播，选择性吸纳一些网言网语。评论中适当“讲故事”，或是对新闻事实的讲述，还原其全貌、理清其发展脉络，进而为说理做铺垫；或是对评论观点做补充，成为论据的组成部分；或是为了让受众有画面感、代入感、参与感，进而对评论的观点有更深的认同。

形式创新。注重视觉上的切分和突出。分列小标题，根据逻辑和内容，把一篇长文打散；通过字体标粗、变色，字号加大、变体等，达到“划重点”的目的。用配图、截图、动图、短视频等，还原、补充新闻事实，对相关评论内容作解释说明或观点补充。充分运用表情包，实现更精准的情绪表达和观点传递。同时，尝试打造原创表情包，让“龚先生”不仅仅是一个称号，还要有一个形象，让受众更可知可感。自制文字性图片、图片配表情等作为观点的延伸和强化。这种配图方式可以达到“点点评”“幽默一下”甚至“皮一下”的目的，或者对文章上下之间的内容进行起承转合，或者表达某个突出的观点。而且，对这种创作，我们有自主知识产权。

品牌创新。打造人设、logo、水印和“龚先生”的卡通形象。我们设计了《工人日报e网评》的logo，确定了“龚先生”这个统一的作者署名，打造“龚先生”的人设——既符合碎片化传播的特点，符合网络评论的“人设”，又符合《工人日报》定位。我们通过给原创表情、图片加《工人日报》水印等方式，增加品牌元素和曝光量。

《工人日报e网评》的评论既接地气，又不失厚重——评论由鲜活的个案新闻切入，引发普遍性思考，触及更有普遍意义的问题，让受众由小见大，在轻松的阅读中，有所得、有所乐、有所感、有所悟；既有锐度，也有温度——评论既有针对性，旗帜鲜明提出批评、寻根溯源发出警示，同时注意讲理的方式，站在当事人立场，设身处地分析可能存在的因素，让评论更有温度；既讲究共情，又讲求深度——在做因果分析时，摒弃简单思维，把可能的意外情况、质疑声音都考虑进去，让评论的逻辑更加周严、判断更加精准、结论更有说服力。

《工人日报e网评》注重根据移动传播的特点探索流程再造、表达创新，使这一栏目成为讲好中国故事、讲好中国工人故事、讲好中国工会故事的有机组成部分。此外，在多元、繁杂声音充斥的舆论平台，该栏目积极为受众打通求解真相的“绿色通道”，降低受众获取真相的成本，增强了舆论场上的理性、积极、健康的力量，有助于提升舆论生态健康指数。2021年9月，基于《工人日报e网评》专栏的实践及理论探索，社会科学文献出版社出版了《融媒评论观察》一书。在2023年4月18日《人民日报》刊发的对此书的书评《推动融媒评论发展的有益参考》中说，该书“探讨了主流媒体新闻评论如何适应媒体融合发展趋势等问题，为推动融媒体时代新闻评论健康发展提供了有益参考。”“该书运用大量新闻评论实例，回顾并剖析相关热点事件的新闻背景及舆论场景，梳理出做好融媒评论可资借鉴的实践路径。”

》》特稿

医院对面的“家”

■ 作者：毛浓曦　通讯员：祝　盼
■ 编辑：罗筱晓　张伟杰
■ 2022 年 05 月 18 日 06 版

常向阳在与住在家园里的患儿做游戏。
（鲜康 摄）

一位家长的床头放着自己做抗疫志愿者的照片。
（鲜康 摄）

心羽爱心家园里，有的家长在做饭，有的在陪孩子玩游戏。
（鲜康 摄）

更多精彩内容请扫二维码

今年初，听说一家小店的电子广告屏废弃不用，常向阳叫上几位孩子家长，蹬着三轮车将电子屏拉了回来，挂在西安市莲湖区西大街 296 号的楼顶外侧，面朝北边。

自那天起，每到夜里，从西安市儿童医院的方向都能望见不远处一座老居民楼的顶层有几个大字在发光——西安心羽爱心家园。过去 4 年多，这个“家”已为超过 700 个大病患儿家庭提供了包括吃穿住在内的无偿帮助。

常向阳说，看到这几个字，那些正在为重病孩子的医疗费发愁的家长就不用担心吃了上顿没下顿，也不用害怕在西安找不到落脚的地方，“有灯亮着，就是希望。”

西安的馒头真贵

“常妈妈，你看我做的向日葵。”5 岁半的安安爬到常向阳腿上，炫耀地举起自己刚编好的小花。

安安留着个小光头，这是急性淋巴细胞白血病患儿的标配。这个春夏之交，她的治疗进入最后一个疗程，而她和爸爸妈妈在家园也已住了近一年。

家园里的孩子大多患有恶性肿瘤、脑瘫等重大疾病，由父母带着从外地赶到西安市儿童医院就诊。治疗期间，这里就是他们免费吃住的地方。

常向阳今年 51 岁。2000 年下岗后，她再介绍自己，都会带上“下岗女工”4 个字。这位下岗女工当过柜台销售员、饭店服务员，也自己做过生意。因为热心于公益，无论自己处境如何，常向阳一直坚持参与各类志愿服务和救助活动。

2017 年 7 月，常向阳到西安市儿童医院参与对一名胆道闭锁患儿的救助活动。在医院的走廊上，一位躺在纸箱片上身材瘦小的老人引起了她的注意，老人面前还放着一个馒头。

“您从哪来？怎么睡在这里？”常向阳问。

老人说自己家在甘肃，孙子患了白血病，儿子、儿媳在外打工挣医疗费，孩子只能由她带着四处求医。“但凡有一点办法，我也不会睡在这里。你们西安的馒头真贵，一个要 6 毛钱。”老人一边叹气一边絮叨。

常向阳鼻子一酸，不知怎么地就说了一句：“如果周边有个免费吃住的地方，您愿意去吗？”

“你这娃，看着年纪也不小了，怎么这么傻。别人躲我们都来不及，怎么能让免费吃住？”说完，老人的眼泪涌了出来。

那天，常向阳发现儿童医院住院楼的空地上，还有不少用纸箱、凉席或者破布搭起临时生活区的人。无论来自哪里，他们都有两个共同的特点：孩子重病、经济困难。

常向阳爱做公益，与父亲有很大的关系。她的父亲曾是民政局扶贫济困口的干部。有一次常向阳随父亲到西安蓝田县的一个山村里扶贫，在那里，她亲眼见到一家四口一条裤子轮流穿。离开前，父亲偷偷将10元钱塞在对方黑乎乎的被褥下。那时，他每月工资也不过40多元。

从儿童医院出来，常向阳的心像多年前在蓝田时一样被触动了，她决定要筹建一个能让那位甘肃老人免费吃住的地方。在一群常在一起做公益的志愿者的帮助下，从租房子到接进第一个患儿家庭，常向阳只花了5天时间。

只是孩子来了，屋里却空荡荡的，连一张床也没有。

就在常向阳发愁时，一位朋友打来电话。得知她正在做的事，朋友问："那你需要我做什么？"

"打钱，让我买床去。"常向阳半开玩笑半是真。

放下电话，5000元真的到账了。于是，出租屋里有了12张上下铺架子床。

后来，常向阳搬来自家的锅碗瓢盆、冰箱、洗衣机，陕西蓝天救援队的兄弟姐妹帮忙打扫卫生、布置房间，隔壁邻居送了几把椅子，楼下饭店捐了做饭的台子，各个志愿活动群的群友送来了柜子、箱子等家具。常向阳说，家园里的每一个物件都有故事，自己可以一个个讲清它们的来历。

等更多远道来西安治病的儿童家庭入住后，常向阳给这套200平方米的房子取了"心羽"这个名字。甘肃老人也带着孙子来了。孩子刚来时，小脑袋还碰不到桌面，离开时已经比桌子高出一截了。

一张高低床住一个家庭

4月中旬，宋转秀带着6岁的儿子康康来了。坐电梯上8楼，穿过一条挂满刻着"爱心帮扶基地""最佳志愿服务组织"等字样匾牌的走廊，常向阳就在那头等着母子俩，"康康又长高了，来让常妈妈亲亲脸蛋。"

宋转秀对家园的布局再熟悉不过。进门是长条桌、长沙发和一圈椅子构成的小厅，这是大家看电视、聊天的地方。往里走，12张上下铺架子床摆在东西两边，每一张床住着一个患儿家庭；最南边是厨房，一日三餐由志愿者和家长一起动手准备，这个厨房还同时向儿童医院里的其他家庭免费开放使用。

从 2017 年到 2021 年，宋转秀和康康在这里住了 3 年多。

康康两岁的生日是在家园过的。那时候常向阳刚认识他，“全身肿得跟皮球一样，不会说话，不能走路。”

因为一次严重的高烧，康康罹患脑萎缩、脑积水、癫痫、高血压、脓毒症、腭裂、神经发育落后等一系列疾病，其中任何一项的治疗费用都足以压垮他出生的甘肃山村家庭。直到现在，还有人在听说康康家的故事：刚到西安市儿童医院时，孩子在重症监护室躺了 18 天，他的爷爷奶奶、爸爸妈妈就在门口睡了 18 天。一包方便面被小心分成 4 块，那是他们最奢侈的食物。

后来，有医生建议康康一家“到马路对面找絮姐（常向阳的微信名叫柳絮）”。宋转秀记得，第一次见面，絮姐问了情况，直接就把不断流口水的孩子抱在怀里亲了亲说：“行，你们就在这里住下。”

降血压、治癫痫、康复训练……康康住院出院、再住院再出院，宋转秀算不过来经历了多少次。医药费依然是沉重的负担，但在此之外，宋转秀不用担心吃住，孩子的病有人关心有人出主意，自己也有地方休息、倾诉。后来在宋转秀写给常向阳的一封信里，心羽爱心家园被她称为在陌生的西安城的家。

接待困境中的患儿家庭，吃穿用住分文不取，这是家园成立至今坚持的规矩。因此对几乎所有入住家庭而言，一张架子床就是托住他们不往绝望深渊坠去的手。

家园里有一个 4 层的玩具架，上面放着各种颜色的毛绒玩具。每张床的床头插着粉色的笑脸气球，还点缀着毛线编成的花朵，墙上则挂满了孩子们的画。这些色彩的存在，让家园仿佛一座小型的幼儿园。

每周，常向阳会邀请医生为家长讲解日常护理知识，也有学校老师或志愿者来给孩子们上课或者做游戏。只要有精神，孩子们就会在屋里屋外嬉闹、奔跑，大人都很少制止或约束。“至少在这里，他们拥有了童年。”一位来自浙江的妈妈看着自己身患白血病的 4 岁孩子说。

有一次，一位失明老人与老伴儿和患病的孙子住进了家园。可只吃了顿晚饭一家三口就不见了踪影。老人告诉介绍他去的医生，他不相信世界上有这么好的事、这么好的人。后来，因为孩子的手术费老人遇到了很大的困难，常向阳多方联系找到一家爱心企业为他们提供了帮助。一天早上，常向阳打开家园的门，失明老人就站在外面，向她深鞠了一躬。

一睁眼，30 张嘴等着吃喝

和那位失明老人一样，初次听说心羽爱心家园的人，很难相信它是真实存在的。最现实的问题是：钱从哪儿来？

今年 36 岁的赵孟虎因为参与公益活动与常向阳相识，家园筹备时他也不太支持，“太费钱，太难了。”

家园每月房租 5000 元。每天有 30 来人要吃要喝要用水用电和消耗生活用品，这部分花销每月大约两万元。一年下来，至少要有 30 万元的资金才能维持这个家园正常运转。

家园开始运营后，也引起了有关政府部门的关注。可由于那里救助的都是外地甚至外省患者，想要纳入政府各类帮扶项目获得资金支持并不容易。

为了节省开支同时保证孩子们的营养，每周三四次，常向阳和几位家长会一大早去批发市场买菜，回来时每个人都拉着一个塞得满满当当的小车。家园有 100 多位会员志愿者，每人每月会捐出 20 元。此外，陕西省妇女儿童发展基金会、西安市慈善协会和大明宫实业集团等爱心企业也会不定期提供一些物资帮助。每当有人问家园需要什么，常向阳总说：“居家过日子要什么我们就要什么，一袋米、一袋面、一包洗衣粉都行。”

但这些远远不够。4 年下来，常向阳此前存下的钱都贴到了家园里。为了筹钱，她和家园的志愿者做过各种兼职。新冠肺炎疫情发生后，受防控措施影响有好几次大家断了收入，常向阳不得不降低伙食标准：大人吃素，肉蛋奶都留给孩子们。

眼看常向阳“把锅都支起来了”，赵孟虎决定到家园帮帮忙试试看。结果住进来的第一个孩子芳芳就触动了他。

芳芳家本就是贫困户，家里多人还患有精神疾病，“如果不是家园给她筹手术费，在多次治疗间隙为她提供住处并且保证身体营养，真难说这个孩子能不能闯关成功。”后来，芳芳基本治愈返回老家，赵孟虎心里高兴得不行，“这事，得接着干！”

家园最多时同时接待过14个家庭。每个患儿有能吃和不能吃的东西。有的孩子手术后需要特殊护理，家长不熟练就得靠志愿者手把手地教。有时候一天会来好几个情绪崩溃的家长需要开导，而灯管和水龙头总是在最不合时宜的时候坏掉……赵孟虎说，只要去家园，从早上进门到晚上离开，自己就没有闲下来的时候。作为园长，常向阳更是每天至少有15个小时都在忙东忙西。

自接进第一个孩子起，心羽爱心家园从没关过一天门，常向阳也几乎再没了自己的生活。或者说，家园就成了她的生活。

“你必须停下来，这是在拿命开玩笑。”2019年，一位朋友见常向阳老了许多，还患上了高血压和糖尿病，便和她吵了一架。

“我停不下来。”常向阳说，“这个家园的大门打开了是希望，但要是再关上，是更大的打击。”

在家园最小的一个房间，由于放不下床，只能安进一张旧沙发。4年中的很多个夜晚，常向阳都是在沙发上睡的。每年临近春节，她也想歇几天陪陪家人，可想着一个又一个孩子，念着他们一声声喊着“常妈妈”，常向阳又实在放不下，总会去看看。一去，大半天的时间就过去了。

“图什么，大概就是图这个吧”

“常姐，记得吃药。”

“常姐，该吃药了。”

每天晚上8点左右，常向阳都会收到一条提醒微信，那是一位在家园住过的孩子母亲发来的。一年多了，一天也没间断。

宋转秀这次带康康到西安做康复治疗，从老家背了一大包粉条到家园。带孩子复诊或后续治疗时大老远扛来大包小包，是曾在家园住过的家长最直接的回报方式。见到常向阳，他们首先问起的必然都是她的身体。

常向阳撑起家园，也有人在背后支撑着她。她的父亲还在世时，每周都会去家园好几次，每次不是拎着水果牛奶就是带着孩子们爱吃的零食。

进了门老人都是先把孩子们看望一番，然后才找到常向阳“检查”她的工作日常。走之前他多少总会给女儿留点钱让她用在家园里。如果常向阳回家，母亲一定会准备些东西让她带走，有时候是几百个饺子，有时候是一大锅乌鸡汤。

有一回，两位老人都生病住院了，正好遇到西安当地媒体想要采访他们。走进病房，记者还没提问，老人就自责起来：“我们俩躺在这里真不应该，要是能把这钱省下来给家园用多好。”记者一听，眼泪就掉了下来。

2020 年 9 月，常向阳的父亲病重陷入持续昏迷。一些家长自发组织孩子拍了一段视频，放在他耳旁循环播放。“常爷爷，我们想您了，您还要陪我们玩，给我们买好吃的……”

几天后，老人苏醒。常向阳来看望，他却一直盯着门外，五六分钟后艰难地憋出一句话：“谁在家园?”

“咱爸不放心孩子们，让你快回去。”常向阳的二哥对她说。

10 月初，老人去世。“头七”里，常向阳获得了“陕西省脱贫攻坚奖奉献奖”。领了奖她直接赶回家，跪着把荣誉证书放在父亲遗像前，然后大哭起来：“爸，女儿没辜负您。”

常有人不理解常向阳一家放着轻松的日子不过、近乎砸锅卖铁地经营家园是为什么，又图什么。每次遇到这样的问题，常向阳就会想起父亲过去老说的一句话：你只管做事就好，少说大话，真做实事。

康康这次到家园，穿着矫正鞋，可以一边高一边低地走路了。“爸爸，妈妈，常妈妈”是他现在能说出来的最标准的词汇。“好多孩子人生第一次走路第一次说话的经历都发生在家园里。”常向阳望着康康说，“图什么，大概就是图这个吧。”

前不久，家园里的孩子明明住院做手术。那之前常向阳给他买过一套厨具玩具，明明天天拿着平底锅要给她煎鸡蛋。手术前一夜，孩子还通过手机视频“煎鸡蛋”。煎到第三个时，常向阳打了个饱嗝说：“常妈妈吃饱了，明明乖，早点休息。”孩子却一边继续做动作一边说：“常妈妈，你多吃点，明天我做了手术就不能给你煎鸡蛋了。”

童言无忌，可视频那头的常向阳已躲在一旁泪流满面——孩子身上有多个癌细胞点，生命还能维持多久很难说得清。

“其实我很感谢家园里的患儿和家长给了我帮助他们的机会，很多时候，也是他们给了我力量和勇气。”常向阳说。

每个人都可以带走一颗种子

“孩子找到了，请大家放心。”今年初的一个凌晨，西安白血病病友群里的几百人一起等来了一个好消息。

前一天傍晚，一位自闭症孩子在莲湖区洒金桥附近与母亲走散。得知消息后，家园志愿者在白血病病友群里发出了求助信息。很快，40 余位患儿家长开始分头寻找。从晚上 8 点到第二天凌晨 2 点多，终于在数公里外的地方发现了孩子的踪影。

“以前满脑子只顾着自己，后来得到了别人的帮助，就见不得其他人受苦。”安安生病这一年多，父亲张飞除了照顾她，还参与了不少志愿服务活动。给住院的患儿家庭送饭，帮他们买药，给新到家园的父母分享护理经验……“那种感觉，就是原来我对别人也有用。”张飞形容道。

除了常向阳，心羽爱心家园的全职工作人员一只手都数得过来。但只要有事，不管是不是关于家园的，“吆喝”一声就会有很多人回应。常向阳说，每个患儿家庭都从家园带走了一颗种子，上千位家长都是从家园流动到各处的志愿者。

2021 年底，张飞买了一辆电动三轮车，计划去路边摆摊贴补家用。可那时西安疫情突发，刚买来的三轮车成了社区的流动核酸采样车。每天天不亮，张飞就开着它拉着医护人员，为行动不便的老人上门进行核酸检测。其他家长则分成小组到各个采样点协助维护秩序。直到现在，家园几乎每一张架子床上都夹着家长身穿防护服做志愿者的照片。

去年夏天，陕西省商洛市遭遇洪灾。开始是家园里两个来自商洛的家庭商量做点什么，后来所有家长都拿出 10 元、20 元主动捐款，再后来有爱心企业也加入其中。最终，13 万元的善款换作整整 7 货车的米面油、蔬菜、被褥运往了灾区。

“身处困境的人还想着帮助别人，这是家园里经常发生的事情。”家园开业不久，赵孟虎辞去工作做了那里的全职志愿者，“能看着一个个孩子健康地走出家园是我最快乐的事。”赵孟虎说自己没什么负担，每年靠着卖老家种的花椒和做的柿饼赚的钱也够花。虽然偶尔自嘲开了十多年的国产车没钱换，可话锋一转他又说：“开什么车看的风景不都一样吗?”

4 年多来，以心羽爱心家园为圆心，有越来越多的人加入救助他人的圆圈中。西安市儿童医院普外一科副主任医师侯崇智遇到贫困患儿家庭，会想方设法替他们制定价格相对较低的治疗方案，有时间他就去家园看望、照顾孩子们。他说有的医生半夜下了手术台还在帮患儿写求助信，有的医生会耐心画路线图，指引不认路的家长去家园或别的地方。

“医生见多了人间疾苦容易麻木，心羽爱心家园是一种提醒，提醒我们有能力、有机会去为病人多做一些事情。”侯崇智说，这是一种很有感染力的力量，比如他所在科室的患者微信群里，现在每一个主治大夫收到各自患儿家长的咨询，都会第一时间回复，“即使在忙也会说一声‘稍后回复’，四个字就能让对方感到安心。”

这个春天，常向阳带着孩子们在阳台上种了一些花。黄色的花淡雅，白色的花高洁，紫色的花热烈。她记得那天所有孩子都很开心，在阳光下蹦跳、嬉笑，享受着生命该有的乐趣。

特稿

塔克拉玛干修路人

作者：杜　鑫　通讯员：张良杰
编辑：罗筱晓　张伟杰
2022 年 05 月 18 日 06 版

在沙漠中修路，首先要推平一座又一座沙山。

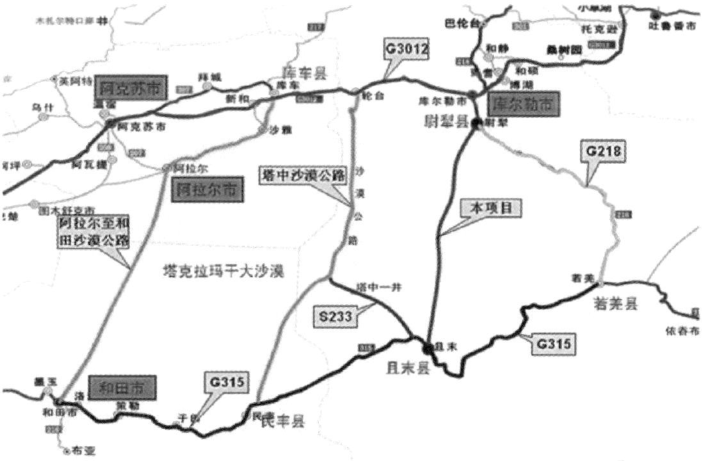

尉且沙漠公路在塔克拉玛干沙漠中的位置。

修建完成的尉且沙漠公路。

测量人员在沙漠中作业。

用于防沙固沙的草方格，需要全部由手工完成。

更多精彩内容请扫描二维码

6月30日，又一条穿越“死亡之海”塔克拉玛干沙漠的公路——尉且沙漠公路将正式通车。这将进一步解决南疆地区群众出行难、农特产品运输难的问题，促进当地经济发展。

为了修路，5年间，1000多名普通建设者深入无水、无电、无信号的沙漠腹地，与风沙、高温、寂寞为伴，最终开辟出了这条堪称奇迹的“生命之路”。

“酸甜苦辣咸，尝尽人生百味。”6月11日凌晨，闫海在微信朋友圈写了这样一句话。此前一天，闫海得到消息，他参与建设的尉且沙漠公路通过了交工验收。

尉且沙漠公路地处塔里木盆地，穿越被称为“死亡之海”的塔克拉玛干沙漠腹地，连接新疆维吾尔自治区巴音郭楞蒙古自治州的尉犁县和且末县。公路全长约 334 公里，其中沙漠路段 307 公里，约占线路总长度的 92%。

6 月 30 日正式通车后，尉且公路将成为南疆地区又一条交通大动脉。从且末县到巴音郭楞蒙古自治州首府库尔勒市的行车里程缩短了 280 公里，行车时间由原来的 12 小时缩短为 6 小时。

这不是我国第一条穿越“死亡之海”的沙漠公路，但它在与同类项目的比较中却拿下了好几个“最”——目前世界上流动沙丘分布最广、施工条件最恶劣、施工难度最大的沙漠公路。

每一个“最”，落实到闫海以及和他一样的尉且沙漠公路建设者头上，都是一项项或是要坚持或是要突破或是要忍耐的具体事项。闫海的朋友圈只有 11 个字，不过或许在他看来，那就是对过去 5 年沙漠经历最好的总结。

风沙来了

成为中国交建新疆乌尉公路包 PPP 项目尉且土建—01 标副经理前，刚过而立之年的闫海在福建修高速公路。从东南沿海到西北内陆后不久，他收到了一份记忆深刻的“见面礼”。

2017 年 8 月的一天，沙尘暴席卷尉犁县城。“天与地连成灰蒙蒙的一片，人站在窗前，看不见对面的楼。”这种场景，闫海过去只在电影里见过。

在世界第二大流动沙漠塔克拉玛干沙漠，沙尘暴是再平常不过的天气现象。尉且沙漠公路项目的测量队长谭陈是一名 90 后，作为建设团队的引路人，他与同事要用脚步丈量公路途经的每一寸土地。

2018 年 5 月的一天，谭陈正和 3 名同事野外作业，突然起了风，天色也渐渐暗了下来。一开始，谭陈还为意外到来的凉爽窃喜，没想到半个小时后，沙尘暴呼啸而来，“所有人都被风推着走。”谭陈回忆道。

不过几分钟时间，谭陈已看不见周围的同事，更听不到他们的声音，耳边只有风卷着沙子的哗哗声。慌乱之中，他冲着对讲机大声喊："大家找地方躲一躲。"

所幸，当时的作业地点在沙漠边缘，大家就近找到几棵梭梭树躲了起来。等到狂风停歇，谭陈的鞋子已被流动的沙子完全掩埋了。

谭陈从小在南方长大，那是他第一次经历沙尘暴。事后看新闻他才知道，当天风力达到了10级。

后来，谭陈又与沙尘暴相遇了很多次。他的感受也从一开始的震撼慢慢变成了几近麻木的痛感——即使护目镜、头巾、围脖、长衣长裤等装备一个不少，也很难减弱流沙高速拍打在身上的疼痛。"更奇怪的是，每一颗沙粒都像长了双眼睛，刚刚好就能从已经很微小的缝隙钻进我的口中、眼中、耳中、鼻中。"谭陈说，每次洗澡，搓上好几遍，也不一定能把身上的沙子全洗掉。

在沙漠里搞建设，每个工种都要学会与风沙打交道。测量人员的一项重要工作是测量路线，并在实地做好标志。刚开始，按照过往的惯例，谭陈和同事会在布线时打出一定的提前量。可很快他们发现，这种本是提高工作灵活性的做法在沙漠里行不通：如果后续工程进度跟不上，只要刮一场风，线路上的标志和记号就会被破坏，到头来还得重新测量和布线。"所以，尉且沙漠公路的布线，都是修多少测多少，修多少布多少。"谭陈说。

52岁的推土机司机杨文杰学会了根据天气安排自己的作息。"天气好的时候尽量多干一些，等到沙尘暴来袭，能见度太低不能施工，就正好可以休息。"说到这里杨文杰顿了一下，补充道，"但一定要做好防护，紧闭窗门。"

尽管如此，风沙的频繁造访依然让"老司机"杨文杰叫苦不迭。沙尘暴后，推土机迎风一面的沙子被吹走，机器就会斜在沙漠中，要把它扳正得花不少时间和力气。体力劳动按点吃饭很重要，"可有时候大风一刮就是大半天，午饭也只能并作晚饭吃。"杨文杰说。

越过沙丘，又是另一座沙丘

沙漠里修公路，推平沿途的沙丘是路基施工的前奏。杨文杰以及其他推土机司机，就是公路沿线沙丘的搬运工。

从无人机航拍角度看，苍茫大漠中几十辆推土机次第排开纵横往返在大地上留下一道道履带压痕的场面很是壮观。可杨文杰无暇想象这样的景色，每天 8 个小时，他要在空间狭小的驾驶舱里重复推沙、铲沙、运沙的动作。就连眼前的沙山，也在重复着同样的颜色与形状。

越过沙丘，又是另一座沙丘。相比于此前修建的沙漠公路，尉且沙漠公路所经区域沙山更密集、更高大。据统计，这条公路途经路线上规模较大的沙山有 30 多座，其中最高的接近 100 米，相当于 30 层楼的高度。此外，尉且沙漠公路沿线还有近 30 处丘间洼地需要填平，最长的洼地达 12 公里。数据显示，尉且沙漠公路项目全程挖方量约为 1300 万立方米，填方量约为 1200 万立方米。

推平一座沙山的方法很简单：把推土机开到山顶，然后从不同方向向下推沙。杨文杰说，这种一层层铲沙的方式有一个形象的称呼——“剥洋葱”。

靠着“剥洋葱”，40 多台大型履带式推土机在沙漠里一路推进，将大大小小的沙山夷为平地。直到位于 K136（从尉犁县的 K0 处往且末县方向的第 136 公里）处的沙山出现在大家面前。

这座沙山绵延两公里，挖方高度 37 米，挖方量达到 150 万立方米，约占整个工程挖方量的 1/8。

坐在推土机的驾驶舱里，杨文杰根本看不到沙山的顶部。和其他司机一起剥了七八天“洋葱”，谁也没看出沙山有什么变化。入行 20 多年、见过不少基建大场面的杨文杰说，他从没遇到过这么大的沙包。

这座山最终花了 150 多个日夜才被推平。那段时间为了全力施工，工人们的营地就搭在了沙山旁边，驾驶员三班倒，人休机不休，生活所需物资、机械设备所需油料等，均有人定期配送。

“就这，还是工艺创新的结果。”闫海回忆说，由于沙山巨大，推土机需要把推下的沙送到 500 米开外才能保证后续作业有足够空间，如此往返很耗时间，且行进途中沙子容易漏撒，增加工程量。

为了节约成本和节省时间，闫海带领团队尝试过各种办法。一开始他们试着在盆地里打井，用水冲沙，可效果并不理想。后来，项目建设团队参照煤矿运输方式，设计了一条输送带，一端位于沙丘底部，另一端延伸到填方段或弃土场。推土机驾驶员只需要将机斗里的沙子卸在输送带上，就能掉头继续推沙，施工效率明显得到提升。

“如果没有这条输送带，K136 处的沙山可能要推 1 年。”闫海估算说。

伴随着推土机的轰隆声，设计路线上的沙山逐一消失，路基很快铺在了荒漠之上。沙漠公路轮廓初显，如何防沙固沙、保护公路，成了下一个要破解的难题。

把沙截住，把沙“卸”下

1995 年，中国第一条沙漠公路塔中沙漠公路建成通车。当时有人预言，“死亡之海”里的路，即使修好了也会因为被沙尘掩埋而很快废弃。

27 年过去了，不仅当初的预言没有实现，塔克拉玛干沙漠腹地还又多了几条公路。这中间，防沙固沙工程发挥了巨大作用。

18 岁那年，刘晓天随父母从四川老家到了新疆。随后近 30 年时间里，他参与了 3 条沙漠公路的修建，并且只做一件事：当路基开始铺设时，同步在两侧建设防护工程。

和此前建成的沙漠公路相比，尉且沙漠公路在塔克拉玛干沙漠中的位置最偏东，而在沙漠里，风大多从东边来。因此，尉且沙漠公路几乎全部都位于风沙线上。

防沙栅栏是沙漠公路的第一道防线，建在距离道路两侧 100 米左右的位置。它以木桩为立柱，以尼龙网为面料，用细铁丝将两者拴绑在一起，在外围把沙子“卸”下来。

“防沙栅栏作业的关键是要保障尼龙网紧贴地面，网面绷直，这样才能有效抵挡风沙冲击。”刘晓天说。

草方格是第二道防线，被外国人称为“中国魔方”。一般情况下，风主要在距离地表 10 厘米左右的高度搬运沙粒，且每次搬运沙粒的距离约为 1 米。通过建设边长 1 米、高度约 20 厘米的草方格，就能有效地把沙粒层层截留下来，实现“四两拨千斤”的效果。在使地面粗糙、减小风力的同时，草方格还可以截留水分，提高沙层含水量，有利于固沙植物的存活。

20 世纪 50 年代，在修建宝兰铁路时，当时的建设者发明出草方格来固沙。近 70 年之后，它依然是沙漠工程中施工技术最成熟、应用最多的一种“固沙神器”。

建成一个草方格，分为“放线、铺草、踩栽”3 个步骤，施工过程不复杂却非常艰苦。在起伏不平的沙地上，机械手段派不上用场，每一个草方格都要靠人工完成。工人们先要把每捆 70 公斤的芦苇扛至施工现场，然后在沙漠上画好 1 米见方的网线，接着将修剪整齐的芦苇横铺在方格线上。一切准备就绪后，工人再借助铁锹将芦苇从中间向下踩入沙中，让两端翘起直立在沙面上。

尉且沙漠公路沿线 5800 多万平方米的草方格，就是靠 400 多名作业工人，用两年多的时间一捆一捆扛进来、一脚一脚踩下去的。

“过去切断芦苇也要人工操作，一不小心还会划伤手。现在有了铡草机来切割，已经省了一部分力气。”刘晓天说，随着技术和观念的进步，近年来草方格的构成也发生了变化。“尉且沙漠公路选用的是生长在博斯腾湖中的水生芦苇，相比旱生芦苇，它柔性更好。”

沙海热浪

闫海名字带“海”，在尉且沙漠公路项目工作的 5 年，他领教了“沙海”的所有脾气。与冬季的寒冷、全年的干燥多风比起来，沙漠夏季的酷热大概算得上它最暴烈的性子。

沙子吸热快，每到夏天，整个塔克拉玛干沙漠就像一座火炉，把每一寸空气都炙烤成涌动翻腾的热浪。在太阳的暴晒下，有时地表温度能蹿升到 70 摄氏度。有施工人员做过试验，把生鸡蛋埋进沙里，几分钟后取出来，蛋已经熟透了。

闫海说，在这样的环境下施工，人不会像想象中的大汗淋漓，“因为汗水来不及成形，就被蒸发了”。

酷热之中，摊铺沥青是最苦的工作。“按施工要求，沥青温度要保持在 135℃～145℃，这样才能达到设计压实度从而保证道路质量。”尉且沙漠公路项目工程技术人员刘文国说。

头顶被晒着，脚下被烤着，在夏季铺沥青的工人几乎是360度无死角承受着高温炙烤。尽管大家从头到脚捂得严严实实，但阳光依然会见缝插针，不少人脖子后面都被反复晒掉了好几层皮。

为了避免高温引起中暑等突发状况，项目部除了调整工人的作息时间外，还在施工现场准备了大量人丹、藿香正气水等防暑物资，并一天配送两次绿豆汤。最热的时候，一个工人每天大概要喝掉近10升的水。

一段沥青摊铺完成后，刘文国会在上面反复走动检测质量。这一过程中常有沥青颗粒被带起掉入他的鞋内，然后在脚踝周边烫出大小不一的泡。一开始刘文国还会咧着嘴喊疼，“后来就习惯了”。

沥青一路铺设，刘文国的专业劳保鞋鞋底也越走越薄。工程结束，他已经记不清到底走坏了多少双鞋。

高温考验着建设者的身体，也考验着他们的心理。刘文国对质量要求高，好几次因为施工不达标，他的火气直往头顶冲。为了不让情绪影响工作，后来再着急，刘文国就到施工现场干体力活，干到心情平复了再想办法解决问题。

尉且沙漠公路其中一段横跨塔里木河，每年6月到10月是塔里木河的丰水期，河畔水草丰茂，蚊虫也随之而生。谭陈记得自己在河边作业时，随手往身上一抓就能抓到一把蚊子，“而且沙漠中的蚊子天生凶狠，隔着衣服都能叮到皮肤，有时候我觉得它们恨不得钻进我的眼睛里”。

虽然每次外出前，谭陈和同事都会在全身洒满花露水，但每一次他们又都是带着一身疙瘩回到营地。更“恐怖”的是，即使回到营房内，窗户上也趴满了虎视眈眈盯着人看的蚊子。想起这段经历，谭陈至今还觉得头皮发麻。

“这条路是我们修的”

为了推平K136处的那座沙山，杨文杰创下了4个月没有离开沙漠的记录。在没水、没电、没信号的塔克拉玛干沙漠腹地，相比于工作的辛苦和生活的不便，孤独才是每个身处其中者的终极对手。

施工期间，“移动营房车”是项目建设者的“家”。4个轮子架起一张大平板，平板上放置一个类似集装箱的板房。一辆营房车由多个板房连接而成，厨房、卧室、卫生间等多个功能区划分明确。

只有走进营房，人们才能短暂地将黄沙屏蔽于视野之外。不过，在沙尘暴特别严重的时候，沙粒依然会从缝隙处钻入车内。

从最初的兴奋到最后的坚持，闫海过去5年的朋友圈，记下了他在沙漠中的心路历程。这中间，“不破楼兰终不还”一句至少出现了3次。

2019年中秋节后的一周，闫海写下了这样一段话：“我们远离父母，远离故乡，只是为了寻找自己那一个不知道何时才能实现的梦想。即使如此，我们却还是无法放弃，一直孜孜不倦地追求着，直到有一天突然发现，只有家才是我们最温暖的港湾。”文字下方配了一张写得满满的工程进度计划表。

在沙漠里，每个人都会经历因为思念家人而难以入眠的夜晚，也都会发出“什么时候是个头”的疑问。除了每隔一段时间用营地里的卫星电话给家人报个平安，其他绝大多数时候，建设者们要自己想办法与寂寞相处。

每次出沙漠，谭陈都会带回一些书和电影电视剧资源；天气好的夜晚，他就到营房车外看星星；闫海学会了观察沙漠里四季的变化，他说不同时节沙子会变换不同的亮度和色度；刘文国成了工作狂人，日出而作日落而息……

年轻的谭陈很难说清楚，是什么支撑自己坚持到了最后。不过他记得有一次休假结束，在返岗的飞机上看到正在建设中的尉且沙漠公路如一条漂亮的黑丝带飘落在“死亡之海”上，他忍不住拿出手机拍了几张照片，还主动告诉邻座乘客“这条路是我们修的”。那一刻，谭陈语气中满是兴奋和自豪。

随着尉且沙漠公路通车，南疆地区群众出行难、农特产品销售难、生活成本高的问题将进一步得到解决，同时这条串起多个旅游景点的公路也会吸引更多游客走进新疆，从而推动当地经济发展。

不过，作为修路人，闫海、谭陈、杨文杰、刘文国早在各自的工作完成时就已离开了塔克拉玛干沙漠，赶赴下一个工地、下一个项目。刘文国习惯了这种宿命般的感觉，但他说一定会抽时间再回去一趟，“也许那会是我这辈子最后一次走在尉且沙漠公路上”。

新闻论文

打造主流媒体新闻评论的核心竞争力

——以七获中国新闻奖的工人日报《社评》专栏为例

作者：刘文宁
编辑：郭凤敏
来源：《新闻战线》2022 年 6 期（上）

摘要： 精准聚焦时代焦点和社会热点，澄清模糊认识、明辨是非曲直，以平民视角和人文情怀提升评论亲和力，以现场感引发受众共情与认同，《社评》专栏凝聚各方正向力量，助力民族振兴大业，彰显了党报评论工作者应有的担当。

自 2000 年 11 月工人日报创办新闻评论版，《社评》即以该版头条刊发，每年刊发近 200 篇时政评论，至今已坚持近 22 年时间。其间，获第十三届中国新闻奖“名专栏”奖，先后有 6 篇文章获得中国新闻奖。

考验眼力：精准聚焦时代焦点和社会热点

打造新闻评论的核心竞争力，把握好选题是第一位的。从真假混杂、支离破碎的海量信息中筛选出真实、权威、有价值的信息，剖析其实质及传递的信号，引导受众从典型事例中“滴水见太阳”，把握社会变迁动向，是新闻评论的重要功能。

《社评》专栏评论选题的突出特点是稳重和精准。精准聚焦时代焦点和社会热点，考验评论选题的视野、格局能否紧紧围绕党和国家方针政策、治国理政的战略问题、百姓关注的现实问题进行展开，能否从习焉不察的现象中发现问题，能否捕捉转型期经济社会各领域的新趋势与新动向，并发出警示。如，评论《“自愿”不能成为职场伤害的“美丽借口”》

（2020年11月10日）由一家游戏公司“员工自愿降薪10%”的新闻切入，联系此前媒体曝光的某些企业员工“自愿”放弃各种权益的新闻事件，分析企业员工“自愿”表象之下“被自愿”的弱势地位，批判职场PUA（职场中上级对下级的精神控制）套路，呼吁尊重劳动者、保障劳动者权益。此文获得第三十一届中国新闻奖评论二等奖。

无论是教育、医疗、住房等民生领域，还是党风政风、市场秩序、产业振兴、劳动关系、公共安全、生态环保等领域，《社评》专栏始终以清醒观察者与理性判断者角色，坚持大事发言，密切关注改革进程中的重大新闻事件或现象，紧盯与百姓利益攸关的社会动向，捕捉时代变迁中具有象征意义或对未来社会发展有潜在影响的重要事件或现象，聚焦反映复杂人性特征的典型事件或现象。

优秀的新闻评论能够深刻洞察现实矛盾，对社会健康发展给出赋有远见的建议。以获得第十三届中国新闻奖评论二等奖的《让人民群众成为舆论宣传的主角》一文为例，进入21世纪，一些地方领导干部成了电视明星、媒体主角，甚至相互攀比出镜率、见报率。《工人日报》2002年1月10日刊发评论，提出领导干部如果热衷于成为“媒体明星”，会拉大与人民群众的情感距离，认为“让人民群众成为舆论宣传的主角”“既要靠严格执行中央有关部门关于精简会议和一般性活动的规定，又要靠各级领导干部提高自身的党性修养，切实加强作风建设”，同时媒体应“在舆论宣传中不媚上、不媚官、不媚钱、不媚俗，忠诚于党和人民的事业”。20年过去，这样的主张依然对现实有着警示意义。

提升脑力：澄清模糊认识，明辨是非曲直

改革年代，不少领域出现矛盾及争论，不同群体间不乏利益纠葛，价值认知出现混乱。这考验着主流媒体的新闻评论能否找准不同人群利益关系的交汇点、思想认识的共同点、情感交流的共鸣点、化解矛盾的切入点，以顺应时代发展潮流的判断，以科学严谨的论证，引导公众认清复杂现实，明辨是非曲直，从而在舆论场找到“最大公约数”，画出“最大同心圆”。

如，随着互联网行业的快速发展，超时加班一度成为互联网企业的通行做法，甚至有企业将超时加班美化为市场竞争下的“励志行为”，这种声音裹挟着深受超时加班之苦的劳动者，掩盖着超时加班对劳动者及相关行业健康发展的危害。评论《别把超时加班美化为“拼搏和敬业”》（2019 年 4 月 11 日）揭示了一些企业以稳定收入和职业发展为筹码迫使员工忍耐长时间加班，并把超时加班美化为“拼搏和敬业”的违法行为，鲜明地提出所谓的“加班文化”对员工身心健康和企业未来发展造成严重负面影响。此文刊出后，多家主流媒体相继发出“996 与奋斗无关”的评论，若干互联网“大厂”着手调整员工加班制度。该文获得第三十届中国新闻奖文字评论二等奖。

能够针对似是而非的声音，澄清模糊认识，明辨是非曲直，需要主流媒体对自身职责有清醒的认识，对国家改革进程有准确的把握，对矛盾交织领域有扎实的调研，不被某些风潮所左右，不被强势集团的声音所裹挟，慎思明辨，坚持科学、理性的态度，充分发挥主流媒体正向引导舆论的积极作用。

练就笔力：以平民视角和人文情怀提升评论亲和力

不同于偏重就国家重大方针政策做宏观解读的媒体评论，工人日报《社评》专栏从自身受众定位出发，致力于就百姓身边热点新闻事件做具体解析，尤其是针对民生领域的改革难点，以平民视角和人文情怀，剖析改革短板与制度缺陷，揭示未来改革路径，疏解百姓焦虑情绪。

该专栏评论关注少数人群利益，兼具平民视角与人文情怀，更有亲和力和感染力。如，评论《用心灵去感知那别样的世界》（2004 年 10 月 20 日）从“上海的聋哑人看不懂当地电视台的手语新闻”说起，从聋哑人推及更多“残疾人、鳏寡孤独者、无家可归的流浪者，以及无论农村还是城镇的贫困人群，甚至包括对新环境无所适从的移民等种种弱势人群”，认为媒体应该把目光和话筒对准他们，记录下那些时常被湮没的、边缘的、微弱的声音，真实传达他们的利益诉求。评论得到残障人群及残联相关人士的充分肯定，获得当年残疾人事业好新闻一等奖和第十五届中国新闻奖评论二等奖。

经过多年实践，该专栏形成一种平民风格和人文情怀“基因”，即站在普通人或普通劳动者视角，观察社会变迁，分析改革利弊得失，为普通百姓的正当权益鼓与呼，真诚表达他们的希望与忧患、热爱与憎恨、欢乐与痛苦，以建设性方式给出提醒或提出批评。评论在润物细无声中，向受众传递党和国家的声音，传递主流媒体的主张，传递社会主义核心价值观，增强民族向心力和凝聚力。

如，普通公民的责任与义务一度是舆论关注的热点，评论《以公民的姿态站立》（2006 年 11 月 10 日）从 2006“中国骄傲”评选活动新闻切入，认为几位平民英雄“在危难时刻，用责任、勇气、智慧和爱心诠释了平凡生命的无畏与精彩”。该评论用百姓熟悉的例子，如上书全国人大质疑收容遣送办法、就某部门出售货物不开发票、乱收费、不作为等而告到法庭讨说法，提出拥有公民身份的每一个人都应具有公民意识，“这种公民意识，蕴含着个体对社会的认同意识和责任意识，每个人以平等的身份站立，共同为一个社会的和谐进步尽心尽力。”此文获得第十七届中国新闻奖评论二等奖。

强化“脚力”：以现场感引发受众的共情与认同

在新闻评论中融入现场感，可有效提升评论的亲和力和感染力，这一做法越来越受到业界的认同和重视。评论员要置身新闻现场，以有画面感、镜头感的新闻描述将受众“带入现场”，用公众熟知的典型事例引发受众共鸣。精准回应公众关切，让评论更接地气、更有针对性。

或是突发事故、自然灾难的报道，或是某地改革经验的报道等，凡到过新闻现场的评论员往往会有真切的现场感受，更能精准地捕捉到问题的实质，给出更深刻、更独到的利害剖析。这种带有浓重现场气息的评论通常更有说服力和感染力。

以有画面感、镜头感的新闻描述将受众“带入现场”，用公众熟知的典型事例引发受众的共情与认同。如，针对不少媒体将镜头和笔触对准大城市光鲜亮丽的职业人群，评论《那一双双手，不仅诉说着艰苦与寂寞》

（2009年4月16日）开头，“一张照片，8双手向上摊开，沾满油渍，布满老茧，有的手指头还裹着创可贴类的东西”，一下子就将受众带入颇有画面感、镜头感的塔里木石油勘探队员艰苦生活场景。评论通过繁华都市与冷清野外环境的对比、勘探队员的奉献与索取的对比、劳动者踏实劳动与一些人非法暴富的对比，提出这些劳动者的劳动品格值得全社会尊重，呼吁媒体把更多笔触和镜头对准在特殊行业和孤独角落的劳动者。此文获得第二十届中国新闻奖。

评论员要置身舆论现场，从网友的点评和态度中捕捉多元的民意动向，针对网友争论焦点与敏感痛点，精准回应公众关切，实现与受众在同一舆论场、同一频道“一起嗨”的交流互动，从而让评论更接地气、更有针对性。

近年来，该专栏不少选题来自新闻热搜榜。以2020年几篇评论为例，涉及孩子感兴趣的太空话题的《期待更多“太空授课”式科普撒下探索星辰大海的种子》，论及拐卖儿童严重危害的《为失散家庭的团圆欣喜，更要看到背后的沉重与艰辛》，针对短视频问题的《不能放任泛知识类短视频屡屡跑偏》，以及两位知名院士离世引发公众关切的《“双星陨落”，何以令无数人心痛不已？》等评论。这些评论的选题都是关注度较高、容易引发受众情绪共鸣的社会话题。此类选题呈现出由媒体视角向受众视角的转变，即从“媒体认为重要”向兼顾“网友认为重要”转变。在写作中，评论或吸纳网友的精彩点评，或针对网友呼声给出回应式分析。置身舆论现场写评论，某种意义上是深化媒体融合改革的一种趋势，它正在给评论生态带来一种令人欣喜的新气象。

多年来，评论员在新老交替，而《社评》专栏始终保持不变的是对新闻评论宗旨和主流媒体职责的坚守，凝聚各方正向力量，助力民族振兴大业。

新闻论文

寻求新视角，提高产经新闻可读性

■ 作者：丁军杰
■ 编辑：杨芳秀
■ 来源：《新闻战线》2022 年 7 期（上）

与社会、时政等新闻相比，产经新闻由于涉及许多专业领域，往往让人感到离生活有些远，有时有一些专业词汇和数字相伴其中，没有给予简洁生动的解释，读起来难免会有些空泛和枯燥，让读者失去阅读兴趣。由于记者缺乏深入研究，没有抓住问题的实质与核心，让读者产生一种“内行人不愿看，外行人看不懂”的感觉，对产经新闻读不进去、失去兴趣。如何提高可读性，增强吸引力，让广大读者喜看爱读，就成为产经新闻提升影响力的关键所在。

让专业化的东西得到通俗化解读，让产经新闻贴近读者，贴近生活，才能更好提高可读性。

从改变报道视角开始，让新闻走进生活

改变报道视角，就是要从产业端转向新闻消费需求端，紧紧抓住读者的新闻需求热点，从读者身边事和关注点上捕捉联系点，让产经新闻与读者生活联系在一起。新闻实践证明，与人们生活关联性越紧密的产经事件，往往关注度越高。行业政策、产业变迁、企业行为、市场活动等产经事件，一旦与公众生活联系一起，往往就会孕育出极具热度的公众话题。因此，找准生活结合点，扣准读者的兴趣点，往往是产经新闻成功的关键。

工人日报产经新闻报道推出的一系列抓读者眼球的报道，就很好地扣准了读者兴奋点。例如《车厘子为什么这么“红”》《“单身经济”催生

新消费》《“卖萌”是如何成为生产力的?》《辣椒为何“辣翻天”?》《小零食做成了大生意》《网红雪糕是真好吃还是会营销》《“吃瓜群众”将小西瓜吃成大产业》《在你闲暇时间里淘金》《假睫毛里有“真金”》《夜排档的“转正之路”》，等等。这些报道一个共同的特点就是，乍看像是在说生活趣闻，但往里看却是揭示产经新现象，揭秘现象背后成因与趋向。

《车厘子为什么这么“红”》敏锐地抓住水果市场车厘子销量暴涨，尤其是在春节一跃成为水果界的“网红”这一市场新现象，对其背后的成因进行了细致的观察和分析。“车厘子的走红看似偶然，实则是进口供应量、电商营销、年货消费观变化等多方面因素共同作用的结果”，报道指出，樱桃与车厘子实际上是同一个品种，美国樱桃协会刚进入中国时，为了与国产樱桃区分开来，对外就称这些进口樱桃为“车厘子”，这有一定营销因素在里面。

从进口供应看，春节前后正好是南美洲智利等国“车厘子”上市时节，借助于航空运输的快速发展、国内物流及其冷藏保鲜能力的增强，使得这一进口水果可以新鲜上市，品质无忧；从电商营销看，其打折、团购等手段，更是圈进大量粉丝，尤其燃起年轻人的兴趣。由于进口量的暴增，车厘子市场价格也由几年前150元1斤，降到大多数人可以接受的三四十元一斤，价格也成为其引爆市场的一大关键点；从消费心理看，“车厘子红彤彤的，看着很喜庆，而且它易于清洗、口味接受度高，适合多人分享，虽然价格不算便宜，但作为年货礼物却很合适。”报道中借用消费者一句话道出了其受到欢迎的原因。从市场未来看，报道称，“如今，车厘子的产地遍布全球，各地车厘子的成熟期不同，从而保证了一年四季都有进口车厘子供应。”

《车厘子为什么这么“红”》这篇报道聚焦市场热点，环环紧扣，对市场背后涉及的供应商、电商及消费心理作了清晰梳理，读起来轻松有趣。

《“单身经济”催生新消费》报道则敏锐地观察：“不管是家电、住宅，还是快消品、化妆品、餐饮市场，都刮起‘Mini风’，瞄准单身群体。”中国的单身群体日益增多，而庞大的单身人士则带动了新的消费态势——单身经济。天猫电商发布的销售榜单显示，迷你微波炉销量增970%、迷你洗衣机销量增630%、一人份火锅销量增200%……市面上单人套餐、自助唱吧和形形色色的“单身必备”“单身之选”的迷你商品不断增多。这些变化，正折射“单身经济”的崛起。

这篇报道，对单身群体的消费特点、“悦己型消费”的潜力、“月光族”的不理性，以及“单身经济”将推动旅游、化妆品、小家电、宠物和职教等行业的高景气发展，商家和企业对这一潜在的经济新风口为什么要保持高度重视等，做了调查和分析，读起来饶有风趣，同时，也为产业界提供了新视角。

通过以上例子可以看出，让产经新闻报道“生活化”，让枯燥单调的产经新闻走进人们的生活，就会大大提升产经新闻的关注度和可读性。生活是常新的，注重发现生活热点，将使产经新闻报道面更加宽广。

突出问题导向，在深度上下功夫

提升产经新闻的关注度和可读性，首先要找到能引起读者关注的问题和话题。如今，报纸根本无法与网络抢速度，互联网时代，独家新闻更是难求，我们只有在深度上下功夫，才能找到立足点。难有独家新闻，但应追求独家视角和独家观点，比拼记者眼力和笔力。

对于行业、产业、企业及市场发生的新闻事件，读者往往需要的是深度解读，哪家媒体能说到点上，能够很好地让读者看清新闻背后的新闻，让读者在新闻消费中感到解渴，那它一定就会有吸引力。

对于报道速度不具优势的《工人日报》产经及企业新闻周刊来说，突出问题导向就显得尤为重要。近年来，《工人日报》推出许多产经和企业报道，如《水产养殖业将进入绿色发展期——“吃鱼好”还得“吃好鱼”》《首台重大技术装备如何“产”出来“走”出去》《赏花经济远非看看花那么简单》《倒闭潮下的无人零售出路在哪儿》《爆款运动鞋是如何被炒出天价的》《共享产品集体涨价，“割韭菜”还是寻新路?》《头盔市场喧嚣背后的博弈》，等等，由于在深度上下功夫，提升了关注度和新闻冲击力。

以《水产养殖业将进入绿色发展期——“吃鱼好”还得“吃好鱼”》为例，2019年2月，农业农村部、生态环境部、自然资源部等十部委联合印发了《关于加快推进水产养殖业绿色发展的若干意见》。这是我国第一个经国务院同意、专门针对水产养殖业的指导性文件。该文件对水产养殖业的转型升级、绿色高质量发展都具有重大意义。对水产养殖业和人们健康饮食来说，这无疑是一大利好消息，如果单就文件发一个消息，时效上一定赶不上网络和电台电视。如果得不到深刻解读，这个有价值的新闻就可能会淹没在众多信息中。

最终，《工人日报》推出了深度报道《水产养殖业将进入绿色发展期——“吃鱼好”还得“吃好鱼”》，围绕“水产养殖业为什么要谋求方式转变”“为何要将绿色发展理念贯穿于水产养殖生产全过程推行生态健康养殖制度”“如何面对资源约束及环保政策趋严背景下行业的洗牌”“如何加快‘互联网+’技术应用促进行业智能化升级和数字化转型”等问题进行分析，让公众和行业对文件出台有了更全面的认识。

又如《首台重大技术装备如何“产”出来“走”出去》一文，也是坚持问题导向写出的好稿。今年年初，福建省工业和信息化厅公布了2021年福建省首台（套）重大技术装备认定名单。《工人日报》没有仅仅就认定名单的发布发一个简单的消息，而是从支持我国重大技术设备研发、提升制造业核心竞争力的角度，深挖背后的新闻及成功经验。

报道围绕首台（套）重大技术装备取得成功的秘诀是什么、闯过“技术关”后如何顺利跨过“市场关”、如何创造条件让更多企业加入首台（套）重大技术装备的创新中等问题深入挖掘。既深挖个体案例取得成功的秘诀，又关注“厚培创新的‘土壤’”，包括相关政策的支持，如“通过首台（套）保险补偿政策的兜底保障作用，能够大大降低新产品应用过程中的风险”等，也包括今年全国两会期间，来自企业界的代表就如何支持首台（套）重大技术装备创新提出相关建议，从而让人们对首台重大技术装备领域有了深刻认识。

实践证明，坚持问题导向，可以使编辑记者在策划采写报道中能够不断获得新视角，打开新思路。正是突出问题导向，才会让报道有了深度，新闻价值得到提升。

讲好企业故事，让新闻喜闻乐见

产经新闻报道必然要涉及企业新闻，做好企业新闻报道是产经新闻的一个重要方面。这首先必须对企业新闻定位有清晰的认识。从媒体角度和从企业自身角度来看，对企业新闻往往有不同的认识和定位。从媒体角度来说，企业新闻就是企业发生的对公众产生影响的事件的报道；而从企业角度，就不一样，从企业方面来说，企业新闻就是做企业的正面宣传，是企业品牌建设的重要部分。

企业新闻与企业宣传不能混同。企业为提升产品和品牌影响力，宣传自己的理念，进行企业文化和品牌建设，都要进行宣传。但是，媒体的企业新闻就不同了，它是大众传播。它首先考虑的是公众需求，公众知情权，记者是负责给公众提供他们想知道应知道的信息。这就是新闻媒体存在价值。对媒体来说，企业新闻是时事新闻、社会新闻等众多分类中的一种，也是一种大众需求的满足。

因此，企业新闻报道，一定要以满足读者需求为出发点，以企业事件为切入口，找到公众的兴趣点，注重细节，增强故事性，才能让企业新闻具有更强的可读性，不能将企业新闻做成企业的宣传稿、表扬稿。

工人日报企业新闻报道坚持以更好满足读者需求为出发点，将企业新闻报道与国家发展、政策要求、实际问题、未来趋势等相联系，抓住热点事件，注重深挖“为什么”，关注事件背后的人，努力讲好企业故事，让企业新闻喜闻乐见，不断提升影响力。

推出的《国企“巨无霸”为何向小县城民企“取经”?》《老钢企缘何在深山中建起足球场》《毕业生上岗即成熟练工，他们是这样炼成的》《我有熔喷布，谁有口罩机?》《卖油郎进军咖啡市场 卖咖啡比卖油更赚钱吗?》《百货大楼专柜前多了一盏补光灯》《废弃工厂又响起机器轰鸣声》《“无人码头”一片繁忙》《一块煤背后的智能化“密码”》等报道，因角度新颖、见人见事、现场感强、故事性强，吸引了读者，增强了新闻冲击力。

《国企“巨无霸”为何向小县城民企“取经”?》，这篇报道没有面面俱到地讲述一家大型国企改革的经验，而是巧妙地抓住他们放下身段向一家参与集团下属企业混改的民营企业学习，以全员岗位创新为突破口激发创新创效活力的事例，从一个侧面反映出国企改革中涌现出的新事物新动向。

一个是年营业收入2200亿元的大国企，一个是年营业收入288亿元的民企，国企“巨无霸”为何要向比自己规模小很多的民营企业学习？他们之间有何渊源？又学到了什么，发生了哪些变化呢？报道围绕这些令人好奇的问题，见人见事，徐徐展开，像讲故事一样娓娓道来，让人喜看爱读。

《老钢企缘何在深山中建起足球场》这篇报道，讲述一家近百年的老钢企改革发展的事，报道力避经验的概述和数字概念的堆积，而是见景见情，通过实地观察及采访多位企业变革经历者，解析出这家地处西南的老企业从一度濒临死亡，到债务重组及企业改制，再到不断优化治理结构和管理模式，迈向“新千亿元计划”起伏跌宕、迈向新辉煌的发展轨迹。这家企业还未雨绸缪，为降低制造业波动带来的风险，吸纳转移传统制造业在智能制造背景下的过剩劳动力，开始向文旅休闲等第三产业方向拓展转型，让人们看到企业创新变革的力量和未来发展的希望。

抓住事件，选准视角，注重细节和故事化，力避宣传化概念化，就会让企业报道更贴近广大读者，不断提升吸引力。

形成阵势，提高新闻冲击力

提高可读性，增强吸引力，除了要有好看的内容，对报纸来说，版面语言也非常重要，版面不仅承载文字信息，还有字体、字号、标题、色彩、图表、照片、线条等视觉元素。内容和形式的完美结合可以更好激发出读者阅读兴趣。

《工人日报》的产经新闻专刊及后来改版后的企业新闻专刊每周出一次，因此，不具备连续报道的优势，更不具有刊发速度优势，那么，通过怎样的形式能够让一些重要报道凸显出来呢？对此，我们对一些重要新闻和话题选择了组合式报道和系列报道的方式，形成阵势，形成集约效应。

组合式报道，就是围绕一个主题，通过几篇报道组合在一起，在版面上产生大块头的视觉冲击，从而让报道内容凸显出来，增强吸引力。

例如，以“精深加工让企业尝到高附加值‘甜头’”为主题的组合式报道，由《一颗“废薯”如何变为托盘产品》《小海藻高价值转化的“三级跳”》《云南高原特色植物里藏着哪些精华?》三篇报道及图片报道和相关信息链接组成，以3/4版面推出，以块头优势吸引读者眼球。该报道揭示了通过纵向深挖、精深加工，不断提升加工转化增值能力，企业让不起眼的马铃薯、小海藻等产品产生了巨大的社会效益和经济效益，深加工的价值和作用得到展现。

又比如，以“小城镇大能量”为主题的组合式报道，在一个版中集纳《当千年古镇化身商业综合体》《特色小镇成创新创业新舞台》《新型城镇化为中国经济发展拓展新空间》等报道及图片新闻，形成较强的版面冲击力。报道聚焦一些古城镇借“乡愁”焕发新活力，在当地旅游产业中扮演着重要的角色，以及通过创建特色小镇，拉动投资，集聚各类企业，让特色小镇成为创新创业新舞台，让人们对新型城镇化为经济发展打开新空间有了更深刻认识。

类似的组合式报道，工人日报产经版面根据传播价值提升需要不时推出，如“这些听着冷门的特色产业究竟有多牛”“聚焦印刷厂困局”“中国消费升级”“聚焦电子大卖场经营困境”“东北经济转型升级进行时”“中国企业走出去”等，由于版面块头大，阵势强，形成了很强的视觉冲击力，让话题和内容更加引人关注。

系列报道，就是通过设立固定的栏题，一般都是在固定的版上，在版面头条显著位置连续推出。例如，以“‘僵尸企业’重组盘活的N种方式”为栏题的系列报道，在每周一期的工人日报企业新闻版头条位置推出，先后推出了《资金链断裂之后，这家“僵尸企业”如何走向新生》《“国有体制、民营机制”联合激活“僵尸企业”》《苏醒之后的“僵尸企业”变身“潜力股”》《一场目光向内的“断腕式”改革》《吃下“定心丸”实施“大手术”》等来自吉林、山东、浙江、宁夏、新疆等地的典型报道。这些报道努力挖掘“盘活”中的创新亮点，以及一企一策的成功秘诀，让一批重新释放要素活力、实现社会资源重新整合的经验和做法得以生动展现，对于加快“僵尸企业”彻底出清，起到了积极的促进作用。

为了加大重要话题的传播力度，工人日报企业版面不定期地推出系列报道，如“实现‘双碳’目标，探寻企业新发展之路”“走进企业，看产业工人队伍建设改革”“产业扶贫在路上”，等等。这些系列报道都有一个共同特点，就是都力避经验性概述，而是大处着眼，小处着手，将大主题拉进产业和企业，拉进职工和生活，注重细节和故事性，突出个性，增强可读性，从而产生很好传播效果。

聚焦热点、找准切入点，发掘借鉴意义和典型性，力争事例生动，故事性强，在企业与市场、企业与行业的互视中，进一步挖掘新闻亮点，丰富新闻的视角，拓宽报道面，让新闻生动活泼、可读性强、时代感强，这是提高产经新闻可读性、提高新闻冲击力的努力方向。

>>> 理论文章

反就业歧视的理论思考与对策

■ 作者：曾湘泉
■ 编辑：张　菁　罗　娟　陈晓燕
■ 2022 年 04 月 18 日 07 版

· 观点

实施就业市场反歧视，一方面，要推行科学的人力资源管理技术和方法，另一方面，要完善立法和推动司法，制定与招聘相关且具有程序性和可操作性的条例。

就业歧视及反歧视一直以来是我国政府高度关注的问题。劳动法第二章“促进就业”中明确规定，劳动者就业，不因民族、种族、性别、宗教信仰不同而受歧视。就业促进法第三章“公平就业”中进一步明确要求，用人单位招用人员、职业中介机构从事职业中介活动，应当向劳动者提供平等的就业机会和公平的就业条件，不得实施就业歧视。该法具体列举了性别、民族、残疾人、传染病病原携带者以及农村劳动者进城就业等 5 类在招聘活动中被禁止的歧视行为。今年的政府工作报告中明确提出，坚决防止和纠正性别、年龄等就业歧视，大力营造公平就业环境，着力解决侵害劳动者合法权益的突出问题。

在劳动法和就业促进法颁布并实施多年后，为何将就业市场反歧视再一次提到议事日程？如何深刻认识就业歧视的危害性和反歧视必要性，切实推进反歧视工作实践？这些都是当前和今后我国健全就业市场规制，推动高质量发展需要回答的重大理论和现实问题。

当前我国就业市场歧视的新变化

将反歧视提到议事日程，凸显了新形势下稳就业工作的一些新变化和新要求。受劳动力年龄人口下降、数字经济发展、服务业比重上升和就业弹性增加等有利因素影响，国内就业形势基本保持稳定。但也应看到，需求收缩、供给冲击和预期转弱这三重压力导致经济下行压力加大，就业市场景气有所下降，稳就业工作面临新的挑战。

一方面，政府需加大宏观经济政策力度，实现既定的经济增长目标，进而创造更多就业岗位，缓解就业总量压力。另一方面，则要更加关注困难群体就业，尽力破除造成这一群体就业难的障碍。除了求职者个人需更新观念，降低保留工资，提高就业技能等之外，当前在就业市场上因年龄、性别、学历等发生的歧视性行为，对就业也造成了不利影响。比如，过去招聘流行“要男性不要女性，35 岁以下，硕士学历以上”，并将其视为人力资源管理的“捷径”，这显然是部分企业对人力资源管理无知的表现。可如今，放眼就业市场，这种状况不仅没有得到改观，且由于高校毕业生数量上升，一些用人单位变本加厉，将 985、211 以及“双一流”院校硕士或博士等要求，列为更为严苛的招聘条件。另外，身高、出生地等与个人能力或绩效无关的要求，也已成为招聘门槛。

招聘市场中这些不合理的要求，向社会发出了错误的用人信号，这不仅加剧了毕业生的求职难度，使得社会各界陷入困惑，更与当前稳就业目标背道而驰，给就业市场带来混乱，并对就业促进工作产生不良影响和后果。

就业市场歧视的主要情形

反歧视需要从理论上对歧视行为发生的原因，以及它的危害性有深刻认识。按照经典的劳动经济学理论，就业市场歧视是指拥有同样生产力特征的劳动者，在职业获得、工资收入或劳动条件等方面没有得到平等对待的行为或做法。也就是说，劳动者个体之间具有相同的生产率，只是因为所属的群体特征不同，导致用人单位对其实施不公平对待。

按照歧视经济学的分析，就业市场歧视可划分为雇主、雇员等造成的个人偏见歧视，以及将群体特征强加到个人身上的统计性歧视等。以雇主个人偏见歧视为例，它是雇主与某类雇员之间不愿意发生联系所产生的招聘歧视行为。这不仅导致某些特征的人（地域或性别等）受到歧视性对待，而且背离了企业利润最大化目标。问题在于，既然就业市场歧视对用人单位并非是一件有利可图的好事，为何这些企业会实施歧视性的招聘政策。研究表明，歧视性的行为大多发生在产品市场存在一定程度垄断，或通过垄断获取利润的企业。这些企业既有机会，也有动力去追求与利润最大化相反的行为，即效用最大化。现实也确实显示，市场竞争性较强的行业或企业，通常较少有这类所谓“条件”或“要求”。

在就业市场大量存在，同时也是人们争议最多的是统计性歧视。统计性歧视源于用人单位为降低成本而采取的一种招聘策略。单位招聘或甄选需要增加投入，而通常利用求职者所属群体的一般性信息来推测个人情况，则能节省自身投入。比如，平均来说，985 或 211 院校较之普通院校学生的综合素质要高，而由于用人单位对单个应聘者的实际生产率做出完全预测成本太高，解决办法之一，就是利用 985 或 211 院校学生素质较高这一群体总体特征，来对每位应聘者个体做出是否给予面试机会的决策。在此情况下，用人单位的确减少了招聘成本，但带来了就业市场不公平问题。因为群体特征是一个平均值，并不表明每一位学生的真实能力。按照歧视经济学理论的表述，这导致了可能相同的、可衡量生产率特征的人得到了系统性的不公平对待。显然，统计性歧视有悖于创造公平就业环境、消除就业歧视的目标和要求。

就业市场反歧视的对策建议

为什么就业市场歧视会长期存在？其中一个原因就是用人单位缺乏科学的人力资源管理制度和技术。比如，招聘广告中充斥着大量歧视性的条件要求，而对最重要的任职资格，比如硬能力或软能力等，则很少提及。组织人事管理被视为一门科学的意识还未建立，对科学的职位分类、职位分析、职位评价、员工激励、绩效管理和能力评价等现代人力资源管理技术和方法更是知之甚少。

如果现代人力资源管理制度不能有实质性推进，科学的人力资源管理技术和方法不能得到广泛应用，我国就业市场反歧视也很难取得成功。因此，唯有大力倡导组织人事工作是一门科学，切实推动人力资源管理队伍的专业化和职业化，才可能形成用人不讲出身、评价破除“四唯”、管理层次上升、投入产生效益的良好局面，进而真正破除就业歧视，最终实现创新驱动和组织竞争力提升的目标。

完善立法和推动司法也是就业市场有效实施反歧视的一项重要工作。部分用人单位无视公平性和科学性原则，在招聘活动中加入歧视性条件，这与目前相关立法和司法工作滞后，由此带来的招聘歧视违法成本还比较低有关。尽管就业促进法专列了公平就业内容，但注重原则性，执法的可操作性不强，例如歧视内涵没有明确规定，一些突出的招聘歧视行为未纳入其中，由此导致识别和判定歧视缺乏依据，难以有效执行。劳动人事争议仲裁委员会或基层劳动仲裁法院依据的《劳动争议调解仲裁法》和《劳动保障监察条例》，均以劳动者与用人单位签订劳动合同、建立劳动关系作为前提，对招聘过程中的就业歧视并未给出明确规定。

当前和今后一段时间，反歧视工作的重点应是制定与招聘相关且具有程序性和可操作性的条例。增加反歧视法规、条例，或在现有法规基础上进行补充和修订，拓宽对现有就业相关法律的立法和司法条款解释。借助现有劳动人事争议仲裁委员会和基层劳动仲裁法院，推动各项反就业歧视条款的落实。为稳妥起见，可考虑启动反歧视准司法实践试点，受理关于包括招聘在内的所有与工作场所相关的就业歧视案件投诉等，并及时提起民事诉讼或行政调查。

（作者为中国人民大学中国就业研究所所长）

文艺作品

传承弘扬优秀传统文化，与古代诗人相关的书籍近期陆续出版

走进古典文学的世界

作者：陈俊宇
编辑：欧　阳　刘颖余
2022 年 09 月 25 日 03 版

阅读提示

古典文学越来越受到关注，作为一种现象，缘起是什么？内中的意义几何？从中，我们或可寻到诗人的心路历程、审美情趣、人格品质和艺术技巧，以及中国人的自我意识和感觉方式。

在传承弘扬中华优秀传统文化的热潮中，古典文学越来越受到关注。

千百年来，诗词不仅是国人的心灵独白，也是中华民族的文化基因。如今，与古诗词、诗人词人相关的书籍正热络面世。

六神磊磊的《唐诗寒武纪》被古代文学教授戴建业赞为“解读唐诗的高手行家”，《李商隐十五日谈》则是李让眉对李商隐生活经历及其精神追求的还原。

还有张炜的《斑斓志》（苏东坡七讲）与复旦大学教授朱刚的《苏轼十讲》，从苏轼人生的多个方面进行了深入的剖析。诺贝尔文学奖得主勒克莱齐奥和北京大学教授董强共同创作的《唐诗之路》、南京大学教授景凯旋的《再见那闪耀的群星：唐诗二十家》、戴建业的《戴老师高能唐诗课》；在硕士和博士期间分别师从罗时进教授、叶嘉莹教授的黄晓丹创作了《诗人十四个》……

缘由

不同作者著书立说的缘由各不相同。

1983 年，景凯旋考入南京大学中文系，就读唐宋文学专业，留校教书教的也是古代文学。但在很长一段时间里他的兴趣在东欧文学。直至前些年才重拾本行，重新关注唐代诗歌。《再见那闪耀的群星》选择了陈子昂、孟浩然、王维、李白、杜甫、白居易、韩愈、柳宗元、刘禹锡、杜牧、李商隐等 20 位唐朝诗人。

“这不是专著，而是一部诗歌随笔，是我个人在唐诗中的一次游历。”景凯旋对记者表示。谈及每个诗人时，不作全面评价，而是选取不同的阐释角度。“我试图在唐诗中寻绎观念与价值的东西，比如中国人的自我意识和感觉方式，或者诗人的心路历程、审美情趣、人格品质和艺术技巧。”

写作此书过程中，景凯旋受到了不少好友的启发。《诗人十四个》的作者，江南大学文学院副教授黄晓丹就是其中一位。

“我总是在大家讨论某种细微的内在感受时，突然跳出来说，古诗里已有类似的表达。”她在接受采访时道出了初衷。于是，2016 年春天，一群爱好心理学的朋友建议黄晓丹讲一门古诗课，“讲什么完全是随感而发，涉及的作品大都与春天有关”。这就成了《诗人十四个》的缘起。全书将 14 位诗人两两分成一组，在两相对比中展现生命的矛盾性和可能性，探讨友情、孤独、情欲等古今相通的人生课题，唤起心中与古人共情的某种“通感”。

特色

跳出研究专著的框架，对诗人词人、诗词的解读更为个性化，是现今这些作品的特色。

诗佛王维为何会从研习半生的儒学转变到佛学，在入世与出世之间，他如何应对内心的困厄？从卑贱布衣到朝野重臣，韩愈如何从边缘走向中心？白居易的人生是否真如他所说的“知足保和”那样淡然超群？豪门子弟杜牧少年早慧，为何他的诗歌不像他所崇拜的杜甫那样沉郁顿挫，反而是充满意气与率真？多情缠绵的李商隐写下大量关于爱情的诗句，但他的人生是否真如他诗歌那样唯美深情？

这是张炜在文化随笔《唐代五诗人》中解答的问题。“写作者除了留下时间和历史的记录，留下生命的刻痕，必然公开了自己，其间有多种多样的可诠释性。”在出版社组织的推介会上张炜表示。在他看来，人性决定诗性。诗人的道德感、价值观、身份和立场，构成了他们的创作基础。诗歌，是古人艺术追求的载体，亦是寻求自洽的生活方式，不同的诗歌风格，反映了不同的人生追求与精神品格。

同为古诗词随笔集，《古典的春水》谈及近60位古代文人、100余首古诗词。前六章从多情、怀古、愁绪、女性美、时间、艳美等6个切口入笔，远至《诗经》近至《红楼梦》，个中诗词信手拈来，别出机杼；后六章则逐一聚焦诗人群像，如欧阳修、苏东坡、陆游、辛弃疾等，一人一题。

该书可以说是中国人情感的档案，“潘向黎实际上是把她的人生、把她的情感放进去重新读，重新解说，从而让古诗词亮起来、新起来，成为属于我们自己的诗。”在潘向黎的新书发布会上，评论家李敬泽坦言。

意义

“在这个特别艰难的时期，重读唐诗，或许会有一种更深切的感受，也常会想起杜甫‘萧条异代不同时’的诗句。”景凯旋认为，“唐诗是人性悠长的回响。我常想，假如从来没有过唐诗，我们的精神将会是多么的贫乏。”

景凯旋的观点在指向一个现实问题，古典文学对于今人到底有何用？其意义何在？

法国作家勒克莱齐奥被唐诗所吸引，源自李白的《独坐敬亭山》一诗。诗中，有一个人静静坐在那里，与一座山面对面交流，这让他为之“激动”。“在重读唐诗的过程中，我们发现唐诗中蕴含着深刻人性。尽管在我们之间相隔了巨大的时间鸿沟，然而，我们感到同那个时代的诗人和艺术家是那么的近。我们能理解他们，那个时代与我们的时代是如此的相似。”勒克莱齐奥与董强合作《唐诗之路》，正是“想与读者分享，这样一种深深的感动”。

“古典文学并不能帮助人免除生活必须承担的重负，却也绝不是闲暇者的消遣，不仅仅是失意者的抚慰。”80后学者黄晓丹已经有所感悟，她在书的后记中写道，“之所以必须依仗古典文学所营造的那个理想世界，是因为只有决定相信理想世界的存在”，人生才能在蜉蝣式的无谓漂流中不飘散于虚空。

文艺作品

推轮椅的时光感触

作者：欧　阳
编辑：欧　阳　刘颖余
2022 年 04 月 03 日 03 版

三月末的周日，窗外蓝天万里无云，走，出门去享受澄澈的阳光。

刚到马路上，就瞥见一辆载着人的轮椅。推轮椅的中年人和坐轮椅的大爷会是父女吗？看着表情都漠然的两人，应该不是吧？

滋生出这个念头，是因眼前的一幕，让我想到了与父亲话语不断的轮椅时光。

虎年春节后的一天，中午家人要去拍全家福，晚饭安排在海河（西昌邛海连接安宁河的河道）边。数次重症监护室维修后，双腿越发无力，惧怕晕车坚决不乘坐的父亲只能借轮椅之力。

大约上午十点钟，我扛着外孙女给她阿普（外公）买的轮椅先下了楼，坐电梯下来的父亲一看阳光灿烂，坚持要“走一走”，说是走不动再坐轮椅。他没走两百米。

从三岔口东路上部下行，跨过东河，穿过城墙上榕树繁茂的古老城门，再到拍照门店所在地：“老西昌”的中心地段大巷口。行程中老爹不停地给缓步推着轮椅的我，和他的儿媳介绍着西昌的变化。

拍照完毕，按事先的计划，我推轮椅带着老爷子游西昌。

先到步行街和月城广场，这一段是下坡路，轮椅得拉着。一路上漫街的人潮和浓厚的生活气息，感染着父亲，他更活跃地和我们对话，不时还夹杂着感叹声。接着是龙眼井街——以前我们就住在这条街下面的街口。途中老爷子指着一家米粉店说：“它还在啊，这家米粉店是最好的！”我瞧了一眼，没什么印象，店内用餐者不多，难以确定好不好——已过了午餐时间。这条街坡度很大，拉着轮椅有些吃力。好在很快就到了街尾我家原来住的地方，院子门口那家父亲熟悉的面食店仍旧飘着香味。“这家包子好吃。”父亲说。我问要不要吃点，“不用了。”习惯两顿饭的父亲只是要求我推过去看看，接着轮椅就到了他住过几十年的院子，他在院门口伸头看了一会儿，然后就奔滨河路，也就是海河边上那条公园般打理的路。

绕过民族体育场，就到了民族风情园。风情园门口的广场上，有人在靠椅上眯眼小憩，有的休闲聊天，还有喝茶的，整个地界儿一派门庭若市的景象。

然而，兴奋多时的老爹，此时却变得安静了。

累了？那休息一会儿。爸没反对。我们坐在广场的边沿，任由春日的暖阳洒在身上。

“我们去看滨河路。”爸说。小憩之后，轮椅继续推进。到了滨河路，老爷子决定用自己的脚度量。“现在滨河路修得多好啊！”他一边说，一边拖着步伐碎步慢行。

滨河路确实修饰得很好，河边沿，我喜欢的自然土坡被直壁石块和水泥取代，岸边是绿树和花草组成的五色公园。虽然刚进二月中旬，玉兰花却已次第开放，木本的刺桐满树红花。观赏绽放的鲜花后，转身失了父亲的影迹，赶紧到河边看，原来他正微曲着瘦小的身体，站在河边的步道上，面向邛海，眺望远方。我顺着他的眼光看过去，是似有若无的湿地、邛海，远处是青山白云……

阿姐订的餐厅在河对岸。我建议想步行的父亲从南面不远处平缓的桥上过去，但老头坚持要上身边跨河的拱桥。我估算了一下，这座颐和园玉带桥形状的桥，单边得有五六十级台阶。我赶紧扛起轮椅先过桥，欲回身搀扶父亲。待我重新上到桥顶，父亲和我太太已经站在桥的中途平台上，他要尝试用自己的双腿过桥。

桥终于过了，但父亲的腿在抖动，好在河边是餐饮娱乐区，休息不缺座椅。

晚餐时间父亲情绪和精神头都很好。走出餐馆，天色已暗。没等我问，老爹便申请坐轮椅。沿着河的西南岸是名叫天街的青年人地盘，音乐吧、酒吧、茶社、咖啡馆闪烁着各自的彩灯，各门店高声播放的音乐混杂在一起。没多久我们就通过了天街，走上了主路。

在主路的桥上，父亲再次从轮椅上下来，站在桥上回看海河。在桥的灯饰和天街的彩灯映照下，河面反射着色彩变幻的彩光。

“好漂亮啊!”父亲再次感慨地说，好像没有来过的样子。

“很久没来过了吧?”我问道。“好几年没来过了。”父亲回答说。

再后的轮椅之旅，我想走航天大道，临近邛海湿地的新区父亲应该没游览过。但也许是担心累着我，也许是不让先行坐车回家的母亲着急，抑或是怕太晚了，父亲决定走三岔口南路返回。

回程全是上坡，推轮椅有些费力，我不得不让太太替手两次。人行道的坑坑洼洼不像白天那么容易看见，轮椅有些颠簸。一路上，多话的父亲变成了讷言老汉。

到家已是晚上十点多，应该是太疲劳，父亲吐了，但他说没事，不累。“他两年多没出门了。”妈妈说。上次的医院之行后，老爸基本没出过门。这一天他很开心。

看着疲累却喜色依旧在脸上的父亲，“以后想出去可以让阿和惹来推轮椅。”我说。“太麻烦咯。”父亲说。阿和惹是我二叔父的儿子。

我也累了。计步器的数是15000多，应该没有10公里。父亲不怕累着我，我很开心。可想到第二天我就回京，之后年逾九旬的家父又只能摩擦着鞋在屋里踱步，不知这样的时光感触何日再来，我愉悦的情绪之中压上了一块沉重的石头。

我默默地祈祷父母身体健康，期望下一个春节之后，他们有更多和我一起感触时光的日子，哪怕是推着轮椅……

那一天是我的生日。

文艺作品

守护敦煌的传薪者——樊锦诗

■ 作者：武文欣
■ 编辑：吴明福　张军华

樊锦诗，1938年生于北京，1958年考入北京大学历史学系考古专业，毕业后到敦煌文物研究所（敦煌研究院前身）工作至今，是中国具有国际影响力的石窟考古专家、文化遗产管理保护理论专家，曾担任敦煌研究院院长。她先后获得“时代领跑者——新中国成立以来最具影响的劳动模范”“文物保护杰出贡献者”等荣誉称号。

初遇敦煌　此生命定

在敦煌研究院的一处不显眼处，有一座名为《青春》的雕塑作品。一个齐耳短发的女孩手拿草帽，一脚在前，一脚在后，背着挎包，意气风发地迈步向前，这正是以1963年初到敦煌的樊锦诗为原型雕塑的。

樊锦诗祖籍杭州，生于北京，在上海长大，人瘦瘦小小的，身上带着股江南女子的温婉气质。她的父亲樊际麟毕业于清华大学，十分热爱中国古典艺术，希望女孩子也能饱读诗书，于是分别以“诗”“书”二字给两个双胞胎女儿起了名。受父亲的影响，樊锦诗从小就对中国传统文化和艺术有着浓厚的兴趣。她和敦煌的缘分始于中学历史课本上一段对莫高窟的描写，几百个洞窟中精美绝伦的彩塑和几万平方米的壁画，为樊锦诗绘就了一个美妙的梦，她梦想着有一天能够到这个地方去一睹真容。

外表柔弱的樊锦诗其实很有自己的主见。高中毕业的时候，樊锦诗没有征求父母的意见，自作主张报考了北京大学历史学系。她在上海读中学的时候，就经常喜欢到博物馆看文物展览，知道很多精美的文物都是经过考古挖掘出土的。那些文物静静存放在展柜里，穿越千百年的时光，向观众诉说着文明的演进。这种奇妙的感觉让樊锦诗对考古充满了遐想，于是在分专业时她毫不犹豫地选择了考古专业。

很快，樊锦诗意识到考古并不像自己之前以为的那样轻松。1962 年，是樊锦诗大学生活的最后一年。按照北大历史学系考古专业的惯例，毕业班学生可以赴洛阳、敦煌等文化遗产地参加毕业实习。当时恰逢莫高窟南区要进行危崖加固工程，需要动窟外地面下的地基，时任所长的常书鸿先生希望北大调一些考古专业的学生进行莫高窟外的考古发掘工作，樊锦诗被选中了。后来她常挂在嘴边一句话：“此生命定，我就是个莫高窟的守护人。”命运的齿轮从此时开始慢慢转动。

在去敦煌的路上，樊锦诗的内心十分雀跃，她以为多年前脑海中绘就的梦即将变为现实。谁知一下火车，满眼的黄沙、没有电灯的土房子让她愣住了，敦煌文物研究所并没有想象中那么气派，研究所的工作人员也都一个个面黄肌瘦，穿的都是洗得发白的干部服，跟当地的老乡没什么两样。樊锦诗和敦煌的初见，似乎不是那么美妙。但是，当她进入窟中，看到洞窟中色彩斑斓的壁画和精美绝伦的彩塑时，疲惫感消失殆尽，甚至连洞窟中的寒冷都感觉不到了，反而心中升起一股暖意，衣袂飘举、光影交错的壁画和塑像艺术让她仿佛置身一座华美的圣殿。

樊锦诗和双胞胎姐姐是早产儿，从小体质就弱。敦煌气候干燥，早晚温差大，严重的水土不服让樊锦诗几乎每晚都失眠，身体状态很不好，在上窟实习时差点晕倒。这次的毕业实习没有结束，樊锦诗便提前离开了敦煌。

扎根敦煌 守一不移

1963 年，樊锦诗从北京大学毕业，系里把她分配到了敦煌，这让她喜忧参半。喜的是，敦煌有着太多她喜欢的东西，自实习回来后，敦煌石窟里的壁画和造像便时时萦绕在她的脑海中；忧的是，她自幼体弱多病，担心身体状况不好难以开展工作，而且她的男朋友也是她之后的丈夫彭金章被分配到了武汉大学，之后必然会面对两地分居的困扰。经过多番考虑，带着一腔为祖国和人民奉献的赤诚之心，樊锦诗还是决定克服困难服从分配。

第二次去往敦煌，樊锦诗的心态与第一次截然不同。火车行驶在河西走廊上，从武威到张掖再到酒泉，从一片绿色到零星绿意再到满目黄色的戈壁，越接近敦煌就越感到荒凉寂寥。下了火车还要坐汽车，130 多公里的路程，颠簸难行，等到敦煌文物研究所的时候，樊锦诗已经是两腿发麻，两眼发晕。

莫高窟旁边的破庙是樊锦诗的住所。破庙的屋顶是用芦苇秆搭起来的，有时半夜还会从屋顶上掉下来老鼠。1981 年以前的莫高窟是不通电的，每天只能保证两到三个小时的用电。水也不能多喝，喝多了肚子会胀。大西北的一切，对在都市生活习惯了的樊锦诗都是那么陌生。为了克服想念家乡亲人的失落感，她把一切精力都倾注在了工作上，对上海的家人、首都的景象，樊锦诗选择遗忘。她把姐姐送的小镜子藏了起来，不再每天照镜子，为了梳洗方便，她干脆剪了个极短的运动员发型。慢慢地，她逐渐习惯了没有地板的泥地，习惯了用报纸糊起来的天花板，习惯了半夜老鼠掉在床上，爬起来掸掸土，再若无其事地继续睡觉。

环境越艰苦，人仿佛就变得愈加简单纯粹。只要一有空，樊锦诗就跑到洞窟里观看学习。几年下来，她收获颇丰，她参加了敦煌莫高窟窟前遗址发掘清理工作，完成了莫高窟北朝、隋代以及唐代的早期分期断代的研究工作，这些学术成果至今仍是石窟考古领域的重要文献。

守护敦煌，除了要付出极大的精力，克服生活上的艰苦，和丈夫、孩子长达 19 年的两地分居的生活始终是压在樊锦诗心头的一块大石头。她既想留在敦煌，为敦煌做点事，又很想念远在武汉的丈夫和孩子，正在她犹豫不决之际，1986 年，老彭主动提出来，决定放弃在武汉大学商周考古的教研事业来到敦煌，一家人这才团聚，樊锦诗心头的石头终于放下了。她在之后很多次的领奖致辞或是采访里都提到要感谢她的先生彭金章，如果说樊锦诗是敦煌的守护者，那么她的先生老彭就是她的守护者，在背后默默守护着他和樊锦诗的家。“相识未名湖，相爱珞珈山，相守莫高窟”，寥寥 15 个字总结了他们 50 年的爱情故事，是他们最朴实也最动人的爱情誓言。

面对诸多的困难，樊锦诗也曾想过离开敦煌。当九层楼的铃铎响起，晚风拂过白杨发出噼里啪啦的声音，满天繁星升起，这种昼夜更替之时，人很容易产生一种无边无际的寂寞，仿佛坠入了一个无尽的时空深渊，一种无助感和失落感油然升起。樊锦诗不止一次偷偷地掉眼泪，可是只要一走进石窟，她的心便安定了下来，敦煌已经成为了她生命中难以割舍的一部分。

顾春芳老师曾用“守一不移”四个字概括樊锦诗一生的追求和意义。这个“一”就是莫高窟，来了之后便从未离开过；这个“一”也指知识分子的良知，她从未忘记也从未背弃。

莫高精神 薪火相传

在敦煌研究院的一面墙上，写着这样一句话：“历史是脆弱的，因为她被写在了纸上，画在了墙上；历史又是坚强的，因为总有一批人愿意守护历史的真实，希望她永不磨灭。”这句话说的正是那些70多年来“打不走的莫高窟人”，他们以青春和生命诠释着“坚守大漠、勇于担当、甘于奉献、开拓进取”的“莫高精神”。

樊锦诗选择一生坚守敦煌，除了自身对敦煌的热爱，还有便是受到了前辈们精神的感召。常书鸿先生是敦煌文物保护研究事业的开创者和奠基者，是成立于1944年的国立敦煌艺术研究所的首任所长。这位留法归来的著名画家，出于对敦煌艺术的热爱和对古老文化的景仰，把远在重庆的妻子、儿女全部接到了敦煌，全家扎根于此。尽管之后家庭遭遇离散之痛，妻子突然不辞而别，常先生也依然选择带着两个孩子坚守在莫高窟。

80年代初，段先生从常老手中接过“接力棒”，把敦煌保护、研究、弘扬各项事业提升到了新的高度。有损壁画的印稿法临摹被禁止，只能用面壁写生法临摹；1987年，莫高窟被联合国教科文组织世界遗产委员会批准列入《世界文化遗产名录》；通过开展国际合作，学习和引进了国际文化遗产保护的先进理念、先进技术、先进经验……

敦煌254窟中有一幅著名的北魏壁画《萨埵那太子舍身饲虎图》，讲的是释迦牟尼佛的前世萨埵那太子在游玩的途中，为了救一只因饥饿而濒死的母虎和它的虎崽们，慈悲而决绝地舍出自己肉身的故事。为了保护莫高窟这座人类绝无仅有的文化遗产，一代代莫高窟人前仆后继，甘愿献出了自己的一生，这种“舍身饲虎”的精神不正是莫高窟人真实的精神写照么？

尽管一代代莫高窟人拼尽全力去保护它，但敦煌莫高窟还是正在以一种非常缓慢的、不可逆转的姿态逐渐消逝，如何将这种不可再生的文物永久保存、永续利用，一直是萦绕在樊锦诗心头的一个课题。

作为一所国家级文物单位，科学档案是必须要建立起来的，但是这个档案怎么建，却需要樊锦诗去探索。用照片存档不行，底片会坏；录像也不行，最后会消磁。正在樊锦诗为科学档案项目感到发愁的时候，友人的一句话给她提供了思路——图像数字化后储存在计算机中便可以长久保存，不会失真。从此，敦煌研究院便开始了壁画数字化的试验，“数字敦煌”的历史信息保存和利用理念也由此逐渐成型。

曾有人问樊锦诗，人生的幸福在哪里？

她说，幸福就在人的本性要求他所做的事情里。一个人找到了自己有意义地活着的理由，以及促成他所有爱好行为来源的那个根本性力量，就拥有了可以面对所有困难的能力，坦然地面对时间，面对生活，面对死亡。

敦煌，便是樊锦诗的幸福。

50 多年过去了，从十里洋场到未名湖畔再到西北大漠，从青春少女到满头华发，樊锦诗用坚守赴了一场跨越了半个世纪的文化苦旅，她用瘦弱的身躯守住了前辈的火种，开辟出了一条明天的路，“敦煌的女儿”，当之无愧。

参考资料

顾春芳．我心归处是敦煌：樊锦诗自述/樊锦诗口述［M］．南京：译林出版社，2019.

十佳

2022'

工人日报十佳作品选

国际新闻

北京冬奥会将是一届高质量、安全的运动会

——专访亚美尼亚驻华大使谢尔盖·马纳萨良

■ 作者：毕振山
■ 编辑：赵晓展
■ 2022 年 01 月 14 日 08 版

亚美尼亚驻华大使谢尔盖·马纳萨良（左二）接受本报赠送的书法作品。

（本报记者 窦菲涛 摄）

北京冬奥会将于 2 月 4 日开幕。“中国在抗击新冠病毒感染疫情和举办奥运会方面拥有很多经验，相信北京冬奥会能够圆满举行，并成为史上最成功的冬奥会之一。” 1 月 12 日，亚美尼亚驻华大使谢尔盖·马纳萨良在北京接受《工人日报》记者专访时表示，亚美尼亚非常重视同中国的关系，期待两国合作在疫情结束后走上快车道。

期待北京冬奥会成功举办

马纳萨良说，冬季运动在亚美尼亚不是很普及，运动员的水平也不高，但重在参与是奥林匹克精神之一，所以非常期待冬奥会的成功举办：

"届时预计有6到8名运动员参加滑雪和其他比赛项目。最后的参赛名单目前还没确定，运动员们仍在为冬奥会'门票'展开竞争。"

对于中国为确保冬奥会安全举办采取的防疫措施，马纳萨良说，冬奥会成功举办最重要的是安全，这既包括参赛运动员的安全，也包括中国民众的安全。"中国在抗击疫情方面很有经验，采取的一系列抗疫措施也是正确的、有效的，参加冬奥会的运动员要尊重中国的决定和措施。另外，中国举办过夏季奥运会、残奥会等赛事，在组织奥运会方面也很有经验。"

马纳萨良指出，对奥运会施加政治压力乃至抵制奥运会并不是没有先例，早在"一战"结束后就曾出现。不幸的是，这一问题后来多次出现。"奥林匹克宪章的主要原则之一是确保奥林匹克运动参与者的权利和自由。要实现这一点，就要保证奥林匹克运动不受政治压力和政治歧视等因素的影响，政治应该与奥林匹克运动相分离。"

"对北京冬奥会施加政治压力，其实是在抵制奥林匹克宪章的主要原则，因为北京只是冬奥会的承办地。"马纳萨良说，中国从2015年获得冬奥会举办权开始，6年多来做了大量准备工作。

去年，马纳萨良曾受邀参观冬奥村以及冬奥会的场馆和基础设施，"我相信北京冬奥会将是一届高质量、安全的冬奥会，并成为史上最成功的冬奥会之一"。

欢迎中国游客到亚美尼亚旅游

2022年，中国和亚美尼亚迎来建交30周年。

"中国和亚美尼亚都拥有悠久的历史和灿烂的文化，两国友好交往的历史长达2000多年。"马纳萨良说，中国和亚美尼亚长期以来关系紧密，在许多领域都有合作。

两国建交以来，经贸合作取得长足发展。自2009年起，中国连续多年稳居亚美尼亚第二大贸易伙伴，双边贸易规模不断扩大。

马纳萨良说，来自亚美尼亚方面的数据，2021年两国贸易额预计将达到12亿美元，比上一年上涨35%~40%。虽然绝对值不算大，但对亚美尼亚来说已经是很大的成就。

“未来中国和亚美尼亚可以在食品加工、酒品饮料、机械、矿产品、化学品以及基础设施建设方面加强合作。”马纳萨良认为，亚美尼亚是个内陆国家，市场比较小，希望疫情结束后两国能够推进在交通和物流领域的合作，包括开通直航航班等。“亚美尼亚很重视科技发展，也希望更多的中国企业尤其是科技企业到亚美尼亚投资合作。”

2019 年，中国与亚美尼亚签署免签协定，并于 2020 年 1 月正式生效。两年多来，两国间旅游业发展迅速。

“亚美尼亚是一个很友好的国家，境内有摩崖石刻、古代浮雕、寺庙以及优美的自然风光，尤其是春末或者秋天风景如画。”马纳萨良说，欢迎更多的中国游客到亚美尼亚旅游。

相信两国间有更光明的未来

新冠病毒感染疫情暴发以来，在中国抗击疫情的艰难时刻，亚美尼亚就向中方提供了大量抗疫物资，包括医用口罩等，表达了与中方站在一起的决心。中方也从多个方面对亚美尼亚抗击疫情施以援手，包括无私提供抗疫物资和医疗设备等。

马纳萨良说：“在亚美尼亚最受欢迎的疫苗就是中国生产的。”中国和亚美尼亚的专家多次举行视频会议，交流经验，中国的中医药对治疗亚美尼亚病人起到了非常重要的作用。

马纳萨良对中国政府和企业给予亚美尼亚无私帮助表达诚挚谢意。他说，中国能够控制好疫情，源于中国共产党的领导、中国政府的正确决策和中国人民的组织性与纪律性。“中国从疫情暴发第一天起，就以公开透明的方式与他国分享疫情相关信息和抗疫经验。未来两国将继续深化合作，以尽快控制疫情。”

马纳萨良到中国已经快 6 年了。“我相信两国间会有更光明的未来，合作在疫情后会走上快车道。”马纳萨良说，与中国的关系在亚美尼亚外交政策中具有非常特殊的地位，亚美尼亚致力于与中国发展多方面交往。

采访快结束时，马纳萨良还特意通过本报转达祝福：在虎年来临之际，希望中国人民繁荣富足、身体健康、安居乐业。

近几个月愈演愈烈的"奶粉危机"，凸显了美国经济、政治领域的深层弊病——

"找把枪都比找婴儿奶粉容易"

■ 作者：梁　凡
■ 编辑：毕振山　赵晓展
■ 2022 年 06 月 03 日 08 版

在这个刚刚过去的"六一"儿童节，美国的不少婴幼儿家长却在为自己宝宝的"口粮"而担忧——过去几个月来，美国的"奶粉荒"愈演愈烈，并且这把从"奶瓶"燃起的"大火"已经开始延烧向美国政坛。

一

据彭博社 5 月 28 日报道，根据美国零售定价数据公司 Datasembly 公布的数据，截至当地时间 5 月 21 日当周，美国婴儿配方奶粉的缺货率上升至 70%，高于前一周 45%。美国超三分之二的州，婴儿配方奶粉短缺率超 70%。犹他州短缺问题最为严重，短缺率高达 89%，而这一数字前一周为 49%。

"找把枪都比找婴儿奶粉容易。"美国副总统卡马拉·哈里斯侄女、同时也是一名畅销书作家的的米娜·哈里斯 5 月 25 日凌晨在网络社交媒体上如是说。

据媒体报道，哈里斯的这条推文在 5 个小时内收到了 13 万条点赞和 2 万多次转发。

自 2 月以来，美短缺持续发酵。而点燃此次"奶粉危机"的主要导火索，则是雅培公司的"问题奶粉召回事件"。

去年 9 月至今年 1 月间，美国先后有 4 名婴儿因食用疑似受污染奶粉患病，其中 2 名婴儿死亡。美国食品药品监督管理局（FDA）随后对涉事生产商美国雅培公司展开调查。

在调查中，雅培工厂“差到令人震惊”的卫生条件被披露在公众面前：地板上有积水，风扇里有积灰，滋生出的细菌直接和奶粉接触，造成其奶粉的安全隐患。

2 月 17 日，雅培公司宣布大规模召回密歇根州工厂生产的相关奶粉。FDA 随后关闭了该工厂。

据彭博社 5 月 20 日报道，雅培召回奶粉的做法，导致一些民众开始恐慌性购买和囤积奶粉，由此造成美国全国范围内的奶粉短缺。

二

美国婴幼儿对奶粉有巨大的需求。美国疾病控制与预防中心的数据显示，只有不到一半的美国新生儿在出生后的前三个月是由纯母乳喂养的；到了 6 个月大时，75%的婴儿都会食用一部分配方奶粉。

而据波士顿儿童医院营养中心主任克里斯托弗·杜根表示，雅培奶粉密歇根工厂的关闭虽然确实加剧了奶粉危机，但婴儿奶粉此前便已受到了新冠疫情所带来的供应链问题的影响。

然而，为什么仅仅是雅培奶粉在美国的一家工厂停产，美国婴儿的“口粮危机”就迅速扩大到如此地步?

有不少分析认为，此次暴发的“奶粉危机”，实则再次反映出美国深层的经济与政治弊病。

数据显示，包括雅培在内的美国三家公司控制了配方奶粉市场中 95%的销售，多年来早已形成了垄断格局。其中雅培公司生产的婴儿奶粉占美国本土市场比重高达 40%左右，其位于密歇根州的工厂更承载了该公司约一半的本土生产能力。

此外，美国还在营养标准等指标上设立严格规定，使得国外奶粉企业的产品很难进入美国市场；而就算是能够“放行”的国外奶粉产品，也要被征收高达 17.5%的关税，这进一步巩固了美国厂商对市场的垄断。

“奶粉危机”也暴露出美国在政府监管及其应对效率和执行力方面的欠缺。有报道称，FDA 去年 10 月就已收到关于雅培奶粉生产流程方面的诉状，随后 12 月与雅培约谈、今年 1 月进行检查。雅培今年 2 月主动召回产品与停产，至今已过去 3 个月。整个过程中，监管方的执行效率不高，政府在应对举措上行动不够及时。

三

面对奶粉危机，美国联邦政府应对较为迟缓。直到 5 月 16 日，FDA 才宣布将允许海外婴儿配方奶粉进入美国市场。此时距奶粉短缺危机暴发已过去数月。

当地时间 5 月 19 日，美国总统拜登援引《国防生产法》规定的紧急权力，来应对全国性短缺。拜登政府决定，放松进口规则以便国内奶粉生产商能获得所需的原料，同时下令使用政府飞机从其他国家运送物资。

据路透社 5 月 30 日报道，一家来自澳大利亚的奶粉公司与 FDA 达成协议，将运送至少 125 万罐配方奶粉。

此外，雅培公司近日表示，FDA 并没有确凿的证据表明此前报告的婴儿感染与其工厂的细菌样本之间存在直接联系。雅培公司已与 FDA 就重开密歇根州工厂达成初步协议。根据该协议，雅培必须定期接受来自外部的安全审计。

但该公司表示，从工厂重开之日算起，奶粉能补充到货上架仍需 6 到 8 周时间。

值得注意的是，在当下美国两党尖锐对立的政治环境下，任何争议性事件都能演化为两党互相攻讦和抹黑的工具。甚至关乎作为弱势群体的婴幼儿生命健康的奶粉短缺事件，也没逃过沦为党争工具的命运。

参议院少数党领袖、共和党人麦康奈尔日前抨击拜登政府在明知奶粉危机持续发酵的情况下仍无动于衷。纽约州共和党籍联邦众议院斯特凡尼克则表示，美国不是第三世界国家，“奶粉荒”这种事不应该发生。

媒体融合

十佳

2022′

工人日报十佳作品选

融合创新

《工人日报》记者直击急危重症救治：新冠重症今天与3年前有何不同？

作者：姬　薇

编辑：成　露　窦菲涛　陶　稳

2022年12月29日 工人日报客户端、微信《乐健康》

1. 发布平台二维码

2. 发布平台截图

工人日报

乐健康丨工人日报记者直击急危重症救治：新冠重症今天与3年前有何不同？

原创 工人日报客户端 2022-12-29

作者:姬薇

随着疫情管控全面放开，新冠感染人数暴增，虽然研究说奥密克戎主要影响上呼吸道，无症状者居多，致病力明显下降。但近三周来，很多人新冠感染后都出现了症状，如发热，咳嗽，肌肉酸痛，咽干、鼻塞、腹泻等，“白肺”相关话题频频登上热搜，引发广泛关注。

新冠重症今天与3年前有何不同？

12月28日，《工人日报》记者在北京大

我来说一说

随着疫情管控全面放开，新冠感染人数暴增，虽然研究说奥密克戎主要影响上呼吸道，无症状者居多，致病力明显下降。但近三周来，很多人新冠感染后都出现了症状，如发热，咳嗽，肌肉酸痛，咽干、鼻塞、腹泻等，“白肺”相关话题频频登上热搜，引发广泛关注。

新冠重症今天与3年前有何不同?

12月28日，《工人日报》记者在北京大学人民医院重症医学科见到安友仲主任，他曾是北大医学援鄂医疗队专家组组长，作为国家突发公共卫生事件应急救治专家，曾参与国家卫健委发布的新冠肺炎重型、危重型病例诊疗方案的制定。

对于奥密克戎重症与3年前武汉病毒重症有何不同？安友仲主任回答说：近似。

“2019年12月的武汉人群基本都不知晓疫情，该吃吃该喝喝，所以当时中招年轻人相对居多，当然老年人也很多。经过3年抗疫，大家对新冠病毒有所了解，所以这次放开后相对老年人重症多，年轻人虽然有的症状很重，但大都扛过来了。”安友仲主任表示，北京目前的病人基数远远比武汉当年多，武汉当时是4万新冠病人，整个湖北省是8万病人。现在北京至少70%的人都阳过了，所以说武汉和北京发病人数不是一个数量级，武汉是10万级的，北京是千万级的。10万级和千万级发生的危重病人数也会不一样。

安友仲主任说，我科的医护人员几乎在短时间内全部感染，家人也大多都感染了，战斗力严重损减。但几乎大家都是烧退即带病坚持上班，病房里咳嗽声此伏彼起，场景极其令人感动且心疼。而在这种医疗战力严重损减基础上，当成千上万高龄老人在治疗过程中没有迅速扭转的时候，病情就可能会越来越重，机体器官代偿能力逐渐耗竭。如此双向同时加重医疗资源的挤兑。所以重症的高峰期可能在未来的两三周，而不是现在。

俯卧位通气有利于改善血气分布交换，并加强炎性分泌物引流

在重症医学科病房，记者看到，15张病床收治的是全院最重的新冠危

重症患者，都在 65 岁以上，插着气管插管。

重症医学科副主任赵慧颖介绍，对于急危重患者，会给予积极的氧疗与呼吸支持，抗病毒治疗，抗炎治疗，抗凝治疗，基础合并症的治疗等等治疗手段。

“气管插管之后会给予保护性肺通气策略，俯卧位通气。一般下午下班的时候让病人都趴着。”赵慧颖解释说，人们得病之后往往喜欢躺着，但所有肺炎后背部位炎性液体沉积最厉害，病人趴着之后，有利于炎性分泌物流出，且血流和气体的比例更合适。

“整体来说这些治疗还是比较有效的，这个病人昨天来的时候都快不行了，氧分压 30，现在已基本正常。”赵慧颖说。

“白肺”患者经过一周治疗，肺部恢复正常

70 岁的赵阿姨平时患有高血压、糖尿病、甲减，新冠入院时双肺已是白肺，肺泡渗出比较多，记者见到她时由于输着镇静镇痛药没有自主意识，运动康复机在帮助她进行下肢锻炼，为即将脱呼吸机做准备。

令人振奋的是，经过一周全科室医护团队的全力救治，俯卧位通气体位引流，激素治疗，帮助她渡过了炎症难关、肺部感染难关。现在，赵阿姨双肺已从白肺恢复正常。

“这个病人 68 岁，来时吸 100%氧，氧饱和度才 80 多，平时有高血压、糖尿病、垂体功能不全，心脏也有问题。”赵慧颖说：“我们一度考虑要给他上 ecmo 人工肺治疗，后来通过给她用保护性肺通气策略，一些药物治疗，还有趴着，现在病人可以减镇静了。”

老人感染新冠如何避免转成重症?

记者采访了解到，85 岁以上有严重基础病的老人患重症几率比较大，这部分老人如何避免转成重症？重症医学科副主任医师周刚对记者说，老人感染新冠后体温升高，心率会加快，心功能容易受到损伤。而年轻人心率到 120 次/分也没问题，因为年轻人心功能有储备，但老年人不行，再加上有些老人不吃不喝循环容量和电解质紊乱甚至休克，慢慢身体就垮了。

“这种情况应该是积极的物理降温，吃降温药，输液补液，让老人渡过这个难关，别有器官损伤，因为老年人本身器官功能储备就非常差，这是重点。”周刚强调。

如何应对未来重症高峰的到来？

“医学是让人少受痛苦，永远不可能消灭病毒。人在地球上一定是和包括病毒在内的所有微生物共存的，所以人就有可能被各种微生物侵袭，侵袭力不强，会很快康复，侵袭力稍强，反应适当，人也可能逐渐康复。即便如过去历史上的霍乱鼠疫，一家人都感染了，其中也有人可能活下来，这即可能是反应适度。”

安友仲认为，新冠也一样。一部分人稍微有点症状两天好了，甚至不发烧；有的人非常重；有的人一下子把基础疾病放大了。他比喻，原本 80 岁的人和 18 岁的人一起慢慢遛弯，完全可能同步；现在您却让俩人同时跑百米，那老年人和年轻人就会因器官储备代偿能力不同而高下立见。

“现在的新冠就是让人突然开始跑百米，马上不同人群器官的不同代偿储备能力差异就显现出来了。所以医疗资源不可能永远预备充足，甚至‘养兵千日’的闲置，这样闲置的养兵也会缺乏磨炼而欠缺即战力。”安友仲主任强调，现在我们能做的事情是让社区医疗发挥它应有的作用，在感染新冠初期，基层医疗机构尽早干预指导患者，可以避免很多重症的发生。

北京大学人民医院重症医学科为国家临床重点专科，科室规模、仪器设备及危重患者的救治水平在国内居领先地位。截至记者发稿时统计，自防控政策调整后，该院重症医学科尚未出现新冠导致器官衰竭死亡的病例。全科室医护人员忘我工作，全力救治，盼望着患者能早日脱离呼吸机。

融合创新

两会连线·新就业形态劳动者权益保障 | 网络主播：劳动关系认定不清晰　委员回应：创新法律服务

■ 作者：赵　琛　兰德华　白至洁　肖婕妤　雷宇翔　乔　然　董芳辰
■ 编辑：王金海　贺少成　车　辉　赵　琛　兰德华
■ 2022 年 12 月 29 日 工人日报客户端、工人日报微信公众号

1. 发布平台二维码

2. 发布平台截图

新就业形态劳动者，在我国经济社会发展中发挥着不可或缺的重要作用。有网络主播提出，从事带货直播后，公司不一定会签订劳动合同，存在劳动关系认定不清晰的问题。对此，全国政协委员、湖南启元律师事务所首席合伙人袁爱平表示，对于劳动关系的认定等问题，需要积极探索、创新法律服务，更好地保障新就业形态劳动者的权益。

》》融合创新

两会连线·新就业形态劳动者权益保障丨外卖员：期待有社保 代表回应：推进落实异地就医

1. 发布平台二维码

2. 发布平台截图

新就业形态劳动者，在我国经济社会发展中发挥着不可或缺的重要作用。有外卖小哥提出，希望平台能帮着缴纳社保，这样有个头疼脑热能有保障。对此，全国人大代表、陕西省女法律工作者协会会长方燕表示，应该完善社保异地转移接续的相关制度规则，真正实现社会保险资金取之于民，用之于民。

融合创新

来看“班组这十年”的故事

2022“最班组”全国短视频大赛

■ 作者：赵巧萍　丁军杰　蒋　菡　刘　静　王　群　杨冉冉　吴雅晶

■ 2022 年 12 月 13 日 工人日报客户端、工人日报微信公众号

1. 发布平台二维码

2. 发布平台截图

本报北京 12 月 12 日电（记者蒋菡）今天，2022“最班组”全国短视频大赛的60部入围作品在工人日报客户端、中工网同步开启为期一周的展播并接受投票。

本次大赛于9月19日启动，经过多轮评选，60个入围作品脱颖而出。这些作品有的来自供气、供水、供电、铁路、航空等与人们生活密切相关的行业，有的来自采矿、制药、钢铁、急救、消防等人们不太了解和熟悉的领域，一线班组的精神风貌在这个平台上得以充分展示，基层职工的甘苦也将在这里被更多人看到。

2022“最班组”全国短视频大赛的主题为“班组这十年”，讲述党的十八大以来，班组职工勠力同心建功新时代的鲜活故事。提升岗位技能、推动科技创新、促进安全生产、提高产品质量、完善“小家”建设、应对疫情挑战……点滴变化汇聚成新时代的生动注脚。

“最班组”大赛是一场比赛，更是一个难得的展示班组职工风采的舞台。点开这些视频，您将看到一个个带着露珠的班组故事，听到一首首粘着泥土的奋斗之歌。

以下三个为获一等奖作品：

《前进》链接：http：//web. app. workercn. cn/voteDetail. html？optionID=3435&t=1677641745997

《前进》2300票　编号：09

第九水厂净二分厂机房班是一个有着光荣传统的先进班组，现有职工15人，平均年龄26岁，日供水能力100万吨，占市区供水量的近三分之一。班组始终牢固树立“首都标准，国际水平”的发展目标，坚持以“确保首都供水安全”为使命，自1988年通水运行以来，在确保各项日常供水工作的同时，还圆满完成了北京市举办的国内外重大会议、非典、奥运会等特殊事件、活动的供水保障任务，先后获得全国安康杯优胜班组等荣誉称号。

报送单位：北京市自来水集团有限责任公司第九水厂

《我们的十年》链接：

http：//web. app. workercn. cn/voteDetail. html？optionID=3397&t=1677641772792

《我们的十年》2288票　编号：01

2005年，压制班伴随着株洲硬质合金集团有限公司钻头合金厂的建立而成立。多年来，压制班在生产管理、技术创新、团队建设等方面颇有建树，获得湖南省工人先锋号、五矿百强班组等荣誉称号。伴随着时代的进步，班组正向着成为新技术应用的急先锋迈进。

报送单位：株洲硬质合金集团有限公司

《石破“添金”》链接：http：//web. app. workercn. cn/voteDetail. html？

optionID=3399&t=1677641780925

《石破“添金”》3104票　编号：03

深圳市中金岭南有色金属股份有限公司凡口铅锌矿采矿车间机械化采矿工区台车爆破班主要从事井下各个中段凿岩、爆破等工作任务，是一个机械化作业班组。班组现有职工12人，平均年龄30岁。10年来，在台车班成员共同努力下，矿石回收率从85%提高到99%，基本做到了零矿损；采矿爆破量从30万吨提高到70万吨，完成全矿采矿量的60%。班组先后荣获全国五一劳动奖状、全国工人先锋号等荣誉。

报送单位：深圳市中金岭南有色金属股份有限公司凡口铅锌矿工会

【最班组·拍摄手记①】“咱素材这么多，愁啥哟”

https://web.app.workercn.cn/enews.html?content=359728&t=1677642095267

【最班组·拍摄手记②】大山深处有我“家”

https://web.app.workercn.cn/enews.html?content=361283&t=1677642212046

【最班组·拍摄手记③】一个游戏带来的创意

https://web.app.workercn.cn/enews.html?content=361982&t=1677642238544

》》》融合创新

2022 劳动热词

■ 作者：王维砚　陈俊宇　杨召奎　徐新星　朱　欣　赵　琛　孙　震
■ 编辑：王维砚　郭　强罗　娟　陈晓燕
■ 2022 年 12 月 26 日 工人日报客户端、工人日报微信公众号

1. 发布平台二维码

2. 发布平台截图

年终策划

2022 年即将翻页。围绕一年间劳动者的关注焦点、内心期盼，劳动领域的热门话题、热点事件，我们用 10 个劳动热词对这一年进行总结。

这一年，劳动者的期盼和呼声有了回应——稳存量、拓增量、提质量的一揽子“稳就业”政策，让全国城镇新增就业 1145 万人的全年就业目标提前实现；“个人养老金”制度试点实施，银发族的晚年生活将更有保障；离开工地的“超龄农民工”受到关注，他们正走在转型就业的路上；“劳动课”升级为全国中小学的独立课程，青少年们在动手实践、出力流汗中实现全面发展。

这一年，一系列事关 2 亿技能劳动者的重磅政策落地——“‘产改’五周年”交出了一张亮眼成绩单，产业工人朝着知识型、技能型、创新型方向迈进；“新八级工”制度打破技能人才晋升的“天花板”“隐形门”，技能人才迎来“黄金时代”；建设“高技能人才”队伍的目标已经划定，将为高质量发展提供坚实人才和技能支撑。

这一年，受疫情影响，劳动者的职场生活有了新变化和新体验——“直播带岗”成为求职招聘新渠道，用人单位和求职者在“云”上双向奔赴；企业通过居家办公、AB 岗轮班等方式，控制员工到岗密度，随着“阳康”的上班族陆续返岗，“到岗率”正不断攀升。

新的一年，让我们一起“团结奋斗”，把党的二十大擘画的宏伟蓝图变成美好现实，用劳动创造美好生活。

——编者

团结奋斗

背景：“团结奋斗”是贯穿党的二十大报告的一个主题词。党的二十大报告强调，“为全面建设社会主义现代化国家、全面推进中华民族伟大复兴而团结奋斗。”报告指出，“党用伟大奋斗创造了百年伟业，也一定能用新的伟大奋斗创造新的伟业”“团结奋斗是中国人民创造历史伟业的必由之路”。

观察：实践充分证明，新时代的伟大成就是党和人民一道拼出来、干出来、奋斗出来的。

团结才能胜利，奋斗才会成功。党的二十大擘画了以中国式现代化全面推进中华民族伟大复兴的宏伟蓝图，把宏伟蓝图变成美好现实，根本上要靠包括工人阶级在内的全体人民的劳动、创造、奉献。

我们靠团结奋斗创造了辉煌历史，还要靠团结奋斗开辟美好未来。牢牢把握团结奋斗的时代要求，在党的旗帜下团结成“一块坚硬的钢铁”，心往一处想、劲往一处使，定能形成同心共圆中国梦的强大合力，推动中华民族伟大复兴号巨轮乘风破浪、扬帆远航。

“产改”五周年

背景：今年产业工人队伍建设改革迎来5周年。5年来，一大批顶层设计逐步变成实实在在的成效，产业工人的理想信念更加坚定，主力军作用得到更好发挥，技术技能水平显著提升，地位和待遇稳步提高，队伍不断发展壮大。

观察：这是一场造福于民的重大改革，凝结着亿万产业工人共同的心愿，更事关党的执政基础巩固、制造强国战略实施。

5年间，按照政治上保证、制度上落实、素质上提高、权益上维护的总体要求，一项项鼓舞人心的改革行动铺展开来：劳动和技能竞赛吸引3.7亿人次参与，“求学圆梦行动”培训农民工600万人次，28个省级工会配备46名产业工人兼职副主席……千千万万产业工人正朝着知识型、技能型、创新型方向迈进。

改革永远在路上。党的二十大擘画了宏伟蓝图，对“产改”提出新的更高要求。立足当下、着眼长远，深入推进“产改”，为高质量发展提供坚实人才和技能支撑。

新八级工

背景：3月，人社部印发《关于健全完善新时代技能人才职业技能等级制度的意见（试行）》，将原有的五级技能等级延伸为八级，形成由学徒工、初级工、中级工、高级工、技师、高级技师、特级技师、首席技师构成的“新八级工”职业技能等级序列。

观察：“新八级工”制度来了，技能人才的“黄金时代”也来了。这项事关全国2亿技能劳动者的人才评价制度，有利于打破技能人才晋升路上的“天花板”“隐形门”，进一步畅通他们的发展通道，提高他们的待遇水平，优化他们的成长环境，引导更多劳动者特别是青年一代走技能成才、技能报国之路，为推动高质量发展夯实人才基础。

在20世纪50年代~80年代，“八级工”不仅是顶级工匠的代名词，也影响了几代青年人的职业选择，因此“新八级工”制度也承载着人们对于重塑工人荣光的期待。相信，随着“新八级工”制度落地落实，人才评价“指挥棒”的作用将得到充分发挥，高技能人才的明星效应也将进一步释放。

个人养老金

背景：11月25日，人社部、财政部、国家税务总局三部门发布通知，明确个人养老金制度在36个先行城市（地区）启动实施，个人养老金缴费完全由参加人个人承担，年缴纳上限为1.2万元，参加人缴费即可享受税费优惠，可自主选择购买符合规定的金融产品。

观察：个人养老金制度的实施，意味着我国的养老第三支柱开始“支”起来了。我国多层次的养老保险体系包括基本养老保险，企业年金和职业年金，个人储蓄性养老保险和商业养老保险“三支柱”。目前，“三支柱”发展并不均衡，第一支柱覆盖10.5亿人，第二支柱正在做强，第三支柱一直缺乏统一制度安排。随着个人养老金制度落地实施，这一短板终于补上了。

目前，我国已经进入老龄化社会。第七次全国人口普查数据显示，我国60岁及以上人口已达2.64亿人。个人养老金不仅给养老金市场提供了新选择，也为应对老龄化议题增加了新渠道，有望提高参加人的养老待遇水平，让银发族的晚年生活更有质量和保障。

高技能人才

背景： 10月，中共中央办公厅、国务院办公厅印发《关于加强新时代高技能人才队伍建设的意见》，提出打造一支爱党报国、敬业奉献、技艺精湛、素质优良、规模宏大、结构合理的高技能人才队伍，到“十四五”时期末，技能人才占就业人员的比例达到30%以上，高技能人才占技能人才的比例达到1/3。

观察： 如同金字塔的建造，基石和塔顶石同样重要。目前我国技能人才总量仍然不足，高技能人才还存在结构性短缺。此次印发的《意见》是从国家层面对加强新时代高技能人才队伍建设做出体系性、纲领性的强化，这也标志着我国对于技术工人的培养、使用、奖励等的基本制度框架和政策框架已经形成。

加强高技能人才队伍建设，对巩固和发展工人阶级先进性，增强国家核心竞争力和科技创新能力，缓解就业结构性矛盾，推动高质量发展具有重要意义。

这项庞大且系统的工程，任重而道远。

超龄农民工

背景： 3月，本报关于“建筑业清退超龄农民工”的报道引发关注，并冲上当天的微博热搜榜榜首。报道中表示，全国已有多个地区发文进一步规范建筑施工企业用工年龄管理，禁止60周岁以上男性及50周岁以上女性进入施工现场从事建筑施工作业，超龄农民工正逐步告别建筑工地。

观察： 安全考量是各地出台超龄农民工“清退令”的主要原因，但超龄农民工的处境也令人担忧：离开工地的他们该何去何从？有地方回应称，超龄者不能从事建筑施工作业，但可从事保洁、保安、仓管等工作，由施工方协调工人转岗分流。也有地方短期内采取柔性政策，动态调控用工安全。

11月9日，人社部、国家发改委等五部门联合发布《关于进一步支持农民工就业创业的实施意见》，明确企业不得以年龄为由“一刀切”清退大龄农民工，为有就业需求的大龄农民工免费提供公共就业服务。让超龄农民工择业有机会、养老有所依仍需各方继续努力。

稳就业

背景：今年，全国高校毕业生数量达1076万人，规模和增量均创历史新高，加之部分行业和企业的生产经营尚未恢复到疫情前水平，稳就业压力较大。为此，各地区各部门高效统筹疫情防控和经济社会发展，全力以赴稳就业保就业。国家统计局数据显示，1月至11月，全国城镇新增就业1145万人，完成1100万人的全年目标任务。

观察：就业是民生之本。今年的就业政策，可以用“实”“精”“新”来概括。首先是政策“实打实”，无论是真金白银的稳岗扩岗政策、阶段性缓缴社会保险费政策，还是针对小微企业、个体工商户的留抵退税政策，都有助于企业“松口气”“加把劲”，保证了就业岗位稳定。其次是“精准发力”，针对高校毕业生、农民工、就业困难人员等重点群体精准施策。最后是“不断创新”，培育新业态新模式，拓展就业增量，优化就业服务。

这些稳就业组合拳，是提前完成城镇新增就业1100万人全年目标的坚实基础。

直播带岗

背景：直播不仅可以带货，也可以带岗。疫情发生以来，不少用人单位和招聘平台将招聘会搬进了直播间，直播带岗正在成为求职招聘的新渠道。

观察：“直播+”持续撬动着就业市场，给用人单位和求职者带来新体验，让双方在“云”上“双向奔赴”。

对用人单位来说，将岗位“请”进直播间，打破空间、地域的限制，招聘信息能以更直观的方式“触”达屏幕前的求职者，面试官也能与求职者实时互动交流，针对求职者关心的岗位需求、薪资待遇、用工环境等问题，现场连线作答；对求职者而言，以前求职需“跑腿”，现在“点投”

就管用。

直播间里，供需双方的信息差在减少，招人才、找工作这件关乎企业发展、人生规划的大事变得更轻量、更便捷，这也是疫情之下，破解就业结构性矛盾的有益尝试。

到岗率

背景：今年以来，由于疫情形势不断变化，一些地方关于到岗率的政策也多次发生调整，不少劳动者都经历了居家办公和去单位上班的“循环”。以北京为例，5 月 23 日，北京要求实行居家办公区域内的单位到岗率不高于 30%，此后，随着疫情好转，这一规定取消。11 月 22 日，北京再次要求加强人员动态管理，进一步降低到岗率。12 月 12 日，随着疫情防控形势的变化，北京明确不再设置到岗率上限。

观察：在这一年里，居家办公、视频会议成为不少上班族特别的职场记忆。为实现防疫、办公两不误，很多企业通过弹性工作制、居家办公、AB 岗轮班等灵活办公形式，降低办公人员密度，控制“到岗率”。疫情期间，在保障员工身体健康和维持企业正常运转之间找到平衡，对到岗率的把握，也考验着企业管理者的智慧。

随着“阳过”的上班族在“阳康”后陆续返岗，到岗率也从一个侧面反映出企业的复工复产“指数”。期待疫情散去，我们早日回归正常的工作和生活。

劳动课

背景：根据教育部发布的《义务教育劳动课程标准（2022 年版）》，从 2022 年秋季开学起，劳动课正式升级为全国中小学的一门独立课程。新课标规定，劳动课程内容分为日常生活劳动、生产劳动、服务性劳动 3 大类别，一共设置 10 个任务群。目前，许多地方已将劳动教育纳入“开学第一课”。

观察：德智体美劳，一个不能少。70 后、80 后记忆深处的劳动课又回来啦！陶行知先生曾经说：“劳力劳心，亦知亦行。”劳动课从综合实践活动课程中完全独立出来，升级为义务教育阶段必修课程，有助于弘扬劳动精神，培养中小学生正确的劳动价值观、良好的劳动品质和基本的劳动技能，引导他们在动手实践、出力流汗中实现全面发展。

好政策需要执行好，落实好。如何让劳动课具有更强的可操作性和可持续性，还需要进一步凝聚共识，准确理解和有效拓展“劳动”的内涵及具体场景，防止劳动课变成“田园秀”“家长代劳”，真正实现让学生热爱劳动、享受劳动，从中收获快乐与成长。

融合创新

【工人日报记者的冬奥日记④】

两趟高铁、八趟班车，一日双赛区观战是种怎样的体验

作者：曲欣悦　王伟伟
编辑：车　辉　史宏宇　安彦璟
2022年02月06日 工人日报客户端

1. 作品发布二维码

2. 作品发布平台截图

2月5日是北京冬奥会开幕后首个比赛日，也是首个金牌日，北京赛区和张家口赛区都有冠军决出。

先是16时30分，本届冬奥会首金在张家口赛区国家越野滑雪中心诞生；晚间，中国队首个冲金项目——短道速滑混合接力在北京赛区的首都体育馆上演。

这可难为了不少记者，尤其是中国记者。一边是冬奥首金，一边是中国首金。都是高热度、高关注度的赛事，大家自然都不想错过。

工人日报记者最终选择“一日双赛区”观战挑战，看能否赶上这两场重要赛事。要想成功完成挑战，最紧要的就是熟悉冬奥会的交通运行。

出发前，记者大致做了一下计划：从入驻的闭环酒店去崇礼的张家口赛区，看完越野滑雪，再赶回北京赛区的首都体育馆，需要搭乘两趟高铁，八趟媒体班车。有一步延迟，都可能影响到下一步计划，甚至遗憾错过夺金时刻。

首先是预订高铁车票。记者根据比赛时间，提前两天就通过12306的冬奥专区预订了闭环内高铁车票。

京张高铁通车后，从北京去往崇礼只需要50分钟。正是这样的高铁速度，增加了记者成功挑战一天双赛区观战的信心。

本届冬奥会实行严格的闭环管理，场馆与场馆、场馆与酒店之间都是通过媒体班车接送。

位于北京的主媒体中心是重要的交通枢纽。从酒店出发的媒体记者，想去的大部分场馆和高铁站都要从这里进行中转。

越野滑雪比赛是在当天下午举行，记者选择在10时40分从酒店出发，首先来到主媒体中心，搭乘11时40分的班车去往清河高铁站。

由于前一天晚上是开幕式，许多媒体记者都工作到凌晨3时左右。但记者上车后发现，这趟开往清河火车站的媒体班车几乎满员。

询问之下，不出所料大多数媒体记者都是冲着冬奥首金。

大约12时10分，记者到达了清河站。闭环乘车区和闭环外候车厅间隔一堵玻璃墙，被严格区分开，刷码、进站、登车、发车，记者踏上了本届冬奥会首次崇礼之旅。

天气晴好，车窗外的美丽风光吸引了不少摄影记者拍照。

2月5日，在清河站开往太子城站的G8805次列车上，媒体记者拍摄窗外美景。

（工人日报记者 王伟伟 摄）

13时30分，记者顺利抵达了崇礼太子城站。一下车，雪国风光尽收眼底，和车内迥然不同的寒冷温度，让很多记者急忙戴上帽子，拉起羽绒服拉链。

乘坐媒体班车先到张家口山地新闻中心换乘，再前往国家越野滑雪中心，记者在14时50分左右终于到达了越野滑雪媒体中心，此时距离比赛开始还有不到1个小时。

越野滑雪项目在国外关注度颇高，又是首金赛事，媒体工作间果然爆满！许多摄影记者也已经扛上“长枪短炮”开始去往室外雪道拍摄点位准备。

16时30分左右，冬奥首金诞生！而此时记者又马不停蹄地前往班车点，去赶前往太子城站的班车。17时40分，返回北京的高铁将从这里发车。

不论是班车，还是高铁，都有媒体记者不放过这短暂的通勤时间。文字记者掏出电脑码字，摄影记者则抓紧时间选照片。参与冬奥会报道以来，这样“见缝插针”办公的场景并不鲜见。

一位日本摄影记者的装备吸引了记者的注意。媒体班车上，他掏出一个只有 13 寸笔记本电脑一半大小的电脑开始处理照片。这个笔记本电脑还有一个可以支撑在地上的轻便脚架。对于每次工作都要背上一堆器材的摄影记者来说，这样轻便的装备着实十分实用。

18 时 30 分，记者到达清河站。首都体育馆内的短道速滑即将开赛。

从清河站乘班车回到主媒体中心，没顾得上喘口气，记者又踏上了开往首都体育馆的班车。20 时 30 分，记者终于赶到了首都体育馆记者看台席。此时距离混合团体接力比赛正式开始还有 10 分钟左右。

“一日双赛区”观战计划胜利完成。不过，记者已经顾不得这些，此刻所有人都在等待：中国队能否首日冲金成功？

21 时 40 分，答案揭晓！经成绩确认，中国队夺得了这枚宝贵的金牌。记者一日观赛之旅，最终画下了一个完美的句号。

》短视频专题

职业总动员① |消防员是怎样炼成的？

■ 作者：乔　然　史宏宇　肖婕妤
■ 编辑：王金海　史宏宇　乔　然
■ 2022 年 02 月 28 日 工人日报客户端

1. 作品发布二维码

2. 作品发布平台截图

工人日报《职业总动员》带你体验万千职业。第一期：上岗体验消防员。一起来看“男友力”爆棚的消防员是怎样炼成的！

短视频专题

亲历 ③ | 我在一线做流调

■ 作者：赖志凯　兰德华　董芳辰　白至洁　陈子蕴
■ 编辑：王金海　兰德华　董芳辰
■ 2022 年 04 月 14 日 工人日报客户端

1. 发布平台二维码

2. 发布平台截图

每次出现疫情，他们是跑在抗疫最前线的人；面对不同的流调对象，根据有限信息寻找病毒传播的轨迹，他们是医者更是“侦探”；最艰难的

时刻，他们 72 小时内，只睡了三四个小时……

本期《亲历》，我们特邀一线抗疫“大白”——北京市东城区疾控中心现场流调组组长翟力军和他的队员们，脱下防护服，在镜头前讲述，如何于无声处，跑赢病毒，跑赢时间。

短视频新闻

四川泸定 6.8 级地震现场直击：家里的抽屉都被甩出来了

■ 作者：李　娜
■ 编辑：曲欣悦　窦菲涛　车　辉
■ 2022 年 09 月 05 日 工人日报客户端

1. 发布平台二维码

2. 发布平台截图

“晃得特别凶，家里的抽屉都被甩了出来！”9月5日，四川甘孜州泸定县（北纬29.59度，东经102.08度）发生6.8级地震，震源深度16千米，四川甘孜州泸定县总工会主席何燕告诉记者，地震发生时大多数人都在午休，由于震感十分明显，家中物品损坏较为严重，大家第一时间聚集在县城街道避险，目前还在进一步了解村社街道的相关情况。

记者从四川省地震局获悉，地震发生后，该局立即启动二级地震应急响应，成立应急指挥部，召开紧急会议，就应急处置工作做出安排部署，同时，指派当地防震减灾工作部门及地震监测中心站前往震区调查核实震情、灾情，协同当地政府抗震救灾。四川省应急管理厅也立即启动二级响

应，迅速调度甘孜州核查灾情，并派出工作组前往震中核查灾情，指导抗震救援工作。同时，为确保旅客运输安全，铁路部门迅速启动应急预案，紧急封锁有震感的区段线路，全面巡检行车设备，排查安全隐患。受此影响，部分列车将不同程度晚点。

短视频新闻

全国人大代表暗访“幽灵外卖”3个月：安全问题触目惊心！

作者：兰德华
编辑：安彦璟　肖婕妤
2022 年 03 月 10 日 工人日报客户端

1. 发布平台二维码

2. 发布平台截图

今年全国两会，来自辽宁省的全国人大代表、中国人民解放军某部队原四级军士长于峰“有备而来”。

2021 年，退役后的于峰利用择业空档期，在大连旅顺全职做了 3 个多月的外卖小哥。

“我也常点外卖，孩子也吃，但外卖食品的卫生情况咋样，安不安全?”作为全国人大代表，他想写一份关于“外卖行业食品安全”的建议。

当上外卖骑手之后，于峰有了接触各类商家后厨的机会。他发现一些商家后厨物品摆放凌乱，卫生条件也差，有厨师和其他制餐人员不佩戴口罩及准备食材时没按要求佩戴手套的现象。“还有部分商家使用过期食材、劣质速食料理包制作外卖。”

外卖食品遭遇“脏乱差”，该如何监管?

于峰发现，外卖行业存在一些“幽灵外卖”。这些商家没有营业执照，通过上传假证件，逃过了平台审核。有的在家中或租赁地进行制作。

在“从业”3 个多月里，当地卫生部门进行过多次检查，但这些商家有自己的“对策”。有当天就关门停业的，也有换至隐蔽的地方让外卖员取餐的。

一边“工作”，一边查阅相关法律法规，于峰发现外卖食品行业乱象成因复杂。

“虽然为了保障‘舌尖上的安全’，国家相继出台了多部法律法规，涉及食品生产、加工、储存、流通、交易等全过程。但作为食品领域的新业态，尚未建立完善的法律法规体系。”于峰认为，现行惩罚力度较小，没有起到相应的警示作用。“由于第三方外卖平台入驻低门槛和宽监管，导致一些不符合经营标准的外卖商家找到了生存空间。这需要构建起全覆盖的监管体系。”

于峰还发现，尽管第三方平台早前就提出开设商家后厨直播功能，推进“互联网+明厨亮灶”。在具体实施过程中，由于直播无信号、视频画面模糊、商家缺乏直播意识等原因，消费者仍无法正常查看后厨的真实情况。对此，他建议，建立完备的餐饮外卖食品安全法律法规体系，增加食品安全监管主体，提高监管意识，增强智慧化监管手段的运用。

“比如将‘明厨亮灶’视频对接到政府网络监管平台，通过自动抓拍和随机抽取监控画面的方式实现全天候监管，把食品安全‘晒在阳光下’。实现线上餐饮食品安全制作、打包、配送等全链条的‘可视化’，倒逼外卖商家自觉遵守操作规范。”他进一步向记者解释道。

2022年1月，几经修改，这份《关于改善外卖食品安全助力行业发展的建议》最终完成。以每天平均跑60多公里路来算，3个多月下来，于峰累计跑了有6000多公里。他说，这是一份“笨拙”的建议，是自己用脚跑出来的。

短视频新闻

冬奥直升机医疗保障团队出征：5分钟内到达救援现场，15分钟内完成转运

作者：窦菲涛
编辑：安彦璟　曲欣悦
2022年01月18日 工人日报客户端

1. 发布平台二维码

2. 发布平台截图

12:09
Translate Full Text
你关心的新闻 你需要的服务 打开

冬奥直升机医疗保障团队出征：5分钟内到达救援现场，15分钟内完成转运

来源:工人日报客户端 2022-01-18

作者:窦菲涛

工人日报客户端记者窦菲涛“保障冬奥、使命重大、任务光荣，我将做到：发扬红十字精神，听从指挥、服务大局、全力以赴，保证完成任务！”1月18日上午，北京市红十字会999冬奥直升机医疗保障出征仪式在北京市红十字会救援服务中心举行。

北京冬奥组委运动会服务部医疗卫生处处长齐士明，北京市红十字会党组书记、常务副会长李宝峰，北京市红十字会救援服务中心、北京市红十字会急诊抢救中心相关领导出席出

养老新职业引来年轻人，90后花式服务“90后” 打开

工人日报客户端记者窦菲涛“保障冬奥、使命重大、任务光荣，我将做到：发扬红十字精神，听从指挥、服务大局、全力以赴，保证完成任务！”1月18日上午，北京市红十字会999冬奥直升机医疗保障出征仪式在北京市红十字会救援服务中心举行。

北京冬奥组委运动会服务部医疗卫生处处长齐士明，北京市红十字会党组书记、常务副会长李宝峰，北京市红十字会救援服务中心、北京市红十字会急诊抢救中心相关领导出席出征仪式，中信海直相关领导通过视频参加出征仪式。

根据国际奥委会、国际残奥委会、国际雪联的有关要求和冬奥会高山滑雪、跳台滑雪等雪上项目医疗服务保障特点，北京2022年冬奥会和冬残奥会期间，北京市红十字会救援服务中心、北京市红十字会急诊抢救中心、中信海洋直升机股份有限公司联合体将派出2架H155救援型直升机、2架H135医疗型直升机和66名航空医疗保障人员承担国家高山滑雪中心、云顶场馆群、古杨树场馆群的航空医疗救援保障任务。保障时间为2022年1月27日至3月13日，即冬奥村开村至残奥会闭幕，按照赛事保障场馆运行要求，直升机医疗保障团队提前7天进驻，即1月20日进驻。

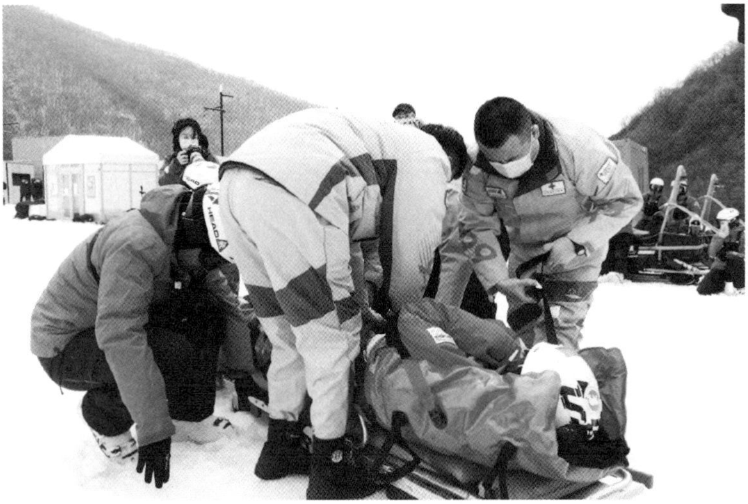

按照以运动员为中心，以赛事为核心的要求，直升机医疗救援保障工作建立了完善的直升机医疗救援保障体系，科学高效的救援工作机制，实现航线审批、空域开放、空中医疗、空地对接等环节无缝衔接。确保直升机在5分钟内到达赛道进行救援，在15分钟内将危重患者转运到距离最近有救治能力综合医院的保障目标。

按照“简约、安全、精彩”的办赛要求，直升机保障团队制定了包括雪天、旋翼结冰等各类应急保障预案，进行了多次演练和培训。两个赛区4架直升机均已做好定检检查工作，确保直升机的安全适航，准备了各类常用航材及耗材，能在最短时间内应对突发故障的排查及恢复。

在中部战区和民航管制部门的大力支持下，已完成赛区空域协调，可以做到“随报随飞、随报随批”的反应机制。按照两个赛区一个标准的目标，建立了以保温机库为赛时值守基地，以驻地为备勤点的全闭环运行模式，制定了包含机库人员、安全、消防、卫生、消杀等制度。

目前，两个赛区均已按照赛事需求准备了齐备的防疫防护物资及消杀用品，并以保温机库和酒店驻地两点之间规划出人员通勤及餐饮保障的车

辆交通线路，确保两点一线，中途不停车的运行模式。

北京冬奥组委运动会服务部医疗卫生处处长齐士明表示，直升机保障团队现已完全具备圆满完成冬奥会直升机医疗保障任务的能力和水平。他要求保障团队强化飞行演练，深入研究延庆、张家口赛区山区飞行条件，多飞、多练，进一步完善救援流程，提升医疗救援能力，确保赛时医疗保障万无一失。

短视频新闻

网约时代下北漂中年夫妻的骄傲与无奈：你开滴滴我送外卖，为了仨儿子他们来北京“跑”生活……

■ 作者：杨登峰　吴　凡　王伟伟　白至洁　刘金梦　车　辉

■ 编辑：吴　凡

■ 2022 年 05 月 30 日 工人日报客户端

1. 发布平台二维码

2. 发布平台截图

12:14

Translate Full Text >

你关心的新闻 你需要的服务　打开

网约时代下北漂中年夫妻的骄傲与无奈：你开滴滴我送外卖，为了仨儿子他们来北京“跑”生活……

来源:工人日报客户端　2022-05-30

作者:工人日报

随着共享经济的发展，人们的就业方式日趋多样。以快递员、外卖送餐员、网约车司机等为代表的新就业形态劳动者大量涌现，他们在社会经济生活中的作用日益凸显。

在这些网约工中，既有父子兵也有夫妻档，他们披星戴月，走街串巷，用双腿“跑”生活，也在用双手创造属于自己的幸福。

（工人日报客户端记者 杨登峰 吴凡 王伟伟 白至洁 刘金梦 车辉）

你关心的新闻 你需要的服务　打开

随着共享经济的发展，人们的就业方式日趋多样。以快递员、外卖送餐员、网约车司机等为代表的新就业形态劳动者大量涌现，他们在社会经济生活中的作用日益凸显。

在这些网约工中，既有父子兵也有夫妻档，他们披星戴月，走街串巷，用双腿“跑”生活，也在用双手创造属于自己的幸福。

短视频新闻

点亮环球影城的幕后工程师，向妻女许下一个“奢侈”愿望 丨三工视频·新360行之建筑信息模型技术员

作者：北梦原　吴　凡
编辑：吴　凡　杨登峰
2022年09月23日 工人日报客户端

1. 发布平台二维码

2. 发布平台截图

BIM 工程师，又称建筑信息模型技术员。该职业将在我国建筑行业向数字化、智能化转型过程中扮演重要角色，这一点在国内外建筑行业已经成为共识。

那么，BIM 工程师究竟是做什么的？

“BIM 工程师，就好比拍 X 光的外科医生。利用 BIM 技术，可以形成可视化模型，给建筑‘拍片子’。只不过医生是给已经存在的人拍片子，而 BIM 工程师是给等待建造的建筑‘拍片子’”。中建二局安装公司的 BIM 工程师杨晓辉说。

杨晓辉之所以将 BIM 技术比作拍 X 光，是因为目前 BIM 技术的应用集中于 BIM 建模，BIM 工程师需要根据建筑设计的图纸，建立三维立体模型，模拟呈现建筑物内部各种部件、各个系统。

准确、高效地搭建模型，不仅可以使各参建方更加直观地理解设计意图，还能为错漏碰缺检查及设计优化、管线施工综合排布和主材工程量统计等后续工作提供帮助。

“通俗点理解，BIM 工程师就是在大家看不见的地方下功夫，然后让大家在看得见的地方能够有更好的居住体验。”杨晓辉进一步解释，“比如说，20 世纪 70 年代，老百姓的住房，除了地面墙面，就只有照明和给排水两个系统，而且很多房子线路和水管还是明装，传统的设计方式完全可以应对。但现在，除了水电，房子里还有通风、网络、安防、智能家居等

9 月 23 日，杨晓辉（左）与同事交流工作。

各种系统，施工现场环境也越来越复杂，建造过程中可能遭遇各种问题。而通过 BIM 技术的应用，这些问题可以在设计阶段就得到解决。”

随着建筑行业的发展以及时代的进步，人们对建筑的功能、外观等各个方面要求越来越高，建筑所包含的内部元素越来越多、越来越复杂。越来越多的难题，摆在了 BIM 工程师的面前。

北京环球影城是杨晓辉设计的众多项目之一，他所负责的智能照明部分，图纸量最终达到 1000 多张，涉及的线路单线长度超过 100 万米。

“项目比较复杂，工期也十分紧张，那时候我们最长连续工作了 24 个小时，累了就定上闹钟靠在椅子上眯一会，闹钟响了坐起来接着干。”杨晓辉说，设计工作思路最重要，不能中断。

为了提神，咖啡和茶成为杨晓辉工作的必需品。“以前咖啡偶尔喝一点，茶很少喝。现在，咖啡和茶对我们来说已经不太起作用，都快有‘抗体’了。”杨晓辉说。

除了在电脑前进行设计，上工地是 BIM 工程师另一个重要工作内容。在杨晓辉看来，再好的设计也只是设计，最终效果需要落地才能得到检验。

9 月 23 日，杨晓辉（左一）去工地检查。

由于手头项目多，且分布在不同城市，出差成了杨晓辉的工作常态。一个工地，他通常要待上一两个月，然后再转战下一个工地。如果遇到突发状况，杨晓辉还需要在多个工地间奔波。有一次，碰上 3 个不同城市的项目同时需要现场解决问题，他 2 天内辗转 3000 多公里，白天进行现场处理，夜里赶路。

繁忙的工作让杨晓辉很少有时间留给家人。妻子和女儿一直住在老家石家庄，杨晓辉只能每两个月甚至半年回去一次。“我参与过一些比较大型的文旅项目建设，一直想带着家人去这些地方转一转，带孩子玩一玩。但目前为止，这还只是奢望。”

尽管工作辛苦，与家人聚少离多，但杨晓辉觉得，这个职业值得他为之付出。“看到自己设计的作品拔地而起，看到这些建筑给人们带来更好的生活环境、更好的居住使用体验，真的很有成就感。”杨晓辉说。

今年是杨晓辉投入 BIM 行业的第 10 年，但在他看来，属于 BIM 工程师的时代才刚刚开始。

作为建筑业第一大国，近年来，BIM 技术的发展以及 BIM 人才的培养已经成为我国建筑领域的一个重要课题。2019 年，国家人力资源和社会保

9 月 23 日，杨晓辉在北京经开区通明湖畔。

障部颁布通告，将 BIM 工程师（建筑信息模型技术员）纳入新职业范畴。今年，由 13 个部门联合印发的《关于推动智能建造与建筑工业化协同发展的指导意见》提出，在建造全过程加大建筑信息模型（BIM）等新技术的集成与创新应用。

“BIM 技术的出现，引发了行业的重大变革。但目前，国内应用更多集中于设计环节，BIM 技术的更大潜力还有待挖掘。”杨晓辉相信，随着 BIM 技术的进一步发展，BIM 工程师这个职业也将越来越规范，并在未来建筑行业中发挥更重要的作用。

>>> 短视频新闻

实拍北京餐饮企业疫情下摆摊自救：不能“躺平”，有点利润就知足

■ 作者：安彦璟　雷宇翔
■ 编辑：贺少成
■ 2022 年 05 月 28 日 工人日报客户端、微博、视频号

1. 发布平台二维码

2. 发布平台截图

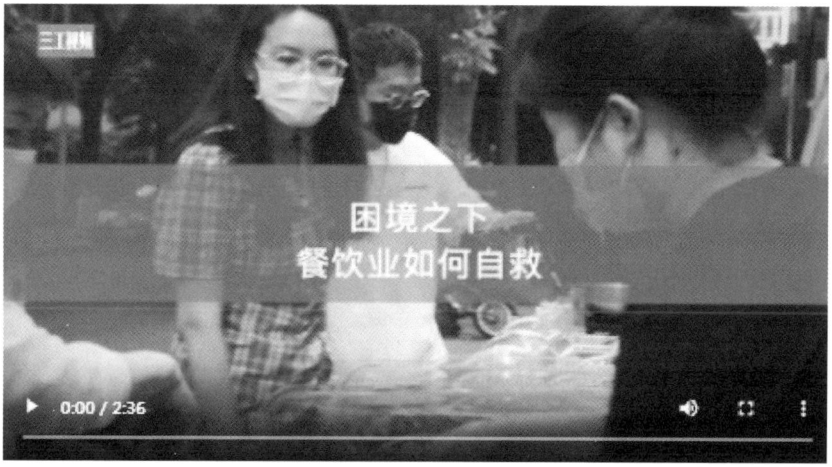

为降低疫情传播风险，北京自 5 月 1 日起全市餐饮经营单位暂停堂食，转为外卖服务。

堂食暂停将近一个月时间，北京餐饮企业现状如何？工人日报记者进行了实地探访。一起来看！

新媒体直播

直播进博会丨进博“汇”美食 让生活更有滋味

■ 作者：北梦原　张　千　窦菲涛　裴龙翔　安彦璟
■ 编辑：肖婕妤
■ 2022 年 11 月 07 日 工人日报客户端

1. 发布平台二维码

2. 发布平台截图

》》新媒体直播

从“北京最早”到“亚洲最大”，百年丰台站焕新生

■ 作者：车　辉　史宏宇　肖婕妤
■ 编辑：曲欣悦　肖婕妤
■ 2022 年 07 月 06 日 工人日报客户端

1. 发布平台二维码

2. 发布平台截图

十佳

2022′

工人日报十佳作品选

网络新闻

新闻评论

【中工网评】 打破职场“35 岁门槛”，法治要发力

作者：郭振清
编辑：张 征 张苇柠
2022-03-09 08：05 中工网

作品链接和二维码
https：//wwwhworkercn. cn/c/2022-03-09/6769387. shtml

今年两会，新闻热点颇多，要说哪个劳动话题最热，恐怕非“打破职场 35 岁门槛”莫属。先后有蒋胜男、林勇等多个代表委员对此发声，几次冲上热搜。

各种迹象表明，年龄歧视，业已成为劳动就业领域比肩性别歧视的一个相当普遍且备受关注的问题。今年的政府工作报告郑重宣示，“坚决防止和纠正性别、年龄等就业歧视，着力解决侵害劳动者合法权益的突出问题。”

那么，怎么防止和纠正，如何着力破解呢？

热议中，代表委员和相关机构给出了若干建议，极富见地。蒋胜男和林勇代表都认为，首先从政府机关和国有企事业单位入手，以逐步放开公务员招考 35 周岁的限制作出表率，从而引导民营企业和全社会消除就业年龄歧视；民进中央则提出，应及时开展反就业歧视立法调研，尽快出台

"反歧视就业法"。

去年，针对当时"45 岁程序员求职难"的热闻，本网曾刊发评论认为：应该说，我国关于促进就业平等反对就业歧视的法律基础是完备的。现行《劳动法》《就业促进法》等法律规定，为遭遇年龄等就业歧视的劳动者进行权利救济、维护平等就业权益提供了一揽子制度工具。

但许多用工实践及司法案例表明，行政执法不作为、司法消极被动、有关制度功能被曲解等问题突出。

比如，面对求职者的反年龄歧视诉求，有些部门和少数司法机关往往以设置招聘年龄"门槛""不违反法律禁止性规定和强制性规定"为借口，一味地力挺企事业单位用人自主权，而忽视甚至漠视劳动者的平等就业权。

比如，现行《公务员录用规定》关于报考资格条件"年龄为十八周岁以上，三十五周岁以下"的规定，仅是针对国家公务员录用的，其对广大企事业单位的劳动用工不具有适用性，更不具有约束性。而且，报考公务员的这个年龄条件也并非"死"规定，上述《规定》特别规定："经省级以上公务员主管部门批准，可以适当调整。主管部门和招录机关不得设置与职位要求无关的报考资格条件。"

因此，要尽快打破职场"35 岁门槛"，相比较寄望于制定并出台反就业歧视的专门法律而言，充分运用现有制度资源，积极启动现行法律工具发力破解，或许更现实，更有效，更快捷。

劳动就业权是宪法赋予公民的基本权利，用人自主权是普通法律为企业规定的经营自主权利，二者在权利位阶、所依据法律效力、受保护程度等方面迥然不同。同时，《劳动法》《就业促进法》等劳动法律属于社会法范畴，是规范调整劳动就业和用工行为的专门法。发生用工纠纷应优先适用劳动法律法规，而不是民法典或其他法律法规。我国《劳动法》只规定了劳动者的最低就业年龄和法定退休年龄，这表明，介于这两个年龄之间的所有劳动者都是适龄劳动者，都享有平等就业权利，都不应被歧视。

面对平等就业权纠纷，一些地方的司法机关在依法裁判的同时，应避免陷入机械的法条主义，如小学生做作业般简单照本宣科，否则，法律的专业性、裁判的价值和司法的尊严，将荡然无存。

不仅如此。《公务员录用规定》属于部门规章范畴。有关部门制定该《规定》所依据的上位法《公务员法》，对于公务员报考的年龄上限并未有相应规定。这意味着，该《规定》关于“三十五周岁以下”的公务员报考年龄限制，不论出于何种理由及考虑，在现行的法规规章备案审查制度和宪法监督制度下，都需接受合法性乃至合宪性审查。根据“有件必备有备必审有错必纠”的备案审查制度实践和“加强宪法实施和监督，推进合宪性审查工作，维护宪法权威”的要求，这个“35 岁门槛”大概率会被破除。

法者，治之端也。两会前夕，习近平总书记在主持中央政治局第三十七次集体学习时强调，要加强人权法治保障，深化法治领域改革，健全人权法治保障机制，实现尊重和保障人权在立法、执法、司法、守法全链条、全过程、全方位覆盖，让人民群众在每一项法律制度、每一个执法决定、每一宗司法案件中都感受到公平正义。

这里强调的“每一项法律制度”、“每一个执法决定”、“每一宗司法案件”，是不是值得我们认真思考、深刻领会?!

通讯

【疫情防控“新十条”发布之后②】病去如抽丝！ 赵多多一家的抗疫自救战争

■ 作者：尹文卓
■ 编辑：王　妍　郭丽娟
■ 2022-12-23 21：05 中工网

作品链接和二维码
https：//www. workercn. cn/c/2022-12-23/7680493. shtml

“我胃口特别好，是‘炫饭毒株’！”“孩子姥爷就是不咋吃饭型的。”“我这个可能刺激肠胃蠕动，饿得快，夜里还总饿……”

33岁的花店老板赵多多，顶着“国宝同款”黑眼圈，操着“沈阳普通话”哑着嗓子向中工网记者说。镜头中，她原本饱满的脸颊瘦了下去。吃下去的食物并没有化作脂肪，而是变成支撑她照顾两个孩子的“燃料”。

约两个星期前，赵多多一家人整整齐齐都阳了。身为两个孩子的母亲，她照顾孩子之余还要忙着发烧、咳嗽、腰疼……

“腰疼，是沈阳这次疫情的标志性症状。”她说。

我感冒了！不，你阳了

赵多多一家人感染的病毒源头无从追溯，也没有像网上说的“留下做饭的‘天选之子’”，就连发现阳了的过程也带着东北人的幽默。

12月11日一早，赵多多的母亲隐隐感觉头疼，下午开始嗓子疼。家人觉得“不妙”，劝她休息，可赵多多的母亲坚称是昨天下楼倒垃圾没穿外套，着凉了，晚上还执意给家里人做晚饭。面对母亲的固执，赵多多直言“我都被气迷糊了”，甚至直接撂下“狠话”：“你看看今天晚上发不发烧就完了。如果发烧，那肯定没跑！”

第二天刚起床，赵多多就得到消息——母亲昨晚发烧了。与此同时，赵多多也感觉嗓子发紧、疼，腿也酸软得没了力气……

当天晚上，赵多多发烧了。跟她同时发烧的还有两个孩子。

“孩子一下就烧到 39℃。”夜里，同样发着烧的赵多多吃完退烧药，不得不强撑着照顾两个孩子。令她欣慰的是，孩子虽然烧得厉害，但好得也快。而她自己一直到 22 日接受采访时还嗓子沙哑，带着浓重的鼻音，并且依旧没有转阴。

“可能是没休息好。”赵多多告诉中工网记者，“头两天，两个孩子比较严重。我晚上不断地看他俩的体温计，基本睡不了。所以我恢复得比较慢。”

娃不退烧？啊，药量搞错了

一个在电话这边哭，一个在电话那边哭。电话这边是赵多多，电话那边是一位代问诊的姑娘。至于为什么会这样，事情还要从赵多多家的大宝退烧后再次发烧说起。

12 月 12 日当晚，本来服药后体温一度退下去的老大，第二天白天却开始了约 24 个小时的 40℃高烧。退烧药似乎失去了作用。

变成“沸羊羊”的老大别说喝水，就连平时喜欢喝的饮料都喂不进去。赵多多既心疼又着急，怕孩子脱水，也怕孩子惊厥。

本来要去医院，可一打听……儿童医院爆满、自己全家阳性，挂不到号不说，就算挂上号也没人能带孩子看诊。无奈之下，赵多多找到了一个代问诊姑娘。不曾想，对方也没有办法，只能建议她碰碰运气，求求医院里阴性的人能不能帮忙把孩子带进去。听到这句话，赵多多忍不住哭了出来。

“一想到儿童医院全是孩子，家家都像我们这样……”回想当时，即便这件事过去近十天了，她还是忍不住红了眼眶。

医院去不成，赵多多将求助的目光转移到网络，挂了首都医科大学附属儿童医院的号。挂号费很贵，但对赵多多来说，这种情况下，钱已经不重要了。

“医生说我家老大比同龄的孩子长得大。他吃的药量不够。”按照医生指导，赵多多给孩子补了药量。这回，退烧药吃下去，孩子体温很快降了下来。

“当时感觉天都亮了！”赵多多说。

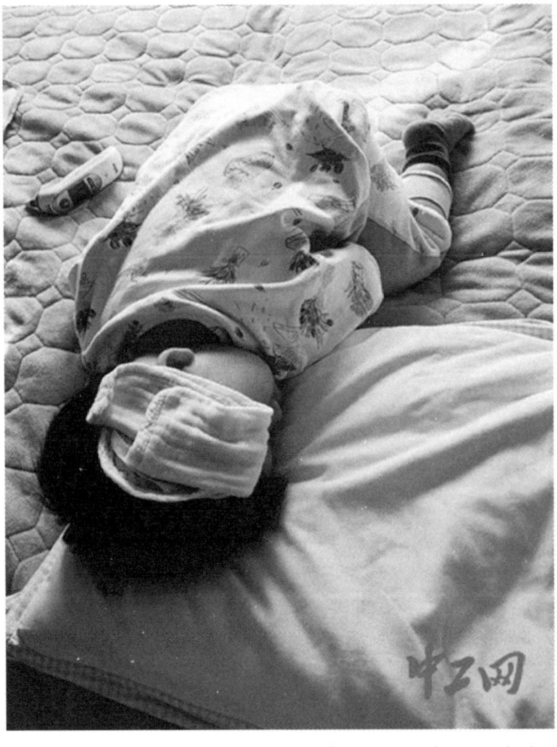

12月13日，赵多多家的大宝发着高烧，难受得“缩成球”。（受访者提供）

吃药没用？哦，它过期了

12月12日，赵多多家的“退烧药之战”正式打响。由于快递停运，搁浅在途中的布洛芬指望不上，一家人只能从别处寻求帮助。最后，赵多多将希望放在了家中保姆阿姨的女儿身上，而保姆的女儿身在 500 公里外的榆树市。

保姆的女儿找大客车将药顺路带到沈阳。满满一大袋子的药，套了两层口袋。用赵多多自己的话说就是“这个时候药太珍贵了，怕被人拿跑”。

如果说乘坐大巴车抵达沈阳的药解决了赵多多一家的燃眉之急，去年生病时买的布洛芬则是全家的“定心丸”。不成想，这剂“定心丸”竟被赵多多的父亲嫌弃，还拒绝服用。

“我爸一直说不吃布洛芬，说吃那个不好使。”赵多多一脸无奈，转而又忍不住笑了出来。在中工网记者的追问下，她讲了这件令人啼笑皆非的事情。

人多药少，一粒一粒都要算着吃。补给艰难的现实让赵多多以为父亲是担心药不够了，毕竟“大家都吃布洛芬，不可能不好使”。可吃了几次后，她也发现，这个布洛芬不对劲，吃了至少要两个小时才能退烧。后来，她索性算好时间，提前吃药。

退烧后，她仔细查看这批“不对劲”的布洛芬，发现竟然是过期了——而且过期将近一年了！

12 月 15 日，被老公从长春快递过来的布洛芬终于送到赵多多手上。此时，她已经退烧，并且从东北大药房买到了 2 块钱的扑热息痛。

全家沦陷的十几天时间里，由于疫情来得突然，买药不易、看病不易，赵多多和她的家人们都经历了一段艰难的时期，同时也得到了许多人的帮助。家中保姆的女儿帮忙从外地买药，并托大客车顺路带来沈阳；有代问诊的姑娘尽心尽力跑前跑后，帮忙寻医问药；也有线上医生仔细询问、耐心解答、细心指导……

在这次家庭抗疫战争中，她一度绝望，也一直坚强，她理解快递小哥因生病不能配送，也在想方设法自救。

被问及准备何时加入“复工复产”的队伍，她看了眼旁边跟奥特曼玩儿得正欢的孩子，说：“我不是一直在岗上吗？”就目前而言，经营好花店已经不是她这位老板的生活重心，“照顾好两个孩子才是我最主要的工作”。

12 月 23 日发稿时，赵多多刚刚给记者发来照片，高兴地说自己转阴了。（受访者提供）

视频

这十年·奋斗在路上之新就业形态劳动者丨温暖前行

作者：赵海山 杨婷尧
编辑：马杨灵
2022-10-15 15：35 中工网

作品链接和二维码
https：//www.workercn.cn/c/2022-10-15/7194868.shtml

这十年·奋斗在路上之新就业形态劳动者丨温暖前行

2022-10-15 15:35 来源：中工网

“出来以后，这个车就是我们的家，一年365天，能有300多天都在这样几平方米的空间里度过。”这是货车司机王志刚（绰号黑哥）的日常写照。

2003年，黑哥因养鸡场倒闭，成了一名货车司机。这十年里，“卡友”互助、公益寻亲、去疫区做逆行者……黑哥在跑大货的过程中做了很多公益、善举，他用自己的正能量帮助了很多人，也感染了更多“卡友”与他一同在助人之路上前行。

》》视频专题

【中工说法】新修改的《工会法》专家解读系列

■ 作者：赵巧萍　杨祝夫　马杨灵　吴景斌　杨婷尧
赵海山　刘慧玲　杨静雯　张学栋
■ 发布平台：中工网

作品链接和二维码
https：//www. workercn. cn/zhuanti/34521/

视频专题介绍：

2022 年 1 月 1 日，新修改的《中华人民共和国工会法》正式实施。为了发挥中央媒体网络主渠道作用，推动全国工会系统学习宣传贯彻《工会法》，进一步增强各级工会依法建会、依法管会、依法履职、依法维权的能力，中工网特别制作 11 期普法专题视频节目——“新修改的《工会法》专家解读”系列，邀请法学专家、知名律师对《工会法》修改的亮点、主要内容等进行深度解读。

党和国家历来重视工会的地位作用，十分注重加强工会法律制度建设。1950 年颁布的《工会法》是新中国成立后最早出台的三部法律之一。现行《工会法》于 1992 年公布施行，此次修改涉及 23 个条文，新增 1 条，内容涵盖坚持党的领导、完善指导思想、扩展基本职责、完善入会权利、明确产业工人队伍建设改革的法律地位、丰富工会维权服务的手段和内容等工会工作的方方面面。

《工会法》的修改是我国政治、经济、社会发展的必然结果，也是我国社会主义法治化建设的要求和成果。随着社会的快速发展，职工队伍在学历教育、产业分布、组成结构等方面发生了明显的变化。截至目前，全国共有基层工会组织280多万个，工会会员近3亿。与此同时，劳动关系主体及其利益诉求日益多元。劳动关系的复杂多样，使得维护劳动领域政治安全遇到新挑战。贯彻实施《工会法》是全社会的共同责任，更是各级工会组织的重要责任。作为中央新闻网站，中工网将推动学习宣传贯彻新修改的《工会法》作为加强职工的思想政治引领，带动广大职工听党话、跟党走，推动和谐社会建立的重要举措，作为推动工运事业和工会工作高质量发展的重要举措。

为了做好新修改的《工会法》学习宣传贯彻工作，中工网将本次《工会法》专家解读系列视频工作放在重要位置，从2021年底到2022年6月，先后邀请著名法学专家、知名律师多次对系列视频解读进行详细论证，从视频形式、解读内容，到专家邀请、内容衔接等进行研究，力求不仅在形式上跳出传统课件讲座的枯燥乏味，以灵活、生动的课件画面作为专家解读的文字补充，而且在内容上为专家解读提供时效性强、贴近性佳的丰富图像，更为重要的是，结合法条，系列解读增加了近期发生的实用性、针对性强的案例分析，使得新修改的《工会法》解读更鲜活、更有吸引力。

2022年6月，中工网“中工说法”栏目正式推出，首批视频节目——“新修改的《工会法》专家解读”系列闪亮登场。此次专家解读系列共计邀请8位法学专家、权威人士做嘉宾，他们中有全程参与工会法修改工作的专家，有长期从事工会法研究的学者，还有劳动关系领域具有丰富实践经验的著名律师。视频节目共计11期，包括《工会法》修改的背景和亮点；坚持党的领导是工运事业和工会工作发展的根本保证；总结改革创新经验完善工会基本职责；为新就业形态劳动者建会入会提供有力保障；增加产业工人队伍建设改革条款为产业工人队伍建设改革提供法治保障；贯彻落实《工会法》有效发挥社会组织工会作用；科学立法实现《工会法》与相关法律有效衔接，以及《工会法》修改的基本情况和内容。专家们语言生动，视频活泼、吸引力强、感染力佳，具有很强的实用性和指导性。

“新修改的《工会法》专家解读”系列节目一经推出，在工会系统内引起强烈关注。已有 70 多家省市工会、产业工会在其网站、微信公众号等平台转发推送。其中，山东省总工会、安徽省总工会、中国农业银行工会委员会明确表示，将把 11 期“新修改的《工会法》专家解读”系列作为系统内工会干部长期培训的视频学习资料。

【中工说法】新修改的《工会法》专家解读之十一：《工会法》修改的主要内容（下）

原创 2022-07-14 08:00:00 中工网

【中工说法】新修改的《工会法》专家解读之十：《工会法》修改的主要内容（中）

原创 2022-07-12 19:49:38 中工网

【中工说法】新修改的《工会法》专家解读之九：《工会法》修改的主要内容（上）

原创 2022-07-12 07:23:00 中工网

【中工说法】新修改的《工会法》专家解读之八：《工会法》修改的基本情况

原创 2022-07-11 08:00:00 中工网

【中工说法】新修改的《工会法》专家解读之七：科学立法 实现《工会法》与相关法律有效衔接

原创 2022-07-08 07:59:00 中工网

【中工说法】新修改的《工会法》专家解读之六：贯彻落实《工会法》 有效发挥社会组织工会作用

原创 2022-07-06 18:09:38 中工网

【中工说法】新修改的《工会法》专家解读之五：增加产业工人队伍建设改革条款 为产业工人队伍建设改革提供法治保障

原创 2022-07-06 07:53:00 中工网

【中工说法】新修改的《工会法》专家解读之四：为新就业形态劳动者建会入会提供有力保障

原创 2022-07-05 08:09:00 中工网

【中工说法】新修改的《工会法》专家解读之三：总结改革创新经验 完善工会基本职责

原创 2022-07-04 07:56:00 中工网

【中工说法】新修改的《工会法》专家解读之二：坚持党的领导是工运事业和工会工作发展的根本保证

原创 2022-07-01 07:51:00 中工网

【中工说法】新修改的《工会法》专家解读之一：修改的背景和亮点

原创 2022-06-30 08:00:00 中工网

融合报道

主题活动“这十年 · 奋斗在路上”

作者：王　妍　刘　云　王天玥　迟语洋　刘　川　杨　晶
卢　云　郑　鑫　宋新雨　鄂　璠　王沥慷　郭丽娟
尹文卓　姚怡梦　李　方　刘英杰　马杨灵　吴景斌
杨婷尧　刘惠玲　杨静雯　赵海山　张学栋　葛　姗
丁梦如　赵　龙　吴竹韵

发布平台：中工网

作品链接和二维码：https：//www. workercn. cn/c/2022-08-18/7138035. shtml

融合报道介绍：

十年见证非凡，奋斗续写华章。党的十八大以来，党和国家事业发展取得了非凡成就，人民群众的获得感幸福感不断增强。作为非凡十年的亲历者和幸福生活的开创者，我们见证了时代的变化，更体会了奋斗带来的改变。

2022 年 8 月，在全国上下踔厉奋发迎接党的二十大胜利召开之际，中工网策划“这十年 · 奋斗在路上”主题活动，聚焦十年来广大职工亲身参与国家建设、经历家国巨变的感人故事，或普通劳动者的拼搏故事等，用文字、图片、视频等形式以“小故事”反映“大主题”，用新时代广大职工积极向上、不懈进取的奋斗群像谱写个体与时代的交响。用奋斗致敬过去，以奋斗接续未来。

“这十年 · 奋斗在路上”主题活动受到广大企业和职工的热烈欢迎。

整个活动分为两个部分，一部分由中工网记者进行不同角度的文字、图片、视频等内容的采编制作，另一部分向企业和职工等征集。从 8 月 18 日到 10 月 31 日活动期间，总计收到来自全国 20 多个省区市 铁路、民航、金融、公交、公安、边防、武警、能源、化学、地质、教科文卫、财贸轻纺、农林水利及各级工会、企事业单位各类作品逾千件。

中工网记者深入一线采访了十位劳模工匠、十位新就业形态劳动者、十位普通劳动者，共计采写、制作了 30 件原创图文及视频作品。30 位劳动者的奋斗故事有精彩有感动：“高铁焊接大师”李万君助力高铁实现“中国梦”；玩转“洋设备”的首席技师王树军解决外商“卡脖子”难题；为了梦想北漂的“房产中介员”；一路前行又热衷公益的货车司机；不断学习成长为劳模的保安员；为爱开始“长途跋涉”的旅行；“双向奔赴的快乐教育”……

为了提高该活动的参与度，中工网在抖音平台为“这十年·奋斗在路上”主题活动征集环节创建了话题#奋斗在路上，得到广大网友积极响应，众多大号纷纷参与。截至目前，相关话题总播放量达9.7亿次。

本次活动通过聚焦劳模工匠、新就业形态劳动者和普通职工十年来踔厉奋发、笃行不怠的感人故事，以及他们所经历的家国变迁，展示党的十八大以来党和国家事业取得的历史性成就，以及广大职工不断增强的获得感、幸福感、安全感。